매월당
김시습

이·문·구·장·편·소·설

매월당 김시습

아로파

차례

이 가슴 씻으리니
어디가 그곳인가

오늘도 걸었다.

오늘도 어지간히 걸었다.

오늘도 걷는 것이 일이었다.

그러나 고단하였다.

어느덧 삼십 년을 걸어서 이제 쉰 고개에 이르렀지만 그렇게
일삼아서 걷다 보면 언제나 고단하였다.

길은 늘 험하였다. 공로公路가 아닌 탓이었다. 지름길을 찾은
일도 없었다. 하나도 바쁠 것이 없는 길이었으니까. 다녀도 사잇
길로 다니되 오히려 에움길로 접어들거나 부러 두름길을 택하기
가 일쑤였다. 어느 쪽이 우도右道이고 어느 쪽이 좌도左道인가
는 스스로 알고 있는 바였다.

걷는 동안은 늘 즐거웠다. 마음이 가볍고 머리가 맑고 몸이 가
뜬하였다.

매월당 김시습

걸으면 걸을수록 지니고 있는 짐이 덜어지는 느낌이었다.

길은 매양 호젓하였다. 말 뒤에 가마가 따르고, 가마 뒤에 나귀가 따르고, 나귀 뒤에 수레가 따르는 한길은 한사코 꺼려 온 까닭이었다. 그러기에 가다가 내를 만나면 부드럽고 판판한 섶 다리 대신에 고르지 않은 징검다리에서 발이 빠지기도 하고, 가다가 언덕을 만나면 추녀가 날렵한 다락[樓亭] 대신에 이끼 늙은 바윗덩이에 앉아서 다리를 쉬는 것이 고작이었지만, 그러나 걸었다. 가는 곳은 하늘 끝이었고 가는 길은 땅끝이었다.

그래서 오늘도 고단한 것이었다.

잠깐 쉬어 가기로 하였다. 바윗등에 구럭을 깔고 걸터앉았다. 앉고 나니 또 땀이 흘렀다. 그만큼 흘렸으면 마를 만도 하련만 걷노라면 반드시 땀이 흘렀다. 땀이 아닌지도 몰랐다. 어쩌면 오장에 끼여 있는 땟국이 아직도 덜 빠진 탓이 아닌가도 싶었다.

무릎을 주무르면서 발밑을 내려다보았다. 계곡이 보였다. 언제 보아도 마치 황천黃泉으로 뻗어 난 길처럼 깊고 가는 채로 끝 간 데가 없었지만, 다시 보면 그것은 백담사百潭寺를 끼고 나가다가 남교역嵐校驛 못미처에서 물을 보태어 원통역圓通驛에 이르자마자 금방 서화천瑞和川과 배가 맞아 소양강을 낳는 계곡이기도 하였다.

문득 귓결에 스치는 소리가 있었다.

매월당梅月堂 김시습金時習은 천천히 고개를 돌려 바위츠렁이 총총한 속에서도 혼자 우뚝하게 뽐내는 만경대萬景臺 쪽을 더듬어 보았다.

절집은 보이지 않았으나 방아를 찧는 소리가 어느 주려 죽은 새 귀신의 울음처럼 적적하게 들리고 있었다. 아마 선행善行이 저녁거리로 기장을 대끼는 소리일 거였다.

벌써 언제부터 풀기 없는 메밀죽으로만 끼니를 에워서 죽에 물린 지가 오래라더니 오늘 저녁은 모처럼 밥을 안칠 모양이었다. 그러자 밥 냄새가 기억났다. 배가 꺼진 지도 한참이나 된 탓이었다. 해도 기울어서 두어 장대밖에는 남아 있지 않았다.

매월당은 그만 일어설 채비로 지팡이를 집어 들다가 슬며시 도로 놓았다. 기장마저 동이 난 지가 언제인데 기장밥이라니 당치도 않다는 생각이었다. 그러고 보니 방아 소리도 다른 것 같았다. 근자에는 귀까지도 바짝 어두워져서 아마 그렇게 방아 소리로 착각을 했던 모양이었다.

매월당은 귀를 기울여 보았다. 여겨들어 보니 소리는 도끼 소리였다. 신통한 소리였다. 인가라고는 백담사 아래에나 내려가야 근근이 화전을 일구어 사는 귀틀집 두어 채를 구경할 수 있고, 거기서 이십 리가 넘는 남교역까지 나가도 역토驛土를 짓는 역노驛奴들의 오막살이가 다 해야 서너 채뿐이었다. 여기까지 들어와서 숯가마를 묻고 숯감을 찍는 이가 있으리라고는 일찍이 생각도 못하던 터에, 난데없는 도끼 소리가 메아리를 부르고 있으니

　　　　　　　　　　　　　　　　　매월당 김시습

신통하지 않을 수가 없었다.

　매월당은 지팡이의 부축을 받아 몸을 일으켰다.

　도끼 소리를 마중하여 앞을 헤쳐 나갔다.

　기탄없이 모이고 헤어질 수 있는 것이라곤 구름과 안개뿐인 이 설악에서 때 아니게 민생民生을 만날 수 있다는 것은 시축詩軸을 보이러 올라온 소객騷客을 맞이하기보다 한결 나은 편이었다. 산새도 못 견디고 떠나는 세상 밖[山水間]에서 이렇게 느닷없이 민생을 만날 수 있다는 것은 그 민생의 불행은 물론이요, 나아가서 나라의 불행임이 분명한 일이었다.

　그러므로 매월당도 저 같은 도끼 소리는 듣기를 원하던 바가 아니었다. 짐승들이나 보금자리를 보기 알맞은 곳에서 초목과 산험山險에 의지할 수밖에 없는 사람이라면, 무릇 자신과 같은 물외인(物外人, 세상을 등진 이)이 아니면 인간에서 버림받은 미치광이거나, 탈이 있어서 뒤를 밟히는 절박한 은신隱身임에 틀림없을 테니까.

　그렇지만 지금은 계제가 그렇지 않았다. 바이없이 반가웠다. 두어 길 가까이나 치쌓인 눈 더미에 갇혀서 지루하게 겨울을 나는 동안에 사람이 사는 냄새라고는 맡아 보지를 못했던 것이다. 겨울을 함께 난 중은 절에도 여남은이나 있었다. 그러나 중이 지니고 있는 것은 어디까지나 중의 냄새였고 사람이 사는 냄새는 아니었다.

동지가 지나고부터는 고을에서 드나들던 육방의 구실아치며 빗아치[色吏]들도 믿지 못할 눈길을 두려워하여 빗발을 하지 않았다. 해토머리가 지나도록 뜰에 이르러 기척을 했던 것은, 이끼와 나무뿌리를 눈 더미에 앗기고 주림을 참지 못해 처분을 바라고 찾아온 묵은 사향노루 한 떼와, 산양이며 영양이며 노루며 고라니 따위 말을 안 듣는 짐승들뿐이었다.

삼동의 설악은 설국雪國이었다. 그러므로 오직 설경만을 주장한다면 여기가 곧 영주瀛州의 겨울이라고 우길 수도 있을 법하였다.

매월당은 하루같이 갑갑하고 따분하였다. 비록 적막한 것을 즐겨 하여 삼십 년도 넘게 산수간에 몸을 맡겨 왔지만, 도성이 한눈에도 모자라는 삼각산三角山은 말할 나위 없고, 경주의 금오산金鰲山 때나 양주의 수락산水落山 때나 적설로 하여 인편이 두절된 적이 없다가, 설악산에 들어오고 처음 온 겨울을 동면으로 견디었으니 당연한 일이었다. 그런데도 주변에서는 그렇게 여기려고 들 하지 않았다. 한결같이 검정 옷[緇衣, 중]들이기 때문일 거였다.

"스승님께서는 성안(서울)에서만 쓸쓸해하시는 줄 알았더니 산에서도 또한 같으시니 어인 까닭이온지요?"

하루는 도의道義가 전에 없이 표정을 갖추면서 자못 의심스럽다는 투로 묻기까지 하였다.

매월당은 퉁명스럽게 대꾸하였다.

"성안이야 인성人性을 갖춘 인간은 드물어도 인내 나는 물질

物質 하나는 지천이라 거리에만 나가도 아무 데서나 거치적거리니 심심치 않았지만, 이 눈산은 그나마도 없이 온통 목석뿐이니 대체 누구와 더불어 심심풀이를 하더란 말이냐."

"심심풀이라니요?"

도의는 말을 새겨듣는 기미가 아니었다. 도의는 매월당이 지난해 삼월 하순께 춘천의 청평사淸平寺 아래에 있는 세향원細香院을 주인으로 정하고 머물면서부터 곁에 두어 온 만큼 말귀가 어두울 수밖에 없기도 하였다.

"전에 정창봉이 꾸짖으신 일을 이르시는 말씀이야."

곁에 있던 계담戒澹이 귀띔을 해주었다.

"봉원이 봉욕하고 정창봉이가 정승이라더니 그게 그래서 나온 말이었군입쇼."

도의는 그러면서 그답지 않은 소리로 웃었다.

봉원부원군蓬原府院君은 상왕(上王, 단종)과 그 신하들을 해친 이래 신숙주申叔舟와 서로 번갈아 가면서 세 번, 네 번씩 정승 자리를 바꾸어 앉더니 지금도 팔순이 넘은 노골을 여전히 건사하고 있다던 정창손鄭昌孫의 작호爵號였고, 정창봉은 한갓 평민이지만 미친병이 들어 이 집 저 집으로 빌어먹으러 다녀서 문안 사람치고는 모르는 이가 없던 광인인데, 지금 임금(성종)이 즉위한 이듬해 추강秋江 남효온南孝溫이 전에 세조가 파헤친 소릉(昭陵, 단종의 어머니 현덕왕후의 무덤)의 복위를 청하는 상소를 올렸으나 수상인 정창손이 반대하여 받아들이지 않으니, 그로부터 항간에서는 정창손을 정창봉으로 고쳐 부름으로써 울분을 삭이고 있던 터였다.

매월당이 정창손을 오랜만에 본 것은, 금오산 기슭의 용장사茸長寺에서 터를 빌려 초당을 짓고 당호를 매월당으로 하여 팔 년 남짓 머물다가, 근거를 다시 수락산으로 옮기고 나서 몇 해 뒤의 일이었다.

매월당은 수락산 가운데서 동봉의 중턱에다 자리를 잡았다. 폭포를 내려보내는 비폭암飛瀑巖 곁에 오죽잖은 초옥을 짓고 당호를 폭천정사瀑泉精舍로 정하는 일변 자신의 호도 동봉東峯으로 바꾸었다.

수락산에 있을 때는 양주목사의 배려로 묵정밭 몇 뙈기를 얻어 집에 있던 종들을 불러다가 농사는 지었어도, 금오산에서처럼 글초에 매달려 금강지錦江紙 동이나 찢지는 않았으므로, 자연 도성을 드나들며 대제학 서거정徐居正의 집에서 취흥과 시화詩話로 소일하거나, 행주에서 농사를 짓는 남효온을 서호(西湖, 서강)며 용산강 언덕에 불러내어 술과 시론詩論으로 세월하기가 일쑤였다.

그날도 매월당은 남효온의 주선으로 용산강 언저리의 주막에서 안응세安應世·홍유손洪裕孫·우선언禹善言·한경기韓景琦 등과 어울려 푸성귀 안주로 술판을 벌였다. 그들은 흥인문 밖의

14

솔밭(창신동)에 모여 남효온을 우두머리로 죽림우사竹林羽士를 자처하던 이른바 청담파淸談派였으며, 거문고의 명수이자 당상관의 품계에 있던 이정은李貞恩, 이총李摠 같은 종친(宗親, 왕의 일가붙이)까지도 만나면 과격한 발언밖에 모르던 그네들과 한 무리였다.

매월당은 이정은과 이총이 번갈아 타는 거문고 가락에 반하여 날이 새는 줄도 모르게 술상을 붙잡고 있었다.

자리를 파한 것은 다 밝아서였다.

매월당은 그들과 헤어지는 길로 문안을 향했다. 왔으니 서거정이나 잠깐 들여다보고 내려갈 참이었다.

숭례문을 들어서니 때마침 벼슬아치들의 출사出仕가 한창인 묘시卯時라 거리마다 울긋불긋한 우동마졸牛童馬卒들의 팔자걸음이 붐비고, 출세한 집의 구종배들이 외치는 벽제소리가 왁자하여, 그 벽제소리에 따르다가는 어느 후미진 골목에 들어가 몸을 잔뜩 낮춘 채 두어 식경이 넘도록 두 발을 동여매고 있어야 할 판이었다.

매월당은 그러거나 말거나 그대로 거리를 활보하였다. 아니, 활보가 아니라 횡보橫步였다. 오 척 단구에 주는 대로 마시고 있는 대로 비워서 진작 곤드레가 된 터였으니 걸음걸이가 볼썽사나운 것은 어디 갔건 우선 조무래기들이 떼 지어 좇아다니며 막대기로 집적거리거나 기와 조각을 던지면서 놀려 대기에 십상이었다.

그러나 졸래졸래 따라오며 성가시게 구는 조무래기들은 없었다. 때도 이르거니와 위신 있는 벽제소리에 눌렸기 때문일 거였다.

그럭저럭 육조 거리에 이르러 병조兵曹 앞에서 호조戶曹 쪽으로 막 길을 가로질러 건넜을 즈음이었다.

"에라, 게 들렸거라. 쉬이, 게 물렀거라."

매월당은 주춤하였다.

매월당은 목통이 별쯩맞게 우렁하고 기세 있는 벽제소리에 비위가 상하여 휘청거리는 다리를 겨우 가누면서 옆을 찢어지게 흘겨보았다. 눈이 침침한 중에도 수염이 허연 영의정 정창손의 출사 길임을 한눈에 알아볼 수가 있었다.

평소에 그 사위 김질金礩과 짝 채워 이흉二凶이라고 침을 뱉어 온 터였는데, 그렇게 길에서 떡하니 마주치니 눈에서 불이 나지 않을 수 없었다.

매월당은 짚고 있던 명아주 지팡이를 번쩍 들어 겨누면서 버럭 호통을 쳤다.

"네 이놈, 너도 이젠 그만 좀 해처먹으렷다!"

사방이 자물쇠 속처럼 조용하였다. 알 만한 일이었다. 바야흐로 무슨 벼락이 머리를 가를는지 몰라 다들 가슴이 내려앉은 순간이었던 것이다. 무엇이나 되는 것처럼 한창 거드럭거리며 목청을 뽑아 대던 갈도喝道의 얼굴이 낯달만큼이나 질려 버린 안색이었으니 그 밖의 가갸거겨들이야 보나 마나 한 일이었다.

그런데 그렇게 뚝 끊어진 길에서도 의연히 지나가는 것이 하나 있었다. 정창손이 타고 있는 말발굽이 그것이었다.

그가 누구던가. 이미 오십 년 전에 과거를 하여 조정에 발을 들인 이래 내리 여섯 임금을 섬기면서 번번이 좌익공신佐翼功臣, 익대공신翊戴功臣, 좌리공신佐理功臣에 피봉되고 다른 자리 다 그만두고 영의정만 세 축이나 맡고 있는 훈구대작勳舊大爵의 본보기가 아니던가.

정창손은 노련하였다. 그는 날씨가 좋아서 좋다는 듯이 시선을 허공에다 정한 채로 거들떠보려고도 하지 않았다. 다만 명주필같이 고운 부루말[白馬]의 살진 뱃구레에 슬며시 박차를 가하는 것이 얼핏 눈결에 비쳤을 따름이었다.

"더러운 것."

매월당은 명아주 지팡이를 사뭇 대지르며 앞이마에 얹혔던 패랭이가 뒤통수에 가서 걸치도록 곤댓짓을 해댔으나 정창손의 자세에는 조금도 흐트러짐이 없었다. 이를테면 그것을 두고 권위라고들 하는 모양이었다. 그가 다가가고 있는 의정부議政府의 지붕이 문득 납작해보이는 것 같았다.

"역시 오세五歲로다."

"과연 정승은 정승이로세."

"천재는 과시 낙백불패落魄不敗렷다."

"좌우간 틀이 저만이나 하니까 여섯 임금을 섬기고도 삭신이 남아났으리.”

“듣자 하니 소문이 하 요란터니, 보아하니 소행 또한 요란하이.”

“그 선비에 그 대감일레.”

“하여간 통쾌로다.”

“아무렴.”

“괜찮을는지.”

“어련하시리.”

“알 수 없느니.”

“별수 없으리라.”

“아무려나 둘 다 한몫씩 했네.”

“정봉원이 봉욕을 했지.”

길가에서 혹은 읍하고, 혹은 국궁하고, 혹은 궤좌하고, 혹은 부복한 채로 모가지를 내놓은 듯이 조아리고 있던 행인들이 마치 마파람 지나간 자리에 강아지풀 일어서듯 쭈뼛거리고 비슬거리며 일어서서 저마다 저 닮은 소리로 씩둑씩둑 뒷전풀이들을 하고 있었다.

그런가 하면 한쪽에서는 차림새가 다린 듯하고 본 것이 있는 꾸밈새로 미루어서 기둥 굵은 집의 별채[庶出]거나 평발에 통뼈(경제적으로 양반보다 잘사는 평민)인 듯한 장년 두 사람이 큰 소리로 듣기에 거북살스러운 실랑이를 계속하여 행인들을 붙들어 놓고 있었다.

"오세라니?"

"이런 시골뜨기라니. 아, 그 유명한 오세 신동五歲神童도 모르면서 하루 세 끼가 나빠 참까지 챙겨 먹어 가며 그 나이를 했더란 말인가?"

"오세 신동이라…… 그럼 다섯 살짜리 천재라 그 말이던가보이."

"양천문(梁千文, 양나라 주흥사의 천자문) 줄이라도 짚어 읽었으면 아이들도 아는 것쯤은 알아야지."

"알으나 마나 다섯 살짜리 천재가 지금 여기 어디 있다고들 그러나?"

"어즈버."

"어째서?"

"천재와 둔재는 소나무와 계수나무 사이만이나 멀다더니 그 말인즉슨 장히 옳은 말이로세."

"자네는 언제 보았기에 그리 아는 소리가 거의 문장인고?"

"이름이 한때를 독차지했던 그 반궁동(명륜동)의 오세 신동을 여지껏 몰랐으니…… 자네 이제 보니 명주 바지에 삼베 버선일세그려."

"대관절 그게 누군데 그러나? 난 두견이 소린지 소쩍새 소린지 들어도 당최 가늠을 못하겠네."

"하기야 이제 일러줘 봤자 식은 죽 먹고 더운물 마시는 격일지니, 숫제 예서 대강 접어 두는 게 나으리."

"접어 두다니, 집에선 팔짱 끼고 나가면 뒷짐 지고 사는 터수에 행여 산채 진상을 받은들 그게 도라진지 더덕인지 어찌 알겠나. 나서부터 아는 생지지질生知之質이 따로 있는 것도 아니니 그러지 말고 어서 아는 대로 이르게."

"자네 시방 말 잘했느니. 그 생지지질인즉 엄연히 따로 있네. 암 따로 있다마다. 그게 바로 오세라네. 낳은 지 여덟 달 만에 글귀를 알아듣고…… 세 살 적부터 글을 하고 시를 짓고…… 마침내 나라님께서 들으신 바 있어 다섯 살에 승정원으로 업혀 나가 도승지 무릎 위에서 화운和韻을 하고…… 그래서 신동이라고 상찬하시면서 큰 상을 내리시고 또 뒷날을 기약하시고…… 생지지질이 왜 따로 없나? 있네. 그리고 그분이 바로 저기 저 걸작傑作이란 얘기네."

"그러니까 저기 저 중이 곧 예전의 그 오세 신동이란 말이것다?"

"그렇다네. 저 어른이 그 설잠雪岑이시네. 상인(上人, 중)께서 스스로 매월당이라고도 하고, 동봉이라고도 하고, 청한자淸寒子라고도 하고, 또 벽산청은碧山淸隱이라고도 하고…… 쓰는 아호가 수두룩한지라 부르는 이름도 번다하데마는 난 아무래도 오세가 기중 낫데."

"그러나저러나 대문도 보고 사립문도 보고 거적문도 보는 육가(六街, 육조 거리)에서 되게 혼이 났으니 정 대감도 불가불 자리를 무르기가 쉬우리."

매월당 김시습

"어렵네."

"어렵다니?"

"아까 그이는 정창손이가 아니라 정창봉이었으니까."

둘러 있던 행인들이 와르르 웃고 있었다.

매월당은 거나한 취중에도 불현듯이 쑥스러움을 느꼈다.

매월당은 서둘러서 그 자리를 비켰으나 심사가 허전하고 쓸쓸하기는 매일반이었다.

매월당은 걸으면서 길바닥에 넘어져 있는 자신의 그림자를 내려다보았다.

오세 신동치고는 너무도 초라하고 왜소한 모습이었다.

정창손의 그 버젓하던 모습도 떠올려 보았다. 그 역시 남루하고 칙살스러운 물질이었다.

그에게 큰 소리로 핀잔을 하여 지나가던 사람들이 웃었지만, 그 핀잔이야말로 사마귀가 혹을 헐뜯는 것과 얼마나 다른 것인가.

혹을 일러 고질이라고 할진대 사마귀는 또 쓸데없이 붙어 있는 군살이 아닌가.

사마귀. 사마귀처럼 세상에 붙어사는 무용지물을 가리켜 송宋나라의 왕초王樵는 일찍이 췌세贅世라고 일컬었다.

매월당은 새삼스럽게 어이가 없고 기가 막혔다.

아까 어떤 사내의 말마따나 이름이 한때를 독차지하였던 오세 신동은 어디 가고, 지금은 초라하고 왜소한 몰골의 웬 췌세옹

贅世翁 하나가 고작 청려장靑藜杖에 의지하여 다들 아무 겨를 없이 바빠하는 거리를 한갓지게 비치적거리고 있는 것이었다.

오세 신동. 이제는 그것도 한갓 뜬 이름에 지나지 않을 뿐이었다.

심사는 갈수록 쓸쓸하였다.

뜬 이름을 들고 세모졌느니 네모졌느니 하고 입질을 하던 중구난방 탓일 것인가. 아니면 실패한 유자儒者로서 원로대신을 능멸한 나머지의 그 허전함일 것인가. 어쩌면 홍문관과 예문관을 한 손에 쥐고 있는 관각문장館閣文章의 주봉主峯인 서거정을 만나러 가는 길이어서 더욱 쓸쓸한 것인지도 모를 일이었다.

쓸쓸한 심사는 버릇처럼 어느 결에 또 시를 자아내는 것이었다.

술이 기뻐도 한 잔, 슬퍼도 한 잔 당기듯이 시 또한 흐뭇해도 한 수, 쓸쓸해도 한 수로 저절로 우러나오는 것이었다.

매월당은 곧 소매에서 첩지疊紙를 꺼내고 허리춤에 차고 다니는 먹소용을 열어, 가슴속에 뭉클하게 괴어 있던 시를 구부정하게 선 채로 적어 내렸다.

가 버린 마흔세 해는 그게 아니었네 四十三年事已非
몸도 전혀 따라 주지 않았고 此身全與壯心違
물고기도 변신하면 하늘을 가르며 神魚九變騰千里
큰 새도 해묵으면 하늘을 편다는데 大鳥三年欲一翬
동봉의 개울에 귀를 씻고 洗耳更尋東澗水

매월당 김시습

집 뒤의 산나물로 허기를 달래다가	療飢薄采北山薇
알았다네, 내가 가야 할 곳은	從今陟覺歸歟處
눈발 위에 서릿발 치는 대밭이라는 것을	雪竹霜筠老可依

비록 대꾸는 없었지만 그러나 정창손도 말귀는 있었을 것이었다. 말하자면 그동안 할 만큼 했으니 이제는 이승을 하직하라는 뜻이었음을 새겨들었으리라는 것이다.

매월당은 그 무렵까지도 미운 사람을 미워는 했을망정 그들에게 불행이 차례 오기를 바라면서 저주를 했던 적은 한 번도 없었다.

어린 왕을 해치고 어린 왕의 보필들을 휩쓸어 버린 여흥으로 훈작을 얻어 주렁주렁 치장한 것들끼리 경재卿宰의 자리를 서로 나누고 서로 바꿔 가며 질탕하게 누린다는 소식을 접할 때마다 때로는 흐느낌으로, 때로는 통곡으로, 때로는 몸부림으로 '하늘도 무심타. 도대체 이 백성들이 무슨 죄를 그리 크게 졌기에 하필이면 그런 것들이 그런 자리에 앉는단 말이냐' 하면서 하늘을 부르짖곤 했지만, 그래도 그들의 운명이 어서 다 되기를 나날이 기다리고 다달이 기대했던 것은 아니었으니, 그것이 곧 매월당 자신의 한계이기도 하였다.

그런데 이왕에 그렇게 해왔으면서도 정창손에게만은 발악적으로 나댄 것이었다. 그것은 정창손이 다른 흉물들보다 유난히 만만해서가 아니었다. 그럴 만한 까닭이 달리 있었기 때문이었다.

그것은 일신의 영달을 도모하여 세조의 치질을 핥고 종기의 고름을 빨아 주기에 소매를 걷고 앞장섰던, 어린 왕의 적신賊臣들이 스스로 제명이 다 되어 차례차례 귀신으로 사라졌다는 사실이었다.

맨 먼저 귀신이 된 것은 한확韓確이었고 다음은 권남權擥이었다. 한확은 세조가 즉위한 이듬해에 객사하였으나 권남은 과거에 세 번이나 장원을 차지했던 재질을 부려 하고 간 일이 적지 않았다.

권남은 세조가 수양대군으로 있을 때 문턱이 닳도록 드나들며 일을 꾸미되 번번이 때를 넘기곤 하여 궁녀들 사이에 국을 식히는 나리[寒羹郎]로 통하였고, 일이 된 뒤에 세조가 협찬을 했던 모사들을 내전으로 불러 잔치를 베푸니, 왕후 앞에 나아가 '접때의 한갱랑이올시다' 운운했을 정도로 측근이었다. 그는 한껏 권세를 부리고 재산을 모으고 사치를 누렸으나 결국 쉰도 못다 채우고 마흔아홉 살에 딴 세상 식구가 되고 말았다.

그로부터 삼 년 뒤에는 세조가 떠났다. 권남보다 두 살을 더하고 간 셈이었다.

세조는 또 가기 전에 맏이를 앞세웠다. 맏이는 세자에 책봉이 되었으나 앉아 보지도 못하고 나이 스물에 먼저 앞섰는데, 그를 두고 세상 사람들은 무덤마저 빼앗기고 어리중천에 떠도는 현덕 왕후(단종의 모후)의 원통한 혼령에 의해 오급살을 맞은 것이라고들 쑥덕거렸다. 뿐만 아니라 세조의 둘째도 요절하였다. 뒤를 이어 왕(예종)이 되었으나 일 년 남짓 더 있다가 뒤를 바짝 따라간 것이었다. 나이 열아홉에 왕업을 이은 지 겨우 열석 달 만이었다.

이윽고 지금의 임금(성종)이 위에 오르자 다시 세조의 충신들이 뒤를 이어 줄을 섰다.

시작은 임진년(성종 3년)의 홍달손洪達孫이 하였다. 홍달손은 무장으로 출입하다가 때를 얻어 좌의정을 지냈는데 여기저기에 첩을 열이나 늘어놓았으나 환갑도 못 되어서 끝을 보고 말았으니 필경 주색에 곯은 탓이라고들 씩둑거렸다.

다음은 을미년의 홍윤성洪允成이었다. 홍윤성은 성질이 잔인 포악하고 탐욕스러웠으며 좌상을 거쳐 수상에 이르도록 그 버릇을 고치지 못하였다. 그러나 세조는 그에게 신세 진 것이 많아서 그의 집을 찾아보는가 하면, 나이 스물도 안 된 그의 후처를 형수라고 부르면서 술잔을 권하기까지 하였다.

그가 이조吏曹의 장관이 되자 조실부모한 그를 거두어 먹이며 가르친 숙부가 찾아와 자식의 벼슬길을 청탁하였다.

그는 아무 데에 있는 논 스무 마지기를 주면 청탁을 들어주마고 하였다. 숙부는 그 배은망덕에 놀란 나머지 대놓고 싫은 소리를 하였다.

그는 그 자리에서 숙부를 때려죽이고 말았다. 그리고 쉬쉬하면서 뒷산에 암매장을 하였다.

나중에 숙모가 알고 그 사실을 탄원하였으나 세조는 일등 공신에 대한 예우로 그 혐의를 캘 수 없다 하여 그 집의 하인 열 명으로 그 벌을 대신 받게 하였다.

그는 쉰하나로 마감하였다. 자식을 두지 못하여 문을 아주 닫아걸게 되었다고들 하였다.

신숙주도 같은 해에 죽었다. 그의 아우 말주末舟는 세조에게 벼슬을 얻는 것이 부끄러워서 순창에다 정자 한 칸을 짓고 여생을 의리에 살았으나 신숙주로서는 아랑곳없는 일이었다. 세조는 가끔 그를 저 춘추 시대의 관중管仲에 견주어서 말하였다. 그러나 영월의 자규루子規樓가 소쩍새의 피로 얼룩진 뒤로 말과 웃음이 드물어졌던 사람들도 그 관중의 관포지교管鮑之交가 신숙주에게 어떤 의미가 있는가에 대한 논의를 하는 자리에서는 한결같이 입을 열어 나름껏 웃고 떠드는 데에 남녀노소가 없었다.

김질은 정인지鄭麟趾와 같은 해인 무술년(성종 9년)에 죽었다.

김질의 죽음을 전해준 것은 안응세였다.

안응세는 남효온의 벗으로 겨우 약관이 지난 학생이었으나 그 나이에 벌써 '옳지 않은 재물은 집안 살림을 도울 뿐이요, 옳지 않은 음식은 오장을 기름지게 하는 데에 그칠 따름이다(不義之財補止於家 不義之食補止於五臟)'라고 평론한 것이 기특하여 매월당이 늘 꼽아 오는 터였다.

안응세는 어려운 형편인데도 매월당의 심중을 짐작하여 매월당이 좋아하는 소주까지 장만해가지고 보러 온 것이었다.

"그러니까 질은 그 고깃덩이를 얼마나 더 끌고 다니다가 버린 셈인고?"

매월당이 물었다. 김질이 어린 왕의 복위를 계획했다가 미루게 된 일을 장인 정창손에게 귀띔하고, 그것이 고변이 되어 한때 이렇다 하던 인물들을 모조리 칼질한 이후 그 부귀와 영화가 얼마였는가를 물은 거였다.

"글쎄올시다. 대개 마소가 죽으면 그 가죽부터 벗기지 아가리의 이빨을 헤아린다는 말은 아직 듣지 못했습니다만, 선생님께서 하문이 계시니 사뢰겠습니다. 올해 쉰셋이라고 들은 듯하니 스물두 해나 더 있은 셈이올시다."

안응세는 미리 따져 보기라도 했는지 간지도 짚어 보지 않고 수월하게 대답하였다.

"술을 따르게."

매월당은 소주 한 종발을 한 번에 들이켜고 나서,

"자네도 목을 축이지 않을 수 없으렷다."

잔을 안응세에게 건네었다. 안응세도 사양하지 않고 한 모금에 잔을 비웠다.

"의사義士들의 몸을 찢어 까마귀 주고, 그 해골에 옻칠하여 잔으로 쓰며, 춤추고 노래하고 계집질할 놈들."

매월당은 소주 한 종발을 더 비우더니 문을 열게 하였다. 뜰에서 떨고 있던 찬바람이 한방 가득 몰려들었다. 하늘이 건너편의 산봉우리로 내려와 있었다. 저물녘에는 또 눈발이 있을 조짐이었다.

매월당은 밖에다 대고 큰 소리로 물었다.

"질아, 네 이십이 년에 그래, 갑자甲子가 몇 번이나 돌아오더냐?"

수채가 나가는 덤불 옆의 구새 먹은 산밤나무 가지 끝에서 바람이 울었다. 매월당은 그 소리를 대답으로 들었다.

안응세 앞에 가 있던 잔이 건너오자 매월당은 또 한 차례 소주를 들어부었다. 그리고 이번에는 산밤나무에다 눈을 부릅뜨며 언성을 높였다.

"자벌레가 굽히는 것은 펴기 위해서랬거늘, 그래, 그렇게 펴 본즉 기럭지가 길어지더냐, 때깔이 이뻐지더냐?"

매월당은 숨을 돌리고 나서,

"너는 그렇게 해서 얻은 피로 네 집의 고기 썩는 냄새를 돕고, 그렇게 해서 얻은 기름으로 네 오장의 트림을 돕더니 급기야 이제는 뜬것이 되고 말았구나. 겨울과 여름이 스물두 번씩 바뀌는 동안, 하늘은 높디높아 더위잡을 수가 없고, 땅은 두껍디두꺼워 차 버리지 못한 채, 하늘을 이불 하여 덮고 자면서도 하늘을 원망하고, 땅을 요로 하여 깔고 자면서도 땅을 탄식해온 내 이십이 년보다 얼마나 배부르고 살이 쪘더란 말이냐. 질아, 지하에서도 마땅히 분별이 있을지니라."

하고 부르대었다.

매월당 김시습

매월당은 그날도 폭음을 하였다. 때가 이월이어서 술을 받쳐 줄 음식이라고는 삶아서 무친 시래기와 짜디짠 콩자반뿐이었지만, 그로부터 못 일어나면 못 일어나는 한이 있더라도, 있는 술을 두고 몸을 생각하며 마신다는 것은 스스로도 용납할 수가 없는 일이었다.

그것은 김질의 죽음이 거늑하고 시원해서가 아니었다. 김질이 경상감사가 되어 내려간다고 들었던 날, 또 이조판서가 되어 올라온다고 들었던 날, 그리고 더 뛰어 좌의정에 올랐다고 들었던 날 '대체 이 백성들이 무슨 죄가 그리 많기에 이런 말자들이 그런 자리에 가더란 말이냐' 하면서 흘렸던 눈물을 회수하기 위하여, 그런 날 그렇게 흘린 눈물의 반의반만큼이라도 술을 몸에 들어붓지 않고는 견딜 수가 없었기 때문이었다.

그러므로 그것은 술이 아니었다.

눈물이었다.

흘린 눈물을 되찾아서 도로 거두어들인 것이었다.

그리고 그것은 또 어려서부터 함께 자라고 더불어서 쇠어 버린 질병과, 걷고 걷는 동안 쌓이고 쌓인 울분으로 하여 황폐할 대로 황폐한 자신의 오 척 단구에 때맞은 수혈輸血이기도 하였다.

그러한 폭음은 정인지가 죽었을 때도 마찬가지였다.

정인지의 소식은 동짓달 그믐께 서거정의 하인인 복쇠福釗가 와서 전해주었다.

서거정은 시축과 함께 소주를 한 고리 곁들여 보내었다. 매월당은 그것만으로도 한번 혼전히 마시고 취흥에 젖어 보고 싶어 못 견뎌할 노릇인데, 게다가 정인지의 복에 겨운 고종명考終命까지 덧두리로 따랐으니 여북했을 터인가.

매월당은 소줏고리부터 열게 하였다. 소줏고리가 열리자 터분하던 정신이 번쩍 들면서 방 안에 배어 있는 퀴퀴한 자릿내까지 단박에 가시는 것 같았다.

"좋도다."

매월당은 감격하여 영탄을 하였다.

선행이 상을 보아 왔다.

매월당은 소주 두 종발을 거푸 들이켰다. 안주는 정인지의 소식이었다.

"좋은 대가리를 좋지 않게 굴리는 것은, 나쁜 대가리를 나쁘게 굴리는 것보다 훨씬 흉악한 법."

선행이 조심성 있는 어조로 곁다리를 들었다.

"그이는 그래도 다소의 독서와 저작은 있지 않습니까."

매월당은 웃으면서 되묻지 않을 수가 없었다.

"광에 추수를 모두 쟁여 놓았는데 쥐란 놈이 벽에 구멍을 내고 드나들면, 그 쥐구멍이 광의 통풍을 돕게 되니 다소의 득도 없지 않다는 말이것다."

선행은 점직스러운지 입을 다물었다.

매월당은 따라 놓은 잔을 비우고 나서 애써 성미를 누그려가지고 말했다.

　"인지는 그 다소의 독서와 저작으로 인하여 그동안 쌓아 올린 악이 더욱 돋보이게 될 것이니, 광에 뚫어 놓은 쥐구멍도 공덕이 전혀 없다고는 못하겠구나."

　매월당은 취기가 오른 뒤에도 어조에는 높낮이를 두지 않았다.

　"대저 사람이 산에 오르면 먼저 그 높은 것을 배우려고 할 줄 알아야 하느니. 또 물을 만나면 그 맑음을 배울 걸 먼저 생각하고, 돌에 앉으면 그 굳음을 배울 걸 생각하며, 소나무를 보게 되면 그 푸름을 배울 걸 생각하고, 달과 마주하게 되면 그 밝음을 먼저 배울 걸 생각하는 태도가 바로 대가리를 제대로 굴릴 줄 아는 자의 모습이니라. 하나 장차는 저 인지를 따라가서 대가리를 제대로 굴리려는 자가 매우 드물 터인즉, 두고 보면 알려니와 필경 산에 오르면 먼저 그 편한 길부터 알고자 기웃거리게 되리. 또 물을 만나면 그 흐름에 얹힐 꾀를 궁리하게 되고, 돌에 앉으면 그 차가움부터 생각하게 되며, 소나무를 보면 그 오래 사는 수를 생각하게 되고, 달을 마주하면 그 은밀함만을 생각하게 되어, 좋은 대가리를 좋지 않게 굴리려는 자가 비 온 물꼬에 송사리 몰리듯이 끓을 터이니, 이것이 무엇인고. 이것이 장차 이 백성에게 뿌리 내릴 불운의 싹이 아니겠느냐."

　선행은 저만치에서도 들리게끔 숨을 내리쉬었다.

"그럴 것 없느니라. 둘밖에 안 남았으니."

"둘이라굽쇼?"

선행은 조급하게 물었다.

"둘은 너무 적은 게로구나. 그럼 배로 늘리마."

매월당은 수염 속으로 배어드는 웃음기를 지우면서 다시 잔을 기울였다.

매월당이 지목한 나머지 둘은 물론 정창손과 한명회韓明澮였다. 그리고 그것이 정창손에게 놈 자를 써 가면서 이제는 그만둘 때도 되었다고 야유를 하게 된 바탕이었다.

그날 복쇠 편에 전해온 서거정의 시는 '추회秋懷'라고 제題한 것이었다.

세월은 기다려 주지 않는 것　　　　流光冉冉不會留
흰 터럭에 모자 벗기 겁이 나더라　　烏帽西風怯白頭
내 한 몸 내 맘대로 하지 못하니　　出處由來難自斷
일이란 게 으레 그렇기 때문　　　　閑忙自古不相謀
도잠에게는 귀거래사가 기다려 주고　陶潛歸去欣瞻宇
두보는 정자들이 기다렸었네　　　　杜甫行藏獨倚樓
내 또한 초야에 약속 있기에　　　　我亦歸田曾有賦
나머지는 조각배에서 늙게 되리라　　欲將身世老扁舟

　　　　　　　　　　　　　　　　　　매월당 김시습

얼마 전에 서거정을 찾아가 그의 정자 정정정亭亭亭에서 술대접을 받았는데, 술김에 녹을 먹어도 너무 염치없이 오래 먹는 것이 아니냐고 은근히 긁어 준 데에 대한 응수인 모양이었다.

매월당은 붓을 들어 그에 답하는 시를 복쇠 편에 보내었다.

댁의 정자는 연못을 눌러	亭亭亭壓小蘋洲
꽃은 떠나고 잎새도 시들했소	落盡紅衣葉帶愁
벼슬길이 그렇게 좋기도 하리다만	九折名途如許好
내 몇 칸 초옥에도 아무 일 없었다오	數間茅屋我無憂
관광길에 빠져 떠돌이 십 년에	江山滿眼十年客
천하의 가을 이 마당에 모아 놨소	風月一窩千里秋
나는 돌아와 지팡이를 두었는데	掛錫城東飛瀑上
임은 그때의 일 잊지 않았었구려	君侯當日憶儂不

서거정은 매월당보다 십오 년이나 연장이었다.

매월당은 서거정을 선생이라고 불렀다.

서거정은 육세 신동 소리를 들었을 정도로 어려서부터 문리에 뛰어났으며, 그 영발한 재질은 나이와 함께 무르익어서 조야 간에 그를 관각문장의 제일인자로 꼽는 데에 서슴지 않기에 이르렀다. 식년시式年試를 비롯하여 발영시拔英試·등준시登俊試·중시重試에 연달아서 오르고, 여섯 임금을 섬기면서 사헌부의 장관

두 번에 육조의 장관을 모조리 거쳤다. 과거의 시관試官을 맡아 방榜을 가린 것이 도합 스물세 번이요, 나라의 문형(文衡, 대제학)을 잡은 지 무려 이십삼 년에 달하였다.

매월당은 누구보다도 서거정을 좋아하였다. 아니, 어쩌면 은연중에 부러워하고 혹은 남몰래 시기와 질투를 했는지도 몰랐다.

매월당도 스스로 장옥(場屋, 과거장)에 나갔던 적이 있었다. 한 번도 아니었다. 두 번 나가서 일급일락一及一落의 두 맛을 고르게 보았다. 경오년(세종 32년)의 사마시司馬試에 나가서 이우李堣·이파李坡·노사신盧思愼 등과 나란히 급제하여 나이 열일곱에 생원이 되었던 것은 단맛이요, 계유년(단종 1년)의 동당(東堂, 증광시)에 나갔다가 낙방거자落榜擧子가 된 것이 쓴맛이었다.

동당시에서는 이우를 비롯하여 정극인丁克仁·손순효孫舜孝·성간成侃·김수령金壽寧, 그리고 노사신이 홍지紅紙를 받았거니와, 여기서 매월당이 충격을 받은 것은 자신의 낙제에 겹쳐 이우가 급제한 사실과, 그 이태 전에 나이 열여덟으로 이미 동당시에 급제하여 벼슬길을 달리고 있던 이파의 순탄한 행보였다.

이우·이파 형제는 매월당이 다섯 살 때 그 무렵 집현전의 수찬修撰이던 이계전李季甸을 스승으로 공부한 동문수학에다 이웃 간에서 서로 키를 재며 자란 죽마고우요, 또 스승 이계전의 아들이었던 것이다. 평범하다 못해 오히려 늦둥이에 가깝던 이우 형제의 순탄에 비해 다섯 살 때 세종의 격려와 후일의 기약이 있은 이래 세상의 촉망을 한 몸에 모아 온 자신의 문과 실패는 그 오세 신동의 자존심을 크게 덧들여 놓고 남음이 있는 일이었다.

　과거에 허탕을 친 낙방거자를 혼히 낙방거지라고 희롱하는 풍습이 있었다. 하지만 거업(擧業, 과거 공부)을 한때의 몫일로 삼는 사람들에게는 한두 번의 낙방쯤 병가상사에 지나지 않는 것이었다. 지난날 시서詩書의 낙타 등으로 일렀던 강석덕姜碩德이나, 당대의 문장이라 이르는 서거정 같은 학력도 일찍이 낙방거지라는 놀림을 겪어 본 터였고, 젊어서부터 문도들이 마당에 장이 서서 뜨락에 풀이 자랄 겨를이 없다고 떠들썩한 김종직金宗直도 이제는 웬만한 사람이면 한두 번 읽어 보지 않은 이가 없을 저 〈백룡부白龍賦〉를 써 냈다가 보기 좋게 미끄러진 사실을 지금껏 이야깃거리로 남겨 놓고 있지 않았던가.

　그렇지만 그들은 쉽게 재기할 수가 있었다. 그들은 영릉(英陵, 세종)의 기약에 볼모가 된 적이 없었고, 따라서 현릉(顯陵, 문종)과 영월의 외로운 넋(단종)에게도 짐스럽지 않을 수가 있었다. 그러나 매월당에게는 짐이요 굴레였다.

　생각하면 그때의 그 낙방은 오세 신동의 자존심을 덧들여 놓은 것으로만 그친 것이 아니라, 남들의 태운泰運과 자신의 비운(否運, 비색한 운수)을 가름하는 운명의 분수령을 겸했던 것이었다.

　매월당은 그로부터 과거를 짐짓 무시하려고 애썼다. 속 모르는 사람들이 예에 따라 생원으로 불러 주는 것도 칠색팔색을 하면서 손을 내저어 말렸다.

물론 괴로운 일이었다. 왼손은 부지런히 내저어 과거를 되도록 멀리 쫓아 버리는데도, 오른손은 급제의 유혹을 뿌리치지 못하여 자꾸 망설이는 것이 탈이었다. 안타까운 일이었다.

애초에 삼각산의 중흥사中興寺로 거처를 옮긴 것도 조용한 산사에 머물며 다시금 정신을 가다듬어 거업에 몰두하고 정진하자는 것이었다.

그런데 그렇게 되지가 않았다. 잠이 달아나고 입맛이 가셨다. 책이 잡히지 않고 글도 들어오지 않았다. 숨이 막혔다.

책을 덮고 칼을 잡았다.

유생에게는 검법劍法 또한 필수적인 상식이었다. 또 허약한 몸을 단련하는 데도 복약과 맞먹는 방법이었다. 게다가 어머니 무덤의 여막廬幕에서 시묘살이로 삼 년을 나는 동안에 풍습風濕이 침노하여 이미 깊어졌다는 판단을 받아 놓은 터였다. 서급(書笈, 책 상자)에 칼을 넣어 온 것은 틈틈이 검법을 익힐 수 있는 데다 산악에서 몸을 단련하는 도구로서도 알맞은 것이기 때문이었다.

그러나 아무리 칼을 휘둘러 대도 숨통이 트이지 않았다.

그럴 즈음에 찬탈이 있었다는 소식이 올라왔다. 밀초를 사러 내려갔던 거자 하나가 소문을 한 보따리 얻어 가지고 돌아온 것이었다. 신하가 반역을 이루었다는 것이었다. 역성易姓만도 못한 추악이었다. 뿐만 아니라 영묘가 따로 불러 신신당부했던 영묘의 충신들이 등을 돌려 주구 노릇을 했다는 것이었다.

매월당은 사지가 부르르 떨렸다.

칼을 뽑았다.

당장에 뛰어 내려가서 그 주구들을 한칼에 해치우고 싶었다.

그러나 칼을 던져 버렸다. 그렇게 할 수 있게 취직한 몸이 아니었다. 과거가 늦은 탓이었다.

그런데 두 가지 확실한 것은 있었다.

하나는 의로움의 끝이었다. 의가 밟힌 것은 불의의 발호이며 아울러 치세治世의 종막이며 난세의 개막이었다.

하나는 거업의 끝이었다. 과거를 위한 학력은 이제 아무짝에도 쓸모가 없었다. 졸업이었다.

책이라고 생긴 것은 죄다 쓸어 내어 불을 질렀다. 머리를 깎았다.

스스로 졸업을 보증하는 문신文身이었다.

그길로 과거는 길래 남의 일이 되고 말았다.

굴레를 벗어던진 홀가분함이란 무엇과도 비길 수가 없는 것이었다.

그러나 서거정을 보게 되면 그것이 또 그렇지만도 않은 듯한 것이었다. 거업을 졸업한 지가 언제인데도 가슴속의 어느 구석엔가 스며 있던 애틋한 여운이 불현듯 아련히 느껴지는 것은 어쩔 수가 없는 일이었다. 그것이 무엇일까.

매월당은 종내 그것이 무엇이라고 이름할 수가 없었다.

이 가슴 씻으리니 어디가 그곳인가　　　　　37

서거정은 언제 보아도 영판 딴 세상 사람이었다. 먹고 입고 쓰는 것이 그렇고, 얻고 맡고 하는 일이 그렇고, 보고 듣고 느끼는 것이 그렇고, 짓고 읊고 엮는 것이 그렇게 매월당하고는 경계가 있고 거리가 있었다. 하물며 하늘이 그의 것과 같을 수 있고, 땅이 그의 것과 같을 수 있고, 사람이 그의 것과 같을 수 있을 것인가.

　사정이 그러함에도 그와 마주하면 피로를 느끼고, 불편을 느끼고, 한도를 느끼기는커녕 차라리 마음이 놓이고 사개가 느슨해지면서 속절없이 흥이 일어나는 것은 무슨 까닭이었을까. 알 수 없는 일이되 한 가닥 짐작이 가는 것이 있다면, 그것은 가슴속 어딘가에 깊이 숨어 잠자고 있던 요람기의 기억 내지는 신동 시절에 대한 그리움이 비몽사몽간의 잠결처럼 부질없이 정서화했던 것이 아닌가 싶을 뿐이었다.

　행여 자신의 몸속에 그와 같은 정서가 얼마라도 남아 있는 것이 사실이라면 실로 그것처럼 남이 알까 싶게 부끄러운 노릇도 다시 없을 것이었다. 그것은 마치 도성의 거리를 비칠거리면서 쏘다닐 때 철부지 조무래기들이 기와 조각을 던지면서 '오세다' '다섯 살짜리 신동이 간다' 하고 뒤쫓으며 놀리는 순간마다 뼈끝을 찌르던 모멸감 같은 것이었다.

　그리고 지난날 운수雲水에 묻어가는 지팡이를 따라 삼각산에서 송악산松嶽山으로, 송악산에서 묘향산妙香山으로, 묘향산에서 금강산金剛山으로, 금강산에서 오대산五臺山으로, 오대산에서 계룡산鷄龍山으로, 계룡산에서 모악산母岳山으로, 모악산에서 내장산內藏山으로, 내장산에서 무등산無等山으로, 무등산에서 두류산(頭流山, 지리산)으로, 두류산에서 금오산으로 그렇게 흘러 다닐 동안에 한때 '성명聲名을 떨쳤던 오세 신동'이라 하여 더러는 객사로 초대를 하고, 더러는 역참에서 교환을 하고, 더러는 산사까지 방문을 하곤 하면서, 때로는 잔치를 베풀어 주고, 때로는 침식을 바라지해주고, 때로는 행장을 개비해주고, 때마다 노자를 마련해주고 하던 고을 수령들의 따뜻한 배려와 친절에 매양 쑥스럽던 자괴감 같은 것이었다.

매월당은 그러나 서거정을 좋아하였다.

그의 문장이 장편단장長篇短章을 막론하고 당대를 압도한다는 세평에 그다지 비위가 상하지 않았던 것도, 수락산 동봉의 비폭암에 폭천정사를 꾸려 거처를 삼은 이래 성안에 나들이할 계제가 있으면 되도록 그를 찾아보고자 애썼던 것도, 그가 늙고 과로하여 자리보전을 할 때마다 선행을 보내어 문병을 했던 것도, 그리고 가끔씩 서로가 차운시次韻詩를 보내고 화운을 해왔던 것이야말로 모두가 일찍이 일가를 이룩한 그의 학문과 문장과 일과에 대한 애정의 내용이었던 것이다.

매월당은 그러한 서거정에게도 뭇사람이 구경하는 대로에서 얼근한 술기운을 빌려 한바탕 야유를 한 적이 있었다.

어느 날, 갈도 소리도 요란하게 퇴사를 하던 그와 불시에 마주

쳤다. 광화문이 저만치 버티고 있는 공조工曹 앞이었다.

매월당은 부러 지팡이를 잔뜩 꼬나 잡고 다가서며 마상에 높직이 앉아 사뭇 위엄이 흐르던 그에게,

"야, 강중剛中이, 너 오랜만이구나. 그래, 요샌 재미가 어떠냐?"

하고 자字로 부르고 너로 깎으면서 심술을 부렸던 것이다.

"열경(悅卿, 김시습의 자)이, 한참 적조했네그려. 그래, 그새 무고하신가?"

서거정은 반색하면서 말을 멈추게 하였다.

과연 남을 움직일 만한 풍채라고 아니할 수가 없었다.

"나는 산수간에 부침이 무상하여 먹어도 맛을 모르는데 형은 언제 보아도 신관이 훤하시구려."

매월당은 여전히 찍자를 부렸다.

"허허, 소금을 먹어도 입에 맞으면 그 아니 진미겠소. 동봉도 자연을 독식해서 그런지 신색이 썩 늠름하외다."

서거정도 요지부동이었다.

"자연인즉 하늘이 즐기게 해주는 것이지, 그 어디 내가 할 수 있는 일이리까."

"참새는 기왓골에다 둥지를 틀고, 고니는 갈대밭에서 풀씨를 찾으니, 그 생태인즉 그 생리의 비롯이 아니겠소."

"하기야 기와집에서는 상아象牙 조각으로 이를 쑤시고, 갈밭에서는 바람결로 머리를 빗는 것도 다 제멋이리다."

매월당 김시습

"동봉은 생지生知의 고독함이고, 사가정(四佳亭, 서거정의 호)은 학지學知의 번거로움 아니겠소."

말본새로 미루어 보아 그도 시나브로 물러서기가 어렵다는 속이었다. 매월당은 뒤를 이었다.

"그게 아니라 중서군(中書君, 붓)을 하인 삼아서 저랑(楮郎, 종이)에 농사지어 곳간을 채우는 이와, 따비밭의 귀리[燕麥]를 상전 삼아서 청기(靑旗, 주막)의 국선생(麴先生, 술)을 스승으로 받드는 자의 차이이리다."

서거정은 어느새 미소가 어린 얼굴로 응수를 하고 있었다.

"그렇기야 하겠소. 동봉은 동부洞府에서 단전丹田으로 호흡을 하고, 사가정은 잡답雜沓에 빠져 쭉정이나 거두면서 이렇게 묘유(卯酉, 출퇴근)에 매여 하루걸러로 몸살이외다."

매월당도 웃음이 나왔다. 그러나 웃음을 보이지 않으려고 부러 수염을 쓰다듬었다.

서거정은 그사이에 다시 입을 열었다.

"그러고저러고 동봉이나 사가정이나 머리에 이모작(二毛作, 반백머리)을 한 것이 제법 장하게 되었으니, 세월이 부지런하기가 꼭 눈 속의 매화로구려."

"선생은 일의 노예로서 시절의 빠름을 아시고, 매월당은 일월日月의 쥔으로서 절서節序가 더딘 것을 깨달으니 어차피 피장파장인가보외다."

"일 좋아함이 일 없음을 좋아함만 못하다(好事不如無事好)고 한 것은 동봉의 절구絶句 아니었소?"

"그야 산수에는 어제오늘이 없는 탓이올시다."

"애초에 재봉홍포裁縫紅袍가 어찌 천의무봉天衣無縫에 미치리 ……."

서거정은 소리 내어 웃었다. 매월당도 마주 웃지 않을 수가 없었다. 매월당은 웃으면서 말했다.

"재봉이거나 무봉이거나 인생은 다 가을 나비로소이다."

"허허, 그 또한 절구로다."

그러고 있는 동안에 행인들이 장터처럼 모여들었다. 행인들은 굿거리 마당처럼 둘러선 채로 매월당과 서거정을 번갈아 가면서 구경하고 있었다. 그들은 무슨 기적을 발견한 듯한 얼굴들을 하고 있었다. 그 기적은 마상과 노상의 차이일 것이었다.

매월당의 행색은 언제나처럼 그 모양 그대로였다.

검정 누더기와 깎은 머리가 자라서 다복솔이 다 된 모습만은 문안에서도 어쩌다가 하나씩 있는 중일 뿐이었다.

구부정한 허리며 깡마른 몸이며 누렇게 뜨고 들피진 얼굴까지도, 유난히 빈대가 들끓는 보잘것없는 암자의 이[蝨] 많은 중에 불과할 뿐이었다.

그러나 비뚜름하게 모로 젖혀 쓴 패랭이와 거친 수염은 시전의 바닥 장사치와 비스름했고, 지팡이 대가리에 술값이 든 주머니가 매달린 것은 하릴없이 동냥아치였으며, 술기운에 달려서 다리가 휘둘리는 대로 약봉지와 먹병이 대롱거리는 것은 거칠게 꼰 새끼 줄을 허리띠로 동인 것과 함께 글줄이나 하다가 엇나간 파락호의 실성한 모습에 진배없는 것이었다.

그런데 구경꾼들이 더욱 신기하게 쳐다보는 것은 지난날의 오세 신동이 중도막에 꺾여서 미치광이가 다 된 것을 발견한 사실 보다, 태평한 미소로 일일이 상대를 해주고 있는 일품 벼슬아치의 부드러운 기색과 따스한 숨결이었다.

서거정은 남의 이목을 셈한 나머지 거짓으로 임기응변을 한 것이 아니었다. 그만한 그릇에서 배어 나온 진실이었다. 서거정과 신분을 따지지 않는 망형忘形의 사이가 되고 열다섯 살이라는 나이 차이를 재지 않는 망년忘年의 사이로 내내 너나들이를 하면서 지내게 된 것도 이때부터의 일이었다.

정창손에게 야유를 하기 전날 남효온의 벗들과 더불어 용산강 언저리의 주막에서 술자리를 벌일 즈음, 양희지楊熙止가 잠깐 와서 인사를 하고 간 일이 있었다.

양희지는 매월당이 금오산에 있을 때 경주의 통판(通判, 뒤의 판관)으로 와 있던 유자빈柳自濱의 명함을 들고 와서 만나게 된 사이였다. 양희지는 그때 이미 갑오년(성종 5년)에 사마시를 하여 생원이었는데 유자한柳自漢의 형으로 반궁동에서 함께 자란 유자빈의 얼굴을 사서 받아들이는 바람에 한 열흘 묵어 간 인연을 놓지 않고 종래 내왕을 이어 오던 처지였다.

양희지는 그날 사마시의 동방同榜이었던 조위曹偉·조지서趙之瑞·유호인兪好仁·신종호申從濩, 그리고 채수蔡壽·김흔金訢·허침許琛·최부崔溥·권경유權景裕·이주李胄·권건權建·박증영朴增榮·이달선李達善·이승건李承楗·이의무李宜茂 등과 호당(湖堂, 賜暇讀書)에 뽑혀 삼각산의 의장사義藏寺에서 독서했던 시절을 회고하던 끝에 서거정의 안목에 대한 이야기를 곁들이고 있었다.

양희지와 호당에 들어서 독서를 했던 스무남은 살 안팎의 그 청년들은 매월당도 대개가 알 만한 인물이었다. 남양 고을의 구실아치 아들인 홍유손이 밀양 고을까지 찾아다니면서 김종직의 체온을 얻은 터였으므로 그의 문도들의 이름만은 그전부터 홍유손을 거쳐서 익히 기억을 하고 있었던 것이다. 따라서 양희지가 말하는 서거정의 안목에 대해서도 고개를 끄덕이지 않을 수가 없었다.

매월당은 서거정에게 가는 문단의 눈총에도 무심한 편은 아니었다. 문단에서는 서거정이 문형을 너무 오래 하고 있다는 것이었고, 서거정이 자리를 내놓을 경우 그 자리를 채울 만한 인물로는 오로지 김종직 한 사람이 있을 뿐이며, 그러므로 김종직이 뒤를 물려받게 되면 그로부터 자신의 저작과 명성이 차츰 퇴색할 것을 저어하여 무가내로 모르쇠를 한다는 것이었다.

매월당 김시습

그럴듯한 짐작이었다. 공론은 물의를 거쳐서 모양이 갖추어지는 법이요, 따라서 사사로운 이의는 끼어들 틈이 없는 이유이기도 하였다.

매월당은 그래도 사사로운 의견을 붙이지 않을 수가 없었다.

"말은 있어야 하리로되 모름지기 치우치는 것은 경계하지 않을 수가 없소. 달성군(達城君, 서거정의 작호)의 눈은 곧 앙부일귀(仰釜日晷, 해시계)와 같을레."

매월당은 뜸을 들이고 나서 말을 이었다.

"달성군의 눈이 앙부일귀와 같단 말은 사람을 알아보는 데에 늦지도 이르지도 않다는 뜻이외다. 속은 또 자격루自擊漏와 같아서 사람을 받아들이는 용량이 넘치지도 않고 달리지도 않음을 알아야 하리. 대봉(大峯, 양희지의 호)과 함께 읽은 사람들의 면면을 본즉, 위나 부나 주나 흔이나 경유나 호인이나 거의가 점필재(佔畢齋, 김종직의 호)의 문도인데, 달성에게 행여 사심이 있었다면 과연 그렇게 고를 수 있었겠소? 달성은 조리條理가 있는 위인이고 점필재도 다른 말이 없었으면 딴 사람들의 말은 딴소리에 불과하리다."

"생물전에 가 보면 비린내 안 나는 생물이 없는데, 뼈 있는 놈이나 뼈 없는 놈이나 모두 횟감으로 치시면서, 서달성만은 유독 젓갈에도 안 넣고 자반에도 안 넣고 항상 높이 달아 두어 간수하십디다."

바른말 잘하는 홍유손이 마뜩잖은 어조로 바르집어 말했다.

매월당은 대꾸하지 않았다.

세조가 위에 오르던 날부터 그 나름으로 세상을 비관하거나 인간을 혐오하거나 하여 있던 벼슬까지 다 신은 짚세기 짝 버리듯이 팽개치고 산수간에 몸을 숨긴 절의지사들이 허다한 터이지만, 경력을 쌓기에 겨를이 없는 훈구대신들과, 뛰는 재주 넘는 재주를 다하여 줄을 잡고 더운 비지나 식은 지게미를 나눠 가려고 파루罷漏 칠 때부터 인정人定 칠 때까지, 가랑이에 가래톳이 서도록 부산한 대소 벼슬아치들을 못 먹어 하면서 이를 갈아 온 것으로 치면 강호에 매월당과 견줄 만한 사람도 드물 터이었다.

그러나 지게 지고 마당 쓰는 사내들처럼, 백성의 논에서 밥과 떡이 나오고 백성의 밭에서 국과 술이 나오는 무리라면, 능금과 모과도 안 가린 채 덮어놓고 한 접을 채워서 모개흥정을 했던 적은 없었다. 이를테면 상수리나무 옆에 도토리나무가 붙어 있다 해도 도토리의 모양은 상수리와 같지 않고, 밤나무 밑에서 개암나무가 자라기는 해도 개암의 맛은 밤과 같지 않으며, 속소리와 고욤은 잘기가 같더라도 그 쓰임새는 본래가 각각이었으니, 칡뿌리가 땅속에서 백 년을 묵더라도 성질은 감초 뿌리를 닮지 않던 이치를 양해하고 있기 때문이었다.

비록 누구라 하면 누구다 하던 인재들은 이제 유명을 달리하였지만, 그렇다고 당상당하에 구정물로 살찌고 눌은밥으로 살찌는

매월당 김시습

체질들만이 즐비한 것은 아니었다.

그 와중에도 홀로 존양存養하는 자가 있었고, 행지行止를 함에 염치로써 잣대를 삼는 자도 있었으며, 길에서 만나 길에서 헤어지는 사이라고 해도 반드시 배행(輩行, 선후배의 순서)의 예를 갖추는 자가 또한 적지 않았던 것이다.

매월당은 걷는 것을 업으로 하되 만만히 쉬어 가거나 묵어 나는 데엔 언제고 절간만 한 곳이 없었다. 그래서 어디를 가도 몸소 고을의 관원을 찾은 적이 드물었다. 그러나 피치 못할 사정으로 관원들에게 폐를 끼치거나 신세를 진 일도 적지 않은 터였다.

그렇지만 그런 경우에도 으레 그들이 먼저 알고 찾아 준 것이었다. 또 매월당이 지나는 길에 마음먹고 들러 본 곳도 가다가 더러 있었으나 그것도 번듯한 관가나 묵중한 사저가 아니라, 누가 시묘살이를 하고 있는 여막이거나 비접 나와 있는 요양처 따위가 전부였다.

매월당은 상투를 자르고부터 술로 살다시피 해왔으니만큼 역시 술로 밥을 삼는 축이라야 죽에 맞았다. 서거정이 그렇고, 동문수학의 이파가 그렇고, 막역지우인 손순효가 그러하였다. 그들은 만나면, 있고 없고 간에 술상을 보게 하여 시작이 소주였으며, 권커니 잣거니 마시고 취하고 떠들고, 그러다가 지치면 아무렇게나 곯아떨어지는 것까지도 매월당하고 돌배와 아그배의 사이였다.

한번은 책을 사러 올라온 길에 남산 기슭에 있는 손순효의 집에서 밤새워 술판을 벌인 적이 있었다. 손순효는 벼슬을 할 만큼 하면서도 됨됨이가 어질고 수더분하여, 그렇게 부어라 마셔라 하는데, 안주는 초경 어름이나 오경 무렵이나 시종 매월당도 넌더리 나게 먹는 짜디짠 콩자반과 솔순 장아찌뿐이었다. 그런가 하면 그가 마시는 잔은 턱없이 헤퍼서 양푼만이나 한 밥주발이었다. 까닭을 캤더니 하도 매일 장취를 해대므로 위(성종)에서 하루에 석 잔 이상은 마시지 말도록 특명이 내렸고, 따라서 어명을 받들어 하루의 주량을 반드시 소주 석 잔으로 줄이되, 그 대신에 잔은 밥주발로 바꾸어서 석 잔이라는 거였다.

"늘 정한 만큼만 마시는 술은 늘 정한 만큼만 취하는 법이라 취해도 늘 싱겁느니."

손순효는 위의 사냥 행차를 따라가서 잔뜩 취했다가 몰이꾼에게 몰린 호랑이와 마주치자, 술김에 삭정이를 꺾어서 활에 메겨 겨눈 것으로도 한동안 이야기가 되었던 사람이었다.

"이러고 지지부진하다가 문득 자시만 넘기면 앉은자리에서 이틀 치를 마실 테니 오늘은 아마 간이 맞을 듯하이."

매월당의 말에 손순효는 눈을 크게 떴다.

"그건 하루 잘 먹자고 하루 굶으란 소리니 말도 안 되는 소리."

"두 임금을 섬기려고 한 임금을 해친 놈들이나, 이틀 치를 먹으려고 하루치를 없애는 놈이나 다 말[馬]도 안 되는 소[牛]리니 무슨 때아닌 걱정인가."

매월당 김시습

매월당은 손순효만을 겨누어서 한 말이 아니었으나 손순효는 금방 수긋해지면서 밥 먹다가 돌 고르는 시늉을 하는 것이었다.

　매월당은 말결에 손순효를 무안케 한 것이 미안하였다.

　매월당은 손순효의 취흥을 아껴 얼른 수습을 하였다.

　"자네가 일곱 번 쉬마고 명토 박아 놓고도 아직 한 번을 못 쉬었기에 그 노고가 걱정되어서 해본 말일세."

　매월당은 웃었다. 수습을 하려고 얼김에 둘러방치기한 말이 해놓고 보니 또 언중유골을 면치 못했기 때문이었다. 벼슬아치를 앞에 두면 자신도 모르게 눈부터 빗뜨고 빌미를 잡아 성급하게 비아냥거리기에 이골이 난 탓일 거였다.

　"매월의 말이 옳으이. 일곱 번 쉬려면 이레 치를 한 상에서 마셔 버리면 간단하거늘, 도시 뭐가 걱정이겠나. 여봐라, 게 누구 없느냐."

　손순효는 설렁줄을 잡아당겨 남은 소주를 불러들였다. 이레 동안 나누어서 할 것을 단박에 해치우려는 기세였다.

　손순효의 호는 칠휴거사七休居士였다. 칠휴는 초왕이 지은 정자가 높아서 한 번 오르는 데 세 번 쉬어야 하므로 삼휴대三休臺라 이름하였다는 고사에서 삼휴를 가져오고, 씁쓸한 차와 나물밥이 있으면 쉬고, 떨어진 옷을 깁고 뚫어진 문구멍을 막아 춥지 않으면 쉬고 운운한 송나라 시인 사휴거사의 고사에서 사휴를 얻어 칠휴라고 자호한 터였으나, 다만 술만큼은 하루도 쉴 수가 없다는 주객이었다.

"게 있거라."

매월당은 술두루미를 들고 들어온 가동家僮에게 연상을 가리켰다.

"갈거라."

매월당은 아이가 연상을 다가 놓자 벼루에 소주를 부었다.

"매월의 붓두껍 속에는 우주가 들어 있어서 한번 열었다 하면 은하수가 흐르는 줄 내 익히 알거니와, 내 붓은 거미가 줄을 쳐 놓은 지 오래됐으니 매월이 내 붓을 쓰면 뭣이 흐르게 될꼬."

손순효는 종이를 내주면서 혀 꼬부라진 소리로 중얼거렸다.

"소주가 흐르면 됐지 여기서 뭘 더 바라는가."

"옳거니, 술이 떨어질 걱정 하나는 이제 덜었네그려."

매월당은 붓을 달렸다.

칠휴의 멋진 멋은	七休居士休休者
멋진 데서 얻은 멋이라 멋진 것이다	得休休處便休休
덧없는 것들로 벗을 하고	雲山花月長爲伴
마시는 술로 걱정을 사서 하며	詩酒香茶自買憂
촛불에 밤 이울어	剪燭夜飮淸夜永
날이 새는 줄도 모르더라	銷沈宵短繼宵遊
칠휴가 노는 곳을 알고 싶거든	欲知七休遨遊處
연꽃이 벙그러지는 오월에나 찾게	風滿池塘五月秋

매월당은 몇몇 옛 친구들에 대해서도 이따금씩 그렇게 관심을 새로이 하기에 게으르지 않았다. 그들에게 무슨 일이 있으면 선행을 대신 보내어 안부를 하였고, 한편으로는 시축을 부쳐서 옛정을 되살리기도 하였다.

　어유소魚有沼는 매월당보다 한 살이 위였다. 어려서 이웃 간에 살았고 뒤에 무과에 장원하여 문무를 갖추더니 이시애李施愛를 쳐서 북도를 가라앉혔으며, 이윽고 그곳의 절도사를 거쳐 이조판서로 입각하매 출장입상의 재목임을 스스로 보이었다.

　매월당은 그 싸움터에 군졸로 징발되어 죽다가 살아온 경주 사람을 통하여 전말을 대강 듣자 곧 붓을 들어 무공을 축하하는 시 열세 수를 지어 보내었다. 첫 수는 '북녘의 오랑캐 그 위엄에 꿇리니, 영문에 우뚝한 장군의 서슬이 시퍼런 칼(朔方醜虜服威稜 獨立營門劍氣騰)'로 시작하여 여덟째 수까지는 내리 무공을 찬양하고, 아홉째 수에서는 '그대와 이웃에 살 때는 함께 죽마 타고 놀았는데, 그대는 병서 읽어 명장이 되고, 나는 불서 읽어 중이 되었구나 (幸與公家接近隣 戱嬉竹馬往來頻 君傳黃石爲名將 我入緇門作道人)' 하고 인생사의 덧없음을 되돌아보기도 하였다.

　매월당은 금오산 시절에 끼닛거리며 문방구며 불편한 것이 한두 가지가 아니었으나 대개는 관원들의 보살핌에 힘입어 《금오신화金鰲新話》를 비롯한 여러 가지 저작과, 아무도 그 수를 헤아릴 수 없는 무수한 시편들을 수나롭게 생산할 수가 있었다.

경주부의 관원들이 배려를 아끼지 않았던 것은 식자 간에 누구도 내려다보지 못할 정도로 매월당 자신의 명성이 워낙 높기도 하였지만, 그에 곁들여서 어유소와 같은 죽마고우들이 줄을 이어 관원으로 부임을 해온 덕택이기도 하였다.

매월당은 금오산을 떠난 뒤에도 그들의 고마움을 언제나 잊어본 적이 없었다.

그 뒷바라지에 누구보다도 애를 썼던 사람은 유자빈이었다. 유자빈 역시 이웃에 살았고 함께 글을 읽은 터였다. 아우 자한과 자분自汾이 같이 공부를 하여, 자한은 경진년(세조 6년)의 평양별시平壤別試에서 장원하더니 병술년(세조 12년)의 등준시에 다시 올라 도사都事를 거쳐 사간司諫에 이르러 있었고, 자분은 세조가 중 학열學悅로 하여금 금강산의 유점사楡岾寺를 중창하게 하고 그것이 이루어진 것을 기리고자 강원도 고성高城에서 베푼 고성별시에 탐화랑(探花郞, 3등)이 되어 이미 고을살이를 하고 있었다.

유자빈은 임오년(세조 8년)의 추장시秋場試에서 장원을 하였다. 방방이 나면 문무과를 막론하고 우선 장원을 한 집에서 떡 벌어지게 잔치를 베풀게 마련이었다.

유자빈의 장원은 형제가 연달아서 용두(龍頭, 문과 장원)를 한 것이 전에 없던 일이라 하여 잔치를 더욱 크게 차리라는 주문이 빗발치듯 하였으며, 마침내 문무 양방이 그의 집에 모여 질탕하게 놀다가 신은(新恩, 급제자)으로서의 사은숙배(謝恩肅拜, 왕에게 나아가 사례하는 절)에 시간을 어기는 바람에 선착순 열 명 외에는 사흘 동안의 유가遊街가 어명으로 몰수되는 곡절까지 자아내기도 하였다.

매월당은 전주에서 겨울을 난 뒤 남원의 광한루를 끝으로 호남 유람을 마감하고, 운봉에서 함양을 지나 영남 유람을 시작하여 경주에 이르면서 유자빈이 장원으로 등과하였다는 말을 부윤府尹 김담金淡에게서 들었다. 매월당은 동방이 된 성현成俔·이경동李瓊仝·유순柳洵·최숙정崔淑精·박량朴良·이칙李則·김계창金季昌같이 조숙한 문재들과 겨루어 첫째가 되었다는 것이 무엇보다도 반가웠다.

그러나 더욱 반가웠던 것은 그가 경주의 통판으로 부임한 일이었다.

금오산에 처음 터를 잡을 때에도 부윤 김담과 통판 신중린辛仲磷의 후원이 컸고, 김담이 갈려 간 이후에도 후임으로 온 최선복崔善復·이염의李念義의 보살핌이 고을의 진사 김진문金振文이나 주계정朱繼楨의 자상함에 못지않게 두터웠지만, 유자빈은 그 남다른 문장행의文章行義로 매월당뿐 아니라 새로 부윤이 된 전동생田桐生의 심금까지도 울리고 남음이 있었던 것이다.

이웃에서 함께 자란 최응현崔應賢이 경주의 통판으로 왔던 것은 매월당이 금오산을 떠나던 해의 초봄이었다.

최응현은 조은釣隱 최치운崔致雲의 아들로 매월당보다 일곱 살이 위였는데, 일찌감치 생원·진사 양과를 거쳐 갑술년(단종 2년)에 장원으로 등제를 하였고, 세조의 즉위와 더불어 벼슬을 버리고 초야에 돌아간 신말주申末舟·김계금金係錦이 그의 동방이었다.

최치운은 담장 하나 사이로 살았던 동향(강릉)이자 먼 겨레붙이였다. 그 무렵의 집현전 학사였던 그는 매월당이 생후 여덟 달부터 글의 뜻을 알아듣는 데에 놀라 최초로 신동 운운하여 당시의 영의정이었던 문경공文敬公 허조許稠가 다 찾아와서 시험해보게끔 떠들었던 장본인인 데다, 매월당의 외조부에게 '배우고 때때로 익히면 즐겁지 않겠느냐(學而時習之 不亦說乎)'에서 시습을 따서 작명을 해주며, 부디 잘 가르치어 한번 크게 만들어 보라고 신신당부를 했던 인물이기도 하였다.

최응현은 부임하자마자 산으로 찾아왔다. 하필이면 식전부터 빗발이 있던 날이었다. 봄비치고는 바람에 이리저리 들이치며 제법 사나웠다. 차츰 지붕이 새기 시작하였다. 방 안에 물동이를 들여놓았다.

방 가운데에 동이를 받쳤지만 빗물이 동이 밖으로 연방 튀어나오니 선행은 한나절 내 걸레질하기에 이 잡을 틈도 없이 바빴다. 걸레질이 잦으니 삿자리가 물통이처럼 불어 터지고 들솟았다. 눕고 싶어도 사방이 척척하여 다리를 뻗을 데가 없었다. 책을 매어놓고 생각나면 뒤적거리며 필삭筆削을 하곤 하였다. 문갑 위에 놓아두었던 《금오신화》의 초고 여러 장이 젖은 것도, 발 둘 곳을 찾지 못해 문갑 위로 발을 뻗었다가 떨어뜨리는 바람에 삿자리의 물기가 배어든 것이었다.

매월당은 심란한 심사를 부접지 못하다가 술을 찾았다. 몸에 술을 주어 외는 심사를 달랬다. 이윽고 몸에 들어간 술이 언제나처럼 시가 되어 나왔다. 시의 내용은 집이 샌다는 탄식이었다. 시제 詩題는 생각할 것도 없이 '옥루탄屋漏歎'으로 하였다.

비는 저녁나절에야 그음하였다.

최응현이 당도한 것도 그에 즈음해서였다. 날이 드는 것을 보면서 길을 나선 모양이었다.

그는 좌정하자마자 매월당의 파리한 얼굴에서 시선을 거두지 않았다. 밤마다 목소리가 가늘고 청승맞은 선행에게 《이소경離騷經》을 읽히고, 읽기를 마치면 하염없이 눈물을 짓곤 한다는 소문을 확인하기 위하여, 얼굴에서 그 눈물 자국이라도 한 줄기 찾아보고 싶은 모양이었다.

매월당은 마침 술이 깨느라고 목이 컬컬하여 박산향로에 차를 달이고 있던 참이었다.

매월당은 다른 사람도 아닌 최응현과 마주하고 있으니 처음부터 할 말이 마땅치가 않았다. 생각 같아서는 '실컷 보고 가거라. 보다시피 네 선고장先考丈께서 지어 준 시습이란 이름값 하나는 착실히 행하고 있느니라' 하고 웃고 싶었으나 그럴 수도 없는 일이었다.

시습. 배우고 때때로 익히는 즐거움. 독서와 사색을 일생의 업으로 정한 터이니 그 아니 떳떳하고 보람 있는 노릇인가.

눈뜨면 걷고, 걷다 보면 앉고, 앉고 보면 눕고, 눕다 보면 자고, 자고 나면 술 마시고, 취하면 미치고, 술 깨면 차 끓이고, 차 마시면 독서하고, 독서하면 사색하고, 사색하면 시를 짓고, 짓고 나면 읊고, 읊고 나면 울고, 울고 나면 웃고, 웃고 나면 노래하고, 노래하다 춤추고, 춤추면 밭일하고, 밭일하면 약초 캐고, 약초 캐면 나물 캐고, 나물 캐면 삶고, 삶으면 먹고, 먹으면 거문고 타고, 거문고 타면 바둑 두고, 바둑 두면 독서하고, 독서하면 답답하고, 답답하면 시를 짓고, 짓고 나면 읊고, 읊다 말고 울고, 울다 말고 술 마시고, 마시다가 취하고, 취하다가 미치고……

그러나 최응현에게는 그것이 일과의 전부라는 말이 어쩐지 선뜻 나오지가 않는 것이었다.

최응현은 눈길을 옮겨서 방 안을 천천히 둘러보기 시작하였다.

네 벽은 쌓아 놓은 책으로 거의 가려져 있었다. 서울에 오르내리는 인편이 있을 때마다 훈도방薰陶坊에 있는 교서관校書館의 외관에 들러 책을 짐으로 사 나르게 한 결과였다. 그러므로 책은 인출印出이 된 지 얼마 아니 되어 열에 일고여덟은 새 책들인 셈이었다. 그런데도 방 안에 새 책은 없었다. 취하여 쓰러지면서 베개로 베거나, 읽다가 느꺼움이 복받쳐서 내던지곤 하여 구겨지고 뜯어지고 뒤틀린 것들이 전부였다.

매월당 김시습

최응현은 책이 성하고 헐고를 살피려는 것이 아닌 것 같았다. 그는 필경 경사자집 속에 뒤섞여 있을 불서佛書나 도경道經류의 이단서들을 한번 추려 보고 싶어 하는 기미였다.

"차 식네."

매월당은 차를 권하였다.

최응현은 찻잔을 들었으나 시선은 다시 북창 옆에다 써 붙여 놓은 〈북명北銘〉으로 옮겨 가 있었다. 그는 그것을 읽어 보고 있었다.

물 한 쪽박 찬밥 한술이라도 거저먹지 말며
水一瓢食一簞切勿素餐

한 그릇을 먹었으면 한 사람의 몫을 하되 모름지기 의로움의 뜻을 알라
受一飯使一力須知義適

하루아침의 하찮은 근심은 없더라도 종신토록 큰 근심으로 근심을 하며
無一朝之患而憂終身之憂

병 같지 않은 병이 있을지라도 도를 즐기고 즐거이 여기자
有不病之癃而樂不改之樂

선비의 풍도를 잊지 말라 염치는 개운하고 흐뭇하더라
敦尙士風廉恥

세태의 흐름은 사특한 것　　輕厭俗態詐慝

칭찬에 기뻐하지 말며	勿喜矜譽
욕을 하더라도 성내지 말지니	勿嗔毁辱
기꺼이 순리를 따르노라면	怡然順理
조용히 얻는 것이 있으리로다	悠然有得
골짜기로 피어오르는 구름에 반하지 말며	無心出峀之雲影
임자 없는 달빛에 아첨하지 말라	不阿懸空之月色
처신과 말에 매달리지 않음은	動靜語默忘形骸
아득한 태평성대의 순박함이요	羲皇上世之淳朴
몸가짐과 법도에 상상을 둠은	容止軌則存想像
당우삼대의 바탕일러라	唐虞三代之典則
네가 돌아다볼 때마다	冀子觀省
이 북벽에서 느낄지어다	感於北壁

"열경이."

최응현은 〈북명〉을 다 읽더니 차를 한 모금 하고 나서 묵직한 음성으로 입을 열었다.

"옷은 불씨佛氏의 것을 빌려 입고, 음식은 노씨老氏의 것을 꿔다 먹고, 머리는 공씨孔氏의 모자를 그대로 쓰고 있으니, 대체 이렇게 사는 것이 뭐라는 겐가?"

매월당도 차를 한 모금 하고 나서 나직한 소리로 대답하였다.

"보다시피 일(취직)을 덜고 몸을 **뺐는데** 아무의 것을 빌려서 소일한들 무엇이 어떻겠나."

"이건 자학이 아닌가?"

"마음을 버렸으니 그렇지도 않으이."

"딱한 노릇일세."

"오히려 그렇지 않네. 마음에 두고 사는 것이 어떻게 마음을 버린 것만 하겠는가."

매월당은 과거를 포기하고 벼슬길도 단념하였음을 분명히 하였다.

"열경이, 이러지 마시게."

"이 길밖에는 없지 않은가."

"길을 찾아야 하네."

"인생 백 년이 어차피 떠나는 나그넷길이네."

"하던 일[儒學]도 다시 붙들어야 하고."

"그건 아주 놓아 버린 것만도 아닐세."

"그렇다면 어서 가업(벼슬살이)을 이어야 하리."

"추이(推移, 시류에 순응함)를 배우지 못했으니 옷을 갈아입기가 수월치 않네."

"인주(人主, 왕)가 바뀌지 않았는가."

"여보게 수재(睡齋, 최응현의 호), 보리는 여름에 죽는다네. 내비록 출신出身하기에 눈이 삐어 의열義烈들의 붉은 피로 물든 옷을 그대로 홍포(紅袍, 고관들의 예복)로 꿰고 사는 저 상왕(단종)

의 모반대역謀反大逆들과 어울린다 한들, 도대체 그놈들과 어떻게 높낮이를 맞출 수가 있단 말인가?"

"그건 필부들도 다들 하는 일인즉……."

"금에 금으로 금박을 하지 못하고, 물을 물로 씻지 못하는 사정에 어두운 탓일세."

"열경이, 조야에서 자네를 이야기하는 사람이 적지 않으이."

최응현은 끈덕지게 잡고 늘어졌다.

"천리마가 험한 비탈에서 넘어지면 곁에 있던 나귀와 송아지가 그 나름에 하는 말이 없지 않을 것도 당연지사 아니겠나."

매월당도 짐짓 거만스럽게 응수하기를 삼가지 않았다.

"열경이, 자네가 나오기를 기다리는 사람이 적지 않더란 이야길세."

"봉황이 날아가니까 닭, 오리가 활개를 치면서 들꿩이 어서 길들여지기를 기다리는 형국이겠지."

"내가 사판(仕版, 벼슬아치들의 명단)에 편입된 뒤로 죽 강릉에서 훈도訓導로만 머물기를 빈 것은, 늙으신 어머니의 여생을 편케 해드리고자 함이었느니."

"다들 아름답게 여기고들 있데."

"그런데 자네 집에 향화(香火, 제사)가 끊긴 지가 올해로 무릇 얼마인가?"

하면서 최응현은 매월당을 쏘아보았다.

반드시 있을 줄 알았던 말이 드디어 나온 셈이었다.

그런데도 매월당은 대답을 하지 못하였다.

제사를 잇지 못하는 데에 대한 괴로움, 그것은 〈북명〉에서 말한바 '종신토록 큰 근심으로 근심'을 해야 할 뒤집힌 세상을 슬퍼하고, 시대를 분하게 여기는 일에 견주어서, '하루아침의 하찮은 근심'에 불과한 것이라고 말할 수 있는 성질의 것이 아니었다. 제사는 흰옷을 입는 일이었다. 흰옷을 입는 것은 머리를 기르는 일이며, 머리를 기르는 것은 세상과 흥정을 하는 일이었다.

그렇다면 신하가 임금의 자리를 빼앗는 짓의 근본에게서 밥과 옷을 얻기보다, 가시덤불을 헤치며 고사리를 꺾었던 이제(백이와 숙제)의 정신과는 어떤 관계를 이루며, 일신의 등 따습고 배부름을 이레 동안이나 울어서 사양한 초나라 신포서申包胥의 마음하고는 또 무슨 관계를 이루게 될 것인가. 지금껏 기려 온 그 오자서伍子胥의 분노와 기자箕子의 거짓 미치광이[佯狂] 노릇은 어디로 가며, 주야로 읽어 외우는 굴원屈原의 노래(《이소경》)는 장차 무슨 소리로 들리게 될 것인가. 또 이제껏 차운을 하고 화운을 해온 정절선생(靖節先生, 도연명)의 〈귀거래사〉를 시렁에 얹어 버리고, 아울러 강절선생(康節先生, 소옹)의 안빈낙도를 그저 재물의 빈곤으로만 치부하게 된다면, 그것이 어떻게 종신토록 큰 근심으로 근심을 해야 하는 도리에 맞는다고 할 수가 있을 것인가. 아아, 영릉(세종)과 영월(단종)의 송백은 높푸르고,

한강(사육신묘)은 만년을 기약하여 오늘도 유유히 흐르고 있지 아니하냐.

매월당은 그런 생각을 하는 동안에 자기도 모르게 연방 고개를 가로저었다.

"자네 속은 통 알 수가 없네그려."

최응현은 씁쓸한 입맛을 다시고 있었다.

"술이 알아주고 있으니 너무 심려치 마시게."

매월당은 그렇게 대꾸를 하였으나 목소리는 어딘지 모르게 힘지지가 않았다.

"이것은 오늘의 소회인가보이."

최응현이 집어든 것은 집이 새는 것을 옮겨 놓은 〈옥루탄〉이었다.

집이 줄줄 새니 심란스러워	屋漏淋泠意不平
보던 책 내던지고 엉거주춤 눕는다	拋書偃臥壓愁城
엇갈리는 빗발에 문밖이 자욱하고	廉纖疎雨千山暝
바람에 못 견뎌 나무들이 우짖는다	料峭長風萬樹鳴
지사의 가슴은 절의뿐인데	志士胸襟存節義
사나이의 기개는 공명에 있는 듯	壯夫氣槪立功名
공명도 절의도 내 할 탓이다만	功名節義皆吾事
득실이 달라서 아쉽다니까	得失相傾恨莫幷

최응현의 얼굴에 미소가 번지고 있었다. 마음이 놓이는 모양이었다. 몸은 부질없이 세상 밖으로 떠돌았으나 마음은 속절없이 세상에 두고 다녔고, 상투는 잘랐어도 수염은 기르고, 거문고는 무릎에 놓았어도 목탁은 들지 않았던 것과 같이 검정 옷을 걸쳐 모양새는 하릴없는 사문沙門일망정, 얼은 여전히 추로(鄒魯, 공맹)에 머물면서 스스로 방학放學을 하지 못한 매월당의 실상을 비로소 알았다는 뜻일 거였다.

　"그런데 이건 또 뭔고?"

　최응현은 문갑 위에 펼쳐 놓고 바람결에 말리고 있던 《금오신화》의 초고를 집어 들었다.

　매월당은 최응현이 그만 돌아갔으면 싶어서 못 들은 척하려 하였으나 그 또한 죽마고우에 대한 대접이 아닌 듯하여 마지못해,

　"천지가 내게 문장을 빌려주었으니 틈틈이 쓰지 않고 배길 수 있겠는가(大塊假我可無言)."

하고 자신의 시구 한 절을 따다가 대답으로 대신하였다.

　"이게 명색은 뭐라는 게며, 또 해서 뭘 하자는 노릇인지를 물었으니."

　최응현은 앞뒤로 몇 장인가를 뒤적이다 말고 미소를 거둔 얼굴로 따지듯이 물었다.

　"명색인즉슨 소설이리."

　"소설은 무릇 가담항설 도청도설街談巷說 道聽塗說이라 일러오던 물건이려니와, 이걸 훑어보건대는 대개 허망한 환상幻像을

적어 놓지 않았는가."

"이 몸이 본디 환상이거늘(此身元是幻)."

매월당은 또 자신의 시구를 대답으로 썼다.

"사문斯文이 아니면 유술儒術도 아닌 줄 모를 리 없거늘, 이러니 더더욱 답답하지 않은가."

"환상에다 먹칠을 해놓은 줄로 여기면 그리 답답하지도 않으리."

"대관절 해서 뭘 하자는 노릇인고?"

"놔두면 장차 하는 노릇이 있으리니 게 두어 두게."

"장차라…… 그 장차가 대체 언제런고."

매월당은 듣다못해 《금오신화》를 빼앗아 도로 문갑 위에 던져두면서 정색을 하고 말했다.

"한 천 년 뒤에는 능히 알아보는 자가 있으리니 괘념치 마시게."

최응현은 매월당의 막연한 이야기가 듣기에 민망한지 삿자리 바닥만 내려다보고 있더니, 그러면서도 그사이에 다른 궁리가 있었는지,

"자네 혹시 이웃에 살던 이봉李封을 기억하는지?"
하고 느닷없는 말을 내놓았다.

"그야 문열공(文烈公, 이계전)의 셋째가 아니던가."

매월당은 또 무슨 애매한 소리를 하려나 싶어서 떨떠름하게 대꾸하였다.

이봉은 이우와 이파의 아우로 매월당보다 여섯 살이 아래였다.

따라서 매월당에게는 어머니를 여의고 강릉의 향제로 내려가기 전까지의 어렸을 적 모습밖에는 눈에 어리는 것이 없었다. 물론 소문은 자주 있었다. 이우가 열다섯, 이파가 열여덟에 등과하여 빛을 보기 시작한 반면, 이봉은 형들보다 늦되어서 스물이 넘도록 이루어진 것이 없다는 거였고, 그런데도 문명文名이 두 형을 앞지를 뿐 아니라 술을 좋아하고 난봉을 피우는 데도 수단이 나서, 같은 또래로 글과 술과 계집질과 장난질이라면 어디서나 첫손가락을 다투던 이칙李則·이육李陸·이감李堪 등 세 친구와 함께 장안에서 사이四李로 통한다는 것이었다.

어느 해던가 그들이 여주의 신륵사神勒寺에서 과거 공부를 하고 있을 때였다. 그들이 귀가할 때가 다가오자 원이 그들을 여강驪江으로 불러서 송별연을 베풀었다. 술이 어지간히 되자 이봉이 나서서 원에게 청탁을 하였다. 기생 넷을 빌려주면 사이끼리 뱃놀이를 하고 오겠다는 것이었다. 원은 선선히 청을 들어주었다.

배는 곧 사이와 기생과 말고기와 술통들로 하여 만선이 되었다. 배가 커서 딸린 사공도 넷이나 되었다. 한결같이 걸때 있고 젊은 장한들이어서 보기만 해도 믿음직스러운 데가 있었다.

강바람에 황포 돛대가 수수러지니 배는 강심에서 그림을 이루었다. 사이는 사이좋게 기생을 나누어서, 벗고 마시고 마시고 벗으며 공부로 배운 주지육림의 고사를 배 안에서 실현하는 데에 아무 거리낌들이 없었다.

　뱃사공들은 사이가 기생들과 어우러지는 꼴을 보자 초장에는 그 난장판에 질려서 외면을 하였으나, 나중에는 같은 사나이로 태어나서 누구는 저렇게 살고 누구는 이렇게 사니, 이것도 사는 게 사는 것이냐 하는 허희탄식들을 되풀이하게 되었고, 차츰 부아가 끓고 밸이 뒤틀리자 숫제 돌아앉아 버린 채, 죽었다 까무러쳤다 하는 소리로 배가 떠나가도 모두 내전보살하고 눈썹 하나 까딱하는 자가 없기에 이르렀다.

　날이 저물고 밤이 이슥해도 사공들은 노를 잡지 않았다.

　그리하여 배는 배에서 노는 대로 흔들리며 흘러갈 데까지 흘러갔다.

　이봉은 날이 다 새어서야 정신이 들었다. 사방을 둘러보니 송파나루가 저만치에서 전을 벌이고 있었다.

　"너희들은 배가 표류하여 이리되도록 도대체 뭣들 했더란 말이냐?"

　이봉은 기막혀할 겨를도 없이 사공들부터 꾸짖었다.

　"배에서 배들을 타시니 쇤네들이야 구태여 노를 저을 까닭이 없었습죠."

　가는 사람 오는 사람 태우고 부리고 하는 동안에 다라질 대로 다라진 텁석부리 사공 하나가 되바라지게 넌덕을 부렸다.

　이봉은 텁석부리의 무엄하고 발칙스러움에 내심 놀라면서 더욱 위엄을 돋우었다.

　　　　　　　　　　　　　매월당 김시습

"보아하니 밤사이 물도 되우 붇지 않았느냐?"

"하오나 선비님들께서 손수 노질을 심히 하신즉 표류도 덩달아서 급했군입쇼."

"아무리 그렇다손 배가 서울 지경에 박두하도록 하염없이 보고들만 있었더란 말이냐?"

"사공이 많으면 배가 산으로 올라간다고 일렀는데 아직 산까지는 안 갔으니 그나마 다행입쇼."

"이 배에 사공이 많다니, 네가 지금 무슨 발명을 그리 터무니없이 하는 게냐."

"선비님 네 분이 네 군데서 노질을 쉬지 않으셨으니 쉰네들까지 합치면 도합 여덟이 아니오니까."

"숭헌(말이 흉하도다)! 그러다가 만약 배가 뒤집히기라도 했더라면 어찌할 뻔했더란 말이냐."

"그야 선비님들께서 각각 타시던 배를 타시고 몸소 노를 저으실텐데, 이까짓 큰 배 좀 엎어진들 무슨 걱정이 새롭겠습니까."

이봉은 스스로 생각해도 내로라해온 활수였으나 잔뜩 불어난 강물을 거듭 들여다보고부터는 사공을 달랠 수밖에 다른 도리가 없다는 걸 깨달았다. 강원도 어디에 밤새도록 비가 쏟아져서 큰 물이 가는 모양이었다.

"여보게들, 그리 꽁하고 있지만 말고 이젠 어서 돌아갈 마련이나 해보게."

이봉은 부드럽게 다루었으나 텁석부리는 오히려 무가내였다.

"선비님들께서는 술이야 말고기야 혼전만전 자셨으니 근력이 여전하시리다만, 쇤네들은 밤새 이슬로 목을 축이고 강바람으로 배를 채우다가 허기졌으니 무슨 힘으로 배를 돌리리까. 배는 어차피 선비님들께서 저어 오셨으니 말고기 자신 기운 한 번 더 씁시오."

"미안하이. 허나 어쩌리. 부디 맺힌 걸 풀도록 하게."

"쇤네들이야 맺힌 건 허리띠 하나뿐인데, 조여도 시원찮은 걸 푼다고 별수 있을깝쇼."

"어허, 노질이고 삿대질이고는 애초에 남정네들 소임이 아니던가."

이봉은 새겨듣게끔 은근한 어조로 말비침을 하고 있었다.

"가다 보면 쇤네들도 혹 볼일이 있을깝쇼?"

"사공이 노를 젓지 않으면 구실을 못하느니."

텁석부리는 그제서야 속이 풀리는 내색을 하였다. 텁석부리뿐 아니라 다른 사공들도 벌써 입맷상이라도 받아 놓은 양 얼굴에 화색이 도는데, 그중에서도 몸집이 장골인 쑥대머리가 불쑥 드티면서,

"하오면 배를 몽땅 쇤네들한테 넘기시오니까?"

하고 다짐을 받으려 들었다. 이봉은 쑥대머리가 다질러서 묻는 말에 뒷갈망도 없이 그루박아 말하였다.

"두 번 말하면 긴말이 되고 세 번 말하면 잔말이 될 것이니 두

말 않으려네. 배는 사공이 쥔인즉 각자가 어서 분수대로 거행할 것이."

사공은 선수를 돌렸다.

"여보게 번중(藩仲, 이봉의 자)이, 듣자 하니 자네 말이 자못 심란하네그려. 만약 무슨 상서롭지 못한 일이라도 생길새 그 책임은 또 뉘 것인고?"

이감이 그답지 않게 축 늘어진 어깨를 못 추스르며 시르죽은 음성으로 물었다.

"그야 우리 사이四李 사이에 있을 것이니 넷이서 나누면 될 일."

사이 가운데 통이 크기로 첫째인 이칙의 말이었다.

"숙도(叔度, 이칙의 자)가 역시 알 걸 알고 노는구나. 어떤가, 방옹(放翁, 이육의 자)이, 백승(伯勝, 이감의 자)이, 다음번 장원은 우리가 숙도한테 양보함세."

이봉의 우스개에 다들 다른 말이 없었다. 이듬해의 장원은 이육이 하고, 이칙이 급제할 때의 장원은 유자빈의 차지였지만.

사이가 여강에 되돌아온 것은 그로부터 나흘이나 지나서였다. 나흘이나 걸린 데에는 까닭이 있었다. 있어도 한두 가지 있는 것이 아니었다. 강물이 불어 물살이 급해진 것도 그중의 하나였고, 사이가 주색에 지나쳐 진이 빠진 데다 뱃멀미를 겸하여 모두 빨랫감이 되었던 것도 그중의 하나였다. 또 강촌에 배를 대지 못하여 다들 요기를 못했던 것도 빼놓을 수 없는 이유의 하나였다.

그러나 사공들이 정작 힘을 쓰지 못한 데에는 또 다른 이유가 있었다. 그것은 사공들이 기생들과 어우러지는 데에만 정신을 파는 통에, 배가 낮에는 기껏 올라갔다가도 밤만 되면 시나브로 표류하여 또다시 그 자리로 되돌아오기를 되풀이하였기 때문이었다.

여주 고을의 원은 언제 무엇이 되어서 다시 나타날지 모르는 사이에게 함부로 위엄을 보일 수가 없었을 것이다. 다만 기생들은 회초리로 종아리를 맞고, 사공들은 곤장으로 볼기를 맞아 천 근같이 무겁던 몸이 만 근같이 되어서 다들 갱신도 못했다던 말을, 매월당은 서울에 책 심부름을 다녀온 학매學梅에게서 귓결에 스쳐 들었을 뿐이었다.

"그럼 그 봉이가 나이 스물서넛 해서 갑신년(세조 10년)에 초시를 하고, 을유년(세조 11년)의 춘장별시春場別試에 나가 장원을 하고, 또 병술년(세조 12년)의 중시에서 방안(榜眼, 2등)을 했던 것도 듣고 있었겠네그려."

최응현은 긴찮은 한담으로 말밑천을 보태려고 하였다.

매월당은 욱하고 불뚝성이 이는 것을 억지로 참았다. 거친 산길을 더위잡아 찾아온 빈객에게 성질나는 대로 울뚝불뚝한다는 것도 대접이 아닐 터이므로.

매월당은 말막음을 하려는 궁리 끝에 선행에게 술상을 보아 들이라고 일렀다. 최치운이 술을 절제하지 못하여 단명한 까닭에 최응현이 술을 멀리하고 있을 뿐더러, 술로 살기로 소문난 집에

술 한 병 없이 맨손으로 온 것도 그런 연고이리라고 지레짐작을
하다가 묻어 나온 꾀였다.

매월당이 선손을 쓴 뜻은 적중하였다. 최응현은 무슨 예감이
들었는지 서둘러서 일어났다.

"열경이, 늙기 전에 남은 일이 있으니 부디 자중토록 하시게."

그는 가면서도 손위 노릇을 잊지 않았다.

"북망에도 아이 무덤은 있기 마련일레(北邙應有瘺兒孩)."

매월당은 한 번 더 자신의 시구로 대답을 에우면서 그를 전송하
였다. 보내고 나니 홀대를 한 것 같았으나 뉘우칠 일은 아니었다.
도리어 미친 척하고 안하무인으로 일관해온 물외인에게 왔다가
그만하여 돌아가게 된 것만도 요행으로 여겨 주었으면 싶었다.

매월당은 혼자서 술상을 붙잡고 있었다. 날이 다하도록 술병을
갈아들이면서 최응현의 말을 되새겼다.

그가 장래를 걱정해준 것은 옛정을 새롭게 하는 우의임에 틀
림없었다. 북창가에 붙여 놓은 〈북명〉에 안도를 했던 것은 머리
를 밀고 검정 옷을 걸치고도 유자儒者의 본분과 척지지 않은 데
에 마음이 놓인 것이었다. 그는 또 〈옥루탄〉을 보았다. 곤궁하고
피폐한 처지에서 공명과 절의라는 상극을 놓고 저울질해가며 그
에 따른 득실에 천착하는 처량한 모습이 얼비쳤을 거였다. 그렇지
만 그것이 그에게는 타락으로 보이지가 않았을 것이었다. 그는 미
소를 짓고 있었다. 그는 엿보거나 훔쳐본 것이 아니었다. 기탄없이

늘어놓은 노골적인 탄식을 있는 그대로 보았기에 냉소나 실소보다 미소로써 반응했을 것이었다. 그 미소는 가슴 깊이 묻어 둔 유심 儒心이 씨가 되어 언젠가는 스스로 옷을 갈아입고 여느 사람들처럼 벼슬도 찾게 되리라는 희망에서 비롯되었을 것이었다.

매월당은 물론 그 미소가 불쾌하지 않았다. 저 먼저 주눅 들어 할 일도 아니었다. 평소의 심경에 집이 새는 소감을 덧두리로 얹은 것뿐이었다. 남들은 각자가 나름에 따라 세상을 만난 사람은 세상을 만난 사람답게, 세상을 못 만난 사람은 세상을 못 만난 사람의 가늠으로 웃을 사람은 웃고, 분히 여길 사람은 분히 여김으로써 그만인 것이었다. 말하자면 〈옥루탄〉이야말로 일찍이 공씨 孔氏가 말한 바 저 사무사思無邪의 그것에 불과한 것이었다.

매월당은 그러나 다른 날과 다름없이 취하여 쓰러진 뒤에도 밤이 다하도록 잠을 이룰 수가 없었다.

최응현이 짐짓 친구의 아우인 이봉의 삼 년 연속 등과를 이야깃거리로 삼으려 했던 것은 묻지 않아도 알 만한 일이었다. 심기 일전의 자극이 되도록 하려는 속셈. 그 자극으로 말미암아 어느 날 갑작스레 운수간雲水間의 미로를 헤치고 나와서 처음부터 다시 시작하게 할 충동을 마련코자 했던 속셈이었을 것이었다.

매월당은 최응현의 그 같은 의도에 처음에는 불뚝성이 일지 않을 수 없었다. 모욕감을 주체하기가 어려웠던 것이다. 그렇지만 한 번 더 생각하면 그럴 것도 없는 일이었다. 속을 곱솔로 박아

가며 섭섭해할 터수도 아니었다. 세상에 참여하여 가업을 잇도록 달래고 조르고 재촉한 사람이 어디 최응현뿐이었던가.

매월당이 정축년(세조 3년) 삼월부터 관서 지방을 유랑할 즈음, 김연지金連枝는 평안감사로, 구문신具文信은 병마절제사로, 김영유金永濡와 송처검宋處儉은 소윤으로, 박철손朴哲孫은 판관으로 모두 평양에 와 있었다.

그들은 매월당이 그해 늦가을까지 평양 밖 이십 리허의 대성산大成山에 있는 광법사廣法寺와 묘향산의 보현사普賢寺를 근거지로 두루 돌아다닐 동안, 노자를 비롯하여 아쉬운 것이 없게 바라지를 해주면서, 안주에 부임해 있던 박량과 더불어 가장 끈질기게 설득을 하려 든 사람들이었다.

매월당이 경진년(세조 6년)에 호서 지역을 배회하다가 은진현의 객사에서 우연히 마주쳤던 노사신 역시 마찬가지였고, 이듬해 신사년(세조 7년) 봄 호남 지방을 방랑하고 있을 때 전라도 안무사로 왔다가 정읍의 천원역川原驛으로 찾아주었던 죽마고우 최경례崔景禮와 전라도 경력 고태필高台弼도 같은 말을 하면서 그것이 곧 우정임을 되뇌곤 했던 것이다.

신사년의 호남 여행은 중도에서 병을 얻어 태인현의 거산역居山驛에 처진 채 여름내 자리보전을 하다가 현감 정석鄭奭과 전라감사로 갈려 와 있던 원효연元孝燃의 각별한 배려로 다시 일어날 수가 있었다.

원효연은 볼 때마다 열 마디면 열 마디 모두가 뜻을 돌리라는 말뿐이었다.

또 구치관具致寬이며 김수온金守溫이며 최선복崔善復 같은 선배들도 만나면 하는 말이 그 말이었고, 김수령이나 성준成俊 같이 당상에 이른 후배들도 걸핏하면 꺼내느니 그 말이었다.

매월당은 같은 말을 듣더라도 누구에게나 조용히 있었던 것은 아니었다. 사람에 따라서는 하던 말을 마치기도 전에 화를 더럭 내면서, 누구누구 하는 상왕의 적신들을 한 두름에 엮어 쳐들고, 얼음과 숯은 결코 한 그릇에 담길 수가 없음을 호통 삼아서 떠들곤 하였다.

벼슬길에 말이 난 자리마다 번번이 그렇게 화만 냈던 것도 아니었다. 나이가 엇비슷한 옛 친구와 후배들에게는 착잡하고 갈피 없는 본심을 쓰린 가슴에 묻어 둔 채, 그 자리에서 시를 한 수 읊어 대답에 대신하기도 한두 번이 아니었다.

김수온은 한참 선배이면서도 한때는 남달리 가깝게 지내기도 했던 사이이므로 그에게는 '길은 갈려 다르지만 피차 수양뿐이라, 수양만 된다 하면 더 이상 필요 없네(岐路雖殊只養心 養心不必謾他尋)' 하고 예기를 지른 다음, '사람들은 안달하는 좀스런 마음에, 벼슬도 마다하고 엉뚱한 짓 한다지만, 허튼 꾀는 헛된 수작에 그쳐 버리고, 귀밑이나 허옇게 세어 가리라(世人蒿目又蓬心 盡說休官擬遠尋 虛計萬般終失實 鬢邊霜雪老侵尋)' 하

매월당 김시습

고 비아냥거려 준 적이 있다. 글재주와 무관한 정창손의 글을 혼자 도맡아서 대필해왔기에 능멸한 것이었다.

그렇지만 대개는 상대방의 장점을 찾아서 부드럽게 대하기에 애썼고, 특히 지방에서 인심을 얻은 관원에게는 그들의 선치善治를 시에 나타내는 데에도 인색하지 않았다.

예를 들면 평안감사 김연지에 대해서는 '사람들은 대동강을 가리키면서, 사또가 온 뒤로 더욱 맑아졌다네(人道浿江江水色 使君來後更澄鮮)' 하였고, 평양소윤 송처검에 대하여는 '고을에 단비를 골고루 내리니, 사람들이 가뭄에 비구름 우러르듯(一邑均沾甘雨露 萬民爭望旱雲霓)' 한다고 읊었다.

경주부윤 최선복을 노래한 시에는 '묻노라 옛 서울의 늙은이들아, 누구나 바라던 이런 사람 본 일 있는지(爲問故都桑梓老 曾逢如此萬夫望)' 하였고, 태인현감이 되어서 만난 정석, 전라도 안무사가 되어서 만난 최경례, 전라도 경력이 되어서 만난 고태필같이 성균관 뒷마을 시절의 옛 친구들은, 재회의 반가움을 이기지 못하거나 옛일을 회고하여 정석에게는 '올 때마다 태화탕(술)을 가지고 오니, 술단지 두 개를 벌써 비웠네(來携太和湯 已止無明酒)' 하였고, 최경례에게는 '옛집은 지금도 그저 있는지, 담 너머로 열린 살구씨 생겼겠네(蝸舍只今無恙否 過墻紅杏已生仁)' 하였고, 고태필에게는 '서로가 십 년 회포 늘어놨으니, 하룻밤 정의 값이 천금이라네(相逢談笑十年心 一夕情懷直抵金)' 운운했던 것이다.

그러나 매월당 자신의 세상에 대한 관심은 내색도 하지 않았다. 가령 성준에게는 '나도 선비의 하나라지만, 산에서 사는 데는 이력이 났네. 부처님의 인연에 기뻐할 것 없고, 공명을 조월했다는 것도 대수로울 것 없네(余本靑衿徒 習隱靑山楹 不喜佛因緣 不慕超功名)' 하였고, 김영유와 박철손에게는 '사또는 돌아가라 재촉 마시게. 다시금 산수간에 묵을 참이니(太守勿促駕 更宿烟霞裏)' 하고 버티기도 하였다.

세월이 약이라더니 과연 그런 것일까. 아니면 풍우에 부대끼고 걷기에 지쳐서 의지마저 금이 가고 무디어진 탓일까. 모르면 몰라도 〈옥루탄〉과 같은 시가 저절로 나오리라고는 매월당 자신도 예상치 못했던 일이었다.

매월당은 밤이 새도록 가슴이 무겁고 답답하였다.

이 무겁고 답답한 가슴을 한번 씻어 볼 곳은 어디이며 씻어 줄 곳은 또 어디인가.

전에 금강산 가는 길에 포천 고을을 지나며 '현등산懸燈山'으로 제하여 쓴 시에서 '이 가슴 씻으리니 어디가 그곳인가, 층암절벽 깊은 구렁 무지개 걸린 데리(我欲盪胸何處是 層崖絶壑玉虹飛)' 하고 읊은 것이 새삼스럽게 떠올랐다. 새삼스럽게 떠오른 것은 그렇게 읊조린 것이 결국 산거山居를 재촉했기 때문일 거였다. 그러나 그로부터 이토록 산에서만 살아왔음에도 가슴에서 씻긴 것이라고는 아무것도 없었다. 눈물을 동이로 흘린 것도 한

매월당 김시습

숨을 섬으로 토한 것도 산에서였으나, 무거운 가슴이 덜어진 일도 없고 답답한 가슴이 트여 본 적도 없었던 것이다.

이 가슴을 씻어 줄 곳은 어디란 말인가.

최응현의 말마따나 한갓진 말단이라도 자리를 구걸하여, 두 임금을 섬기기 위해 제 임금을 하늘의 손님으로 보내고, 다시 의열들의 몸을 찢고 소금에 절여 팔도에 조리돌림을 보내면서, 그 의열들의 자제를 남김없이 쓸어버린 다음, 집과 세간과 아내와 딸들을 상으로 받아 종으로 부리고, 그 흥겨움에 겨워 잔치를 벌이며 처먹고 마시고 노래하고 춤추고 했던 흉악하고 더러운 것들 밑에 들어가서, 상감이 어쩌고 대감이 어쩌고 영감이 어쩌고 하며 굽실거리는 곳이 그곳이란 말인가.

아니었다.

그렇다면 어디인가. 오세 신동부터 이제까지의 자취와 기억을 몽땅 공空으로 돌려 버리고, 그리하여 산기슭에 상엿집 있고, 동구 앞에 대장간 있고, 길목에 주막 있고, 주막 옆에 마방 있고, 소금 장수 들어오고 비렁뱅이 지나가는 야트막한 동네로 내려가서, 뗏장 떠서 바람벽 치고, 바람벽 치며 항아리 창 내어 창턱 앞에 옹송그리고 앉아서 이나 잡아 가며, 아낙을 얻고 자식을 낳고, 가을을 거두고 겨울에 감추고, 살림 걱정하고 고뿔 걱정하고, 비 오면 굴뚝 무너지고 바람에 잿간 넘어가고, 울타리가 성하면 사립문이 삭고 사립문이 성하면 울타리가 삭고, 까치 울면 내다보고

까마귀 울면 팔매질하고, 개가 짖으면 불을 끄고 닭이 울면 일어나고 하는 곳이 이 가슴을 씻을 곳이란 말인가. 아닐 것이었다.

가슴을 씻지는 못하더라도 그나마 가슴을 어루만져 주고 다독거려 주는 것은, 그것은 성城도 아니고 들도 아니고 산이었다. 또 집도 아니고 절도 아니고 길이었다. 울음도 아니고 웃음도 아니고 광기였고, 욕도 아니고 잠도 아니고 책이었고, 물도 아니고 차도 아니고 술이었고, 병도 아니고 꿈도 아니고 글이었다.

매월당 김시습

산새는 정을 다해
울어 주는데

매월당은 도끼 소리를 찾아내자 지팡이를 멈추었다. 저만치에서 한 사내가 등을 보이며 한창 칡뿌리에 매달려 있었던 것이다. 이만치에는 빈 지게가 나자빠져 있고 칡뿌리 몇 토막도 해놓은 땔감처럼 그 옆으로 보였다.

　매월당은 한 짐이나 되게 캐어 놓은 칡뿌리 쪽으로 천천히 지팡이를 옮겼다. 칡뿌리는 굵었다. 토막마다 아름드리나 되니 도끼 소리가 그렇게 들릴 만도 하였다. 매월당은 지겟다리에 허리를 기대고 앉아서, 인기척이 난 줄도 모른 채 도끼질에만 정신이 팔린 사내를 구경하듯이 건너다보고 있었다.

　사내는 도끼질을 쉬고 괭이를 들었다. 사내는 괭이를 휘둘러 아픈 소리를 캐었고, 오랜 응어리처럼 박혀 있던 돌들을 기를 쓰고 뽑아내었다. 매월당은 사내가 돌너덜을 헤집는 것이 아니라 자신의 앙상한 가슴을 파헤치고 있는 것 같은 느낌이 들어서 심

　　　　　　　　　　　　　　　　　　　매월당 김시습

기가 그지없이 스산하였다. 사내가 사나운 산짐승의 발톱을 무릅쓰고 산에 들어온 것은, 매월당 자신이 한갓진 물외를 찾아 산에서 산으로 다니는 것과 경위가 같은 것이 아니었다. 사내는 한다하는 포수들도 걸핏하면 머리털이 곤두서는 험산에서 초근목피를 헤집기보다 훨씬 지어 먹기 어려운 밭을 피한 것이었고, 산짐승의 발톱보다 한결 날카로운 인간의 손톱을 피한 것이었고, 봄에 한 섬 먹고 가을에 석 섬을 토해야 하는 곡식이 무서워서 피해 온 것일 터이었다.

사내는 수염이 쇠염衰髥으로 바뀐 것으로 보아 나이도 지긋한 것 같았다. 윗도리는 누르께한 개가죽 등거리를 걸쳤으나 아랫도리는 누덕누덕한 맞붙이(겹것)를 꿰었고, 그나마도 미어진 자리마다 솜 대용으로 두어 입은 갈대꽃이 꿰져 나와 죽지 못해서 사는 애옥살림의 형편을 한눈에 알아보게 하고 있었다.

도끼질도 힘겨 보이지가 않았다. 먹은 것이 없는 탓일 거였다.

매월당은 사내가 구유를 파고도 남음 직한 칡뿌리 토막을 들고 돌아설 만하여 한 번 더 인기척을 하였다.

"지나가는 산인山人일세. 다리품을 했더니 돼서 잠깐 다리쉼 좀 하고 있다네."

사내는 주춤하였으나 행색을 보매 마음이 놓이는지 허리를 굽실하고 나서,

"행차行次께서는 어인 걸음이시온지……."

허리춤에 늘어진 먹소용을 봤는지 깍듯이 선비로 대하였다.

"보다시피 늙은이는 채약採藥으로 하루를 하기거니와, 그 늙은이는 아마 봄 양식을 추수하나 본데 좀 쉬어 가면서 하시게."

"이렇게 해가도 가루를 내면 고작 두어 끼 끓이고 그만입지요."

매월당은 사내와 칡뿌리 더미를 사이로 하고 비켜 앉아 이야기를 시켰다. 겨우내 주린, 사람 사는 냄새를 대번에 벌충하고 싶은 충동 탓인지도 몰랐다.

사내는 칡뿌리를 찧어서 물에 우리고 앙금을 앉히면 갈분이 되며, 그것으로 죽도 쑤고 수제비도 끓이고 하지만 하루하루가 살기에 벅차다는 하소연을 임자라도 만난 듯이 늘어놓았다.

"이 늙은이는 저 위에 관음암(觀音庵, 나중의 오세암)으로 가니 거의 다 왔지만, 그 늙은이도 집은 예서 가깝던가보이."

"저는 본래 지평砥平 고을에 세거하던 농투성인데 엊그제 이리 들어와 저 아래 구렁에다가 움을 묻었습지요."

"구렁에다 움을 묻었으면 담비를 잡으려는 게로구려."

"말씀대로 피물이라도 해서 내려가 살 수만 있다면야 게서 다행한 일이 더 있다 하겠습니까요. 설혹 범이 나온다고 해도 있는 삭신 부려 먹기에 바쁘고말굽쇼."

"산군(山君, 범)은 영물이니 본디 뜯을 것 없는 백성의 어디를 보고 덤빌까마는, 그 늙은이 근본은 애초에 산농山農이었던가보이."

"왜 아닐깝쇼. 따비도 안 들어서 쇠스랑으로 근근이 부쳐 먹던 산전山田 몇 뙈기가 있더니, 그나마도 어디에 미운털이 박혔던지 도로 가져가 버리고 마니, 그날로 말뚝 빠진 허수아비 신세가 되고 말았습지요."

"떠들어온 산돌이[山尺]가 아닌가 했더니 유민流民이었구려. 하기는 유민이 짐승도 잡고 풀뿌리도 캐고 하다가 주저앉으면 그 길로 산돌이가 되고 말더니."

매월당은 한 차례 탄식을 하고 나서,

"의지식지衣之食之는 거지[居址]의 다음이요, 거지를 버리면 하릴없이 거지[乞人]가 되기 십상이거늘, 그 늙은이는 게다가 식솔마저 충충인 듯하니 장히 걱정이로다."

"새끼들만 단출해도 작히나 좋겠소이까. 대저 자식이 재산이라고들 외우지만 그도 다 있는 집 얘깁지요. 저는 종작없이 밤에는 배고 낮에는 낳고 하기를 재미로 알다가 서이나 실패를 보고도 아홉이 남더니, 여식은 버선목에 실꾸리가 찰 만하기 바쁘게 남의 집 주어 입을 덜고, 자식은 대가리 굵은 것 둘이 수자리를 살러 갔는데도 고만고만한 조무래기가 너이나 매달리고 보니, 이렇게 칡뿌리 한 짐을 해가도 어느 코에 들어가는지 모르게 가뭇 불티 달아나듯 하고 맙지요."

매월당은 해가 두어 뼘 남짓하게 줄어들 때까지 사내와 더불어서 이야기하기를 그치지 않았다. 매월당 스스로가 여전히 산전을 일구어 먹고 있어서 남의 일 같지가 않기 때문이었다. 또 수락산에 있을 때는 인척(印尺, 조세 영수증)을 챙겨 두지 않은 탓에 다시 받자[徵稅]하려는 수모도 당하였다. 그것을 거부하여 땅과 부리던 종까지 공신 푸네기에게 빼앗겼다가 발장(發狀, 고소)하여 싸움 싸움 끝에 기어이 되찾긴 하였지만.

매월당은 신관新官에게 동헌의 마룻장이 들썩거리도록 호통을 치고 뒤떠든 뒤에야 겨우 완문完文을 받아 낼 수가 있었다. 그러나 그 완문은 받아서 소매 속에 넣었다가 행인들로 부나한 양주 읍내 저잣거리에서 한바탕 너털웃음과 함께 발기발기 찢어발겨 시궁창에 던져 버리고 말았다.

농사는 수락산에다 자리를 잡고부터 관가에서 묵정밭을 빌려 처음으로 짓기 시작한 거였다. 구구하게 벼슬을 구걸하여 녹이나 쳐다보고 사느니보다 몸소 걷어붙이고 지은 농사로 의식을 자급할 요량이었다. 하지만 추수는 해마다 해톨을 대기에도 빠듯하였다. 관가에서 갖은 구실을 붙여 가며 받자하는 것이 적지 않기 때문이었다.

매월당은 그것을 이렇게 시로 읊은 적도 있었다. 물론 땅을 빼앗기고 되찾고 하는 소동이 있기 전의 일이었다.

어느 누가 먹고 놀면서	孰云惰四肢
잘 먹고 잘살기를 바란다더냐	居食求飽安
손톱 하나 까딱하지 않는 것들이	嗟嗟游手輩
세상 물정을 통 모르네	世務專不觀

내 성동에 빌린 밭 몇 뙈기	我乞城東畝
국록 대신으로 힘써 지었거니	作力代學干
참새랑 들쥐가 반타작을 해가도	雖半雀鼠耗
그런대로 얼굴은 펴고 살았네	足啓淸臣顔

매월당이 양주 읍내 저잣거리에서 헙헙한 너털웃음과 함께 땅
문서를 찢어 버린 것은 문득 부앗김에 성질대로 하느라고 한 일
이 아니었다. 그것은 나라에서 하는 일을 지켜보며 쌓아 온 불평
이었고, 한 번 들어가면 생전 나올 줄을 모른 채 그 위에 더 많이
못 가져서 안달하는 공신들에 대한 반감이었다.

매월당은, 부자는 갈수록 더 부자가 되고 가난뱅이는 갈수록
더 가난해질 수밖에 없이 정해진 법이 언제나 분하고 울화가 치
미는 일이었다.

알아보니 창업 초기에는 모든 땅을 나라에서 가져다가 벼슬아
치들에게 나누어 주되 모두 18과로 등수를 두었는데 1품 벼슬은
제1과로 하여 150결(1만 5천 짐, 즉 벼 15만 뭇이 나는 면적)을
주었고, 차례대로 내려와서 맨 밑단인 9품짜리 벼슬아치에게는
10결(벼 1만 뭇이 나는 면적)씩을 주었다.

이 과전법科田法은 벼슬아치가 벼슬을 내놓아도 그대로 두어
서 살아생전엔 먹는 걱정을 놓게 하였으니 이른바 사전私田이
생기게 된 빌미였다.

나라의 살림이 점차로 커 가면서 벼슬아치도 불어났다. 과전으로 나누어 주던 땅도 그만큼 늘게 된 것이었다. 경기도는 사방지본四方之本이라 하여 모든 경지가 과전 및 왕실과 관청의 공전公田으로 쓰였다.

　　과전 용지가 계속 늘어가자 군전軍田만을 부담하고 있던 하삼도(下三道, 충청·전라·경상도)의 경지도 과전으로 찢겨 나가지 않을 수가 없었다.

　　과전 용지가 달리게 된 것은 없던 기구가 생기고 있던 기구가 커지면서 관원의 수요도 따라서 증대된 외에, 과전을 반급 받았던 이가 죽으면 과전이 나라에 환수되는 것이 아니라 휼양전恤養田이니 수신전守信田이니 하여, 가령 죽은 이의 아내가 개가하지 않으면 전부를 그대로 주고, 그 과부에게 딸린 자식이 없으면 반으로 깎아서 주고 하면서 대물림을 해가도록 한 데에도 있었다.

　　한정된 땅을 놓고 나누어 줄 일만 늘어가자 나라에서는 과전법을 치우고 직전법職田法이라는 것을 만들었다. 나가서 일을 하고 있는 현직 관원들에게만 땅을 나누어 주는 법이었다. 품계에 따라 18과로 등급을 매긴 것은 전과 같았으나 액수는 위로부터 감해서 정1품이 110결이었다.

　　이 법은 벼슬을 내놓으면 땅도 내놓아야 하였다. 그러므로 더욱 죽어나게 된 것은 이 직전을 맡아서 몸으로 농사를 지어 얻어먹고 살던 농부들이었다. 사단은 간단하였다. 벼슬아치들은 벼슬을 잃으면 아울러서 땅도 잃어 생계가 막히게 되므로 벼슬살이를 하는 동안에 제 한평생 먹고 쓸 것은 물론, 자손들을 가르치고 살게 해줄 밑천도 단단히 장만하지 않으면 아니 되었고, 그리하여 악착같이 우려내고 자아내고 가로채고 등쳐먹기로 버릇을 들이게 되었던 것이다.

매월당이 분개해온 것은 과전이나 직전 외에 왕에게 공을 세워서 작위를 얻은 공신들에게 부상副賞으로 나누어 주던 공신전功臣田이라는 것이었다.

공신이란 대개 나라의 변방이나 중앙의 종사宗社가 시끄러울 때 나타나는 것으로, 창업 이래 왕가에 골육상쟁이 그치지 않았으니 그때마다 적지 않은 공신이 쏟아져 나올 수밖에 없었다.

공신은 매월당이 아는 것만 해도 수두룩하였다.

태조에게는 창업을 거든 배극렴裵克廉 등 쉰두 명의 개국開國공신이 있고, 정종에게는 정도전鄭道傳 일당을 무찌른 조준趙浚 이하 스물아홉 명의 정사定社공신이 있고, 왕자의 난을 겪은 태종에게는 왕자의 난을 해결해준 하륜河崙 외에 마흔일곱 명의 좌명佐命공신이 있었다. 세조는 자리를 차지하기 전부터 김종서金宗瑞, 안평대군安平大君 등 상왕의 좌우를 제거한 정인지 같은 마흔세 명의 정난靖難공신을 두었으며, 이윽고 상왕의 자리를 빼앗아 준 권남 외 마흔네 명의 좌익佐翼공신과, 이시애의 반군을 평정한 어유소 등 마흔네 명의 적개敵愾공신을 거느렸다.

공신을 많이 거느리기는 지금 임금도 마찬가지였다. 임금은 남이南怡에게 역모의 누명을 씌워 생사람만 여럿 잡은 신숙주 등 서른일곱 명의 익대翊戴공신을 전 임금(예종)에게 물려받았으며, 임금도 자신을 도운 공이 있다 하여 한명회 등 1등 아홉, 2등 열하나, 3등 열여덟, 4등 서른다섯 하여 도합 일흔세 명의 좌리佐理공신을 조정에 두고 있는 것이었다.

임금은 주위에 공신이 많으면 많을수록 마음이 놓일는지 모른다. 그러나 백성들에겐 열 가지의 해로움은 있을망정 한 가지도 이로울 게 없는 것이 이런 공신의 무리와 그 떨거지들이었다.

임금이 자신의 공신들을 불러 모아 산 짐승을 희생으로 하늘에 제사 지내고 그 피를 서로 나누어 빨면서 충성과 단결을 맹세하거나, 공신들끼리 자손대대로 친목을 도모하기로 다짐하며 술잔을 도르는 것쯤은 어디까지나 그 사람네들의 사정이므로, 회맹會盟이란 예로부터 으레 그래 온 것이려니 해버리면 그만일 수도 있는 것이었다.

그렇지만 그들에게 돌아가는 것은 정도가 없었다. 그들에게는 등급에 따라 상이 내렸다.

상품 가운데는 노비가 있었다. 대개 공신들의 공로에 의하여 비명횡사한 공신의 선후배나 동료들의 아녀자와 노비들이었다.

공신들의 자손을 공신의 자손이란 명분만으로 등용하던 것도 상이었다.

처형된 신하들의 집과 땅을 몰수하여 공신전에 곁들여서 나누어 주던 것도 노비나 음직蔭職에 못지않은 큰 상이었다.

공신전은 과전이나 직전과 상관없이 가외로 주는 것이었다. 공신전은 왕이 갈리더라도 변동이 없는 데다 공신이 죽은 뒤에는 그 자손이 세습하여 상속하도록 되어 있었다. 다만 전지체급법田地遞給法에 따라 공신에게 자손이 아주 없으면 할 수 없이 나라에 되돌리지만, 적통은 끊겼어도 서자가 있으면 서자가 상속을 하되, 그 액수는 적녀와 반반씩 나누어 받으며, 적녀의 상속만은 그녀의 일대로서 마감을 한다는 것이었다.

"영주英主는 공신이 없느니라."

매월당은 그렇게 한마디로 잘라서 말했다. 세종은 재위 삼십일 년 동안 단 한 명의 공신도 내본 적이 없었음을 말한 거였다.

매월당은 또 말했다.

"공신에 공짜 없다네."

그 여러 공신 가운데 한 번이나 공로를 사양하는 척이라도 해본 이는 아무도 없었다. 거듭 세 번씩 공신이 된 최항崔恒·정창손·홍윤성·한계미韓繼美도, 네 번씩 공신이 된 정인지·한명회·조석문曹錫文도, 다섯 번이나 공신에 오른 신숙주도 누구 하나 공을 낮추거나 감해 달라고 해본 일조차 한 번이 없었다.

매월당은 공신 제도 자체를 시비할 생각은 없었다. 왕이 신하의 공로를 높이 사서 교서와 작호를 내려 치하함은 민생과 맞바로 부딪치는 일로 여기지 않았기 때문이었다. 또 벼슬을 올려 주는 것도 이해할 수가 있었다. 공신에 공짜는 없었으니까.

그러나 포상의 내용을 부르는 게 값인 막대한 재물과, 수십 년 뒤에나 생길지 말지 한 후손들의 장래에 대한 보장으로 한다는 것은, 식자로서 모름지기 평론하여 마땅한 일이었다.

생각하면 기막힌 일이었다.

공신이 죽이고 남은 선후배나 동료들의 유족을 상으로 받아서 재산의 물목物目을 보태는 짓, 그리하여 그 유족들을 놓고 얼마는 골라서 첩으로 삼고, 얼마는 골라서 종으로 부리고, 그러고도 모자라 서로 에누리를 해가면서 사고, 서로 웃돈을 얹어 가면서 팔고, 때로는 서로 바꾸고, 더러는 마음대로 죽이고 하는 짓들이, 일찍이 나라의 기틀을 삼고 식자들 또한 생명으로 받들어 온 바 그 유학儒學이 말하는 그 도덕과는 과연 어떤 관계라고 할 것인가. 사덕四德과 오상五常 가운데 어짊은 어디까지가 어짊이며, 의로움은 어디까지가 의로움이며, 예의는 어디까지가 예의이며, 신의는 또 어디까지가 신의라고 할 것인가.

매월당은 듣다 듣다가 심지어는 이런 말까지도 들은 적이 있었다.

상왕이 해를 입어 빈천賓天하매 열여덟 살의 의덕대왕비(懿德大王妃, 단종비) 또한 가차 없이 적몰籍沒되어 궁중의 종으로서 목숨을 지탱하고 있었다. 바야흐로 공신들의 포상을 의논하는 자리가 열리자 신숙주는 제 공로만 믿고 세조에게 한 가지 청탁하기를 주저하지 않았다. 청탁한 내용은 상왕의 왕비 의덕대왕비를 제집의 종으로 내려 달라는 것이었다. 세조는 다행히 신숙주의 청을 거절하였다. 그리고 신분을 부인夫人으로 정한 다음, 문종의 하나뿐인 외손자, 곧 유배지에서 금성대군錦城大君의 모의에 연루되어 처형된 전 형조판서 정종鄭悰의 어린 아들 미수眉壽의 양육을 돌보도록 조치하였다는 것이었다.

매월당은 신숙주를 전부터 잘 알고는 있었지만 듣기에 하도 끔찍하고 참혹하여 차마 믿을 수가 없었다. 말만 들어도 소름이 끼치고 사지가 떨리며 피가 거꾸로 흐르는 것 같았으나, 매월당은 그러면 그럴수록 민간에서 신숙주를 저주하다 못해 생으로 꾸며 낸 뜬소리이기를 바라고 있었던 것이다.

매월당은 그러면서도 그때의 공신이란 것들이 죄다 그렇고 그런 것들이었으므로 모름지기 한마디 없을 수가 없었다.

"허어…… 이제 보니 내가 약 먹기에 이리 게을리해서는 안 되겠구나. 이 반만 안주 하고 반은 개를 줘도 시원찮은 패륜아들…… 이것들이 죽을 땐 어떻게 하고 죽는지 보고 죽으려면, 비록 두더지가 씹다 버린 지렁이라도 결단코 가릴 수가 없겠구나."

공신의 자손을 쓴다는 것도 예삿일은 아니었다. 남이 다 보는 과거도 보이지 않고, 그렇다고 재목이 되고 아니 되는 자질을 이루 살피고 따지는 것도 아니고, 그저 한갓 공신의 자손이라는 문벌만을 쳐주어 관직을 맡기는 것이, 언필칭 백성을 하늘로 한다는 위정의 덕목과 도대체 무슨 관계가 있다는 것인가. 또 그 공신의 자손이 앉는 자리는 본래 누구의 자리일 것인가. 음직이란 결국 남의 자리를 가로챈 자리이자 쓸 만한 인재가 있어도 자리가 없어서 쓰이지 못하게 하는 자리일진대, 여기서 염치는 무엇이고 겸손은 무엇이며 행의行誼는 다시 무엇이라고 말할 수 있을 것인가.

공신들에게 땅을 나누어 주는 일도 마찬가지였다. 공신전은 직접 민생을 어렵게 한다는 것부터가 못마땅한 일이었다. 공신전은 별도로 주는 땅이었다. 뿐만 아니라 한 사람에게 세 번이고 네 번이고 공신에 오를 적마다 번번이 새 채비로 주는 땅이었다.

공신전은 다 그만두고 달성군이란 작호를 얻은 서거정 하나만을 보더라도 미루어 알 만한 것이었다.

서거정은 지금 임금에게 단 한 번, 그것도 3등 열여덟 명 가운데의 하나일 뿐이었다. 그럼에도 그가 영유하고 있는 농장農莊은 송파나루 근처 위례성威禮城 일대의 기름진 들을 비롯하여 양주에도 있고, 임진臨津에도 있고, 면산免山에도 있다는 것이었다.

서거정이 나중에 치사致仕하고 나서 이들 농장으로 이리저리 옮겨 다니며 은퇴의 여유를 누릴 셈으로 '추회'라고 제하여 보냈던 시에서, '내 또한 초야에 약속 있기에 나머지는 조각배에서 늙게 되리라'고 읊조린 것은 두었다가 나중에 웃기로 하더라도, 이 공신들에게 특허를 내린 세습적인 영구 상속이 백성들로 하여금 가난과 절망을 세습적으로 영구 상속시키게 하는 것과 무엇이 다른 것이며, 공신 가문에 치우친 나라의 지출이야말로 종내 백성들의 살길이 끊기고 살고픈 마음이 꺾이는 바탕이 됨을 누가 감히 부인할 수 있을 것인가.

이러한 폐단은 민생에게만 돌아가는 것도 아닐 것이었다.

먼저 걱정이 되지 않을 수 없는 것은, 공신됨의 이로움이 이토록 비길 데 없이 크고, 이토록 법으로 보장이 되고, 이토록 관례로 굳어진 채 계승이 되고 있으니, 이제 어느 누군들 공신이 되기를 바라지 않겠는가 하는 것이었다.

공을 세워 공신이 되는 길은 한 가닥만도 아니었다. 가닥은 여러 갈래였다.

첫째는 일이 일어나야 하므로 일이 일어나도록 주야장천 비라리꾼처럼 비는 길이 있고, 덫을 놓고 허방다리[陷穽]를 파서 옭거나 빠뜨리는 길이 있고, 없는 일을 꾸미고 지어내어 왕도 별수 없게끔 휘어잡는 길이 있을 것이었다.

공신이 되는 길. 그 좋은 예로 스물여섯에 병조판서를 차지한 남이가 싫어서 스물여덟에 꺾어 버리고 일어선 유자광柳子光이 있지 아니한가.

남이는 입직入直을 하고 있었다. 삼경이 가까워지자 졸음이 왔다. 그는 졸음을 쫓으려고 열려 있던 문밖을 내다보았다. 마침 칠월 하늘에는 살별이 꼬리를 그리고 있었다. 살별의 꼬리는 마치 새로 맨 대빗자루처럼 길고도 탐스러웠다.

쓸면 잘 쓸리겠군. 남이는 그렇게 입속으로 뇌다가 말고 무심결에,

"혜성彗星이라…… 묵은 자리를 쓸고 새 걸로 펴라, 그런 겐가?"
하고 중얼거렸다.

쓸고 새 걸로 편다? 옆방에서 가만히 되뇌어 보는 자 하나가 있었다. 역시 입직을 하고 있다가 엿들은 유자광이었다.

그렇다면 혁신革新이렷다. 유자광은 그렇게 뇌어 보면서 무릎을 쳤다. 그리고 그달 안으로 공신의 대열에 오르니 왈 무령군武靈君이었다.

공신이 되더라도 같은 값에 공이 남보다 생색이 나고, 상을 남보다 알차게 받으려면, 비록 하찮은 일이라도 마구 불려야 하고, 다 끝난 일이라도 다시금 이르집어야 하며, 일단 그렇게 하기로 들면 무엇보다도 그 희생이 또한 덩치가 있고 묵직한 데가 있어야 할 것이었다. 제물은 큼직할수록 여럿이 덤벼 뜯더라도 먹잘 것이 있는 법이므로.

공신이 되기를 바라지 않는 이가 없게 되고 보면 책권이라도 들여다본 축들은 우선 남 좋은 일에 희생으로 쓰이지 않기 위해서, 다음은 제가 쓰기에 만만한 희생감을 물색하기 위해서 각자가 솔선하여 행하지 않으면 아니 될 일이 있을 것이다. 그것은 서로서로가 못 미더워하고, 서로서로가 혐의쩍어 하고, 서로서로가 쉬쉬하는 일일 것이다. 따라서 서로서로가 겯고 틀고 겨루고 다

투고 무고하고 모함하고, 나중에는 살기 위하여 죽이려 드는 일도 서슴지 않을 것이며, 그리하여 마침내 원한과 보복밖에는 남는 게 없게 될 것이요, 그리고 그렇게 하다가 남는 것은 대를 이어 가면서 상속을 하게 될 것이었다. 그러므로 상속자의 나이는 갈수록 낮아질 것이요, 그것이 심해지면 아예 어려서부터 오로지 그 일에만 관심을 갖게 될지도 모를 일이며, 그래서 더욱더 궁리가 비상해지고 술수도 교묘해질 터이었다. 악순환. 이 아니 슬프고 두려운 노릇일 것이겠는가.

이번 임금은 그전 임금과 다른 데가 있다고들 하였다.

싹이 있다는 것이었다. 이르되, 책 잘 보고, 활 잘 쏘고, 그림 잘 치고, 글씨 잘 쓰고, 시 잘 짓고, 선비 알아보고…… 그렇게 두루 밝은 가운데 여색에도 밝은 것이 한 가지 흠이라면 흠이라는 것이었다. 후궁도 마치 공신 거느리듯 하여, 윤숙의·엄숙의·정숙의…… 왕자를 낳아 숙의淑儀에 오른 후궁만도 벌써 여럿이라는 것이었다.

매월당의 생각에도 치적은 있었다. 그 하나가 직전법이 벼슬아치들로 하여금 재임 동안에 축재할 것을 부추겨서 농민들에 대한 착취가 고질이 되어 버린 것을 깨달은 것이었다. 임금은 위에 오르자마자 직전세를 정하여 시행하였다. 나라에서 직접 농민들에게 조세를 받아서 그것을 다시 관원들에게 줄 만큼만 건네주는 관수관급으로 제도를 고친 것이었다. 농민들의 어려움을 덜어 주기 위한 방법이었다.

임금은 신묘년과 갑진년에 수십만 자나 되는 구리 활자를 만들게 하고, 노사신과 이파가 중심이 되어 편찬한《삼국사절요三國史節要》와 서거정이 엮은《동인시화東人詩話》및《동문선東文選》을 찍게 하고《동국여지승람東國輿地勝覽》을 편찬토록 하는 한편, 선비들이 소인배로 지목해온 유자광과 임사홍任士洪을 멀리 유배시키기도 하였다.

그래서 매월당도 언젠가 한 말이 있었다.

"치세治世에는 고변告變이 없었다네."

그러나 매월당은 차츰 기대보다 실망 쪽으로 기우는 것을 어찌할 수가 없었다.

실망의 하나는 왕실에 조용한 날이 드물다는 것이었다. 임금은 왕비의 질투에 시달렸다. 이를테면 후궁지환後宮之患인 셈이었다. 임금은 왕비를 친정으로 쫓아서 서인庶人이 되게 하더니 마침내 약을 내리고 말았다. 백관들은 원자(元子, 세자로 책봉되기 전의 장남)가 자라나는 것을 보고 뒤탈을 예방코자 극구 말렸으나 임금은 무가내였다.

임금은 구차한 변명을 줄이고 이렇게 일매지어서 대답하였다는 것이다.

"죄인(폐비 윤씨)은 본디 성질이 흉험하고 행실이 패역하여 내전內殿으로 있을 때도 이미 삼전(三殿, 세조비 정희왕후, 덕종비 소혜왕후, 예종비 안순왕후)에 불순했을 뿐 아니라 방자하게도 과

매월당 김시습

인의 몸에 흉터(손톱자국)를 내고 제 아랫사람 부리듯이 하려고 하는가 하면, 감히 발자취(후궁에서 낳은 왕자들)를 지워 버리겠다는 악담을 서슴지 않았다. 이런 일은 하찮은 일이매 내놓고 말할 것도 못 되는 것이로되, 예전에 모후母后가 어린 아들 뒤에서 국정을 좌지우지한 예를 보고 스스로 기뻐하면서, 항상 독약(비상)을 품고 다니고 때로는 상자 속에 감추어 두기도 하였으니, 미운 사람만 없애려는 것이 아니라 과인까지도 해칠 작정이었음은 의심할 여지가 없다고 하겠다. 또 그 입으로 '내가 장차 오래 살면 할 일이 있다'고 자주 말했으니 이 얼마나 발칙한 소리인가. 이는 종사宗社에 관계되는 부도不道의 죄가 아닐 수 없다. 과인은 그래도 대의大義로써 차마 끊지를 못하고 다만 서인으로 친정에 가 있게 하였던바, 이제 남들이 원자(뒤의 연산군)가 자라는 것을 봄으로써 앞으로 허다한 말썽이 다 여기에서 비롯될 터이니 어찌 보고만 있을 수 있겠는가."

임금은 미리 손을 쓴 사실을 이렇게 늘어놓았다.

"뒷날 그 흉험한 성질에 만약 위복威福의 권세라도 얻게 된다면(연산군이 왕위를 이으면) 발호하는 바가 나날이 방자하여질 터인즉, 원자가 제아무리 똑똑하다고 하더라도 어중간에 끼여서 어쩔 수가 없을 것은 물론이요, 오히려 한漢의 여후呂后, 당唐의 무후(측천무후)가 보인 화를 그대로 앉아서 기다림과 다름이 없다고 할 것이니 실로 한심한 일이다. 행여 우물쭈물하다가 때를 놓쳤다가는 과인이야말로 종사의 죄인을 면키 어려울 것이다. 옛적에 구익부인(鉤弋夫人, 한무제의 후궁)은 죄가 없어도 오히려 무제가 만세의 계책을 세웠거든(황제의 모후로 정치에 간여할지 모른다 하여 미리 죽였음), 하물며 그처럼 흉험하고 용서할 수 없는 죄인일까보냐. 이달 열엿새로 택일하여 그 친정에서 사사賜死하였으니, 종사대계宗社大計라 부득이한 일이었노라."

이를 보면 임금은 근심 덩어리를 아주 치운 줄로 여기는 것 같았다.

매월당은 그렇게 보지 않았다. 근심 덩어리는 치웠는지 몰라도 불씨만큼은 조정에 고스란히 묻어 두고 있는 것이었다.

저 《시경詩經》에 '잘난 사내는 나라를 일으키고, 잘난 여자는 나라를 기울인다(哲夫成城 哲婦傾城)'고 일렀거니와, 시앗 싸움엔 돌부처도 돌아앉는다는 속담 그대로 질투는 필부필부匹夫匹婦도 어차피 불화를 면치 못할진대, 이 일은 차라리 철부철부哲夫哲婦가 우부우부愚夫愚婦에게 배우는 것만 같지 못할 것이 뻔한 일이었다.

매월당은 그래서 종실인 무풍부정茂豊副正 이총李摠을 만나 이 말이 나왔을 때 이렇게 결론하는 수밖에 없었다.

"여보시게 서호주인西湖主人, 구름 밑에 안개가 있음을 부디 잊지 마시게."

장차 원자가 위에 오르면 왕실이 피바다가 되리라는 것을 예고

　　　　　　　　　　　　　매월당 김시습

해준 것이었다.

매월당이 느낀 실망의 또 하나는 임금이 전왕의 전철을 밟아 순성명량경제홍화좌리공신純誠明亮經濟弘化佐理功臣이라는 봉호도 장황스러운 공신을 일흔세 명이나 뽑아 거느리고 있는 것이었다. 게다가 임금은 전례에 없이 유명이 갈린 지 오래인 공신들의 선대에까지 순충보조純忠補祚라는 명호를 추증하였고 공신들은 그 일을 수레 위의 가마처럼 여기며 두고두고 영광스러워하였다.

그러니 앞으로 얼마나 많은 새 공신이 다시 만들어져서 벼슬이 오르고 상이 내리고 하는 가운데 그 자손들이 웃고 떠들고 잔치를 베풀 것이며, 그와 나란히 또 얼마나 많은 새 역적이 다시 만들어져서 목이 베이고 몸이 찢기고 하는 가운데 그 자손들은 울며불며 새 공신의 집종이 되어 흩어지는 일을 반복하게 될 것인가.

공신들의 공신전으로 들어가서 자자손손 부귀의 바탕이 되어 줄 땅은 본래 누구 앞으로 갔어야 마땅하다 할 것인가. 사람은 공인公人과 사인私人으로 양단되고 땅은 공전公田과 사전私田으로 양분된 터에, 공인은 모든 사전을 사유私有하고 사인은 모든 공전의 농부가 되고, 그리하여 농투성이는 바로 빚투성이가 되고, 빚투성이는 종당에 산투성이나 물투성이가 되어 남의 발자국까지 제 발자국인 양 질색을 하고 지워 가면서, 하루하루 살기도 허덕허덕하도록 마련한 것이 아닌가.

매월당은 그런 생각을 할 때마다 가위에 눌리는 것처럼 안타까
웠다.

임금은 전라도에 당목면唐木綿을 심게 하고 황해도와 평안도
에서도 목화를 심을 수 있게 허락하면서, 벼도 소출이 나은 당도종
唐稻種을 장려한 바가 있지만, 그것도 결국 실망에 불과했던
것은, 그랬거나 저랬거나 전보다 나아진 것이 없이, 당목이고 백
목이고 무엇 한 가지 온전히 백성의 것이 될 수가 없게 된 까닭이
었다.

아전들에게 따로 건넨 것이 없어서 밉보였다가 산전 몇 뙈기마
저 환수당하고, 그로 말미암아 낯선 산민이 되어 칡을 캐고 있는
사내의 말도 내뱉는 말마다 그 말이었다.

매월당은 해가 다 되어서 사내의 갈 길이 바빠지자 안타까운
마음을 두어 마디로 뭉뚱그려서 위로하였다.

"여봅쇼, 그 늙은이, 내가 신선을 따라가려고 산인이 되어 약초
를 찾아 헤매는 게 아니듯이, 그 늙은이 역시 의사를 따라가려고
산민이 되어 초근목피를 캐고 있는 게 아닌즉 우리가 지금 피차
간에 같은 신세인데, 다만 예전 고사리는 난세에 지조 높은 의사
의 양식이 됐고, 요새 고사리는 치세에 지체 낮은 유민들의 양식
이 돼 버린 것만 다를세그려."

"하오나 고사리는 아직 이릅지요. 아마 근 달포는 더 기다려야
나올 텐뎁쇼."

매월당 김시습

사내는 그러면서 해를 가늠하더니 끙 하고 일어나 칡뿌리 토막을 지게에 주섬주섬 걷어 얹는 것이었다.

겹것에 솜 대신으로 두어 입은 갈대꽃이 미어진 바짓가랑이 틈으로 꿰져 나와 바람결이 있을 때마다 해묵은 먼지처럼 바람결을 따라가고 있었다.

매월당도 덩달아 일어났으나 발걸음이 쉬이 돌아서지지가 않았다.

"저 아래 구렁은 흔히 수렴동水簾洞이라고들 이르느니. 여울 소리가 있는 데마다 소폭담탕沼瀑潭盪이 층층으로 있어서 붙은 이름인데, 보면 담비도 살고 수달도 살고 하여, 하려만 들면 피물은 한번 해볼 만하리."

매월당은 빈말일망정 사내의 귀에 부드럽게나 들렸으면 싶었다.

"글쎄올시다. 짐승도 쫓아다니는 놈한테나 잡히지 저같이 쫓겨다니는 놈한테야 눈먼 놈이 아니면 어림이나 있겠습니까."

매월당은 칡 짐을 지고 내려가는 사내의 뒷모습을 흐리흐리해진 눈으로 저만치까지 바래다주다가 그 자리에 도로 주저앉아 버렸다. 이윽고 소매 속의 종이와 허리춤의 먹소용을 끌러 놓았다.

시를 썼다.

산에서는 시가 한 번 솟기 시작하면 걷잡을 수가 없어서 그때그때 가랑잎에라도 써 내렸고, 또 그렇게 가랑잎에다 써 내린 시는 쓰는 족족 흐르는 물에 던지거나 달리는 바람결에 띄워 보내기를 아무렇지도 않게 되풀이해온 터였다. 그러나 지금은 그럴 수가 없었다. 매월당 자신의 회포가 아니라 칡을 캐어 간 그 이름 모를 유민의 목소리인 까닭이었다. 이를테면 시를 짓는 것이 아니라 그 유민의 탄식을 대필하고 있는 폭이었다.

작년엔 봄가물에 늦장마에	去歲早早晚霖劇
사태마저 덮쳐	泥沒江潭深一尺
채소밭은 자갈밭이 되어 버리고	沙石塡塞卒汚萊
물풀이며 질경이만 우거졌었네	豊者游龍與陵舄
여편네와 어린것들 배고프다 칭얼대고	婦兒啼飢號路傍
보는 사람마다 안됐다고 한마디씩	路傍觀者爲歎息
쌓인 빚 밀린 땅세 밤낮없이 독촉하니	私債官租日夜督
백정의 부역 피할 길이 없었네	況我難逃白丁役
부역은 엉클어진 실타래 같아	一身丁役亂於麻
오너라 가거라 정신없이 닦달하고	東侵西擾多煩酷
도토리며 시래기까지 흉년이라	橡蓇菜蝗瓜蔓枯
해마다 기근 들어 살 수가 없네	飢饉連年無可活
지어 먹던 밭뙈기	我有腴田數十畝
힘 있는 놈에게 빼앗기고	去年已爲豪强奪
농사에 부리던 아이	亦有壯雇服耕耘
작년에 군대 가고	昔年作保充軍額

매월당 김시습

어린것들은 옆에서 보채 쌓지만	赤子在左叫紛紛
들어도 못 들은 척하는 수밖에	交徧譎我如不聞

매월당은 저뭇해서야 돌아왔다. 지팡이 소리를 들었는지 층계 참까지 허둥거리면서 내려와 엎드리는 자가 있었다.

"쇤네 문안 아뢰오니다."

목소리가 그동안 양양 도호부襄陽都護府의 심부름을 도맡아서 해온 김경산金景山이었다. 호방戶房에 딸린 서원書員으로 서른 도 안 된 한창때의 장정이었다. 문안을 하는 자는 김경산의 뒤에 도 둘이나 더 있었다. 어둑어둑한 속에서도 낯들이 익었다. 나이 에 비해 몸집이 부푼 탓에 김경산을 따라 이미 서너 차례나 짐꾼 으로 다녀간 적이 있는 관노 아이 산개山介와 천개川介였다.

"영각(鈴閣, 원)께서는 그새 편안하시고, 내아內衙께서도 강녕 하시더냐?"

매월당은 양양부사 유자한의 안부를 먼저 하였다.

김경산은 부복한 채로 대답하였다.

"예예, 균안여일하시오니다. 하옵고 간성杆城이랑 고성高城이 랑도 진작에 문후가 계시었사옵기로 아울러서 여짜오니다."

간성군수 원보곤元輔昆과 고성훈도 김대윤金大倫의 문안 편 지도 오는 길에 가져왔다는 말이었다.

"보다시피 내 또한 이렇듯 소강小康이니 이 모두 영각께서 권주

(眷注, 사랑)하심일세."

버선을 떨고 앉으니 저녁상이 들어왔다.

"허어, 이거…… 수륙진찬 일색에 오직 홍규포(紅虯脯, 용의 고기로 만든 포) 하나가 빠졌네그려."

매월당은 치사를 하지 않을 수가 없었다. 밥이 장요미(長腰米, 최양질의 쌀)로 지은 백설 같은 쌀밥인 것은 김경산이 다녀갈 때마다 맛보던 거였지만, 전복을 넣어 끓인 미역국에, 다시마튀각에, 대구포에, 소라젓에, 그리고 귀한 말고기 장조림까지 올라 있는 것이었다.

김경산은 건넌방에서 기다렸다가 넘어와서 곡좌(曲坐, 어려운 어른 앞에서 옆으로 앉음)를 하고,

"지각한 세의歲儀이오나 소납합시라는 전갈이었사옵니다. 산길이 어떤지 모르는지라 쇤네도 욕심같이 꾸릴 수가 없었습지요. 또 호방이 따로 장만한 비웃이 여러 두름 되었사온데, 노루목의 주막에서 말범이패를 만난 고로 길세(통행세)를 주지 않을 수가 없었사오니다. 어차피 주막의 마방에 태마駄馬를 맡기는지라 부득이하였사오나, 쇤네 변변치 못한 죄 또한 크오니 대죄待罪하나이다."

하고 머리를 조아렸다. 호방 이진부李陳富가 선물한 청어 몇 두름은 노루목의 예전 선정사 터(禪定寺址, 현 신흥사 부근)에 있는 주막에서 도둑 떼를 만나는 바람에 안줏감으로 내놓았는데, 양양에서 노루목까지 짐을 싣고 온 짐바리 말은 으레 그 주막에

다 맡기고 오기 마련이었으므로 청어를 내놓지 않을 수가 없었으
되 처벌을 받겠다는 말이었다.

"그러고저러고 그 말범이라나 무엇이라나 하는 수령首領 놈도
여전하다더냐?"

"듣기로는 그새 계집이 두 년이나 더 늘었다더군입쇼."

"그놈이 본디 육장肉將이었느니라."

몸이 부대한 자는 대개 성질이 모질지 못하고 너름새가 있는
편인데 말범이란 놈이 그러하였다.

이런 일이 있었다.

매월당이 채비랍시고 술만 한 병 꿰차고 혼자 마등령馬登嶺을
넘어 천불동 관광에 나섰을 때였다. 매월당은 마등령 중턱에서
취중에 낙상을 했는데 하필이면 발목이 가장 심하여 오도 가도
못한 채 그냥 널브러져 있는 판이었다. 산중에서 조난하면 남의
도움을 청해야 하고, 도움을 청하려면 남을 불러야 하고, 남을 부
르려면 반드시 찾아오도록 해야 하는데, 그 방법이란 다만 한 가
지, 즉 삼이 있다고 외쳐 보는 것뿐이었다.

험산에는 어디나 산돌이가 있게 마련이지만 당초에 범보다도
사람을 더 꺼려 하는 축들이니 선뜻 나타날 리가 없고, 포수는 살
생이 산업이라 구명엔 여간해서 힘을 나누지 않는 습성이므로,
천상 약초를 캐는 자가 아니면 부를 만한 자가 없다던 것이었다.

매월당은 심메꾼들에게 들은 말이 생각나서 에멜무지로,

"두둑시라 봤다."

하고 외쳐 보았다. 두둑시라는 산삼이 무더기로 있는 곳이란 뜻의 설악 일대의 방언이었다. 두어 번 더 외쳐 보았으나 메아리 외에는 기척이 없었다. 선행이나 계담이 찾아올 때까지 기다리는 수밖에 없었다.

그런데 갑자기 돌이 구르는 소리와 함께 한 떼의 사내들이 득달하는 것이었다. 한 번 보고도 산적의 무리임을 짐작할 수가 있었다. 산삼을 빼앗으려고 몰려온 것들이었다.

"어럽쇼, 이 늙정이는 또 뭣인구. 중두 아니구 아닌 것두 아니구, 빨래두 아니구 걸레두 아니구……."

타래머리를 한 햇내기 하나가 바윗등에 의지해 있는 매월당의 머리·상투를 잘라 버려서 이마를 덮고 눈썹까지 내려온 더부룩한 낙타머리[頭陀髮]에 허방을 짚었다는 투로 지껄이고 있었다.

매월당은 실소를 하였다.

"그놈이 아가리 한번 바르구나. 네 말대로 긴 것도 아니고 아닌 것도 아니고 그냥 설잠이니라."

그러자 키가 처마에 닿게 장하고 몸집도 헤프게 부푼 걸대 하나가 앞으로 드티더니 바로 무릎을 꿇는 것이었다. 묻지 않아도 우두머리였다.

"이렇게 뵙자올 줄은 몰랐습니다. 이놈은 권금성權金城에 굴을 둔 산주山主 놈이올시다."

하고 일어났다가 절을 하더니,

"이것들은 뭣들 하고 자빠졌는 게냐. 대인께 어서 문안드리거라."

뒤를 돌아보며 눈을 한번 부라린 다음 다시 꿇어앉는 것이었다.

권금성은 노루목 맞은편의 산봉우리를 두른 돌성으로, 한 이백 년 전 원元나라가 쳐들어올 때 권씨와 김씨가 권솔을 이끌고 피난했던 데서 나온 이름이라고 들었다.

"그럼 작자는 권가 아니면 김갈러니."

"아니올시다. 이놈은 영평 마가이옵고 이름은 호골虎骨이라고 합지요."

마씨麻氏가 없는 것은 아니지만 어차피 변성명일 터이므로 매월당은 그자의 생김새를 찬찬히 톺아보았다. 상판은 양푼에 떠서 솔려 놓은 도토리묵처럼 검고 너부죽한데, 나무꾼이 버린 짚세기 모양으로 터럭이 사방에서 너저분하여, 놀다가 늙은 사당패라도 붙여 주기가 수월치 않을 상판이었다. 그러나 눈 뜨는 것이 검측한 데가 없고 말하는 것도 태도가 보일뿐더러, 이름과 달리 어딘지 모르게 물렁한 데가 있어 보이는 것이었다.

매월당은 우두머리의 차림새도 지나치지 않았다.

우두머리의 윗도리는 통짜 돼지가죽으로 지은 피갑皮甲과 비슷한 것이었고, 신발은 갖바치가 녹비로 공들여 만든 목화를 신었는데, 그 허우대에 더도 덜도 아니게 어울리는 차림새였다.

"아무렇건 작자는 외설악의 산주고 나는 내설악의 산주로, 이렇게 산주끼리 만났으니 그대로 말 수가 없는데, 술병이 저 지경이 됐으니 장히 섭섭하네그려."

"듣자오니 몸 둘 바를 모르겠습니다. 이놈이 수령이긴 하오나 어찌 감히 맞먹을 수가 있겠습니까."

"그런데 작자는 나를 어떻게 알았던고?"

"대인을 모른대서야 어찌 사내라고 할깝쇼. 산 밑에서 나는 소리는 산에서도 듣기 마련인데, 실인즉슨 접때도 고을 아전 것들이 등짐을 지고 오르는 것을 덜려고 했으나 대인께 올리는 공양이라 하기에 그친 적이 있었더이다."

"그렇다면 산주끼리는 이미 동맹同盟이 있었네그려."

"이놈이 기구한 놈이라 도와는 못 드릴망정 설마하니 딴전이야 보겠습니까."

"허지만 지금은 돕게."

"이리 뫼시어라."

우두머리는 제 등을 돌려 대면서 명령하였다.

매월당은 우두머리의 등에 업혀서 돌아왔다.

권금성의 우두머리는 말범이란 이름으로 통하였다. 성이 마가라서가 아니라 미시령彌矢嶺이나 진부령陳富嶺의 것들보다 하는 짓이 훨씬 덜하다는 것이었다. 즉 몽땅 떨어 가는 것이 아니라 뭉떵 떨어 가기만 하는 데다, 말범이 또한 덩치가 크고 성질이 유하여 호랑이뼈라기보다는 말뼈에 가까운 듯하여 그렇게들 이른다는 것이었다.

　말범이는 노루목의 주막과 연통하여 길손의 것을 덜어다가 먹고살면서도 매월당에게 했던 다짐만큼은 틀림없이 지켰다. 길손이랬자 열에 일고여덟이 중이요, 그 중이 또 대개 지닌 것이 있는 금강산의 중이어서 그나마 덜어 갈 것이라도 있었던 것이지만, 매월당을 찾는 길이라 하면 등짐이고 봇짐이고 풀어 보지도 않을뿐더러 때로는 길까지 안내하며 친절을 베풀더라는 것이었다.

　금강산에 있는 신계사新戒寺의 지료智了, 발연암鉢淵庵의 축명竺明, 표훈사表訓寺의 지희智熙, 장안사長安寺의 조징祖澄, 유점사楡岾寺의 석명釋明, 성불암成佛庵의 성통性通, 미타암彌陀庵의 해봉解逢, 대송라암大松蘿庵의 성호性湖, 원적암元寂庵의 계능戒能 등, 매월당이 무인년(세조 4년) 봄 금강산을 유람하면서 만났던 그 여러 중들이 소식을 듣고 혼자도 오고 동무해서도 오고 하면서 한 번씩 차례로 다녀갔지만, 그때마다 그들이 하는 말이 또한 그 말이었던 것이다.

　"이번 것은 관청빗(官廳色, 원의 음식 담당 아전)으로 있는 배현명裵賢明이란 자가 힘써 난상(難上, 최상품)으로만 추려서 꾸렸다고 하오니 소납합시면 다소간에 소용이 있으리이다."

　김경산은 물목이 적힌 장기帳記를 상머리에 펼쳐 보였다.

　도소주屠蘇酒 한 병, 행의行衣 한 벌, 버선 두 벌, 종이 반 동(쉰 권), 먹 한 동(열 정), 붓 한 동(열 자루), 장요미 반 섬, 소금

반 섬, 미역 한 뭇(열 장), 다시마 한 뭇(열 장), 김 열 톳(천 장), 명태 두 쾌, 자반고등어 두 뭇(스무 마리), 마른 홍합 열 근, 대구 포 한 뭇(열개), 전복 열 개, 소라젓 한 되…….

매월당은 장기를 훑어보다가 전에 없이 부쩍 는 가짓수에 놀라고 그 물량이 적지 않은 데에 또한 놀라지 않을 수가 없었다. 소금을 반 섬이나 져 올리게 한 것은 장 담글 때를 놓치지 말라는 뜻인 줄 알겠으나, 그 밖의 물품들은 격외로 과용을 한 것이 역연하였던 것이다.

"이건 네가 진상進上이나 봉물封物을 그릇 가져온 게 아니더냐?"

매월당은 실로 미심쩍어하였으나,

"아니올시다. 대상(臺上, 원)께 여탐한 바는 아니오나 쇤네가 가량하기엔 날씨가 눅는 대로 아마 식구가 늘 것에 대비하신 듯 하오니다."

김경산은 대중으로 그러는 것만은 아닌 듯이 대답에 곁들여서 말비침을 하는 것이었다.

"식구가 는다것다…… 그래, 그게 누구라더냐?"

"아니올시다. 듣자온 바는 없사옵고 그저 쇤네의 어리석은 소견일 뿐이올시다."

"알았느니라. 그만 건너가서 식기 전에 한술 뜨고 자거라."

잔설을 헤치고 짐질을 한 수고에 상주賞酒 한잔은 불가피한 일이었다. 매월당은 가져온 도소주로 반주를 하면서, 내려 두고 먹던 귀리소주를 김경산의 일행 앞에 한 잔씩 도르도록 일렀다.

술은 미주였다.

매월당은 속환이(환속한 중) 여염살이에 육미붙이 바치듯이 입에 당겨, 이경도 다 안 가서 도소주 한 병을 말끔히 비워 내었다. 진작부터 기장이나 귀리로 누룩을 디디면서도 밀감피와 육계피를 구하기가 어려워서 빚기를 단념해온 도소주였으니만큼 남아날 이치가 없기도 하였다.

날씨가 봄을 회복할 즈음하여 식구가 는다?

매월당은 병을 비우면서 곰곰이 생각하고 병을 비우고 누운 뒤에도 생각에 빠져들었으나 선뜻 매듭이 나지 않는 것이었다. 그렇게 매듭이 지지하고 더딘 것은 애초에 짐작이 갈래져서 종잡기가 까다로운 탓이었다.

매월당은 밤이 이슥도록 이리 뒤척 저리 뒤척 뒤치락거리면서 지난번에 유자한이 했던 말들을 다시금 되새겨 보았다.

"여보시게, 설잠, 슬하가 쓸쓸하면 오뉴월에도 무릎이 시린 법이니 부디 문 닫지 않을 도리부터 마련하시게. 설잠, 혹 중이 제 머릴 어찌 깎느냐고 묻고 싶은 것은 아닌지? 그러기에 내가 장차 할 일이 있다는 것일세. 설잠이 설악에 와서 처음 만난 이가 빙인(氷人, 전설 속의 중매인)이란 것은 천시天時보다 지리地利를 먼저 얻은 바라 할 것인즉, 내 무엇이 바빠서 중신아비 노릇에 차

일피일하리오. 이젠 애오라지 택길擇吉이 있을 따름인저."

유자한은 또 자제의 학업을 맡겨 보려는 뜻도 말하였다. 유자한은 두 아들과 두 딸을 두었는데 여식은 이미 여의고 난 뒤였다. 큰 사위는 매월당이 강릉의 향제에서 상경하여 과거 공부에 매달릴 때 함께 공부했던 안신安信의 아들 중선仲善이었고, 작은사위는 뒤에 현감으로 나간 조영걸趙英傑이었는데, 두 아들 탁濯과 개漑는 아직껏 이루어진 것이 아무것도 없다는 것이었다.

"설잠은 마침 잘 오셨소. 돈아豚兒들을 지금 여기 데리고 있는데 설잠도 아시다시피 본부(양양)엔 이것들을 맡겨 볼 만한 인사가 없어 걱정이 여간 아니었소. 부디 이것들 좀 붙들어 주시게."

스승을 못 정해 공부에 진도가 없기는 그의 조카들도 마찬가지라고 하였다. 유자빈에게는 인茵·회薈·옹蓊·우藕·훤萱하여 다섯 아들이 있고, 유자분에게는 온蘊·영榮·화華 등 삼 형제가 있다는 것도 그제서야 알았다.

"싹은 어디서 보입디까?"

"어리긴 해도 내 보기엔 큰댁의 우가 기중 두드러질레."

그러나 매월당은 헐겁게 수락하지 않았다. 불원천리하고 찾아와서 제자로 받아 주기를 간청했던 자가 그동안에 어디 하나둘이었던가.

매월당은 그들을 번번이 쫓아 보냈다. 쫓아도 가지 않고 머무적거리는 자는 밭갈이며 김매기에 종처럼 부려 먹어 기어이 제 발로 달아나지 않을 수가 없게 하였다.

매월당은 그들을 부리면서 이렇게 이르기를 잊지 않았다.

"한 그릇을 먹었으면 모름지기 한 사람 몫의 일을 함이 마땅하리라. 놀고먹는 자는 남들이 힘써 일한 결과를 힘 하나 안 들이고 갖다가 먹는 것이니 이를 들쥐에 견주어서 무엇이 다르다고 하겠느냐. 땀 흘려 일을 하거라. 일은 도道이며 땀은 의義이니라."

매월당은 또 말하였다.

"일을 해보지 않으면 백성의 어려움을 모르게 되고, 백성의 어려움을 모르고 본즉 백성을 아낄 줄 모르게 되고, 백성을 아낄 줄 모르고 본즉 백성을 해롭힐 줄만 알기에 이를 뿐이니, 이러고도 이를 어찌 인도人道라고 하겠느냐."

매월당의 말은 이렇게 아퀴를 지었다.

"일을 몰라서 백성을 모르는 자는 비록 재간이 뛰어나 열 번 등과하고, 열 번 출각(出脚, 물러났던 벼슬길에 다시 나아감)하고, 열 번 승자陞資를 하더라도 하는 족족 무논에 며루가 되고 산전에 노린재가 되기 십상일지니, 이로부터 나머지는 제여곰 분수를 헤아려서 행할 일이로다."

대개 무엇 바치니 무슨 꾼이니 하는 말은 한 가지 산업에 매달린 백성을 부러 깔보고 업시름 하는 말로 쓰이고 있지만, 매월당이 겪어 본 바로는 오히려 떳떳하고 뚜렷한 것이 그런 일꾼들의 일이었다. 일에 임하여 거짓을 섞으면 반드시 흠이 지고, 귀가 나고, 파가 되던 것으로써 그리하였다. 들일은 더욱이 그리하였다. 들일은 산 것을 다루는 일이었다. 콩 한 포기라고 허드레로 여겨 시들리고 나면 일 년을 좋이 보낸 뒤에야 복구를 할 수 있는 것이었다. 그만큼 정신이 거기에 있어야 하고 아울러서 정성이 땀방울로 나타나지 않으면 아니 되는 일이 바로 들일인 것이었다.

그러므로 밥을 먹는 자는 응당 들일을 알아야 옳은 것이요, 특히 장차 벼슬아치가 되어 백성을 다스리고자 하는 자는 직접 그 일에 몸을 적셔 보아야 옳다는 것이었다.

문도가 되기를 자원하여 명일 끝에 구경난 듯이 찾아오던 젊은이는 금오산에서도 있었고 수락산에서도 있었다. 다 해도 얼마 안 되는 뜨내기 객승 외에는 거의가 잠영세족簪纓世族이요, 진신搢紳의 자제들이었다.

매월당은 그게 누구의 자식이 됐거나 말았거나 단박에 밭으로 내몰아서 들일을 시켰다. 그리고 손가락 끝으로 먼지를 톡톡 털면서 받들려 자란 그 고량자제膏粱子弟들에게 스스로 터득한 바를 쳐들어서 훈계하기에도 또한 영락없이 부지런하곤 하였다.

"복사꽃 필 무렵에 낮잠 잔 농부 대추꽃 필 즈음부터 맨밥 먹느니라."

봄부치(봄 채소)에 게으르면 나물도 못해 먹는다는 말이었다.

"메밀 갈 때 유산遊山한 농부 밭두렁에 시루 쪄다 놓아도 보릿

고개 높느니라."

여름에 덥다고 그늘을 찾으면 이듬해 긴긴 해에 춘궁을 면치 못한다는 뜻이었다.

그들은 아무도 귀담아들으려고 하지 않았다. 일에 내켜 하는 자가 없음은 물론, 일을 알아 두어야 할 필요가 무엇인가에 대하여 잠깐이나마 생각해보려고 하는 자조차도 없었다. 그러니 타이르고 나무라고 꾸짖고 하면서 억지로 시켜 봤자 일을 추어주기는 고사하고 되레 어지러이 늘어나 놓는 것이 고작이었다.

그래서 말했다.

"병든 주인이 열 일꾼보다 낫도다."

매월당의 결론이었다.

그런데 이번에는 유자한이 그 자제들을 몰아 보내겠다는 것인가. 김경산에게 지워 보낸 물물을 보니 앞으로 늘게 될 식구라는 것이 고량자제임에 분명한 것이었다. 어떻게 할 것인가. 대답은 쉬웠다. 받아들이면 그뿐이었다. 그리하여 가르칠 것은 가르칠 것이요, 시킬 일은 시킬 일이었다. 견딜 만하면 붙어 있을 것이고 견디다 못하면 제 발로 내려갈 것이었다.

매월당은 그래도 개운치가 않았다.

올 사람이 유자한의 아들이나 조카가 아닐 수도 있는 일이 아닌가.

그 때문이었다.

올 사람이 혹 이성異性일 수도 있는 일이 아닌가.

그것이었다.

이성이라면 매월당의 눈에 마치 눈동자의 눈부처[瞳人]처럼 이미 들어와 살고 있어서 캄캄한 밤에도 대낮같이 나타나는 한 여인이 있었다.

소동라所東羅, 그녀의 이름이었다. 서른하나, 그녀의 나이였다. 현수(絃首, 코머리), 그것은 그녀의 신분이었다. 양양 고을의 관기, 그리고 그 우두머리.

매월당은 그녀에 대한 저간의 경위를 새삼스럽게 되짚어 보기 시작하였다.

매월당은 설악에 들어와 관음암에 우거하면서 초당부터 지었다. 나무와 칡덩굴과 띠가 사방에 흔하여 서너 칸짜리 초당 한 채를 꾸미는 데는 보름도 걸리지 않았다. 관음암의 중이 일손을 보탠 것이 무엇보다도 큰 부조였다. 더욱이 선행을 비롯하여 계담과 학매는 금오산에서 매월당을 짓고 수락산에서 폭천정사를 지어 본 장단이 있어서, 초당을 얽는 일이라면 눈을 가려도 더듬지 않을 만큼이나 익숙한 솜씨였다.

겨울에 눈에 갇혀도 설해가 없도록 집터를 우묵하게 팠다. 뒤는 돌로 맞담을 치고 흙으로 메지를 넣어 담벽이 곧 바람벽이 되게 하였고, 앞쪽은 중깃을 세운 위에 싸리로 가시새를 대고 맞벽질을 하여 바람벽이 곧 담벽이 되게 하였다. 천장은 서까래 위에 빵

대와 화라지로 산자를 받아 삿갓반자로 꾸미고, 지붕은 띠로 뜸을 엮어서 이엉을 이었으며, 산죽을 엇결어서 문살을 삼고 처마엔 솔가지를 쪄다가 송첨松簷을 달아서 차양이 되게끔 하였다.

일을 마치고 보니 지붕은 그대로 모말집과 같고, 벽은 담과 하나로 둘러 있어 환도옥環堵屋의 모범이 되었으니, 그것은 마치 수락산의 폭천정사를 고스란히 옮겨다 놓은 꼴이기도 하였다.

"집은 달팽이집만 하면 넉넉하고, 토방은 화덕[地爐]을 묻어 차 끓일 자리만 있으면 족한 것이로다."

매월당은 초당이 이루어지자 근처에 화전을 일구기 전에 금오산이나 수락산에서처럼 집터서리부터 뒤집어서 채전을 일구어, 무·배추·순무·새앙·토란·부추·오이 따위의 채소를 심고 구기枸杞·승검초[當歸]·삽주[山薊]·궁궁이[川芎]·차조기[紫蘇] 같은 약초며 매화와 난초를 찾아내어 옮겨다 심는 일이 먼저임을 알았다.

개간도 때를 놓쳐서는 안 될 일이었다. 마른 섶에 불을 놓아 거름을 삼고, 두둑과 이랑을 꾸며서 가을에 보리와 밀을 갈고, 봄에 귀리와 기장을 갈고, 초여름에 조와 수수와 콩을 심고, 한여름에는 들깨와 메밀을 뿌릴 것이었다. 그러므로 어떤 사람은 이 초당을 가리켜 '돌로 양치질하고 흐르는 물로 베개 한다(漱石枕流)'고 풍월을 할지도 모르고, 어떤 사람은 또 그 밭을 가리키며 '봉우리를 마시고 시내를 쪼더라(飮峯啄澗)'고 옛것을 본떠서 읊을지도 모를 일이었다. 그러나 초당에 의지하여 산전에서 밥을 얻고 집터서리에서 나물을 얻는 것은, 민생의 고달픔과 떳떳함을 쉬지 않고 추수하는 산업일 뿐 아니라, 그로써 몸을 지탱하고 그로써 정신을 고루 잡아 한평생 깨어서 살 수 있는 존양存養이라는 데에 그 소중함이 있는 것이었다.

매월당은 집들이를 하던 날 밤에 '속은 어수룩하고 겉으로 약은 것이 소인의 바탕이요, 속이 여물고 겉으로 트인 것이 군자의 됨됨이라(內鈍外點小人爲質 外括內豁君子之吉)' 하고 서두를 뗀 〈환도명環堵銘〉을 지어서 벽에다 붙였다.

이튿날부터는 마와 둥굴레를 캐고 도토리와 밤을 주워 들였다. 얼기 전에 갈무리를 하여 눈 속의 굶주림을 얼마라도 덜어 볼 요량이었다.

다음은 유자한을 찾아보는 일이었다. 어려서는 선후배로 한동네에서 살고 늙어서는 관민간으로 한 고을에서 살게 된 끈질긴 인연이었다.

유자한은 그럴 수 없이 반겨 하며 뜰에 내려와서 맞아들였다. 얼마 만이었던가. 얼마 만인지는 이루 헤아리기가 번거로워서 서로가 그만두었다.

유자한은 연사흘에 걸쳐서 술자리를 베풀었다. 첫날은 객사 옆에 있는 태평루太平樓에서, 이튿날은 고구려의 잔읍이기도 한 옛 동산현洞山縣 지경의 관란정觀瀾亭에서, 그다음 날은 온종일 말을 달려 청초호靑草湖로 옮기고, 청초호와 영랑호永朗湖

에서 녹초가 되도록 선유船遊를 하며 깨고 취하기를 되풀이하였
다. 이름 없는 잔치였고, 모처럼 놀아나기에 물릴 정도로 질탕한
술판이었다.

"그대가 설악에 왔다는 말을 듣고 내 장차 할 일이 있음을 느꼈
느니."

유자한은 태평루에서 잔을 처음 나눌 때부터 그렇게 운을 떼었다.

매월당은 으레 한번 들으려니 했던 말이었으므로 직수긋이 있
었다.

"인간의 본성이 음양지교陰陽之交의 실물일진대 그 부조不調
함을 보補하지 않는다면 그대의 그 독립특행獨立特行인들 어찌
갈망할 수가 있겠소. 그윽이 생각할 것도 없이 우리가 지난 역사
를 버리지 않는 데는 선대를 섬김보다 나은 것이 없고, 우리가 지
금 역사를 버리지 않는 데는 우리가 처한 형세를 인식함보다 나
은 것이 없고……."

유자한은 일껏 벼르고 있기라도 했던 것처럼 막힘이 없었다.

"또 우리가 오는 역사를 버리지 않는 데는 슬하를 비우지 않음
보다 나은 것이 없을지니, 사세가 이렇거든 누군들 이에 소홀히
할 자격이 있다고 하겠소. 그대가 산수간을 왕래한 지 어언 삼십
년이니 기왕에 익히 알려니와, 어느 산길에도 씨를 두지 않는 초
목이 있지 않고, 어느 물길에도 씨를 두지 않는 어족이 있지 아니
하거늘 하물며 인도人道의 어떠함이야 이를 말이겠소? 구구하

게 말할 것 없이 더 늦기 전에 궁행躬行할 일이 바로 이 일이오. 무릇 인도에 향화(香火, 제사)가 그침은 곧 인가의 굴뚝에 연기가 그침과 짝을 할 일이니, 이는 필경 사람의 세상은 아닐 터이라…… 여보시게, 설잠, 이 유 모(柳某, 자기)가 인印을 쥔 고을에서는 결단코 있을 수가 없는 일인 줄로 아시기 바라오."

유자한은 사뭇 윽박지르듯이 잘라 말하는 것이었다.

"명부(明府, 원)께서는 욕망이 좀 과하시외다. 오는 역사란 대저 천 번의 겨울이요 만 번의 여름이거늘, 어찌 혼魂이 거기까지 미치기를 바라 계신단 말씀이오."

매월당은 어려운 자리였기에 비아냥거리지 않고 정중하게 말했다.

"과불급過不及이란 것은 매양 이승의 일이네. 이승이 짧고 보면 저승이 길 터인데, 지금 무엇이 저촉되어 혼으로 천년 살기를 삼가더란 말인가. 듣자 하니 그대는 이미 《금오신화》를 논하되 천년 후엔 능히 알아볼 자가 나오리라고 장담하였다 하니, 그대야말로 천년 후에도 살아 있기를 바라는 바가 아니던가?"

유자한은 어느새 말을 놓아 하고 있었다. 허물없이 지내려는 뜻으로 그러는 것 같았다.

"그러나저러나 지금은 늦었소이다."

"지금인지라 늦지 않았느니."

"어언간 뜬 이름 오십 년…… 생각할수록 기가 막힙니다."

"게다가 또 뜬 몸으로 삼십여 년…… 하지만 설잠, 이젠 비끄러맬 때도 됐느니."

"어느 누가 송장 치우기를 즐겨 하여 말뚝이 되어 지기를 자원하겠소이까."

"자고로 자원함이 적은지라 월로[月下老人, 전설 속의 중매인]가 있고 빙인이 있었으리."

"저는 한갓 낭인浪人이로소이다."

"낭인에게는 낭자娘子가 있는 줄을 아직도 몰랐더란 말인가?"

유자한은 웃으면서 좌우를 돌아보았다. 좌우에는 관기들이 술시중을 들고 있었다. 유자한의 오른편은 곤산옥崑山玉, 왼편은 동선월洞仙月이라 하였고 그 옆에서 매월당에게 시중을 드는 것이 소동라였다.

"들풀도 꽃이 피기 전엔 나물로 먹는 것이야 어찌 모를 리 있으리까마는……."

매월당은 그렇게 말품앗이를 하면서도 한편으로는 씁쓸한 입맛을 다시지 않을 수가 없었다. 낭인에게는 낭자 운운한 말이 건달에겐 화랑花娘이가 짝이란 말의 번안으로도 들릴 수가 있기 때문이었다. 매월당은 자칫 발끈할 뻔하였으나 씁쓸한 입맛을 머금은 채로 진득하게 참았다. 조목조목이 바르집어 가면서 말적수가 되기를 삼간 것은 유자한이 매월당도 쉽게 볼 수 없는 이력을 일찍이 갖추고 있었던 탓이었다.

사람들은 유자한의 가문을 일러서 흔히 삼장원三壯元이라고
도 하고 오사인五舍人이라고도 하였다. 삼장원은 유자한 삼 형
제가 연달아서 장원급제를 했다는 뜻이었고, 오사인은 그 삼 형
제 외에 그들의 매부인 김수金修와 신중거辛仲琚가 역시 의정
부의 사인을 역임한 까닭이었다.

그러나 매월당이 유자한을 어렵게 아는 것은 그러한 지체가 아
니었다.

그들의 선영은 양지현의 삼설산에 있었다. 그들은 부친상에
함께 시묘살이를 하였고 그 삼 년 동안을 죽으로만 살았다. 고을
사람들은 그들의 행실을 갸륵하게 여겨서 동네의 이름을 거려동
居廬洞으로 부르고, 여막이 있었던 산모퉁이의 이름도 사인모루
[舍人隅]라고 고쳐서 썼던 것이다. 매월당이 유자한을 어려워하
는 이유였다.

유자한은 앉은자리에서 판갈이라도 하려는 듯이 다죄어 들기
시작하였다.

"그렇다면 들풀이 꽃이 핀 후엔 대개 약초가 된다는 것도 능히
알고 있으리."

유자한은 빙긋 웃고 나서,

"어허, 넌 지금 무얼 하고 있는 게냐."

소동라에게 눈을 한번 부릅떠 보인 다음,

"네가 이날토록 머리를 얹어 준 낭군이 없어 외대머리(혼례를

않고 쪽 찐 기생)를 면치 못하더니 실상은 이날이 있기를 기다린 것이로다. 이르거니와 너는 이로부터 이 벗님의 시비侍婢임을 잊지 말렷다."

유자한은 군턱이 미렷하도록 조아리는 소동라의 머리에 대고 위엄으로 다지르면서 다시금 밑말을 심어 두는 것이었다.

"일길신량日吉辰良한 이날을 당하여 네 어른님을 천침(薦枕, 잠자리를 모심)하되 일후에 공방살空房煞이 끼지 않도록 각근히 용심처사用心處事할지니라. 네 서른 넘어 섧은 고개야 이날로 써 다할 터이로되, 다만 인륜대사란 본디 제여곰 연분인지라 행여 엄지머리(노총각)가 아님을 고까워하여 홍색짜리의 본분을 저버리지 말 것이니, 만약에 딴소리가 들릴 새는 필경 줄무지(기생의 行喪)를 보이고 말 것이라, 네 어찌 조신치 않을쏘냐. 아무쪼록 명심하렷다."

소동라는 입을 다문 채로 고개만 조아렸다. 어렵고 숫저워서 감히 입도 뻥끗 못하는 것이 아니라, 마뜩잖은 명령에 속으로 시뻐서 그러고 있는 것 같았다.

매월당이 물신선처럼 말수를 줄이고 더덜뭇하게 앉아서 술만 축내고 있으니,

"두메의 황소도 때가 된 줄을 알면 반드시 영각(암소를 찾아서 길게 우는 소리)을 쓰는 법인데, 그대는 어이하여 흑백(黑白, 대답)이 없으신고?"

유자한은 말이 난 김에 출말을 보자는 듯이 매월당을 겨냥하였다.

"이르되 천첩무상피賤妾無相避라 했거늘, 이미 너울짜리(반족)가 아닌 터에 장옷짜리(평민)면 뭘 하고 놀음바치면 또 뭘 하겠소이까."

매월당은 처음으로 부루퉁한 대꾸를 하였다.

"허어, 뭘 하다니. 그럼 벌써 조양(朝陽, 새벽에 동하는 양기)이 참站도 대기 전에 저녁나절에 이르렀더란 말이신가. 아무렇든 조양은 봉명鳳鳴이라 했은즉 욕탁(浴啄, 방사)은 족히 성사되리니 두고 볼 일일세."

유자한은 걸게 말하고 걸걸하게 웃었다.

"이를 말씀이오니까. 설악은 묏부리에 머무는 운우雲雨가 사시장천 골짜기를 채우는 곳이니 괘념치 마사이다."

곤산옥이 어렴성 없이 말추렴을 하고 나섰다.

"저는 명부의 자민子民이 되어 온 터수이니 비록 두 손이 있다하나 어찌 한 손인들 감히 내저을 수 있겠습니까만, 하오나 한 가지 묻잡고자 합니다."

매월당은 짐짓 웃음기를 사리면서 말했다.

"우리 사이에 무슨 허물이 있겠나. 기탄없이 이르시게."

"명부께서는 유희가 지나치사 몸소 겸노상전兼奴上典을 시늉하시며 심지어는 색차지(色次知, 기생을 주선하는 아전)까지 자처하시니, 언제부터 언제가 안전이고, 언제부터 언제가 아전인지

도무지 갈피를 잡지 못하겠습니다그려."

매월당은 술기운을 빌려 비웃적거려 보았으나,

"봉모인각(鳳毛麟角, 잘난 남자)은 대개 옥산임천(玉山林泉, 노는 여자)을 찾아 즐겨 노니는 법이니, 백 리(한 고을)를 얻어 있는 이 유 모柳某가 어찌 다리 놓기를 게을리할 수 있겠는가. 월하빙인이 바쁘기는 본래 이 까닭이라네."

유자한은 흐뭇해서 못 견디겠다는 듯이 또 한바탕 큰 소리로 웃어 대었다.

"묏부리는 우뚝한 맛이요 골짜기는 깊숙한 맛이온데, 사또마님께서 이미 다리를 놓으셨으니 나리께서는 그저 오르락내리락 노니실 일만 남았사와요."

동선월도 매월당의 빈 잔을 채우라는 뜻으로 소동라에게 주전자를 건네면서 아양을 떨었다.

소동라는 곤산옥이나 동선월처럼 사또의 눈에 고이도록 나부대거나 노적 부릴 경황이 아닌 탓에 시종 지르퉁하니 입이 무거웠다.

매월당은 그녀의 그러한 태도가 마음에 걸려서 술맛이 이 맛이던가 싶게 혀끝에 감치는 것이 없었다.

그렇지만 당장에 내색할 일은 아니었다.

유자한의 수선스러운 너스레와 그녀의 앙다문 입으로 미루어 보건대, 유자한의 중매 운운이 처음부터 그녀를 전제로 했던 것임을 짐작할 수가 있었다. 유자한은 수령의 위신으로써 분부를 했을 것이며, 그녀는 감히 내놓고 앙탈을 할 수가 없으매 마지못하여 수굿하고는 있되, 마음은 차라리 퇴물이 된 뒤에 들병이로 다니면서 화냥은 할지언정, 팔자에 없이 절집에 부뚜막 보살로 들어가서 불목화상에게 살보시나 하다가 말기에는 억울하다고 앙알거리는 꼴이었다.

그러나 어느 안전이라고 다 비벼 놓은 밥을 물 말아 먹자고 우길 터인가. 그녀는 면종복배일망정 수령의 명령을 어기거나 미룰 수 있는 몸이 아니었다.

그렇다면…… 매월당은 비로소 소동라의 자색을 틈틈이 여겨 보려고 하였다.

"이만하면 능히 풍정(風情, 연정)을 움직일 만하고, 이만하면 족히 슬하를 채울 만하여 더 볼 것이 없을 듯한데, 당자는 과연 어떠신가?"

유자한은 스스로 만족하여 흰소리를 늘어놓았다.

"무산지몽(巫山之夢, 남녀 간의 교제)은 본래 양왕(襄王, 초나라 왕)의 일이거니와 여기는 부명이 양양襄陽이올시다. 양양의 무산지몽은 필연코 양양(襄陽, 양기가 왕성함)일 터이온데, 이에서 다시 무엇을 더 물으시렵니까?"

유자한은 무릎을 쳤으나 매월당은 객기가 발동하여,

"하오나 이 아이를 볼작시면 가히 수명장수할 상(미인박명의

　　　　　　　　　　　　　매월당 김시습

반대)인지라 장차 혼자되기가 쉬운 것이 또한 딱한 일이올시다."

"그렇다면 저 아이를 생각하여 사양하심인가?"

"아니올시다. 첫째로……."

"첫째로……."

"대저 낭인의 상한(傷寒, 금욕으로 인한 병)은 상화방(賞花坊, 창기를 두고 손님을 받는 기생집)으로 탁효를 보는 터인데, 제가 비록 상한이 있다고 하나 이 아이가 또한 담병膽瓶이니 어찌 효험이 적겠습니까."

담병은 목이 길고 배가 커서 쓸개주머니를 연상시키는 꽃병을 뜻하지만, 매월당은 소동라의 아랫도리가 보동되고 바라진 것을 보자 이겨 낼 자신이 없음을 뒤집어서 귀띔한 것이었다.

소동라가 좌우로 곁눈질을 하는 것이 매월당의 눈결에 스쳤다. 매월당의 말을 거의 알아듣고 있는 눈치였다.

"그다음은?"

유자한은 빙글거리면서 뒤를 재촉하였다.

"제게는 멱주봉상(冪酒縫裳, 술 빚고 바느질함)이 소용이온데, 이 아이가 마침 동시(東施, 월나라 미인 西施의 반대)인지라 가히 기대할 만하나 다만 한 가지 단장에 비용이 들겠으니 딱한 일이올시다."

"그 걱정 또한 딱하이. 유 모가 이미 물잇구럭(후원자)을 자처하였는데 어찌 출물(出物, 지출)에 인색할쏜가. 네 듣거라."

유자한은 소동라를 건너다보며 일깨웠다.

"네 장차 그 어른님께 숙수지공(菽水之供, 이바지)을 하리로되 자생(資生, 생활비)으로 시름할 일은 없을 터인즉 그리 알렸다."

"천첩賤妾은 비부지(非不知, 알고 있음)로소이다."

소동라가 처음으로 입을 열어 대답하였다. 이제껏 오고 간 말을 다 알아듣고 있었다는 뜻이었다.

"그렇다면 됐느니라."

유자한의 말에 소동라는,

"하오나 나리께 한 가지 묻자올 게 있사와요."

하면서 매월당에게 처음으로 고개를 드는 것이었다.

매월당은 그제서야 소동라가 고개를 잔뜩 지르숙이고 있었던 까닭을 알 듯하였다. 매월당은 수명장수할 상이니 동시니 하고 그녀의 박색을 희롱한 것이 오히려 후회스러웠다. 그녀의 외모는 그 정도의 장난조차 수용할 만한 여유가 없어 보이기 때문이었다. 여염의 사삿집 아낙이라면 무엇을 탓할 것이랴. 하지만 애초에 포석을 그르쳐서 흑석으로 뒤덮인 반상에, 울면 눈물이 반 종지는 고이지 싶게 오목한 눈이며, 수심이 일면 그 그늘이 양쪽 귓불에 이르고도 남도록 들솟은 콧날이며, 닫아도 열린 듯이 위아래가 쌍립하여 함곡관函谷關을 이루고 있는 두툼한 입술이며, 빗다가 모자라서 한쪽은 반만 빗고 그만둔 쪽박귀며, 중앙의 사신과 조양의 빈객을 다룰 기생으로 쓸 경우 관장官長의 체면이 반으로 깎여도

매월당 김시습

쌀 만큼 어느 한 군데 쳐줄 데라고는 없는 풍색이었다.

그러나 매월당은 더 이상 허물을 하지 않기로 하였다. 유자한이 그녀를 빌려주려는 것은 갖다가 꽃병으로 두라는 것이 아니라 담병으로, 속되게 말하면 씨받이로 쓰라는 것이었으니까.

"알고자 함이란 무엇이더냐. 주저할 것 없느니라."

매월당은 귀가 솔깃하여 그렇게 허락하였다.

"나리께서 아까 이년을 지목하여 담병과 같다고 하셨사온데, 묻잡기는 그 담병이 빈 병이오니까, 아니면 꽃이 꽂혀 있는 화병이오니까?"

매월당은 생각잖던 당돌한 질문에 내심 당황하였으나 대답이 또 뒤로 미룰 만한 것이 못되므로 질문의 까다로움은 탓할 겨를조차 없었다. 매월당은 임기응변으로 둘러방치기를 하는 수밖에 없었다.

"그 물음인즉 당치 않구나. 네가 이미 해어화(解語花, 기생)이거늘, 그 병에 물만 있으면 됐지 다시 무슨 꽃이 더 소용이더란 말이냐."

소동라가 허를 찔린 듯이 주춤하는 사이에 곤산옥이 말추렴을 하고 들었다.

"목으로부터 위로는 꽃송이, 아래로는 꽃병…… 이렇듯 과람하신 화상찬畵像讚은 난생처음이오니 이년들도 더불어서 영광무지로소이다."

동선월도 덩달아서 거들었다.

"그러하오니다. 본부는 산수가 있는 관계로 매양 소인 묵객이 부절이었사오나 천첩들을 이처럼 어여삐 이르신 풍객은 일찍이 없었사온데, 오늘에야 나리께서 나계시어 감격에도 겨운 줄이 있음을 깨우쳐 주셨사오니다."

동선월의 말꼬리를 기다려서 소동라가 뒤를 이었다.

"천첩의 기명妓名을 소동라령(현 한계령)에서 딴 것은 실로 외람된 바가 적지 않사온데, 여짜오면 내륙의 길손은 원통역으로부터 반드시 소동라령을 넘어야만 비로소 설악에 이를 수가 있사옵고, 또 설악을 거쳐서 본읍에 당도하셔도 마땅히 천첩의 수발을 넘어야만 마침내 양양을 보았다고 하리라 하여 기명으로 정했던 터입니다. 하오나 나리께서는 바야흐로 천첩의 시험을 넘으신 듯하옵기에 감히 아뢰오니다."

소동라는 그러면서 머리를 조아렸다.

매월당은 네가 이제서야 겨우 반심(半心, 이럴까 저럴까 하는 마음)에 이르렀더란 말이냐 하고 화라도 버럭 냈으면 후련할 것 같았다. 그러나 그러기보다는 참자는 쪽이 더 우세하였다. 매월당 자신도 실상은 그녀와 한 가지로 유자한에게 그녀를 빌리겠다는 말을 망설이고 있었기 때문이었다.

그렇지만 매월당도 이제는 의중을 나타내지 않을 수가 없었다. 그녀의 반심과 자신의 반심을 합치면 자연히 일심一心을 이룰

　　　　　　　　　　　　　매월당 김시습

수도 있지 않겠는가.

매월당은 말했다.

"무엄한지고. 소동라령은 오르지도 않고 넘는 고개라더냐? 내 비록 쇠안衰眼은 이르다만 밤눈 하나는 제법 밝으니라."

매월당은 그날 밤을 객사에서 보냈다.

소동라가 천침을 한 것은 물론이었다.

매월당은 술에 덜 취한 데다 시심이 잠을 쫓는 바람에 늦도록 홍초를 끄지 않았다.

취하여 쓰러진 여인의 몸을 누가 옥산玉山이라 일렀을까.

자릿저고리 바람으로 누워 있는 소동라의 모습은 온산이 높다가 말고 깊다가 말아 그저 두루뭉술한 흙산일 뿐이었다.

매월당은 그러나 둘이서만 기억하고 싶은 이야기가 있을 법도 하였다. 그것도 되도록이면 시로써 문답을 해보고 싶었다. 그래서 부드럽게 물었다.

"너도 시를 좀 알렷다?"

"시 시詩 자는 모르고 때 시時 자는 아와요."

소동라는 긴치 않은 물음에 편치 않은 대답인 양 부드럽지 않게 대꾸하였다.

"때를 안다것다. 그래 무슨 때를 알더냐?"

매월당은 웃으면서 물었다.

"천첩이야 돈 벌 때를 알고 돈 쓸 때나 알면 됐지, 무슨 때를 알아서 뭘 하겠습니까."

"그렇다면 지금은 어느 때일꼬?"

"지금은 주무실 때올시다."

소동라는 그러면서 슬며시 일어앉더니 스스럼없이 홍초를 껐다.

"자고로 솔축(率蓄, 천출의 첩을 둠)은 늘 있는 일이거니와 그
대는 다만 남을 빌려서 생산을 도모코자 함이니 행여 생각을 달
리하지 마시게. 급하기는 생산이 첫째요, 기구지업(箕裘之業,
가업)은 그다음의 일이니 하루속히 그 아이를 안동하여 뜻을 이
룸이 좋으리. 어쩌시겠는가. 오늘이라도 회정하겠으면 발행發行
할 채비를 서두르도록 이르겠네마는……."

나흘째 되던 날 아침에 유자한이 한 말이었다. 매월당은 생각
했던 바를 말하였다.

"그 아이가 비록 바닥의 것이라곤 하나 주사니것(명주)을 감고
거문고 끝에서만 놀던 것이니 설악의 엄동을 어찌 견디겠습니까.
분부를 거행하더라도 명년 해토머리까지는 두어 두심이 좋을 듯
하외다."

"춘심春心에도 다 제철이 있더란 말일세그려."

"바닷가는 늦어서 가을이 아직도 남아 있으니 노새나 한 필 빌려
주시면 소시에 잠깐 둘러봤던 한송정寒松亭으로, 죽서루竹西樓
로 해서 한 바퀴 돌아본 후에 동면에 들까 합니다만……."

"예서 강릉이 육십오 리, 게서 삼척까지가 구십오 리…… 상노

아이라도 하나는 있어야 하리."

"행역(行役, 여행의 괴로움)은 누구와 나눌 것이 못되는 것입니다."

"길양식은 넉넉히 낼 것이니 행리行李나 꾸리도록 하구려."

"행리랄 게 있겠습니까. 차 끓일 냄비 하나만 있으면 족하지요."

"죽서루라…… 게는 나도 말미 받아서 한번 가본 지가 하마 오랠세그려."

매월당은 이튿날 새벽에 길을 떠났다. 노새가 꾀를 부리지 않아서 노정이 수나로웠다. 주문진의 어가에서 점심을 시켜 먹고 연곡천의 나루터에서 술 한 병을 받아 마셨다. 강릉부의 동문인 어풍루馭風樓를 비켜 가서 성남천에 길을 묻고, 갯바람에 흩어지는 저녁연기를 바라보며 한송정에 이르렀다.

갯가에는 고려에서 자라고 조선에서 늙은 아름드리 소나무가 빽빽하고, 소나무에 에워싸인 한송정에는 고려의 시인 안축安軸·이인로李仁老·김극기金克己·권한공權漢功·이곡李穀 등의 시판詩板들이 또한 줄을 지어서 빽빽하였다.

매월당은 붓두껍을 열었다.

길은 십 리 길 떼 지은 겨울 소리   十里寒聲蕭颯

귓결에 울어예어 스산도 하이   高低吹我耳側

하느님 동네엔 붉은 구름 인다더니   疑聞帝居紅雲

풍악이라도 한가락 잡히시는 겐가	奏彼鈞天廣樂
마음은 지금도 그전 같은데	生平豪氣如今
걷고 걷다 보니 물결만 더했구나	添却遨遊滄波
만경은 어이타가 가이없는가	萬頃何遼廓
모두가 품 안의 가슴이기에	都是一胸襟
제멋대로 살도록 버려두었네	儘敎伊吞吐舒縮

매월당은 과객질을 하여 이날 밤을 드새었다.

강릉은 매월당의 강릉이었다. 매월당의 22대조 김주원金周元이 신라 왕실에서 명주왕溟州王에 피봉되고 강릉을 중심으로 식읍食邑을 얻어 정착한 이래 무려 칠백 년 동안이나 대대로 뿌리를 내려 온 관향이자 고향이었다. 선대의 본제는 성산(城山, 현 명주군 성산면 금산리)의 장안長安 마을에 있었다. 장안은 명주왕이 처음으로 터를 잡은 곳이라 하여 나온 이름이었고, 또 명주왕의 둘째 아들 김헌창金憲昌이 신라 헌덕왕憲德王의 왕조를 엎으려고 칼을 빼 들었을 때 감연히 국호를 장안으로 정했던 것도 이곳을 근거로 한 것이었다.

장안은 마음만 있으면 지금이라도 노새를 몰아 초경이 다하기 전에 거뜬히 당도할 수 있는 거리였다. 그러나 매월당은 마음이 없었다. 향화를 잇지 않은 다음에는 발걸음조차 부질없이 여겨온 탓이었다.

매월당 김시습

하룻밤 드새기를 허락한 집은 한송정에서 나오다가 불빛을 보고 찾아간 오막살이였다. 불면 날아가게 생긴 메조밥에 동치미뿐인 저녁상을 물리고 나니 솔잎처럼 끝이 선 갯바람 소리에 실려서 달이 찾아들었다. 부르르 하고 문풍지가 울었다. 달빛이 툇마루에 꺾이는 소리였다.

불현듯이 장안의 허물어져 가던 옛집이 떠올랐다. 그것은 유음자제有蔭子弟로서 충순위忠順衛에 선발되고도 기력이 미치지 못해 취직을 단념할 수밖에 없었던 병약한 아버지와, 체온을 느낄 수 없이 매몰스럽던 계모를 따라 낙향하여, 어머니의 무덤 옆에서 정을 다해 울어 주던 산새들과 더불어 시묘살이를 하던 시절에, 인간사 쓰고 아리고 아픈 사연을 처음으로 알았던 자신의 적막한 모습이기도 하였다.

매월당은 붓을 들었다.

엎친 데 덮칠 줄은 짐작도 못했네	翻覆不可預
누구라 알았으랴 이 고향에 와서	焉知來此鄉
나그네로 바닷가에 서성댈 줄을	海濱長作客
늙마에 또 한번 옷깃을 적시누나	老去一霑裳
나선 지 오래라 술병은 비었고	旅久樽無綠
서글픔에 겨워서 수염만 허연데	悲多鬢有霜
옛 동산에 올라온 저 달이야	故山今夜月

옛날처럼 송당에 비쳐 있으리   依舊照松堂

　매월당은 다음 날도 강릉에 있었다. 그날은 마침 동지이기도 하
였다. 낮에는 경포대에도 오르고 해송정海松亭에도 오르고 쾌재정
快哉亭에도 올라보았다. 읍내에서는 운금루雲錦樓를 보고 의운루
倚雲樓를 보았고, 경포대로 가는 길에는 최응현의 본제(현 오죽
헌)를 보기도 하였다. 또 갯가에서는 그전 그대로 깨어진 고깃배
처럼 즐비하게 반 묻혀 있는 판잣집들도 보았다. 농사로도 안되고
고기잡이로도 안되어, 그것도 집이라고 널빤지로 근근이 얽어매
어 한둔이나 면하면서, 성해도 않는 듯이 앓아도 성한 듯이, 그날
이 이날처럼 시난고난 살아가는 백성들의 애달픈 모습이었다.
　매월당은 그날도 판잣집에서 과객질을 하였다. 젊어서 관동 유
람을 할 때 겨우 판잣집에서 골방을 얻어 잔 일이 있었기에 이번
에도 일부러 그 집을 찾아본 것이었다.
　주인은 그전의 그 주인이 아니었다. 아들이 상속을 한 것이었
다. 집만 상속한 것도 아니었다. 바람과 파도와 한숨까지도 대물
림을 하고 있는 것이었다.
　매월당은 주인을 불러 그전의 일을 말하였다. 주인은 그리 반
기는 기색이 아니었다. 아니, 오히려 뜨악한 얼굴만 보됐을 뿐이
었다. 매월당은 그 까닭을 물었다. 주인은 시르죽은 목소리로 대
답하였다. 바야흐로 동지 팥죽을 쑤어야 할 참인데, 하나뿐인 낡

은 솥을 닦으려니 솥 밑에 달창이 나 버리고 말았다는 것이었다.

　매월당은 노새에 얹고 나온 봇짐에서 차 끓이는 냄비를 내어
주었다. 주인은 뜰에 화덕을 새로 걸고 팥을 새로 안쳤다.

　매월당은 끓는 냄비를 물끄러미 쳐다보다가 어느덧 옛일을 되
새기고 있었다. 동네가 온통 판잣집뿐이어서 이집 저집 기웃거리
다가 결국 이 집으로 들게 되었고, 이어서 '판잣집(板屋)'이라 제
하여 시를 한 수 읊었던 일이었다.

판잣집에도 봄볕은 깃들어	板屋春光盎
텃밭 이랑엔 잔설이 녹고	蔬畦臘雪消
실바람은 실버들에 놀면서	惠風浮柳線
매화 끝에도 망울로 앉았지만	暖氣放梅梢
방이라고 생긴 건 방울 속 같고	有室如懸磬
집 같지 않은 집들 쪽박만 같아	無家似泛瓢
어느 집에 묵어야 되는지 하고	不知何處泊
걱정이 앞서서 쩔쩔매었지	愁思政無聊

　실버들 가지마다 실바람이 가늘던 철에 우연히 과객으로 묵어
간 적이 있는 판잣집을, 스물다섯 해가 지나서 갯바람이 겨울 소
리를 앞세워 부는 동짓달 동짓날에 다시 찾아보고, 그리하여 달
과 풍랑과 판잣집을 상속한 주인에게 차 달이는 구리 냄비를 내

주어 밑 빠진 솥 대용으로 죽을 쑤게 하고 있으려니, 가슴이 조용할 리가 없었다.

매월당은 붓을 다시 적셨다.

동짓날 강릉의 나그네가 되어　　　至日江陵客
장안 마을의 옛 친구들 더듬어 보네　長安憶故人
새 기운이 깃든다는 동짓달이지만　一陽今正復
이 너른 세상에 누가 있어 찾아보랴　千里更誰親
차 달이는 냄비에 팥을 삶는데　　小豆煎茶鼎
가물대는 등잔에 굽은 몸이 되었구나　孤燈伴老身
뜬 이름에 떠돌이로 어언 오십 년　浮名五十載
점괘는 괜찮으니 셈평 좀 펴일는지　遇復可能伸

붓은 자고 나서도 젖을 수밖에 없었다. 전날은 동지라서 팥죽을 먹었지만, 다음 날 아침은 동지가 아니어서 수제비를 끓였기 때문이었다.

판잣집이 가마마냥 작기도 하여　　板屋如轎小
기어들고 기어 나는 문짝 열어 보지 않았더니　矮窓闔不開
뜰에는 다람쥐가 돌아다니고　　階前鼯出沒
처마 끝엔 참새들이 굿을 하는데　檐外鳥飛回

대끼지도 않고 빻은 메밀가루에	蕎麥和皮擣
무를 무청째로 버무리 하여	葑根帶葉檣
국인지 수제빈지를 끓여 냈기에	和羹作餺飥
두어 술 뜨다 말고 헙헙하게 웃었네	喫了笑哈哈

매월당은 노새의 성질을 덧들이지 않도록 슬슬 구슬려가면서 삼척으로 향했다.

강릉에서 이십여 리 밖의 안인역安仁驛에 오니, 역에서 얼마 안 되는 안인포진의 수군 척후 하나가 길에서 마중을 하여 말하기를, 양양부사의 행차가 두어 식경 전에 뱃길로 지나갔으며, 죽서루에 먼저 가서 기다리고 있겠다는 말을 청주 한 병과 함께 남기고 갔다는 것이었다. 유자한이 대포大浦에서 어선 한 척을 징발하여 새벽에 발선發船을 하였고, 가다가 안인포진에 들러서 수군 만호萬戶의 아침 대접을 받고 삼척으로 떠났다는 것이었다.

삼척으로 가는 길은 산이 산처럼 있고 바다는 바다처럼 있어서 예나 한가지로 풍광이 명미한 편이었다. 그러나 산수와 뜬구름만으로 일러서는 아니 될 것이 또한 풍광이기도 하였다.

풍광은 모름지기 민생과 더불어서 이야기되어야 마땅한 것이었다.

풍광이란 것이야말로 민생이 피폐하고 암담한 다음에는 비록 금강산의 만물상이라고 하더라도 천하제일 강산은커녕 한갓 꿈자리 사나운 바위츠렁에 지나지 않는 것이었다.

그런데 삼척으로 가는 길이 바로 그러하였다. 바다는 사납고 산은 거칠었다. 갯가나 산기슭에 잔뜩 옹송그리고 있는 인가들의 꼴이 그만큼 볼썽사납고 너절한 탓이었다. 그런가 하면 후미진 변방답게 사납고 거친 것이 제격이라 할 길바닥은 영판 판판이었다. 말 그대로 탄탄대로가 그것이었다. 길이 훤하고 판판한 정도로 인가는 찌부러 들고 우그러져서 대낮에도 어스름 녘처럼 어둑할 뿐이었다. 그동안 삼척에서 금강산까지 중앙의 대소 관원들과 고량자제들의 관광 행각이 여북이나 잦았으며, 외방의 수령방백과 토반 호족들의 유람 행렬이 오죽이나 질탕하였으면 길이 나도 이렇게 났겠는가 싶은 것이었다. 길이 이렇게 되기까지는 얼마나 호된 부역으로 민력民力을 쥐어짰을까. 고을 아전들은 그를 기화로 하여 또 얼마나 바삐 뛰어다니며 민생을 주장질하여 제 몫을 여투기에 급급했을 터인가.

길에는 숲에서 벌레를 찾는 딱따구리의 부리 소리가 끊임없이 이어지고 있었다. 딱따구리는 목수나 석수장이의 망치 소리처럼 메아리까지도 똑똑할 만큼 부리 소리가 야무진 것이 여느 새와 달라서 설악에서도 온종일 가장 요란스럽게 수선을 떠는 새였다.

매월당은 노새에 흔들리면서도 딱따구리를 읊었다.

딱따구리야 딱따구리야 넌 뭐가 그리 궁하여 啄木啄木爾何窮
뜰에서나 어디서나 그리 뚝딱거려 대느냐 啄我庭樹聲丁東

매월당 김시습

두들겨도 시원찮아 시끄러이 짖어 가며	啄之不足恰恰鳴
인간이 싫어서 숲에 숨어 산다지만	畏人避向深林中
숲이 깊을수록 메아리는 더하더라	林深山靜啄愈響
붙어사는 벌레는 얼마나 잡았느냐	憎幾槎牙枝上虫
벌레가 굵직해서 너는 좋겠고	蠹多虫老飽汝腹
숲을 살리는 공로도 적지 않지만	爾於啄蠹多全功
세상에 백성을 등쳐 먹는 놈은	世上蠹物害民者
아무리 들끓어도 내버려두니	千百其數無人攻
그 날카로운 부리로 나무는 살리지만	縱汝利觜除木災
인간을 빠는 벌레는 어쩔 수가 없었구나	人間蠹穴詎能空

매월당은 술로 목을 축이면서 그 술기운에 점심도 거른 채로 쉴새 없이 노새를 몰아갔다. 유자한이 기다리고 있을 것을 생각하니 한시도 지체할 수가 없어서였다. 술과 함께 싣고 왔을 소동라와 다시 어울리게 될 것도 길에서 시나 읊조리며 해찰할 수가 없게 하는 이유였다.

죽서루에 득달한 것은 해가 거우듬할 즈음이었다. 유자한은 예상했던 대로 술상 앞에서 매월당을 기다리고 있었다. 그러나 예상이 들어맞은 것은 그 한 가지뿐이었다. 관청색 배현명이와 상노 아이로 하여금 음식 이바지를 하게 하면서 소동라와 관기들을 두고 온 것이 그러하였고, 당연히 대작을 하고 있을 줄 알았던 삼척부사가 나오지 않은 것도 그러하였다. 유자한이 대동한 것은 훈도 김세준金世俊과 임시로 중방(中房, 원의 외출 시 수행원) 역을 맡은 호방 이진부, 그리고 관청색과 상노 아이뿐이었다.

매월당이 비워 놓았던 자리에 앉기를 기다려서 한 사내가 이름을 대며 절을 하였다. 부사가 선고의 기일이어서 연회에 참석할 수가 없으므로 접빈객을 대신하게 된 삼척교수 이청李淸이었다. 삼척부사는 관기도 두 명을 빌려주었는데, 유자한의 옆은 일타홍一朶紅이라 하고 매월당에게 온 것은 오십주五十珠라고 하였다.

"오십천五十川이 죽서루 밑에서 깊다는 건 내 알고 있거니와, 네 기명은 무슨 연고로써 생각을 그리 깊게 하여 붙였다더냐?"

매월당은 실없이 엉뚱한 트집으로 시작을 하였으나 듣고 나니 그렇게 타박할 거리도 못되는 것이었다. 오십천은 읍에서 발원지까지 마흔일고여덟 번을 건너게 된다 하여 붙인 이름이지만, 그녀의 기명은 두타산頭陀山의 중턱에 돌우물이 쉰 곳이나 있어서 보통 오십정五十井이라 부르는데, 달이 뜨면 그 오십정이 저마다 달을 물고 야광주를 묘사하려는 듯하므로, 그것을 탐하여 이름으로 삼았다는 것이었다.

"삼척은 일백오십이로구나."

매월당이 미소를 지으니

"천첩은 어인 까닭에 축에도 안 쳐주시오니까. 섭섭하오니다."

일타홍이 귀염성 있게 나대는 것이었다. 매월당은 기꺼이 받아 주었다.

"너는 일타홍이라지 않았더냐."

"비록 한 떨기이긴 하오나 봉오리까지 합해서 송이는 오십 송이올시다."

"나는 양양에서 삼척이 일백오십 리라고 했을 뿐인데, 너는 그 오십 송이가 다 어디서 피고 졌기에 이제 와서 앙알거린단 말이냐."

"일야장춘一夜長春 으로 세 번씩들 오르시니[三陟] 죽서루 오십 척 벼랑이 곧 낙화암이었습지요."

"네 말은 비록 육두문자다만 몰자한(沒字漢, 일자무식)은 면한 듯하니 상잔賞盞이 없을 수 없겠구나."

매월당은 두 시녀에게 잔을 건네었다. 매월당이 그녀들을 눈에 들어 한 것은 당돌한 말본새로 나부댄 것이 귀여워서가 아니었다. 먼 길에 술밖에 들어간 것이 없어서 피로하고 허기진 터에 다시 술로 속을 채운 데다, 두 시녀가 겨우 동기를 면한 햇내기여서 소동라만 해도 가셔 버린 지가 언제인지 모를 싱그러움을 아직도 지니고 있었기 때문이었다.

그래서 유자한이 요강을 찾아서 잠깐 자리를 뜬 사이에,

"양양은 술상머리에 고사리만 나오니 웬 까닭이오? 있는 게 고작 그것뿐이란 말이오?"

김세준에게 퉁명도 부렸다.

"여기 있는 버섯이 거긴들 없겠소이까. 벽장 속에 넣어 둔 게지요."

이청이 거들었다. 변방의 교수치고는 트인 데가 있는 사람 같았다.

"옳거니, 아마 영감의 방폐(房嬖, 원의 꾐을 받는 기생)였던 게로구려."

김세준은 그저 웃기만 하였다.

매월당은 유자한이 연사흘이나 판을 벌이면서도 끝까지 어린 기생을 내놓지 않은 데에 아니꼬운 생각이 들어서 오십주가 술을 따르는 족족 입에 들어부었다. 부으면 붓는 대로 취기가 더하는 것을 느낄 수가 있었다.

"내 이렇게 풀어지다가는 자칫 실수하기가 쉬우리다."

매월당은 강바람에 술기운도 덜고 땅거미가 서리기 전에 경치도 볼 겸하여 자리에서 벗어났다. 나름으로는 술을 곱게 삭이려는 노력이었다. 그러나 그것이 오히려 사달이었다.

매월당은 죽서루에서 내려와 그 옆의 연근당燕謹堂을 둘러보았다. 전에 왔을 때는 보지 못한, 덩두렷하게 세워 놓은 별당이기 때문이었다. 현판 옆에는 기문記文이 붙어 있었다. 중앙과 감영에서 오는 관원, 그리고 고을을 찾는 빈객들의 숙식을 위하여 십이 년 전에 부사 민소생閔紹生이 처음 지었으나, 뒤에 불이 난 것을 양찬梁瓚이 후임으로 와서 중창하였고, 그 후임으로 온 황윤원黃允元이 단청을 하여 오늘에 이르렀다는 내용이었다.

"못난 놈."

매월당은 기문판의 끄트머리에서 김수온의 이름을 필자로 발견한 순간 열어 보았던 문짝을 대지팡이로 후려쳐서 닫아 버리며 울컥하고 넘어온 것을 그렇게 한마디로 내뱉었다. 기문 가운데 낙성연에서 부사에게 술잔을 올린 자는 창사倉使 김 아무개, 취해서 춤춘 자는 장군 함 아무개, 술이 깨어 읊조린 자는 교수 오 아무개, 연회를 관장한 자는 전 찰방 박 아무개, 공사를 감독한 자는 아전 김 아무개 하고 이름을 두고두고 남겨 주려고 애쓴 흔적이 뚜렷하여 비위가 상한 것이 아니었다. 매월당은 언제부터인가 김수온이란 이름 석 자를 보는 것만도 비각이었다.

겨우 김수온의 기문을 보려고 여기까지 달려왔더란 말인가. 매월당은 어이가 없었다. 매월당은 그 자리에서 노새를 되돌리고 싶었으나 가더라도 유자한에게 간다는 말이나 하고 가는 것이 예의겠기에 다시 죽서루로 올라갔다.

유자한은 자리에 앉아 있지 않고 더덕더덕 더뎅이로 붙어 있는 시판들을 보고 있었다. 보기만 하는 것이 아니라 목청을 돋우어 가락까지 곁들여 가면서 읽고 있는 것이었다.

매월당은 유자한의 도연한 취흥에 손상이 가는 것을 삼가 읽기를 마칠 때까지 기다리기로 하였다.

매월당은 그냥 우두커니 서 있다는 것이 자기도 모르는 사이에 시판을 들여다보게 되었다. 오른쪽에서부터 정추鄭樞·김극기·안성安省·홍귀달洪貴達의 시를 보고, 이어서 이육의 시에 이르러 한순간 눈에서 불이 번쩍하였고, 다음에는 유자한에게 삿대질을 하면서 목통을 있는 대로 터뜨렸다.

"야, 이놈 유자한아, 네가 지금 이걸 성한 눈으로 읽었것다."

매월당은 삿대질을 계속할 수가 없었다. 이청이 앞을 가로막으며 껴안았기 때문이었다.

"어허, 설잠은 왜 이러시는가."

유자한의 묵중한 음성이 귓결에 스치고 있었다.

"닥쳐라, 이놈."

매월당은 분기탱천하였으나,

"어허, 설잠은 고정하시게. 그런 행기(行氣, 호기를 부림)도 가하나 옆에서 보는 것들도 있는데 좀 심하지 않은가."

유자한의 침착한 음성이 거듭 귓결에 닿았다. 매월당은 그제서야 옆을 의식하였다. 오십주와 일타홍이 저만치 달아나 기둥 뒤에서 서로 엉겨 있는데, 그 겁에 질려하는 모습이 마치 장대비를 맞고 늘어진 화초 이파리들같이 몰풍스럽기 짝이 없었다.

저것들은 또 무슨 죈가. 무슨 죄가 크기에 저렇듯 공포에 떨며 속수무책이란 말인가. 매월당은 그렇게 측은지심이 들면서 스스로 결기를 삭이려고 하였다.

"선생님, 이런 법이 없소이다. 제발 고정하시고 선후를 가리십시오. 오죽하면 인생식자우환시(人生識字憂患始, 인생은 글을 아는 것이 걱정의 시발점)라고 일렀겠소이까. 갈피를 잡으십시오."

이청은 초면이므로 거침없이 매월당을 붙잡았고 김세준은 직속 상관인 까닭에 유자한의 비위를 맞추어서,

"영감께서는 노염을 더십시오. 설잠상인께서 차 달이는 구리 냄비마저 잡히고 온 것으로 보아 도중에 과음하신 것이 분명하고, 또 여기서도 소기少妓들로 취미가 발동하여 폭주를 자초하더니 방금 연근당에 내려갔다가 심기를 다친 모양입니다. 그러니 오히려 영감께서 도량을 베푸심이 순서일까 합니다."

"나도 짐작은 하오. 술탈은 술로 다스릴밖에 없으니 이공은 이리 모셔 오시오."

유자한은 이청에게 매월당을 자리로 부액해오도록 이르더니,

"저 주리 할 년들은 제서 뭣들 하고 자빠졌는게냐. 꺾어지고 싶더냐?"

하고 두 시녀를 노려보는데, 그대로 두었다가는 온갖 덤터기가 그네들에게 돌아갈 기세였다.

매월당은 이청의 힘에 못 이기는 척하고 끌려와 자리에 앉았다.

매월당은 언제 무슨 일이 있었더냐 하고 고개를 벋버듬하게 젖히고 있었다.

유자한은 지기로 작정을 했는지 손수 술을 따르며 달래듯이 말했다.

"그대는 뭣이 그리 노여운지 자초지종을 말해보시게. 연근당에선 무슨 일로 화를 냈는지 모르겠으나 이 유 모에겐 못할 말이 없

을 텐데도 대번에 큰 소리부터 나오니, 자칫하다가는 얼굴 붉히겠네.”

“명부께는 미안하오나 술은 이제 다 마셨으니 권하지 마시오.”

“술 마시러 왔다가 그새 다 마셨다고 하면 어찌 되는가?”

“돌아갈 일만 남은 셈이지요.”

“대체 무슨 일인지 들어나 보고 가든지 말든지 합세그려.”

“연근당인지 뭔지를 가 보니 문량(文良, 김수온의 자)이란 자의 기문이 붙어 있습디다. 그자의 이름을 봤으니 이제 무슨 맛으로 술을 하겠습니까.”

“문량이라면 관 뚜껑을 덮은 지 이미 오랠세. 게다가 그대와는 남남 사이도 아니었고, 또 서달성과 한가지로 일찍이 망년지교를 한 터에 새삼스럽지 않은가.”

“그자가 죽기 전까지 정창손이의 서리書吏 노릇을 해준 게 무릇 몇 해입니까?”

정창손은 문필이 모자람을 스스로 알아서 무슨 글이나 남에게 대필을 시켜 왔으며, 김수온이 매양 종처럼 그 일을 도맡아서 해주어 벼슬길이 그토록 평탄했던 만큼, 그 김수온의 글이 있는 줄도 모르고 삼척까지 온 것은 잘못 와도 크게 잘못 왔다는 것이었다.

“그대는 본래 죽서루를 찾은 것이고, 문량의 글은 연근당에 있는 것이니 잘못 왔다는 건 당치도 않으이.”

매월당 김시습

유자한의 말이 떨어지기 바쁘게 매월당은 늘비하게 붙어 있는 시판들을 가리키며 다시금 언성을 높였다.

"아니, 그럼 저런 것들도 시란 말이시오? 저 가운데 시 같은 것이 하나나 있으면 어디 한번 짚어 보시오. 죽서루에 저런 것들이 있는 줄 알았으면 아예 올 생각도 하지 않았으리다. 잘못 오고말고. 발등을 찍어도 션찮소이다."

"그대가 시업詩業을 평생의 업으로 삼았다는 건 지금 모르는 사람이 없으리다. 하나 그대가 스스로 자만하는 데는 지나침이 있는 줄도 아시기 바라네."

"시란 것이 나올 데서나 나오지 배운다고 해서 나오는 게 아닌데, 여기 이것들은 말끔 배운 것을 배운 대로 늘어놓은 것에 불과한 것들이올시다."

매월당이 수그러들지 않고 다시 일어날 기미를 보이자 유자한이 먼저 벌떡 일어나 시판으로 다가가더니 '달빛에 하늘이 물빛 같길 기다려, 긴 피리 한가락에 양주곡을 부르리(更待月明天似水 一聲長笛奏凉州)' 운운한 시를 짚어 보이며,

"그렇다면 이 시도 그렇다는 겐가?"

하고 다잡아 물었다.

"그중에선 그나마 그 홍귀달의 것이 좀 낫습디다."

"그러니까 우리가 술 한잔할 만한 곳에 오긴 왔다는 게 아닌가."

유자한이 그러면서 자리에 돌아오려 하자 이번에는 매월당이

튀어 나가 이육의 시가 있는 시판을 떼어 내어 '부귀는 몸 밖의 일임을 알았기에, 한가로이 여수를 달래도다. 누가 다시 한 승상같이, 공을 이룬 뒤에 갈매기와 친할는지(富貴自知身外事 安閑聊破客中愁 誰人更似韓丞相 名立功成狎白鷗)' 운운한 구절을 턱밑에 바짝 들이대며,

"대관절 영감의 눈은 무슨 눈이기에 이런 놈의 것도 다 시로 뵌다는 게요? 이따위 것도 시로 뵌신다면 영감이나 취하도록 실컷 자시구려."

하고 손을 부르르 떨다가 술상을 향해 시판을 냅다 팽개쳤다. 시판은 주전자 손잡이를 치면서 상 바닥의 한쪽을 쓸었다. 주전자가 자빠지고 튀어 오른 접시가 다른 접시로 떨어져서 한꺼번에 여러 조각을 내었다.

매월당이 성미를 걷잡지 못한 것은 시로 읊어 놓은 한 승상이 전에 죽서루에 들러서 놀다 간 적이 있는 한명회를 가리키는 것이기 때문이었다.

시에 대한 견해로서 남효온은 '천지간에 정기를 모은 것이 사람인데, 그 사람의 몸을 맡아서 다스리는 것이 마음이요, 그 사람의 마음 밖으로 퍼져 나온 것이 말이며, 그 사람의 말 가운데 가장 진실한 것이 시이니, 마음이 바르면 시가 바르고 마음이 간사하면 시도 간사해진다(得天地之正氣者人 一人身之主宰者心 一人心之宣泄於外者言 一人言之最精且淸者詩 心正者詩正 心邪者詩

邪)'고 말한 일이 있었다. 매월당도 이의가 없었다. 그러기에 매월당은 일찍이 한명회가 '기심(機心, 기회를 엿보아 행동하는 간특한 마음)을 버리고 갈매기와 벗한다'는 뜻으로, 광주 땅의 두모포豆毛浦 남쪽 언덕에 정자를 지어 압구정狎鷗亭이라 이름하고 의뭉을 떨 때, 압구정에 걸려 있던 한명회의 시판에서 '젊어서는 나라를 붙들고, 늙어서는 강호에 눕도다(靑春扶社稷 白首臥江湖)' 어쩌고 한 것을 보자, 즉시 짚세기를 벗어 도울 부扶 자와 누울 와臥 자를 문질러 버린 다음, 멸할 망亡 자와 더러울 오汚 자를 써 넣어 '젊어서는 나라를 망치고, 늙어서는 강호를 더럽히도다'로 고쳐 주었던 것이다. 매월당은 그때 압구정에 걸려 있던 수많은 시들을 한눈에 훑어보았거니와, 그곳에서 한번 더 구경할 수 있었던 것은 소위 '종기를 빨고 치질을 핥아 주는' 간사한 작문의 모범들이었다. 그러므로 한명회가 수십 수백 수의 축시를 받아 시판에 옮겨 걸면서 '임금 은혜 은근하고 대접이 융숭하니, 정자는 있어도 놀지를 못했구나, 가슴에 서린 기심만 눌렀더라도, 벼슬 바다 앞일 망정 갈매기와 친했을걸(三接殷勤寵渥優 有亭無計得來遊 胸中政使機心靜 宦海前頭可狎鷗)' 하고 바르게 읊은 최경지崔敬止의 시만을 유독 빼 버렸던 것은 당연한 일이었다.

그와 아울러 이윤종李尹宗이란 유생이 압구정에 올라 한명회가 벼슬이 아까워 물러나지 않는 것을 집어서 '정자만 있고 돌아오지 않았으니, 참으로 갓 씌운 원숭이로다(有亭不歸去 人間眞

沐猴)'라는 시를 써서 걸어 놓은 것도 또한 당연한 일이었다.

"영감은 눈을 바로 뜨시오. 이자가 공을 이룬 뒤에 갈매기와 친했소? 아니, 친하고 말고 간에 이자의 공이란 게 대체 어떤 공이오? 그리고 저것들이 어떤 것들이오? 어떤 것들의 시가 걸린 덴데 여기서 술을 하자는 게요? 영감, 아섭시오. 아서……."

매월당은 달려들어 술상을 들어엎고 싶었으나 이청이 앞을 막아서는 바람에 그만두었다.

"당저(當宁, 왕)의 추요기근(樞要機近, 요직에 있는 심복)을 함부로 헐어 대는 것도 지나침이 심한 줄로 아시게."

이른바 사이四李 가운데의 하나인 이육은 문과에 장원한 뒤로 발영시와 중시에 연거푸 뽑히고, 성균관 대사성을 거쳐서 충청감사로 나가 있었으니, 유자한이 함부로 헐뜯지 말라면서 감싸려고 든 것은 한명회였다.

"내 아무래도 영감을 잘못 보았던 게요. 이 몸은 먼저 떠나리니 술은 영감이나 실컷 즐기다가 오시오."

매월당은 그렇게 유자한에게 작별을 고했다.

"그대가 아무리 욕식기육(欲食其肉, 그 사람의 고기를 씹고 싶어 할 정도의 원한)으로 이를 갈아도 꿈자리조차 뒤숭숭해할 사람들이 아니니 부디 자중자애하시게."

"허어, 이 몸이 비록 초근목피로 연명을 해도 안주는 항상 짐승(훈구대신)의 고기만 씹는다는 걸 모르셨구려."

매월당은 한바탕 너털웃음을 웃고 나서,

"광문(廣文, 교수나 훈도)께서는 날 붙들 생각 마시고 술이나 한 병 가져오시오. 천무삼일청(天無三日晴, 인간의 태평세월은 오래가지 못함)이라 해도 아직 씹을 고기가 많은데, 밤길에 안주만 있고 술이 궁해서야 어디 길이 줄겠소."

노새 안장에 술을 한 병 매달아 달라고 이청에게 말했다.

"네 뭣들 하고 있느냐."

유자한이 호령하였다. 매월당을 붙들어 보라는 말이었다. 그 서슬에 놀라 오십주가 쪼르르 내달으며 소매를 잡았다.

"나리, 곧 날이 저무옵니다."

"저문들 상관이겠느냐. 곧 오십정에 오십주가 가득하고 오십천에 달빛이 바다 같으리라."

"밤에는 권금성의 도둑 떼가 도처에 출몰한다 하와……."

"허어, 그 말범이패 말이로구나. 그렇다면 그 더욱 가 볼 만한 터인즉……."

"사또마님께서 근심해 계시오니다."

"영감과 이 몸은 어차피 길이 해륙海陸으로 다르더니라."

달빛에 가는 길은 모두가 뚜렷하지 않아서 차라리 나았다. 인간도 하나의 티끌에 불과한 것이라면, 달빛에 가는 한 인간의 초상이야말로 한 폭의 수묵화水墨畫 속에 가려진 티끌의 성질과 같은 것인지도 몰랐다. 산이며 바다며 길이며가 뚜렷하지 않았다.

심지어는 매월당 자신도 뚜렷하지가 않았다. 이렇게 모든 것이 뚜렷하지 않은 가운데 그 뚜렷하지 않다는 사실 하나만이 뚜렷한 것, 그것은 무엇일까. 그것은 아마도 생명력일 것이었다. 모든 것이 뚜렷하지 않음에서 비롯된 어떤 가능성에 힘입어 존재하는 힘. 그러므로 왈 홍몽鴻濛이요, 왈 혼돈이야말로 생명의 잉태이며 생동生動의 근본일 것이었다. 따라서 생활은 인공人工이 아니었다. 운명이었다. 운명은 또한 길이었다. 탄탄한 대로도, 첩첩한 험로도, 달빛 어린 밤길도 운명이었다.

매월당은 밤길을 갔다. 딱따구리는 나무를 두들기지 않았다. 그 대신에 부엉이의 울음소리가 끊임없이 이어졌다.

동짓달 밤에 우는 새는 정을 다해 울어 주지 않았다. 동짓달 밤에 우는 새는 외로운 나그네의 벗이 되어 주지 않았다. 밤길은 더디었다. 갯바람이 드세어져 사정없이 앞을 할퀴어서만도 아니었다. 노새가 자주 걸음을 멈추는 것이었다. 노새는 두려움을 느끼는 모양이었다. 갈기털 밑으로 반짝이는 것이 보이고 있었다. 겁이 나서 흘리는 목덜미의 식은땀이었고, 그 땀방울에 달빛이 어리는 것이었다.

매월당은 휘파람을 불기 시작했다. 겁이 많은 노새를 위안하기 위해서는 어쩔 수가 없는 일이었다. 휘파람을 불다가 목이 마르면 술병을 뽑아서 기울였다. 이청이 슬며시 안장 옆에 찔러준 술이었다.

노새는 휘파람 소리에 걸음을 맞추었다. 힘이 되는 눈치였다.

그러나 그 휘파람은 매월당 자신을 위로하지는 못하였다. 위로는 고사하고 청승맞은 느낌만 하나 더 보태어 주었을 뿐이었다. 그 청승이 매월당에게는 늘 밤의 정서가 되어 주는 것이기도 했지만.

그러면서도 매월당은 그 청승이 싫었다. 지겨웠다. 그래서 휘파람을 그치고 시를 읊었다. 노새도 듣고 부엉이도 듣고, 아니 잠자는 딱따구리들도 잠결에 들을 수 있도록 큰 소리로 읊었다.

밤중에 휘파람을 불고 있자니	中夜發淸嘯
처량한 느낌만 더할 뿐이다	悽然情不勝
동풍도 이제는 매울 철이라	東風雖料峭
추위는 갈수록 더해만 가는데	寒氣欲峻峭
술을 만나면 도연명이 떠오르고	對酒思彭澤
시를 읊노라면 두보가 따라온다	吟詩憶少陵
한평생 해도 해도 끝없는 이 상념	一生無限意
긴긴 세월에 누구하고 나눠 볼지	千載與誰憑

봄이 가고 봄이 오니
그 주인은 누구

매월당은 사흘이 지나서 유자한을 다시 만났다. 삼척의 평릉역
平陵驛에서 하루, 강릉의 동덕역冬德驛에서 하루를 묵어서 온
것이었다.

유자한은 술을 내었다. 송별연이었다. 술자리를 편 곳은 동헌
에서 바로인 현산峴山 기슭의 잔디밭이었다. 돗자리 두 닢 위에
공고상을 하나 놓은 조촐한 술상이었다. 술도 포도주였다. 노정
이 험로의 설악이므로 과음을 경계하는 뜻이었다.

송별연이었으니만큼 소동라가 따라 나온 것은 당연한 일이었다.
얼굴에 족집게 지나간 자국이 남아 있는 것이 처음 보았을 때와 다
른 점이었다. 다른 것은 그 밖에도 한 가지가 더 있었다. 유자한을
시중들러 나온 시녀가 곤산옥이나 동선월이 아닌 것이었다.

이번에는 죽서루의 삼척기같이 미처 동기의 티가 가시지 않은 어
린 기생이었다. 기명은 일지춘一枝春이며 나이는 열여섯이었다.

아직은 필 나이가 아니었으나 자색은 먼저 것들보다 뛰어난 데가 있었다. 죽서루에서 원의 방폐인가를 물어 김세준이 미소로써 얼버무렸던 장본인임은 다시 물을 것도 없는 일이었다.

그렇다면 구태여 일지춘을 옆에 앉혀 무엇을 소동라와 비교케 하려는 것일까. 품자리에 들게 할 쪽과 부엌에 들게 할 쪽은 체격부터가 달라야 함을 깨닫게 하려는 것인가. 씨받이와 노리개는 용모도 판이하게 달라야 함을 보여 주려는 것인가. 매월당은 그나름에 머릿속이 한창 섞갈렸으나 그것도 잠깐으로 그쳤다.

"그대가 죽서루에서 버섯 타령이 있었다기에 고사리는 짐짓 빼 버렸으니 그리 아시게."

유자한의 우스개였다.

"이 고사리는 그럼 국으로 나온 게로군요."

매월당은 소동라를 가리키며 장단을 맞추었다.

"그 아이는 이미 고사리가 아니라 고비일세."

유자한은 그렇게 웃고 나서,

"한데 이 버섯은 무슨 버섯일꼬. 대개 시인이 있어 주마간산을 하게 되면 한다하는 명산도 야산이 되고, 비록 보잘것없는 동네 야산일지라도 시인이 있어 가다가 절구絶句라도 붙여 주면 그길로 명산이 되고 말진대, 이 버섯이 표고인지 영지인지는 이제 그대 할 탓에 달린 줄 아시게."

하고 더불어서 놀아 주기를 은근히 부추기는 것이었다.

"쯧."

매월당은 혀를 찼으나 얼굴에 열을 모으지는 않았다. 만약 낯이라도 붉히고 보면 죽서루에서 유자한에게 한 일을 개운하게 매듭짓지 못한 채로 설악에 들어가기가 쉽겠기 때문이었다.

그래서 말했다.

"표고와 영지는 먹는 것과 못 먹는 차이 외에 별것 없으리이다."

"먹고 못 먹고도 다 그대 할 탓이리니……."

유자한도 그렇게 능쳤다.

"쯧."

매월당은 거듭 혀를 차고 난 뒤에야 그전에 '혀 차는 소리(咄嗟)'라고 제하여 읊은 적이 있는 자신의 시를 기억할 수가 있었다. 대개 '쯧쯧쯧 이가 말끔 결딴이 나서, 이제는 포를 뜨기도 어렵게 됐구나. 혀는 부드러워서 여태 남아나고, 이는 억센 탓에 저절로 망가졌네(咄嗟牙齒決 不復噬乾腊 舌柔故長存 齒剛自頹落)'로 시작했던 시로서, 그 시가 갑자기 떠오른 것은 평소에 유자한을 이로 뜯을 대상에 넣어 본 적이 한 번도 없는 까닭일 것이었다.

매월당은 일지춘을 쳐다보면서 말했다.

"이 아이는 표고나 영지류가 아니라 제 얼굴로 제 이름을 삼은 꽃(매화)이올시다."

"그럼 이 아이가 오늘 밤에 객관으로 나가면 하릴없이 설잠의 매월이 되고 말겠네그려."

유자한이 한번 해보느라고 한 말에,

"내일모레가 그믐이온데 달이라 하시오니까."

소동라도 한마디 드티는 소리를 하였고,

"너는 칠거지악에 질투가 그 일출一出인 줄도 몰랐더란 말이냐."

유자한은 유쾌하게 웃어 젖혔다.

이제는 매월당이 죽서루에서 있었던 일을 사과하여 매듭을 지어야 할 차례가 된 것 같았다.

"네 행연行硯을 챙겨 왔더냐. 챙겨 왔거든 어서 갈거라."

매월당은 저만치에서 어릿거리고 있던 방자에게, 뛰어와서 먹을 갈게 하였다. 그리고 단숨에 붓을 휘갈겨 내리달이로 향렴체(香奩體, 미인을 읊은 시)를 지어 나갔다.

강릉을 바삐 떠나 양양에 오니	江陵朝發到襄陽
풍류의 멋도 새삼스러울새	千古風流取次情
꽃밭에 들어가니 그중의 한 송이	偶入花叢看一朶
한 번의 미소로 백 마디를 속삭이네	嫣然欲笑百媚生
임자 없는 꽃 길가의 매화	墻花路柳驛亭梅
가지째 꺾어 보기 한두 번인가	折朶攀條幾度回
사람을 보면 말하는 꽃이여	嘉爾對人能有語
상투를 새로 짜고 그대 찾아왔네	靚粧新髻爲君來

바람결에 적삼 열려 살내음도 향기로이 羅衫風擺露香肌
창가에서 수놓는 모습 그만이어라 堪愛窓前刺繡時
수놓다가 쉬면서 하품을 하면 繡倦針停伸欠後
양양을 노래하네 현산의 사나이 襄陽謳者峴山兒

얇은 장막 그 너머 그림 같은 모습 金釵玉面照羅幃
분 냄새 땀 냄새에 옷이 살짝 벗겨지고 粉汗凝香細褪衣
사랑이 겨워서 이맛살 찌푸리니 故作妊嬌嚬蹙態
남이 보기에는 양귀비가 왔다 하리 傍人錯道笑楊妃

단장 않은 얼굴도 사나이 마음 홀리거늘 不施脂粉媚人情
앙탈마저 밀어라니 견딜 수가 있나 堪聽嬌多笑罵聲
즐겁기는 자다 깨어 다시 사랑하는 것 最愛睡覺扶侍女
미녀는 아무래도 하늘의 작품일레 方知美態自天生

매월당은 한 수 한 수에 서수序數를 달아 가면서 스무 수를 썼
다. 그리고 '현산의 꽃떨기를 노래함(詠峴山花叢)'이라 제하여
유자한의 앞으로 밀어 놓았다.

"허어, 양자(揚子, 양웅)의 토봉(吐鳳, 뛰어난 문재)이 우리 동
방에서 거듭났을 줄이야…… 단숨에 한 권의 책을 매고도 필로
筆勞의 기미조차 없으니 유 모는 다만 유구무언이로세."

매월당 김시습

유자한은 탄성을 늘어놓았다.

"혹자는 시를 짓는 데 마상馬上, 침상枕上, 측상厠上에서 상을 가다듬어야 깊이가 있다 하여 삼상三上을 꼽고, 서달성 같은 이는 한중閒中, 취중醉中, 월중月中이라야 하더라 하고 삼중三中으로 맞서는데, 그대는 이런 소슬한 석상席上에서도 이렇듯 붓만 들었다 하면 붓대에 혼이 통하고 붓끝에서 정기가 흐르니, 이 앞에서 삼상이다 삼중이다 하는 설이야말로 오죽 한가한 객설인가."

유자한은 말은 그렇게 너볏하게 하면서도 어딘지 모르게 켕기는 구석이 있는 듯한 낌새를 가리지 못하고 있었다.

"너희들은 지금 이를 뒤지고 있는 게냐 서캐를 더듬고 있는 게냐. 새앙머리 적부터 저고리 끝동에 먹을 그린 눈깔로 보았으면 냉큼 일어나 우리 동방의 김문학金文學께 고두백배를 해도 못다 하겠거늘, 어찌 이다지도 예모답지 못하더란 말이냐."

유자한이 매월당에 대한 호칭을 문학으로 바꾼 것도 이때부터였다.

두 시녀는 유자한의 신칙이 있은 뒤에야 마지못한 표정으로 일어나 앉았는데 저를 두고 읊지 않았음을 아는 소동라가 시뻐하는 것이야 그런대로 그만이었으나, 생각 밖에도 일지춘이 저 먼저 쭈뼛거리는 것은 대중할 수가 없는 일이었다.

매월당은 유자한이 두 시녀와 술상을 물린 뒤에야 그 까닭을 대강 헤아릴 수가 있었다.

유자한이 자리를 일찍 걷은 것은 민간의 이목을 꺼려했던 까닭이었다. 원이 고을 사람들의 이목을 두려워함은 선치善治의 바탕인 것이었다.

매월당은 우선 그 선치의 바탕부터 드높이지 않을 수가 없었다.

"양양은 실로 머물 만한 고을임을 알겠습니다. 헤아리건대 백아伯牙와 종자기鍾子期가 바닷가(양양)에서 만났으니 다만 절후節候가 주살같이 빠른 것이 아쉬울 뿐이외다."

백아는 춘추 시대 사람으로 거문고의 명수인데, 유일한 지기로 거문고 솜씨를 알아주던 종자기가 죽자 다시는 거문고를 타지 않았다는 고사를 인용하여, 유자한의 선치와 자기의 시재가 바로 백아절현伯牙絶絃의 경지에 이르렀음을 서슴없이 말한 것이었다.

방자가 차 끓일 준비를 갖추어 놓고 물러가자 유자한이 음성을 낮추면서 넌지시 말했다.

"고마운 말씀일세. 하나, 한 가지 알아볼 것이 있으니 문학은 행여 대답에 후회가 남지 않도록 하시게."

"명부께서는 말씀을 하십시오."

"문학은 혹 아이를 갈아 가실 뜻은 없으신가. 문학도 접때 일렀듯이 본래 천첩은 무상피라 했으니, 우리 사이에 아무런들 어떠리."

소동라보다 일지춘이 더 마음에 들면 바꾸어 줄 수도 있다는 말이었다.

"문학의 시를 보고 느낀 바 있어서 하는 말이니 기휘하지 마시게."

유자한이 아퀴 지어서 말했다.

매월당은 웃으면서 고개를 저었다. 죽서루에서 있었던 일을 사과하는 표시로 읊은 것을 일지춘에 대한 찬사로만 새겨 버린 단순성에 고개가 저어졌고, 말은 너볏한데 어딘지 모르게 켕기는 구석이 있는 듯하던 것도 그로 인한 것이었으매 웃음이 나온 거였다.

매월당은 알아듣게 하려고 지난 일을 몇 토막 회고하였다.

매월당은 태어나기를 사대 독자로 태어난 탓인지 몰라도 그 영발함에 못지않게 여린 데가 있었다. 따라서 어머니의 사별과 더불어 모성애의 결핍을 병적으로 느꼈다. 어머니를 대신했던 외숙모의 뒷바라지는 실로 모성애에 버금가는 것이었으나, 일 년 남짓한 사이 외숙모의 타계와 계모에 대한 거리감은 이중 삼중의 시련일 뿐이었다. 그 무렵 외로움이 얼마나 사무쳤으면 어렸을 때의 젖어미였던 개화開花의 품을 다 그리워했을 것인가.

매월당은 약관에 못 미쳐 훈련원 도정 남효례南孝禮의 무남독녀와 혼인을 하였으나, 가녀린 신부에게서 부족했던 모성애의 보완을 기대한다는 것은 당초에 무리한 일이었다. 더욱이 남씨 또한 금지옥엽으로 받들려 자란 탓인지 타고난 허약 체질로 숫제 병을 달고 살다시피 하였으니, 그 몸에서 생산이 없었던 것은 오히려 당연한 일이었다. 혼인 후에 곧 중흥사로 들어가 과거 공부에 묻혀 버림으로써, 남씨가 지병으로 요절하기에 앞서 생산의 기회를 넉넉히 얻지 못했던 것도 허약 체질에 못지않은 이유의 하나였지만.

매월당은 재취도 해보았다. 매월당이 주변의 권고를 참작하여 세상에 참여할 뜻을 나타내고자 수락산의 폭천정사를 버리고 하산을 했던 거금 삼 년 전의 일이었다. 후취는 안소사安召史였다. 매월당은 안씨가 생산을 기대할 만한 나이임을 다행스러워했지만 그보다도 더 흡족하게 여겼던 것은 나이가 지긋하다는 것이었다. 매월당 자신이 이미 초로에 접어들어 있었음에도, 몸 안의 어딘가에 깊숙이 빈자리로 남아 있던 모성애의 불만이 그렇게 작용을 했던 것인지도 모를 일이었다.

매월당은 안씨를 맞아 반궁의 옛집으로 돌아왔다. 머리를 기르고 갓을 썼다.

그리고 무엇보다도 제문을 지어서 향화를 이었다.

"엎드려 아뢰옵나이다. 순제舜帝는 오륜을 폄에 어버이 섬기기를 먼저로 하였고, 삼천 가지의 죄 가운데 불효가 첫째라고 하였습니다. 무릇 세상 사람이고자 한다면 누군들 그 양육의 은혜를 저버리려 하오리까. 그러므로 범이나 늑대처럼 사납고 승냥이나 수달처럼 어리석은 짐승도, 다 제 어버이를 사랑하는 성질을 갖추어서 보답하는 정성을 삼가 행하오니, 이는 이미 천리가 있음이요, 물욕이 이를 누르지 못함인 것입니다. 엎드려 생각하건대 이 미욱한 소자小子도 줄기와 가지의 나아갈 바를 이어받았으나, 젊어서는 이단異端이나 기웃거리면서 되돌아보기를 게을리하였고, 이를 느끼고 도를 닦아서 제 몫을 하려 하였으나, 모두 윤회설과 같이 황당함이 없음을 깨달았을 뿐입니다. 이제 이를 뒤늦게 뉘우쳐 고전을 찾고 뒤져서 조상을 섬기는 의례를 정하였고, 가진 것이 없으매 간소하되 정갈하기에 힘써서 제수를 차리도록 정성을 다하였습니다. 한무제漢武帝는 나이 칠십에서야 비로소 전천추田千秋의 말을 깨달았다 하옵고, 원나라의 덕공德公도 나이 백 살에 이르러서야 허노재許魯齋의 인품에 감화되었다고 합니다. 서리와 이슬이 내리는 것으로써 세월의 덧없음을 알아 안타깝기 그지없고, 송구스러움에 다함이 없으니 한탄을 그치지 못하옵니다. 만약 지난날의 허물을 씻고 세상의 받아 줌이 있어서 행여 면목이 선다면 저승에서 선조들을 뵈옵고자 하나이다."

매월당은 독축을 마치고 곡을 하였다. 세사에 비분강개하여 뿌린 눈물보다 한결 뜨거운 눈물을 하염없이 흘렸다.

그러나 그 눈물도 차차로 식어 갔다.

재취 안씨 또한 병약하여 눕는 날이 잦더니 생산과 모성애적인 내조의 기대를 저버리고, 겨우 일 년 남짓 머물다가 저세상의 사람이 되어 가고 말았던 것이다. 한편으로 세상이 좀 조용해졌으면 했던 희망도 싹수가 없었다. 폐비 윤씨에 대한 사사, 그것은 그 인원을 가늠할 수 없는 벼슬아치와 유생들을 장차의 희생으로 저축해둔 일에 다름이 아닌 것이었다.

"들으니 도승지 홍귀달이 중전을 폐하지 마시고 위호位號를 강등하여 별궁에 머물게 합시라고 아뢴즉 상께서 전지傳旨하시기를, 강등을 하게 되면 아내를 첩으로 만드는 격이라 있을 수 없는 일이라고 위엄을 세우셨다더니, 드디어 폐하시고 후명(後命, 사약을 내림)이 계신 걸 보면 후명은 있을 수 있는 일이었던가 봅니다."

"일은 남은 일이 더 큰일인데, 큰일인즉슨 며칠 안 남았으리."

"상의 보령寶齡이 올해 스물다섯, 위에 계신 지가 이제 십삼 년인데 지금 판국이 어떻소. 이미 중전만도 삼취를 하시고 후궁을 연하여 보시니 탄생하시는 왕자와 공주, 옹주만 하더라도 대체 일 년에 몇 분씩이오? 상께서 춘추정성(春秋鼎成, 왕의 한창 나이 때) 하시니 이대로 십 년만 더 가시면 대군과 군과 공주와 옹주가 서른도 넘으실 터에, 장차 세자로 책봉하실 분의 생모를 사사하였으니, 앞으로 피가 흐를 때 어디로 흘러 내를 이룰 것인지는 냉수 대접 들여다보듯 뻔한 일이외다."

남효온을 비롯한 청담파는 만나면 거리낌 없이 그런 예언을 하였다. 왕이 여화女禍를 재촉하고 있다는 것은 매월당도 물론 짐작하고 있었다.

매월당은 산에서 나온 것이 후회스러웠다. 안씨를 묻고 나니 남은 것은 허무감뿐이었다. 도성에 머물러야 할 까닭이 없었다. 원노비元奴婢의 자식인 이노미利老味와 젖어미 개화의 손녀인 일년一年이가 짝을 짓자 반궁의 집을 그들에게 주어 버렸다. 이

옥고 상투를 잘랐다. 두타머리가 되었다. 행리를 꾸리고 대지팡이를 찾아 들었다. 어디로 갈 것인가. 가서 몸을 맡길 만한 곳은 여전히 산수간뿐이었다. 그렇다고 너구리나 오소리의 놀이터가 되어 있을 수락산의 폭천정사로 되돌아갈 수는 없는 일이었다.

삼월 열아흐렛날 흥인문을 나섰다. 남효온의 전송을 받으면서 춘천의 청평산으로 향했다.

"청평산이 수락산과 비슷하여 도성이 지척인 반면, 높을 데서 높지 않고 깊을 데서 깊지 않은 것이 이 설악에 탕객宕客으로 온 전말이올시다만, 지금까지 사뢴 대로 초취·재취에서 얻은 바가 없는 신세인데 이제 기첩을 거느린들 과연 이루어짐이 있을는지…… 하나 명부께서 베푸심을 굳이 사양함도 비례인지라, 다시 술 빚고 바느질하는 몸으로 후사를 도모코자 할 양이면, 이왕에 분부도 계셨으니 소동라를 빌려서 시험해봄이 어떨까 합니다."

매월당이 그렇게 이야기를 마칠 만하여 박산향로의 주둥이에 운기雲氣가 어리기 시작하였다.

"장맛은 역시 햇장보다 묵은장이란 말이로다. 아무려나 홍장紅粧의 신세로 설악에서 갑자기 삼동을 나기도 무리일 성싶으니, 내년 장 담글 무렵까지는 여기에 두어 둡시다그려."

그러구러 삼동을 났다.

장 담글 때가 된 것이다.

매월당은 이튿날 식전에 편지를 썼다.

"전날은 정신이 나가서 실례를 했습니다. 너그러이 받아 주시고 허물조차 않으시며 이청의 말을 들어주신 데에 거듭 감사를 드립니다. 그리고 김세준으로 하여금 저를 찾게 하시니 감격스러움을 말씀드리지 않을 수 없습니다. 명부께서는 진수陳壽의 《삼국지三國志》에서 조조와 황조(黃祖, 유표의 지시로 손견을 사살하고 뒤에 손권에게 죽음)가 예형(禰衡, 후한의 명사)과 송기(宋祁, 송나라의 명사)를 대우하고, 《당서唐書》에서 엄무(嚴武, 당나라의 무사)가 두보를 대우한 것을 보셨을 줄 압니다. 그야말로 후세에 웃음거리를 남긴 일들이었습니다. 저는 서봉西峯에 숨어 살면서 명부께서 겸손하고 공순하심으로써 자기를 기르고 어진 이를 높이며 백성을 안으시는 선치를 만나 흐뭇하였습니다. 그러나 저는 다만 송섬(宋纖, 진나라의 은사)이나 원안(袁安, 후한의 효자) 같은 한漢나라와 진晉나라의 이름 높은 선비에 미치지 못함을 한스러워할 따름입니다. 허허허. 요즘 들어서 저녁나절에 활짝 개는 날이 잦은데 나막신이 안 맞아 피곤하더니 다시 늙게 되었습니다. 모레쯤 일어나면 찾아뵈올까 합니다. 아랫자리를 허락해주시기 바랍니다."

매월당은 이번에도 편지 끝에 시 한 수를 붙였다. 작년 초동에 양양에서 강릉으로 삼척으로 오르내리면서 논 일을 되새기며, 다시금 유자한의 덕성을 기리는 내용이었다.

가을이 다 되어 오동도 앙상한데	一天秋色老梧桐
겉도는 이내 신세 해동에 멎었구나	身世飄然有海東
읍내는 고목이 많아 스산하였고	古邑蕭條多老木
나는 사귄 이가 드물어 쓸쓸하였다	新知蓼落只孤躬
인정은 변덕스럽기 비구름 같고	人情飜覆如雲雨
풍속도 덧없기는 매일반이지만	風俗紛紜尙異同
종자기 같은 원님 믿음직하고	賴有鍾期惟茂宰
백아를 알기에 이 몸은 용납될 듯	書彈牙操若爲容

편지는 아침에 하직한 김경산에게 부쳤으나 날을 가려 찾아보기로 했던 약속은 어그러지고 말았다. 몸이 쾌치 않아서가 아니었다. 먼 길에는 으레 짚세기를 신었으니 발에 맞지 않는 나막신 탓도 아니었다. 산에 봄기운이 완연해지면서부터 날씨가 자주 변덕을 부린 탓이었다.

그러나 유자한은 약조를 지켰다. 소동라를 올려 보낸 것이었다.

소동라의 길 호사는 자못 분에 넘치는 바가 있었다. 에움길을 버리고 노루목에서 바로 마등령을 넘었으니 매무새며 맵시를 내기란 애당초 가당찮은 짓이었다.

소동라는 막치 무명으로 지은 막벌 흰 저고리에 검정 도랑치마를 받쳐 입었고, 신던 길목버선에 초혜를 신은 허름한 차림이었다. 그러므로 과분한 길 호사란 훈도 김세준이 후행처럼 따라온 일이었다. 호방 이진부가 서리 김경산을 대신하여 산개와 천개를 짐꾼으로 부린 일도 호사가 아니랄 수 없었고, 관노가 여염간의 신행길에 따르는 하인인 양 옷고리 따위를 나른 것도 그녀의 분수는 아니었던 것이다.

매월당은 늘그막에 이 무슨 망령인가 싶어 한동안 고개를 바로하지 않았다. 소동라가 주사니것으로 갈아입고 절을 할 때도, 치맛자락에 매달려 숨바꼭질을 하는 송편만 한 백릉白綾 버선코만 뒤쫓다가 말았을 뿐이었다.

매월당은 김세준 일행이 냉수만 한 바가지씩 마시고 선걸음에 되돌아간 다음에야 비로소 소동라와 마주 앉아 현실을 실감할 수가 있었다.

"네 이 천험한 오리무중에 고사리(매월당 자신)를 꺾으러 예까지 이르렀더란 말이냐?"

매월당은 그렇게 첫마디를 건네었다. 소동라는 그 메주볼에 얼핏 홍조를 띠는 듯하더니 그것도 순간이었고,

"고사리랑 고비(소동라 자신)랑은 이미 있는 고로 다만 장을 담그러 왔을 뿐입니다."

서슴없이 응수를 하였다. 삼동을 나는 동안에 나름대로 생각을 추려 놓은 눈치였다.

"장은 장맛을 버리면 소금이 옆에 있거니와 술은 술맛을 버리면 옆에 대신할 만한 것이 없어 낭패인데, 그래 술은 더러 담가

보았더냐?"

"나리께서는 너무 심려치 마십시오. 천첩이 비록 손매는 무디오나 술맛을 버리면 옆에 초병을 채우게 될 것이니 그리 아까울 게 없사옵고, 눈썰미가 없어서 술항아릴 안치는 데는 서투오나 옆에 곡차를 담그던 솜씨가 있을 것이니 그리 낭패 볼 일은 아닌 듯하오이다."

"자네가 어찌 부도婦道를 알까마는, 소견은 다소 들은 듯하니 제법이로다."

매월당은 은연중에 호칭을 높여서 말했다.

"무릇 계집의 성패成敗는 그 낭군의 치가治家에 달려 있는 고로 천첩은 애오라지 대령待令으로써 직분이 있음을 깨달을까 합니다."

소동라는 한마디도 기울지 않으려고 애쓰는 기색이 역연하였다.

매월당은 고개를 끄덕였다. 그녀가 바라는 바라면 언제라도 지체 없이 반상(反上, 원에게 되돌려 보냄)을 하리라고 그 자리에서 스스로 다짐을 둔 나머지였다.

두 반심半心이 합하여 일심一心을 이룬다는 것은, 두 몸이 어울려서 한 몸을 이루는 것과 같은 것이 아니었다.

매월당은 그것을 첫날밤부터 느꼈다.

매월당이 불을 끄고 바야흐로 그녀를 가까이하려 하자, 그녀는 그 뒤웅스러운 몸을 은근히 사리면서 사뭇 다조지듯이 묻는 것이었다.

"천첩이 오늘 이렇듯 현신한 것은 당초에 나리께서 일껏 담병을 고르신 탓이옵고, 나리께서 구태여 담병이 소용이신 까닭은 한갓 신후(身後, 죽은 뒤)에도 그 그림자(제사 지낼 아들)를 남기고자 하심이온데, 이렇게 막상 모시고자 하니 한 가지 의심을 떨쳐 버릴 수가 없습니다."

"대저 의심이 풀어져야 안심을 얻는 것이요. 한 가지 의심은 두 가지 의심보다 절반이 쉬운 것인즉, 자네는 품은 속을 비우는 데에 남음이 없도록 하게."

매월당은 한가로운 마음으로 그녀의 질문을 기다렸다.

"나리께서는 본디 사방에서 알아줌이 있는 우족(右族, 사대부의 가문)이시온즉 설령 위인이 반편이라 해도 모래밭의 조약돌과 같사옵고, 천첩은 본디 고을에서 알아보는 기선부지(其先不知, 조상의 근본을 알지 못함)의 천출賤出인 고로 설령 됨됨이가 예사롭다 하더라도 겨우 모래밭의 진흙 부스러기와 같을진대, 만약 천첩을 씨받이로 하여 생산을 보신다 한들 그 아이 신세 또한 기구하여 마땅히 진흙 부스러기에 불과할 것이니, 이는 모름지기 나리께서도 바라시는 바가 아닐 터입니다."

소동라가 소리 없이 내쉰 한숨이 이불잇을 타고 매월당의 베갯잇으로 번져 왔으나 매월당은 얼른 덮을 만한 말이 마땅치가 않았다.

소동라는 뒷동을 달았다.

매월당 김시습

"사세가 이미 이 지경인데도 나리께서는 굳이 천첩을 가까이하시려는 것입니까?"

본래 의도했던 대로 혈육을 얻는다고 하더라도, 만고부동의 종모법從母法에 따라 천첩의 소생은 천출에 불과할 뿐이니, 부자유친의 도리가 어떻게 이루어질 것인가를 묻고 있는 것이었다.

매월당은 한가한 마음으로 대답을 강구할 심사가 아니었다. 매월당은 천성의 불같은 성미에도 불구하고 답답하고 따분한 속을 끓이면서 모처럼 침묵의 지루함에 오금이 저리지 않을 수가 없었다.

"비록 겨레가 수두룩한 집안이라 하더라도 서자를 두고 겨레붙이로서 입후(立後, 양자를 들임)함이 드문 터에, 하물며 사대 독자의 처지를 말할 것인가. 이것이 내 신세인지라 자네의 의심이 그것뿐이라면 그에서 더한 다행이 없겠네그려."

매월당은 생각다 못해 그렇게 얼버무리면서 출사出仕 여부와 같이 이로부터 살아갈 방도에 의심을 나타내지 않은 것만을 고맙게 여기고 있었다.

그러자 소동라는 다시 새 채비로,

"참람한 말인 줄 아오나 천첩은 후사로서 제사를 잇는 법에도 어리석은 의심이 없지가 않습니다."

소동라는 시위잠이라도 자려는 듯이 등을 잔뜩 웅크린 채 돌아누우며 옹아리 시늉을 하였으나

"자네가 혼인할 걱정은 너무 늦고, 제사 지낼 걱정은 너무 이른

걸 보니, 아닌 게 아니라 유양양(柳襄陽, 유자한)이 정히 보기는 보았던 모양일세그려."

하고 짐짓 능을 치니, 그녀도 말귀는 있어서 슬며시 바로 누우며 스스로 비녀를 뽑는 것이었다.

소동라는 이튿날 해가 서너 장대는 오르고 난 뒤에야 푸석한 얼굴로 일어났으나, 자고 난 이부자리를 접첨접첨 접개어 윗목에 밀어 놓는 데만도 좋이 한 식경이나 걸리면서 꿈지럭거리는 것이었다.

매월당은 허물을 하지 않았다. 김세준의 귀띔에 따라 마당 하나 건너 관음암 장경각으로 방을 옮겨 간 선행·계담·학매·도의 등의 문도들도 그녀가 일어나기를 기다리지 않고 전날과 다름없이, 저마다 부엌에서 부산하고 마당에서 조용하게 그동안 해오던 일을 하고들 있었다. 먹고 자는 것부터가 풍류였던 홍장의 몸으로 천험의 마등령을 넘어왔기에, 아낙의 구실은 고사하고 몸살로 자리보전만 하지 않아도 한 부조라고들 여겼던 것이다.

소동라는 과연 사흘 동안이나 갱신을 못하고 방 안에서만 기신거렸다. 삭신이 욱신거려 맥을 출 수가 없고, 발바닥의 물집이 가라앉지 않아 옴나위를 할 수가 없다는 것이었다.

그러나 몸가축을 하기에 일과처럼 매달리는 양을 보면 고단하다는 말도 엄살인 모양이었다. 식욕을 채우는 일도 마찬가지였다. 음식도 먹어 본 사람이나 먹는 법이어서 원이 예하(例下, 전례에 따라 내린 물품)로서 지워 보낸 반찬은 말할 것 없고, 말범이가 졸개에게 예물로 지워 온 노루 한 마리에 꿩 두 마리와 들닭 한 마리를 없애는 데에도 그런 먹성이 없었던 것이다.

소동라는 장을 담갔다. 장은 눈 녹은 물로 담가야 먹을 만하다고 학매가 잔설이 있던 서봉 골짜기로 다니면서 채운 물두멍에 물이끼가 낄 만해서야 그녀는 마지못한 듯 소매를 걷었던 것이다.

선행은 장독대 옆에 지켜 있다가 간을 보아주었다. 선행은 장 담그는 간만 보아준 것이 아니었다. 조석을 안칠 때마다 밥솥의 밥물을 보아주었다. 아궁이의 불도 보아주었다. 난달이나 다름없는 토방에서 차와 약을 달일 때 화덕에 숯을 피우거나 불씨를 꺼뜨리지 않도록 아궁이와 화로의 재를 다독거리는 것도 소동라의 일이 아니었다. 그녀는 제 속곳 외에는 버선 한 짝도 주물럭거려서 너는 일이 없었다. 선행을 비롯한 문도들은 벗고 자시고 할 옷이 없는 데다, 땟국이 흉해서보다 이가 끓어서 자주 해야 했던 매월당의 빨래는 전에나 다름없이 도의가 도맡아서 해대고 있었던 것이다.

아궁이의 찬재를 고무래로 그러내는 허드렛일까지 문도들이 떠맡아서 해준 데에는 까닭이 있었다. 팔자에 없는 아낙 노릇에 싫증을 느끼게 되면 문득 풍류가 그리워지고, 그러다가는 마침내 하산을 꾀하게 될지도 모른다는 것이었다.

그러나 문도들이 지레 베푼 그 세심한 배려도 며칠이 안 가서 우습게 되었다.

하루는 소동라가 산에서 맞은 첫날밤에 중동무이되었던 제사 이야기를 다시 꺼냈다. 있는 것을 느루 먹어서 보릿고개까지 대어 볼 요량으로 기장가루 풀떼기를 쑤어서 조반을 때운 뒤 학매가 달인 약을 마시는데, 먹어 보지 않은 음식이라 넘어가지 않는다면서 부루퉁한 얼굴로 수저를 들었다 놓고 물러났던 소동라가, 옆에서 매월당의 약사발을 가리키며 무슨 약이기에 그렇듯 장복을 하느냐고 물은 것이 발단이었다.

"자네가 관동별곡關東別曲을 부르는 데는 일등일는지 모르되, 내가 이야길 한다고 해서 선방仙方까지야 알겠는가."

중앙의 관기는 여악女樂과 의녀醫女를 충원하고자 교방教坊을 두어 기르고 있지만, 양양 같은 열읍列邑의 관기란 순행하는 관원의 위안과 수령의 사사로운 접객이 그 소용이므로, 소동라가 의술을 알 까닭이 없다고 여긴 것은 당연한 일이었다.

"아까 보니 스님이 황정黃精을 달이는 것 같던데, 앉아서 염불만 하재도 근력이 부치실 터에 과연 재미를 보실 수 있을지요."

소동라는 그사이에 어렴성마저 말끔 가셔 버린 터여서 그렇게 재우쳐 묻는 데도 서슴거리는 기미가 없었다.

"자네는 선방의 효험을 별로 대수로이 여기지 않더란 말일세그려."

"약을 자시면 약기운이 골수에 미치고 혈관에 미치고 살거리에도 미치는 바가 있어야 효험을 보실 텐데, 제가 보기엔 검은색 약즙이 목에 넘어가면 그대로 먹물로 흘러서 붓끝으로 새어 버리고 절구가 되어 말라 버리니 무슨 재미를 보실까 싶어 그러는 겁지요."

"재미란 자고 나서 끼니를 이을 수 있고, 끼니를 이은 연후에 주흥을 이을 수 있고, 주흥을 이은 연후에 시흥을 이을 수 있으면 그로써 족하거늘, 그 밖에 뭘 더 바라겠는가."

"하지만 하늘은 음양이요 인도人道엔 남녀라 했으니, 또한 부실할 수 없는 일이 없다 하지 못할 터입니다."

"그 말인즉슨 인도야말로 생산을 전제로 함이니 곧 자네가 할 탓일세."

"절에 사시면서도 스님들과 딴판으로 판을 짜려 하시니 답답한 일이어요."

매월당은 그녀와 더불어 살림을 말하게 된 것이 쑥스러워서, 전에 작시作詩한 바 있는 시구로써 대답을 대신하기로 하였다.

"중이 죽으면 남는 것이 신짝 하나라 인간의 자손에겐 차마 전할 것이 아닐세(今日忽聞遺隻履 不是人間傳子孫)."

소동라는 또 투덜거렸다.

"나리는 오직 제사를 걱정하시지만, 만약 자손을 두더라도 나리가 가시면 무엇으로 메를 짓고 탕을 끓일는지……."

"서너 칸짜리 오두막에 천 수의 시가 있으니, 그만하면 족하리(我有三間屋 我有千首詩)."

"천첩이 자식을 두어 봤자 고작 칠천七賤의 무리를 면치 못할 터인데 그럴 바에는 차라리……."

"사람 건져 주는 배는 원래가 거룻배인 줄이나 알게(始知濟人船 元來是舴艋)."

"차라리 슬하를 비워 두심만 같지 못할는지도 모를 일이와요."

"나이가 들면 지팡이도 기울어지게 마련인데, 비록 생각이 늦었기로서니 행지行止마저 더디어서 가할쏜가."

"한창 적엔 뭘 하시고 다 늙게 생각이 땅에 내려왔는지 모르겠네요."

"지난 일은 허공을 그리면서 가 버리고, 흐르는 세월은 그림자를 붙들고서 나니 어쩔 수가 없었다네(往事模空去 流年捉影飛)."

"너무 늦으신 듯하여 여쭙는 말씀이와요."

"청산이 끊긴 곳엔 석양이 더딘 법일레(靑山斷處夕陽遲)."

"그래서요?"

"그러니 한번 기다려 보세그려."

"기다려 보자니요. 아니, 이 안개 층층, 구름 층층, 산 층층, 물 층층의 반벽강산半壁江山에 안치되어 기다리긴 뭘 더 기다리란 말씀이오니까. 반달 속의 계수나무에 꽃 피기를 기다리는 겁니까, 은하수의 별똥이 마당에 떨어져서 금덩이로 화하기를 기다리란 말씀입니까."

"뜬세상에 슬픈 일 기쁜 일 몇 만 가지나 되는지는 모르나,

사람이 성가실 만큼 좋은 일이란 그다지 많지 않은 법일세(浮世悲歡幾萬般 惱人好事惜無多)."

"장칠 데다 초를 치셔도 유만부동이지 원, 기가 막혀서……."

소동라는 무람없이 허옇게 뒤집어 뜬 오목눈을 두어 번 깜박거리다가 미련하게 두 턱이 진 턱을 윗목께로 돌려 버렸다.

매월당은 오망부러진 목을 비지 자루 비틀듯 하며 뒤퉁스럽게 앵돌아지는 꼴이 가관스러워서 한 번 더 집적거려 보았다.

"여름꽃 마디게 진다고 하지만 마디게 진들 며칠이나 가던고."

"그런 말씀 맙시우. 이년이 신세 기구하여 살아서 아씨 소리 들어지라 바란 적 없고, 죽어서 유인孺人 대접 받아지라 바란 적은 없지만, 사주팔자는 천간지지天干地支 소관이라니 비록 노류장화일망정 앞으로 한 이십 년은 더 가야겠소이다."

"그렇다면 나중에 찬물 한 모금이라도 떠 놓을 손이 아쉽기는 자네 역시 어상반於相半하리."

"말끝마다 제사 제사…… 나리는 제발 그놈의 제사 좀 그만 지내시우."

소동라는 계속 고시랑거렸다.

"이렇게 계시다가 예서 눈감으시면 절에 재가 들 적마다 관세음보살전에 마짓밥이 수북하여 덩달아서 얻어자실 텐데, 왜 지레 굶을 걱정부터 하시우. 마짓밥이 시서늘하게 식기로서니 아무려면 천출 소생이 떠놓는 냉수 한 그릇에 견주겠소? 걱정이 자디잘면 기쁜 일도 자잘한 법이와요."

"알았느니. 내 알아들었으니 대강 해두게."

매월당은 쓴웃음을 지었다. 소동라가 생산은 고사하고 술 빚고 길쌈하는 아낙 노릇에도 전혀 뜻이 없음을 일찌감치 귀띔해준 것이 오히려 기특할 뿐이었다. 그리고 소동라의 얼굴에 전에 사귀었던 한 상부(商婦, 장사하는 여자)의 얼굴이 얼핏 얼비쳐 보였던 것도 쓴웃음이 나오게 된 이유의 하나였다.

그 상부는 대동강가에서 뜨내기 한량이나 괴나리봇짐이 헐렁한 나그네를 맞아 술상도 보고 봉놋방도 놓고 하던 젊은 과부였다. 상부는 동냥풍월이 넉넉하고 풍류에도 서툴지 않았다.

매월당은 관서 지방의 떠돌이 초엽에 그 상부를 만났다. 벌써 이십오 년 전의 일이었다.

매월당이 영변의 어천참魚川站을 끝으로 안주·숙천·영유·순안·상원을 되짚어서 평양에 돌아오고, 광법사에 들러 행역이 대강 가시도록 지체하다가 대동강을 건너니, 상부는 그때까지도 매월당을 잊지 않고 있었다.

상부는 넋두리를 늘어놓았다.

매월당은 그것을 붓으로 살려 보았다.

밉살스러운 사람 같으니　　　　　　　挑撻何人斯
이제사 낚시터에 배를 대었네　　　　　泊舟柳磯下

　　　　　　　　　　　　　　　　매월당 김시습

지난해 관서로 갈 때는	去歲向關西
솔깃한 말로 속삭였기에	綺語正挑我
설마 속이랴 했다가	我時不知狡
정말 속고 말았어	將謂非邪哆
속을 떠보려고 했더니	貿絲過門閭
거들떠보지도 않아서	睨視曾不顧
그 뒤로 얼마를 두고	邇來已數年
애간장을 태웠는지	爲汝傷沈痼
그대의 맘은 길섶의 쑥대	君心陌上蓬
갈피 없이 흔들리고	飄飄無定趣
내 마음은 실버들	妾心如柳絲
그리움으로 뒤엉켰지	糾結常戀慕
슬그머니 다가와	重來舒脫脫
내 수건 흔들지 마오	無復撼我帨
여린 여자 보아줄 곳은	婉孌女兒心
딴마음이 없다는 것	本守靡他誓
그대에게 한잔 따르는 건	爲君進一觴
이내 속 그만 좀 태우라는 뜻	莫使再惄懘

매월당은 그 〈대동강가의 상부의 넋두리大同江岸紀商婦語〉를
되새겨 보던 끝에 새삼 서먹하기가 남의 시에 못지않음을 느꼈다.

방 안 그들먹하게 소동라가 앉아 있는 탓인지도 모를 일이었다.

　매월당은 그와 함께 중바닥에서 태어나 밑바닥과 한가지로 살아온 상부와, 밑바닥에서 태어나 중바닥처럼 지내 온 소동라 사이에 큰 차이가 있음을 알았다. 그 차이는 놓아먹인 몸으로 일하기에 길이 들어 있는 대로 먹고 버는 대로 쓰면서 힘껏 민패로 살아온 상부의 푼수와, 가둬 먹인 몸으로 놀기에 길이 들어 주는 대로 먹고 얻는 대로 쓰면서 기껏 꾸밈새로 살아온 소동라의 푼수가 갈리는 차이였다. 그러나 차이라 해도 그네들의 몫은 반나마에 지나지 않았고, 그 나머지의 모두는 매월당의 푼수에서 비롯된 것이었다. 상부는 언제 무엇이 되어서 늙을는지 알 수 없는 젊은이에 대해 춘정春情의 넋두리를 늘어놓은 것이었고, 소동라는 언제 무엇이 탈이 되어 죽을는지 알 수 없는 늙은이에 대해 상정傷情의 넋두리를 늘어놓고 있었던 것이다.

　매월당은 소동라를 어서 풀어 주는 것이 선처임을 거듭 다짐할 수밖에 없었다.

　그리고 붓을 들어 소회를 적었다.

나이 오십에 자식 하나 없이	五十已無子
앞날이 정말 딱하게 됐다만	餘生眞可憐
바깥공기가 어떤지 알 것 없고	何須占泰否
누구를 원망할 건더기도 없으리라	不必怨人天

　　　　　　　　　　　　　매월당 김시습

문짝에 햇살 가득하여	麗日烘窓紙
방 안의 먼지 살아나는데	淸塵糝坐氈
여생에 바랄 것이 무엇이냐	殘年無可願
되는 대로 살면 그만인 것을	飮啄任吾便

소동라는 다음 날 아침에도 트집거리를 찾았다. 설거지를 마치고 들어와 화롯가에 붙어 앉더니,

"나리는 여러모로 남들보다 일되는 것이 탈 중의 탈입디다."

매월당은 찔끔하여 그 말이 떨어지기도 전에 눈부터 지그시 감았다. 반드시 오세 신동 운운이 뒤를 이으리라고 지레짐작을 했던 것이다.

"아까 진지 자실 때 보니 대구포 한 점을 아침내 우물거리시니, 아직 낙치落齒하실 연치도 아니신데 어찌 된 일이와요?"

매월당은 짐작이 빗나간 데에 숨을 내쉬면서 눈을 떴다. 대답이 선선할 수밖에 없었다.

"한 삼십 년 이를 갈았더니 어언간 그리되었네."

"주무실 적엔 그러시는 것 같지가 않던데요."

"자면서까지야 갈겠나."

"그럼 낮으로 그러신단 말씀이와요?"

"낮이고 밤이고가 없네. 짐승 고기로만 안주를 했더니 자연 갈게 되더이."

짐승 고기로만 안주를 하여 이가 일찍 상했다는 말에 소동라는 매월당의 식성이 육미붙이를 즐기는 줄로 듣고,

"저는 해읍海邑을 떠 본 적이 없어 비린 것을 무던히도 밝히는데, 나리는 산돌이와 한가지로 사신 까닭에 산짐승 고기를 그리 즐기시나보외다."

하며 입맛을 다시는 것이었다.

"산짐승보다 머리 검은 짐승을 즐긴다네."

"눈도 일찍 어두워지신 편이시굽쇼."

소동라는 이목구비를 차례로 짚어 가면서 입질을 하고 싶어 하는 기색이었다.

"하도 못 볼 꼴만 보다 보니 눈이 먼저 지쳐 버렸나보이."

"가는귀를 자신 것도 까닭이 있으시와요?"

"못 들을 소리를 들어도 좀 들었어야 귀도 배겨 낼 게 아닌가."

"서리도 일찍 내렸사와요. 머리는 흔히 일찍 세지 않으면 일찍 벗어지거나, 일찍 벗어지지 않으면 일찍 세거나 둘 중의 하나던데, 나리는 그 둘을 아울러 취하셨으니 그에도 사연이 없지 않으리다."

"티끌을 이고 산 적이 없는지라 감고 빗기를 게을리해온 탓이리라."

"핑계가 장히 좋소이다."

"허, 숭헌…… 시끄럽네."

소동라는 무르춤하였으나 워낙 먹고 하는 일이 없는 데다 어제

가 그제 같고 오늘이 어제같이, 보이는 것이라곤 산과 하늘과 중들뿐인 데에 넌더리가 나서 그러는지 한나절도 못 가서,

"나리는 삼십 년이나 걸어서 찾아오셨다는 데가 고작 여깁니까요?"
하고 다시 집적거렸다.

매월당은 보던 책을 덮고 차를 마시던 참이어서 부드럽게 받아주었다.

"예가 어떻다는 겐고?"

"나리는 평생을 산중에서 하실 모양인데, 그 좋다는 금강산을 옆에 두고 하필 이리 오셨으니 궁금하지 않을 수 없습지요. 절도 이렇다 하는 절은 금강산에 다 모였다던데, 이 절이나 하고, 이 집이나 하고, 이게 다 무슨 명색입니까요."

"내 가 봤으니 말이지만 앉을 데는 있어도 누울 데는 없는 산이 금강산이라네. 길은 길대로 절은 절대로 사시장천 가는 데마다 유산객으로 미어지니, 내 경색景色을 접어 두고 심거궁령深居窮嶺을 도모하는 신세로서 그 어찌 피하지 않을쏜가."

"아무리 그래도 그렇지요. 어제 글초하신 시에도 여생을 되는 대로 하시리라 하셨으니 이젠 바위츠렁에 비라리하실 일도 없으실 터에, 구태여 이런 반벽강산의 오리무중에서 귀양살이를 하실 법도 없으리다."

"허, 숭헌, 날 이리 쫓은 이가 없으니 귀양살이란 말인즉 심히 과하이."

"나리는 그러하실지 모르나 이 몸은 사또께서 이리 쫓으신 결과이니 과하달 것도 없지요."

매월당은 그러잖아도 그러려니 하고 대중을 하고 있던 터였으나 막상 그녀의 말이 그렇게 나오고 보니 기가 막히지 않을 수가 없었다.

"허어, 그렇다면 거 위리안치圍籬安置가 아닌 것만도 천만다행일세그려."

매월당이 실소를 하니,

"그럼 위산안치圍山安置는 어떤가요. 역시 절도絶島의 위리안치보다는 상등이겠구려."

소동라는 당장에 맞대매를 하려는 듯이 오목눈을 박아 뜨면서, 안는 닭 멱부리 같은 군턱을 허옇게 쳐드는 거였다.

"첫째는 안치가 아니라서 만만다행이로세. 그리고……."

"그리고요?"

"여게, 산간의 산길이 절도의 물길보다 낫기만 하겠나. 게다가 읍이라야 예서 늘잡아 이틀 품이면 족할지니 그 아니 다행인가."

매월당은 할 수 있는 말을 다 한 것 같았으나 소동라는 다른 걱정이 있었다.

"나리는 여기서 춘추를 하나 더하시고도, 도둑 떼가 대로에 주인 연하여 채약꾼도 길세를 물지 않으면 어림없다던 말을 듣지도 못하셨더란 말이우?"

"그놈들 수령은 이미 계집이 여럿인지라 여벌로 업어 가지는 않을 것이니 따로 걱정할 것까지는 없으리."

"나리는 도둑놈의 속을 어찌 알고 하시는 말씀인지 모르겠수."

"그놈들 수령하고는 같은 산주로서 서로 알아줌이 없지 않으니 그리만 알게."

매월당은 알아들을 만큼 귀띔을 해주고 나니 금방 목간통에서 나온 것처럼 개운하였다. 소동라가 안치에 견주어서 두런거릴 때는 말이 흉하여 불뚝성을 보여도 다함이 없을 것 같았으나, 문득 역지사지易地思之하고 보니 안치까지는 안 가도 부처付處 된 형세와는 비길 만하다는 느낌이 앞서려고 하였다.

내 성품이 본래 간결하고 척당불기(倜儻不羈, 무엇에도 구애되지 않음)하여 세상에 타협하지 않으려고 생애를 물외경物外境에 맡기고 있는 터에, 감히 여기를 배소配所에 비하는 빌미를 허용할 수 있겠는가. 매월당은 생각이 그에 미치자 견딜 수가 없었던 것이다.

그러나 그녀에게 몸소 떠나라는 말을 할 수는 없을 것 같았다. 그녀가 제풀에 방환(放還, 귀양이 풀림)으로 여기기가 쉬울 것이기 때문이었다. 또 문도 가운데서 지로인指路人을 정하여 읍까지 바래다주도록 하기에도 거북하였다. 유자한에게 그녀를 반상反上하는 폭이 되는 까닭이었다. 가장 나은 방법은 내처 그대로 내버려두는 것이었다. 들고 나기를 그녀가 스스로 정하고 행하도록 일임함이야말로 물외경의 소관이 아니면 있기가 어려운 일이요, 척당불기의 일면이기도 한 것이었다.

　그날 밤엔 달이 밝았다.

　매월당은 소동라가 윗방으로 건너가서 잠든 뒤에도 오래도록 촛불을 끄지 않았다.

　매월당은 체증滯症을 끄기로 하였다. 윗목에 밀어 두었던 필상을 당겨 놓았다. 소동라가 심심풀이로 흠을 잡았던 벌레 먹은 어금니에 대하여, 가는귀먹은 귀와 잔글자가 흐려 보이는 눈과, 반은 세고 반은 빠져 버린 머리에 대하여, 절구를 한 수씩 붙이기로 한 거였다.

저 젊을 적에는	伊昔少年日
짐승의 살도 거뜬히 뜯었건만	瞠眉決犿肩
어금니가 너리 먹은 뒤로	自從牙齒齲
연하고 단 것만 찾으면서	已擇脆甘嚥
찐 마도 으깨어 먹고	細芋烹重爛
약병아리도 삶고 고아야 했네	兒鷄煮復煎
그러지 않으면 맛을 모르니	如斯得滋味
살아도 살맛이 날 리 있겠나	生事可堪憐
늙었다고 새삼 한탄할 것 없더라	衰頹勿復歎

매월당 김시습

이미 초라한 늙은이가 아니었던가   已作鶉冠翁

눈은 전부터 저물었고   眼似去年眩

올해는 귀까지 먹은 것 같다   耳疑今世聾

이야기를 하다 보면 서로 헷갈리고   應酬言屢錯

이리저리 따져 봤자 그게 그거라   得失計還空

종잇장 접치는 소리까지   誤聽紙衾卷

창밖의 바람으로 착각하니까   飜爲窓外風

보던 책 던져 버린 것도   經書今棄擲

이미 몇 해 전 일   已是數年餘

바람이 불 적마다 바람을 타니   況復風邪逼

이빨이고 머리털이고 견디겠느냐   因成齒髮疎

한 획이 두 획으로 겹쳐 보이고   奇爻重作二

겸兼 자가 어魚 자로 보일 지경이니   兼字化爲魚

눈 오는 하늘이라도 쳐다보노라면   雪裏看天際

날파리만 세상 만나 하늘에 가득   飛蚊滿大虛

흰머리는 사정없이   白髮莫饒我

나고 나지만   如絲取次生

숱이 적어 대머리 덮지 못하고   蕭蕭不庇禿

게다가 짧아서 갓끈으로 가리니   短短屢藏纓

족집게는 일찌감치 빗접에 두고	竹摛徒留篋
뿔빗도 이제는 쓸모가 없다	牙梳已勿拚
여생이 얼마인지 모르는 터에	殘年餘幾幾
나를 알게 하는구나 흰머리는	喜爾報頹齡

매월당은 〈흰머리白髮〉를 읊고 나서 붓을 놓았다. 지천명知天命의 자화상은 모름지기 그림으로써 적실的實히 형용하여 일상의 거울로 삼을 일이지, 몇 구절의 시로 작희作戲하여 시녀와의 수작으로 읊조릴 일이 아니라는 느낌 때문이었다.

필상을 밀어 놓고 촛불을 껐다. 문짝이 부윰했다. 그새 먼동이 트나 싶어 문짝을 미니 달이 기다리고 있었다.

매월당은 달빛에 이끌려 뜰로 나왔다. 뜰은 산인지 구름인지 모를 두꺼운 울에 둘리어 유계幽界처럼 그윽한 달빛을 한가득 모아 놓고 있었다. 매월당은 하염없이 뜰을 거닐었다. 명지바람이 수염을 쓰다듬었다. 명지바람은 온기를 전하고 있었다. 그것은 달빛에 흩어지는 야기夜氣인지도 몰랐다. 아니 향기인지도 몰랐다. 절서가 바뀌어 자리가 잡힐 때마다 자아내던 자연의 정조情調는 언제나 그렇게 신선한 느낌으로 다가오며 일깨워 주기 마련이었으니까.

뜰을 바장이며 봄기운을 되새기던 매월당은 문득 한 구절을 얻었다. 매월당은 입으로 되뇌어 보았다.

매월당 김시습

"봄이 가고 봄이 오니 그 주인은 누구런가(春去春來誰是主)."

과연 누구일까, 그 주인은.

매월당은 서성거리면서 그 주인이 됨 직한 인물들을 뒤적거려
보았다.

머리 검은 짐승들이 걸핏하면 위호를 더하고 더한 위에 또 더
하고 다시 더하여, 혜장승천체도열문영무지덕융공성신명예흠숙
인효대왕惠莊承天體道烈文英武至德隆功聖神明睿欽肅仁孝
大王이 된 광릉(光陵, 세조)이 그 주인이었던가. 광릉은 재위 연
간에 용천을 하여 문둥이의 몰골로 세상을 마쳤으니, 결국 피에
젖은 몸으로 자리를 빼앗아 고름에 젖은 몸으로 자리를 내놓기까
지 악취의 십삼 년이 아니었던가.

그렇다면 누구인가, 그 주인은. 병자년 유월 초여드렛날 군기감
軍器監 앞의 거리에서 사육신을 비롯한 충의지사 열세 분의 몸
을 찢어 소금에 절일 때 그 앞에 열반列班하고 앉아서 좋아 죽을
뻔 했던 영의정 정인지, 좌의정 강맹경姜孟卿, 우의정 신숙주,
우찬성 정창손, 좌참찬 황수신黃守身, 이조판서 권남, 호조판서
이인손李仁孫, 예조판서 박중손朴仲孫, 병조판서 홍달손, 형조판
서 성봉조成奉祖, 공조판서 김하金河, 이조참판 박원형朴元亨,
호조참판 어효첨魚孝瞻, 예조참판 홍윤성, 도승지 한명회, 그리
고 김질·윤사로尹師路 봉석주奉石柱 따위가 그 주인이었던가.
그러나 의혈義血을 팔아서 공을 벌고 상을 벌고 돈을 벌어서 부

귀영화를 한껏 누렸던 그들도 이제는 기껏 황토에 썩은 흙을 보태면서 썩어 가고 있고, 청사靑史에 썩은 역사를 곁들여 가면서 악취를 상속시키고 있지 아니한가.

그때 얼핏 매월당의 뇌리를 가로지르는 것이 있었다. 산을 내려가는 소동라의 뒷모습이었다. 또한 날이 밝는 대로 그녀가 하직을 고하고 돌아설 것 같은 예감이기도 하였다. 어쩌면 가고 오는 봄의 주인이야말로 그녀일지도 모른다는 생각과 함께.

매월당은 고개를 끄덕였다. 그리고 대지팡이를 찾아 들었다. 그녀가 산을 내려가는 데에 지장이 없도록 미리 피해 주려는 것이었다.

늙은 부엉이 울음소리가 달빛처럼 멀었다.

먼동이 터 오는 모양이었다.

매월당은 걸음발을 더듬었다.

지향 없이 지팡이를 앞세울 때마다 익은 길도 낯선 길처럼 서먹하던 기억이 새삼스러웠다.

새벽바람은 찼다. 그러나 옷깃을 들추지는 않았다.

아뿔싸, 매월당은 지필묵도 없이 맨손으로 나온 것을 뉘우쳤으나 되돌아가서 갖추어 오고 싶은 충동을 따르지는 않았다. 시취詩趣에 대비하여 붓을 챙기러 갔다가 겨우 남의 눈을 기어서 길을 나서는 소동라와 마주치기라도 한다면 그처럼 못할 노릇도 다시 있기가 어려울 터이었다.

매월당은 걸음을 늦추지 않았다. 한 발짝이라도 더 떨어져 주는 것이 그녀의 뒷배를 보아주는 셈이 된다고 생각한 거였다.

그렇지만 걸음걸이는 가볍지 않았다. 짐작대로 소동라가 덧들었던 잠을 떨쳐 버리고 빈속에 출행을 한다면 가다가 반도 못 가서 허기가 지기 십상이니 딱하지 않을 수가 없었다. 호식虎食도 걱정이었고 길을 잘못 들까도 걱정이었다. 위험하기는 변덕스러운 날씨도 산짐승에 버금가는 것이었다.

매월당은 결국 그녀가 말범이패의 눈에 띄기를 바라는 수밖에 없었다. 그들의 수령이 알면 냉큼 저희 소굴로 안동하여 새벽 박동에 요기를 시켜서 보내거나, 날렵한 졸개로 가려서 지로인 指路人을 붙여 주되 노루목의 주막에 들러서 어한까지 하고 가도록 주선하기가 쉽겠기 때문이었다.

매월당은 해가 한나절만 하도록 수렴동 언저리를 기웃거리고 있었다. 그러나 탐매探梅는 역시 틀린 것 같았다. 설악에서 춘매를 기대한다는 것부터가 엉뚱한 짓일 것이었다. 매창소월梅窓素月은 한갓 금오산에서나 누릴 수 있었던 호사였는지도 몰랐다. 원추리나 잔대도 아직은 이른 모양이었다. 맥문동이나 인동덩굴만이 가다가 푸릇푸릇할 뿐이었다. 노루보다 덩치가 큰 영양羚羊이 네댓 마리씩 무리 지어 몰려다니면서 바위이끼를 뜯는 것은 보였으나, 칡을 캐던 늙은이에게 피물을 권하였던 담비 따위는 볕이 하도 좋은 탓인지 얼씬도 하지 않았다. 볕은 두고 보기가 아깝도록 훌륭하였다. 볕을 보니 한시름 놓이는 것 같았다. 소동라가 길을 잃을 염려 하나는 그만큼 덜어진 폭이었다.

쏴삭 쐐쐑 쏴삭…… 정수리 위로 소리가 지나가고 있었다. 소리에도 그림자가 있었던가. 소리가 활개를 치며 숲속에 스미는데 부살같이 빨랐다. 기러기가 가고 있는 것이었다. 대오가 정연하였다. 올 때와 마찬가지로 어린진魚鱗陣이었다.

쏴삭 쐐쐑…….

그것은 또 남풍이 몰려오는 소리가 아니라 북풍이 밀려가는 소리였다.

가자. 매월당은 지팡이를 앞세웠다.

매월당이 들어온 것은 방구석에서 꼼짝 않고 있는 사람도 시장기가 들 만하던 무렵이었다.

"일기도 찬데 어느 결에 나계시었습니까."

장경각의 처마 밑에서 해바라기를 하며 기다리던 학매가 지팡이 끄는 소리를 알아듣고 마중하면서 눈을 모들뜨고 물었다.

매월당은 토방의 신방돌을 흘겨보는 것으로써 대답을 대신하였다. 그녀의 미투리가 가지런히 놓여 있던 신방돌에 찬바람이 일고 있었다. 짚세기 한 켤레만 벗어 놓아도 그들먹하던 신방돌이 장안 대갓집의 노둣돌보다도 넓어 보였다.

"대개 새벽 댓바람에 출산出山을 결행한 모양이온데, 저희가 불민하와 미처 몰랐습지요."

학매는 고개를 들지 못하였다.

"알 만하이."

"하오면 미리 여탐을 드렸더이까?"

"그 아이가 장 위산안치려니 하고 있었으니 차제에 방환한 셈으로 여기게."

매월당은 반주도 없이 시서늘한 귀리죽으로 요기를 하고 나니 몸이 마디마디 곤하였다. 아무 생각 없이 구들목에 누워 베개를 도두베었으나 졸음증은 없었다.

"갈 사람은 날이 저물길 기다리지 않는다곤 하지만, 고약타, 달아나도 꼭 그렇게 달아난담."

학매는 설거지를 하는 기척이더니 어느새 토방의 지로地爐에 부채질을 하면서 볼거리하는 소리로 두런거리고 있었다. 문틈으로 숯내가 스며들고 있었다.

"장은 담그고 한 삼 년 묵어야 맛이 드는데, 삼 년은 그만두고 삼칠일도 못 가서 곰이 폈으니, 대체 무엇이 부족해서 그리 서둘러 내려갔을꼬."

학매는 옆에 누가 있기라도 한 것처럼 군소리가 천연스러웠다.

"무엇이 부족해서 내려갔을꼬 하지 말고, 무엇이 넉넉해서 붙어 있을꼬 해보면 답이 저절로 게 있으리라."

매월당은 입을 쉬게 해주려고 그렇게 신칙하였다.

"읍속邑屬이 유거幽居를 견디기란 장히 어렵겠습지요. 장차 관장官長을 뵈올 적에 무엇이라 무복誣服할는지 모를 일이오나, 필경은 초달을 면치 못할 줄 알면서도 굳이 물고를 각오하고 출산한 소행을 볼작시면, 이런 험산에서 길래 목석과 더불어 늙기보다는, 고대 하루를 살다 말더라도 못내 잇꽃(연지의 재료)을 멀리할 수는 없었던가보오니다."

매월당이 짐짓 들은 둥 만 둥 하고 있으니 학매는,

"그러고 보니 보기 드문 글로 풍류담을 뒤져 심심풀이로 삼았다(閑著人間不見書 風流奇話細搜尋)고 이르신 '제금오신화題金鰲新話' 생각이 나는군입쇼."

하고 귀꿈맞은 소리를 그치지 않았다.

"가령 〈만복사저포기萬福寺樗蒲記〉에 있는 양생梁生이나, 〈이생규장전李生窺牆傳〉에 있는 이생李生이나, 〈취유부벽정기醉遊浮碧亭記〉에 있는 홍생洪生은 모두가 양인(陽人, 산사람)인데, 양생이 논 개령동 소녀며, 이생이 논 최 처자며, 홍생이 수작한 기 낭자는 다들 뜬것입지요. 하오나 양생과 이생은 그 뜬것과 만나자마자 첫눈에 풍정이 발동하여 서정(敍情, 잠자리)에 들 뿐 아니라, 유명幽明이 엄연함에도 매양 남흔여열男欣女悅의 양이 지극합지요. 하온데 선생님께서는 양인 가운데서 풍류로 나이를 채운 홍장(소동라)을 얻으시고도 덧없이 삼칠일을 못다 채워 내치신 결과이오니, 어인 연고로 문장과 실제의 다름이 이다지도 심하십니까?"

"그러기에 내 게다가 쓰기를, 좋은 일은 으레 시름이 따르게 마련(勝事未了愁必隨)이라 하지 않았던가."

박산로에서 솔바람 소리가 일고 있었다. 물이 끓어 가는 기미였다.

"하오나 남녀의 어우름은 인연(人生相合定有緣)이라고 이르셨습지요. 그렇다면 무슨 이름의 인연이 이다지도 기박하더란 말씀이니까?"

"쓰기야 어디 그렇게만 썼던가. 나쁜 인연이 좋은 인연(惡因緣是好因緣)이라고도 했더니."

"하오면 양생이 소녀의 혼백을 그리워하여 두류산에 들어가 약초를 찾으면서 죽고, 이생이 최씨의 혼백을 그리워하여 시난고난하다가 홀아비로 마치고, 또 홍생이 비몽사몽간에 만난 기씨의 혼백에 들리어 시름시름 자리보전을 하다가 총각으로 생을 마감한 것도 다 좋은 인연이라고 하십니까?"

"그 사람들이 살고 죽고는 본디가 제 것이 아니었더니."

"오늘날 홍장으로 하여금 제 발로 출산하게끔 내치실 줄은 저도 나름으로 가량함이 있었습지요."

"어이타?"

"이른바 연리지連理枝란 것이 고서의 허실虛實에 불과한 것이라 하더라도, 선생님께서 그걸 인용치 않으신 것이야말로 종당엔 상서롭지 못할 것임을 전제하신 것이올시다."

"글쎄…… 네 말은 약간 늘었나 싶어도 그 분수로 말하면 일개 누비장이(중)에 불과하니…… 가사 앎이란 게 더러 있다고 해도 억측을 덜고 나면 고작 겉껍질이 야문 열매가 속껍질이 얇다는 것 말고, 그 속까지야 제 무슨 자로 재고 무슨 저울로 달까보냐."

"억측이 아니오라 추측입지요. 가령 〈만복사저포기〉는 여러 아녀자가 풍월을 하는 중에, 정씨는 '봄바람 건듯하자 사랑도 흘러갔다(辜負春風事已過)'고 하고, 오씨는 '애끊는 사랑 헛되이 돌아갔다(斷腸春心事已空)'고 하고, 김씨는 '봄날의 백일몽을 어이하리(一段春光奈夢何)' 하고, 또 〈이생규장전〉에는 '저 꽃송이에 짝지어 나는 나비, 그늘진 동산으로 지는 꽃 따라간다(花底雙雙蛺蝶飛 爭趁落花庭院陰)' 하여, 한결같이 전도가 양양치 못함을 측량케 하셨사온데, 이제사 그게 다 남의 일이 아니었던가 싶사옴은 역시 제가 아둔한 탓이겠습지요?"

양생이 이생이요, 이생이 또 홍생이며, '남염부주지南炎浮洲志'로 제하여 쓴 박생과 '용궁부연록龍宮赴宴錄'으로 제하여 쓴 한생의 일 또한 남의 일이 아니라는 것쯤은 학매가 아니더라도 짐작하지 못할 것이 없을 터이었다.

"누비것치고는……."

매월당은 입속말로 중얼거렸으나 그 한마디로 그치고 말았다. 도정공都正公의 따님 남씨와 해로를 하지 못하고, 후취 안씨에게서 후사를 보지 못하고, 이제는 관장이 일껏 빌려준 기첩마저 스스로 놓여난 것을 생각하니 기가 막혔던 것이다.

학매가 들어와서 찻종에 박산로를 기울였다. 찻물은 비취가락지를 우려낸 것처럼 그윽하고 조용하였다.

"드십시오."

매월당은 일어앉아 차를 들었다.

"네 잔은 없지 않으냐?"

"제 잔은 있지 않습지요."

학매는 《금오신화》속의 여러 환상(幻像) 가운데 누가 상왕의 혼이며 누가 육신六臣의 혼인가 하는 어리석은 질문을 하지 않았다. 학매는 그 대신에 쓸데없는 소리를 늘어놓았다.

"묻잡기는 미안하오나 대저 기녀란 것을 어떻다고 하십니까?"

"가던 길 가다 말고 오던 길을 묻는 중은 무슨 중이런고?"

"아마 쌀중이 못된 보리중이겠습지요."

"비유컨대 판이 바둑판이라면 흑백지간의 빈집과 같다 할 터이나, 기녀란 판이 사람판에서 빚어진 빈집이니 불계不計는 적당치 않으리."

"양생이나 이생이나 홍생이 수작했던 뜬것과 종자가 비슷한 물건은 아닐지요? 자못 섞갈리는 바가 없지 않기로 감히 묻자온 말씀이올시다."

"밖에 있던 지푸라기도 안에서 혹 산고가 있으면 산실에 들어가서 아기 받는 짚자리가 되고, 혹 상고가 있으면 빈소에 들어가서 주검을 싸는 거적이 되거든, 하물며 인류人類의 신세를 두고 말할까보냐. 그 기妓 자를 뜯어보면 얼핏 가늠이 서리라."

파자를 하면 십노十奴인데 학매는 건너뛰고 딴소리를 하였다.

"만일 풍객風客들이 이르는 대로 옥산玉山이라 할작시면, 오늘의 일은 마치 산속에서 산을 버리신 터수와 다를 바가 없삽기로 답답함이 더합지요."

"세상에 붙어살면서 세상을 버린 지가 몇몇 성상인데 아직도 그리 졸업을 못했더란 말이냐. 차가 싱거우니 나가서 주안상이나 보거라."

술기운이 돌면서 이리저리 찍어 당기고 곤하던 데가 시나브로 풀리는 것 같았다. 누가 있다가 자리를 개고 나간 것처럼 많이 남아 보이던 방 안도 도로 제 모습을 찾아서, 언제는 어땠더냐 하고 서먹한 구석이라곤 보이지 않았다. 그러나 윗방만큼은 그녀가 남긴 자취를 여전히 간수하고 있을지도 모를 일이었다. 관음암의 장경각으로 밀려났던 문도들이 다시 건너오면, 그동안 숨쉬기를 한결 부드럽게 해주었던 그 사람 사는 냄새도 금방 중 냄새에 지워져서 말끔히 가셔 버리고 말겠지마는.

문득 윗방에서 삿자리를 부스럭대며 쓰레질하는 소리가 넘어왔다. 문도들이 고대 건너올 채비로 방을 치우고 있는 눈치였다.

매월당은 속이 편치 않았다. 바야흐로 그녀의 체취가 지워져 가는 데에 따른 아쉬움인지도 몰랐다. 아니, 붓을 두고 나가는 바람에 흥

매월당 김시습

금을 지질러 두었던 탓으로 혈관이 막혀 버린 까닭인지도 몰랐다.

"게 누구 없느냐."

상노 아이가 따로 없으매 아무나 찾았다. 술상을 물릴 참이었다.

"불러 계시오니까."

그녀가 있는 동안에 상직할미처럼 부엌에서 헤어날 겨를이 없었던 도의가 대령하였다.

"이 상 내가고 먹 좀 갈거라."

먹덩이가 풀어지고 흘러야만 혈관에도 피가 돌 것 같은 느낌이었다. 시를 짓는 것은 살림을 하는 일이었다. 시업詩業이야말로 가장 구체적으로 숨이 통하고 피가 통하고 얼이 통하는 생활이었던 것이다.

술상을 물린 자리에 필상을 다그어 놓았다. 붓을 집어 보니 진작에 세필洗筆을 해두지 않아 붓마다 고드래가 된 가래떡처럼 고드러진 채로 쓸데없이 묵근하였다. 붓을 필세筆洗에 담가 놓고 눈을 감았다. 두 손을 소매 속에 공수拱手하고 부라질을 하면서 먹덩이가 풀리고 붓이 풀리기를 기다렸다.

이윽고 바람결에 마른 억새 부대끼는 소리가 귓전에 닿았다. 먹이 웬만큼 갈려 가는 소리였다.

매월당은 낮에 느낀 것들을 시로 옮겨 볼 셈이었다. 먼저 영양을 생각하고 '영양이 저만치 달아나 해바라기하다(羚羊逐晴崖以曝日)'로 제시題詩를 하였다.

아침 햇살 따스하기	暉暉朝日暖
마치 할미 품이라	晴崖方煦嫗
볕 쬐는 영양의	羚羊巧曝背
부드러운 숨결	瞑目和噓煦
사지가 늘어져	怡暢四肢融
제 세상 만났구나	自欣得佳遇
깊고 깊은 산속	洞深崖又險
거칠 것 없으니	妥帖不驚懼
나도 좋아하여	我愛得其所
잔등을 쓸어 주었네	徐徐撫其背
처음엔 꺼리는 눈치였으나	初若乍驚愕
차츰 길이 들어서	漸馴與我伍
냄새도 맡아 보고 핥아 보고	嗅我舐我膚
이마를 들이대며 마주 보는구나	抵額喜相對
너는 양 아닌 양	汝亦羊外羊
나는 사람 아닌 사람	我亦人外人
같이 물건 아닌 물건이라	同是物外物
서로 몸 밖의 몸을 가졌으니	各保身外身
누가 너를 쫓고	誰追汝歧路
누가 나를 찾을 것이랴	誰訪我灝濱
너는 바위에 뿔을 걸고	汝角掛寒巖

매월당 김시습

내 갓은 바람에 벗겨지는데	我冠彈松風
너는 꼬리로 푸른 이끼 만지고	汝尾掉蒼苔
나는 폭포수에 발을 씻나니	我足漱飛湫
정답게 볕을 나눠 쪼이며	熙熙同負暄
우리 청산에 함께 사세나	共棲靑山峯

고드러진 붓이 풀어지려면 행다行茶를 한차례 하고도 남을 동안이나 더 기다려야 할 거였다. 영양이 가뭇 자취를 감춘 자리로 기러기가 지나갔다. 어린진을 이루어 숲속으로 부살같이 숨는 기러기 떼의 그림자를 붙잡고 '돌아가는 기러기(歸雁)'로 제시를 하였다.

하늘에 소리로 점을 찍으며 가는 기러기	數聲歸雁點淸虛
소수와 상강은 생각수록 만 리 밖이라	遙憶瀟湘萬里餘
산마루 거센 바람에 울음소리 멀어 가고	關塞風高鳴漸遠
물가엔 쓸쓸한 나무 그림자	江潭木落影偏踈
북녘길 서둘러 변방의 눈보라 하직하니	曾離朔漠辭邊雪
천산에 가는 편지 잊지 않았으리	應帶天山寄遠書
동정호 깊숙이 깃들이하라	好向洞庭深處宿
초나라의 주살은 용서 없으니	楚人矰繳不饒渠

기러기 떼가 소리로 점을 찍어 가며 건너간 하늘에 노송 한 그루가 빈자리를 메웠다. 솔은 제물에 삭아서 떨어진 삭정이의 마들가리에 곰이 피도록 늙더라도 머리는 언제나 청솔이어서, 반쯤 취하여 먼발치로 건너다보면 마치 금방 단장을 마치고 일어나 울짱 너머로 밖을 엿보는 앳된 기녀의 운계雲髻가 아닌가 싶을 때도 있지만, 그것은 어디까지나 취안에 얼비친 객기의 잔재에 불과한 것일 뿐이었다. 솔은 노송일수록 청운靑雲을 형용할 때가 많았다. 송라松蘿가 켜켜로 뒤덮은 노송은 송운松韻이 길었고, 송운이 긴 노송은 송도松濤도 또한 힘졌다. 그러나 청운이란 것도 객기의 잔재에 지나지 않았다. 송홧가루가 안개처럼 자욱하고 는개처럼 휘날려 흩어지고 나면, 한 덩이의 청운도 신록을 빌려서 치장한 한 그루의 청송으로 돌아가 있게 마련이었다. 매양 두고 보아 왔기에 알지만, 사람이란 대저 미욱스럽기가 한량이 없어서 비록 저도 모르게 미혹에 빠지기를 동짓달 야삼경에 물 마시듯 하더라도, 솔은 소담하고 아리따운 운계라거나, 일찍이 시들어서 못내 가슴이 저린 지난날의 청운으로 착각할 만큼 그리 신기한 물건이 아니었다. 그렇지만 노송은 또 그 허다한 산지일모(山之一毛, 초목)의 한 가지로 가벼이 치부하기에는 어딘지 모르게 하다가 못다 한 듯한 느낌이 접히는 것도 일쑤 겪어 본 감정이었다.

매월당의 망막을 차지하고 있던 노송이 율을 자아내기 시작했다.

매월당 김시습

곧 '영마루의 노송(嶺上老松)'으로 제영題詠하였다.

모든 초목이 겨울을 타는데	歲寒百草彫零後
영마루의 솔 하나 그대로구나	只有嶺上松獨秀
줄기는 비바람에 늙을수록 굳세고	幹排風雨老逾壯
너럭바위에 뿌리내려 기운 채로 견딘다	根盤石上偃不仆
혹이 있으니 먹줄은 맞지 않을 터	朧腫不中繩與墨
생김새가 그런 것도 신령의 보호라	奇怪怡受鬼神祐
그대 보지 않았던가 봄을 다투던 것들	君不見春前桃李競嬋姸
봄바람에 며칠 안 가지고 말던 것을	不日又被春風瘦
보굿마다 터져서 이끼는 끼었지만	紫鱗慘裂襯莓苔
굵은 가지 흰 것으로 장수할 걸 알겠구나	大枝輪囷知汝壽

도의가 손을 늦추었다. 묵광이 보일 만큼 먹이 갈렸다고 넌지시 알리는 기척이었다.

매월당은 눈을 뜨며 일변 붓을 쥐었으나 선뜻 낙필을 하지 않았다. 매월당은 필상을 들여다보면서 붓을 도로 놓았다. 필상에 한 얼굴이 얼비치고 있기 때문이었다. 잔뜩 일그러진 얼굴이었다.

누구던가. 매월당은 긴가민가하여 눈을 거듭 씀벅거리며 재어 보고 뜯어보았지만 낯이 설었다.

네 뉘더냐, 네가 진당 소동라더란 말이냐.

물음이 곧 대답이었다.

하면 네 어이타가 몰골은 또 이 지경에 이르렀더란 말이냐.

매월당은 속으로 물으면서 붓을 들어 그 형용을 그려 보이되 '추한 꽃을 읊다(咏醜花)'로 제하여 먼저 검은 얼굴을 그 첫 수로 삼았다.

누가 쇳물을 부어 떠냈는지	是誰鑄出鐵崑崙
굴속에 웅크린 솔개 같은 안색	暗室鴟蹲面色渾
나가려다 말고 치는 뒷걸음	欲進疾詞還退去
속상해 입 다문 채 해가 저무네	傷神無語欲黃昏

이어서 오목눈을 다음으로 하였다.

쑥 들어간 눈에 파인 눈자위	眼深匡郭似窪池
그보다도 밉상은 발끈 성낼 때	最是生憎赫怒時
넘치는 흰자위 생기다 만 눈동자	白圈有餘靑點少
뒤통수라도 뚫어야 약간 보일 듯	暫鑽腦後見些兒

코가 큰 것도 지나치지 않았다.

| 검정 소반에 까만 호병 뉘어 있고 | 烏槃推倒黑胡瓶 |

그 밑에 쌍굴뚝이 아래로 났는데	兩箇烟窓直下生
음녀가 큰 코 찾는 줄 잘못 알고	誤聽河間求鼻大
턱없이 키워 놓아 동이만 하군	笑渠錯養鼻如甖

입술도 읊었다.

삼신할미가 손이 커서	胎神不恪孿堆多
입술 한번 두툼도 하다	壯製唇縫附老蝸
게다가 쪽풀까지 이겨 붙여서	更抹靛靑平脫緩
입만 열었다 하면 하릴없는 메기	語搖眞似兩鰊摩

머리는 손이 가지 않아 쑥대머리였다.

생전 백지의 동쪽을 모르기에	平生不識伯之東
물어보자 웬 봉두난발이냐	問爾如何首似蓬
아랫배에 났더라면 자주 감기나 했지	臍下若栽應屢沐
하필이면 머리통에 터를 잡다니	憤他種向瘠顱中

귀도 쭈그렁 귀였다. 또한 읊었다.

성은 둥글게 쌓다가 손을 놓았고	城郭輪困製不全

등걸에 난 목이버섯 가물에 말랐는지	旱天木耳着查裏
말라비틀어진 가짓잎 두 장을	戲將雙朶乾茄葉
머리통 기슭에 붙여 놓았군	添附頭顱髮際邊

"그만 정필하십니까?"

묵언패를 찬 화상으로 물러앉아 있던 도의가 양에 덜 찬다는 듯이 입을 열었다.

"이만하면 그런대로 가위 필화筆花가 아니겠느냐."

매월당은 붓을 놓고 허리를 폈다.

"저는 본 것이 적은지라 비록 앙망불급仰望不及이오나 그래도 거지반 희작합신 줄은 알겠사온데, 필화라 합시니 그 꽃이 무슨 꽃인지는 종잡기가 장히 어렵습니다요."

"허, 숭헌…… 여태껏 게 빈 그릇처럼 고즈넉이 앉아 있더니 종당 보고도 모르겠다느냐."

"보아한들 바로야 보이겠습니까요. 대저 꽃이란 송이만 보기보다는 잎새와 줄기를 아우르고 게서 향기를 곁들이는 터인데, 오늘은 생략에 다소 지나치심이 있으신 듯하기로 감히 걱정을 무릅쓰고 사뢰오니다."

"내 일찍이 시는 배울 수 있는 것이라고 한 말에, 시는 전할 수 없는 것(客言詩可學 余對不能傳)이라고 하였고, 또 장난과 익살에도 차례와 순서가 있는 법(遊戱滑稽有倫序)이라고 쓴 적이

매월당 김시습

있더니, 이제 네 말을 들으매 오히려 새삼스러운 데가 있구나. 하기야 지금 앉아서 마주 보고 있는 나도 정작 무슨 꼴인지 모르겠거든, 하물며 게 앉아서 비껴 보고 있는 네가 안다고 하겠느냐. 그만 말아 두거라."

도의는 더 이상 동을 달지 않고 필상에 널어놓은 글장을 거두어 두루마리를 하였다. 그러자 필상에 비치던 얼굴도 마치 맞대매라도 하자는 듯이 다시 맞바로 쳐다보기 시작하였다.

누구던가.

매월당은 그윽하게 들여다보았으나 낯이 설기는 아까보다 조금도 덜할 것이 없었다. 매월당은 또 물었다.

네 뉘더냐. 네가 진당 오세더란 말이냐.

이번에도 역시 물음이 곧 대답이었다.

하면 네 어이타가 몰골은 또 이 지경에 이르렀더란 말이냐.

매월당은 소매 속에 공수를 하고 눈을 감으면서, 이전에 스스로 '객이어라(有客)' 하고 제영했던 자신의 몰골을 되짚어 보았다.

객이었구나 오랑캐 귀신 같은	有客如蠻鬼
중얼거려 봤자 못 알아들을 말들	侏離語帶胡
이십 년 동안이나	自言二十載
남북으로 떠돌았는데	身遍北南區
손에 염주는 돌리고 있지만	薏苡珠回拳

머리에는 쇠털 모자로구나	牛毛帽戴顱
어찌타 본업을 내던지고	如何違本業
어렵사리 그 먼 길 달려왔더냐	役役走長途

객, 객이었다. 손, 길에서 살아온 길손이었다. 길에서 살면서도 길에서조차 주인일 수가 없었던 덧없는 나그네. 자리가 없어서 떠돈 나그네였고, 그것도 여느 나그네와 달리 갓 쓰고 헤매는 중이었다.

길, 길도 가까운 데서부터 쳐서 먼 편이 되거나 먼 데서부터 쳐서 가까운 편이 되는 길이 아니라, 가면 갈수록 길이 저절로 붇는 아득한 후밋길이었다.

그 길을 걷고 걸었다. 그리하여 속절없이 여기까지 온 것이었다.

일찍이 청련거사(이백)는 이르기를 '대저 천지는 만물의 여인숙이요, 세월은 천지간에 쉬지 않고 가는 영원한 나그네라. 덧없는 삶인즉 꿈속이리니 그 즐거움을 누린다 한들 얼마 동안이랴(夫天地者 萬物之逆旅 光陰者 百代之過客 而浮生若夢 爲歡幾何)' 하였지만, 그것은 어디까지나 본래부터 압도적인 광채로서 자리가 스스로 두드러지는 태백(太白, 금성)이나 할 수 있었던 평론일 뿐이었고, 그늘로 자라는 나무나 밟혀서 퍼지는 풀포기나, 심지어 바람에 닳고 빗방울에 금이 가는 돌덩이마저도 한결같이 뿌리가 있는데, 하물며 보본(報本, 효행)으로써 가업을 잇는 식자

매월당 김시습

識者의 경우일 것이랴.

성인은 하늘과 같기를 바라고, 현인은 성인과 같기를 바라고, 선비는 현인과 같기를 바란다고 했던 주염계(주돈이)의 언급도 있으나, 매월당 자신은 대체로 누구와 같기를 원하기보다 그저 이렇게 저절로 있는 한 선비 김시습으로서 안분安分코자 해왔음에도, 그마저 부칠 만한 데가 없었기에 사뭇 걷고 걷다가 지치고 휘지고 병들고 늙어 버린 것이었다.

생각하면 신을 삼아서 산 자종子終이 갔던 길이야말로 평탄대로가 아니었던가. 자종의 아내는 위에서 자종이 어진 것을 알고 불러서 크게 쓰려고 하자 자종에게 말하였다. 왈, 당신은 신을 삼는 것이 직업으로, 왼편에는 거문고가 있고 오른편에는 책이 있으니 즐거움인즉슨 그 속에 있다. 사람이 편히 쉰다 한들 고작 다리를 펴는 것이요, 비록 맛나게 먹는다 한들 고기 한 점에 불과할 뿐이다. 그런데 이제 다리를 펴는 재미와 고기 한 점의 맛을 위하여 바야흐로 초나라의 걱정을 짊어지겠다는 것인가. 자종은 아내의 말에 길이 있음을 알고 깊숙이 숨어 들어가 남의 논에 물을 대주는 일로 나머지의 삶을 마쳤으니, 참으로 제 길을 갔던 사람이라고 아니할 수가 없는 것이었다.

'덧없는 인생에 갈 길은 많지만 저승으로 난 길만은 똑같다(浮生雖多途 趨死惟一軌)'고 한 한퇴지의 시처럼, 저승길이 아닌 다음에는 각자가 선택한 길을 가는 것이 사람이 사는 내용이었다.

그러나 길을 가되 지름길이 있음을 알면서도 좁고 굽은 에움길로 들거나, 비탈지고 가파른 벼룻길로 들거나, 더디고 적적한 두름길로 들거나 하는 것은, 사람마다 사는 나름과 모습이 대개 같지 않을 수밖에 없는 이치를 보여 주는 것이었다. 그러니 애초에 잘못 든 길임을 가다가 알았다고 하더라도 행여 수원수구할 일은 결코 아니었다. 또 비탄하고 절망할 일도 아니었다. 만일 가다가 가던 길을 돌이킨다면 오다가 맛본 오던 길의 고달픔만을 곱으로 겪게 될 터이었다. 다만 약간의 겨를은 있으니 그것은 그 자신이 스스로 위안을 꾀할 수 있는 점일 것이었다. 예컨대 《이소경》에 '아침은 목련잎의 이슬을 마셔서 때우고, 저녁은 떨어진 국화잎을 주워서 대신하지만, 정말 이 마음이 미덥고 떳떳할진대, 얼마간의 굶주림이야 무엇이 괴로우리(朝飮木蘭墜露兮 夕餐秋菊之落英 苟余情其信姱以練要兮 長顑頷亦何傷)'라고 한 것은 굴자屈子의 자위라고 여겨도 크게 그르지는 않을 거였다. 가의賈誼가 멱라수를 지나다가 〈조굴원부弔屈原賦〉를 짓되 '세상을 잘못 만나셨구려, 곧은 것을 버리고 굽은 것만 썼으니(遭不祥措直擧枉)' 하고 읊은 것은 후세의 탄식에 불과한 것이다. 더 궁구할 것도 없이 자기가 선택한 길을 가면서 앞뒤를 살피고 타산을 그만두지 않는다면, 저 예양豫讓이 후세에 경계한 바의 그 이심二心에 견주어서 어디가 얼마나 다른 것이라고 우길 수 있을 것인가.

매월당은 그러면서도 걷고 걸어온 길을 되돌아보았다. 그 먼

매월당 김시습

길을 걸어서 이 반벽강산에 이르는 동안, 무엇은 무엇만큼 줄고 무엇은 무엇만큼 늘었을 것인가. 는 것도 많고 준 것도 많았다. 는 것은 몸에 스며들어서 더부살이하는 병이요, 술이요, 잠이요, 꿈이요, 울화였고, 준 것은 몸에 기생하는 그 여러 것들에게 부대끼고 시달리다 못해 제 모습을 잃어버린 몸뚱이 자체였다. 한 삼십 년 동안 머리 검은 짐승의 고기로 안주를 하며 주야로 갈아 대다가 잇몸에서 달아난 이빨이 그렇고, 못 볼 꼴만 보는 데에 질려 버려 저만치에 있는 것만 보이고 이만치에 있는 것은 보이지 않게 된 두 눈이 그렇고, 못 들을 소리만 듣다가 열이 오른 나머지 먼 데 소리는 가까워도 옆의 소리는 아득하게 들리는 두 귀가 그렇고, 산수간에 티끌을 이고 산 적이 없어 감고 빗기를 게을리하는 사이 반은 세고 반은 빠져 버린 쑥대머리 또한 그러하였다.

그뿐만도 아니었다. 자나 깨나 들리는 영월寧越의 소쩍새 울음소리로 애를 태우는 사이에, 그을음을 뒤발한 것같이 타 버린 검은 얼굴도 길에서 얻은 것이었다. 한번 들어간 뒤로 더욱 우묵해진 눈이며, 볼에 갈래갈래 골이 파이면서 한결 커 보이는 코도 길에서 얻은 것이었다.

매월당은 필상에 얼비치고 있는 얼굴에게 단호하게 말했다.

아니니라, 그대는 오세가 아니니라. 그런즉 내 이제 그대의 화상을 종이에 베껴 보이려고 하거니와, 이따가 보게 되면 그대는 반드시 할 말이 없지 않으리라.

매월당은 붓을 골라잡았다. 눈이 침침해진 뒤로 은연중에 멀어졌던 면상필面像筆이었다.

매월당은 그 일그러진 얼굴을 백묘화白描畵로써 옮겨 나갔다.

매월당의 자사진自寫眞은 이번이 처음이 아니었다. 금오산에 머물 적에도 농필을 해본 일이 있었다. 그런데도 붓이 매끄럽지가 않았다. 눈이 어두워진 탓만은 아니었다. 들솟은 광대뼈로 하여 붓이 더듬거리고, 움푹하게 파인 눈자위로 하여 붓이 서슴거렸다. 눈동자에 빛이 가득한 것도 붓을 망설이게 하였다.

그러나 붓이 더듬고 서슴고 망설일수록 화상은 살아나고 있었다. 살쩍 머리처럼 서릿발이 앉은 수염으로 하여 그전의 자사진보다 낡고 으등그러져서 풍신이 그지없이 하찮은 화상이었다. 이백이 이른바 천지간에 영원한 나그네인 세월의 남은 자취가 바로 이것인 모양이었다. 그렇지만 주름살만은 그리 초라해보이지가 않았다. 주름살은 가면 갈수록 스스로 멀어지던 그 길들의 축도인지도 모르기 때문일까. 얼굴에 길이 나 있는 화상이라면 대강 모양을 갖추어 놓은 그림이 아닐 터인가.

매월당은 붓을 놓았다.

그런데 붓을 놓고 나니 그런 것만도 아니었다. 붓을 쥐고 있을 때와 판판으로 얼마는 낯설고 얼마는 낯익은 채로 긴가민가하여, 누구의 얼굴인지 도무지 종잡을 수가 없는 화상이었다.

누군고.

누굴꼬.

누구라고 선뜻 지목할 수가 없는 얼굴이었다.

매월당은 물었다.

이제는 그대가 말이 있을 차례로다. 묻건대 그대는 대체 누구던가?

화상은 반응이 없었다.

그래서 매월당은 또 물었다.

그대는 혹 무왕武王이 거상 중에 있던 주紂를 침으로써 후세에 불효하는 자의 근본이 되고, 또한 신하로서 임금을 시역하여 후세에 임금의 자리를 찬탈하는 자의 근본이 되었기에, 차라리 수양산의 고사리에게 있는 바 도리를 물었던 그 이제夷齊의 얼굴은 아니던가?

만일 그렇다면 아아, 위대한 이름이여, 맹자孟子는 이르기를 신하로서 임금을 치는 자가 탕왕湯王이나 무왕이라면 모르되, 탕왕도 무왕도 아니라면 응당 찬역篡逆이라 하였고, 강씨(강태공)는 이르기를 의사라고 했거니와, 강씨의 뜻은 후세에 신하로서 임금을 시역하고 그 자리를 찬탈하려는 마음을 그치게 하며, 아울러서 의사의 절개를 길이 표창함에 있었던 것이니, 천하에 수양산이 닳아져서 들판이 될지언정, 그대의 이름으로 서序를 여는 열전列傳에, 모름지기 탕이 슬고 곰이 피는 역사는 없으리로다. 어찌 노래하지 않을쏜가.

매월당은 이제를 노래하였다.

탕무를 찾는 소리 떠들썩해도	紛紛湯武後來多
이제의 선견은 어떠했던가	想得夷齊先見何
백성이야 살릴 수 있겠지만	縱救生民塗炭裏
평가를 하는 데엔 차이가 있네	細論功過已相差

백성들의 마음 한이 없으나	商紂臣民億萬心
선비를 찾아보기 어려웠고	如斯二士政難尋
문왕이 나서서 고쳐 보고자	冀回西伯重詿誤
고삐 잡고 말렸지만 허사였네	叩馬危言意莫禁

문왕의 고향엔 봉황이 나고	岐陽鳴鳳耀初輝
조가 땅에 왔으나 다 틀린 뒤라	回顧朝歌事已非
곡식을 먹으면 도리가 아니기에	食粟已爲慚節義
고사리로 죽은들 어떠랴 했네	不妨餓死首陽薇

화상은 역시 반응을 하지 않았다.

그래서 매월당은 또 물었다.

그대는 혹 상商나라의 왕자 비간比干의 얼굴인가?

하늘이 달을 숨겨 짐짓 그대를 왕실의 혈통에 부쳤으니, 나라가 망하면 사직과 함께하고, 기쁨과 슬픔을 더불어 하되 죽음으로써 다함이 그 직분이었도다. 선비가 벼슬에 나아감으로써 글값을 하기로 하면, 양신良臣이야 임금과 신하가 도리로써 묻고 답하기를 거듭할새 저절로 그 옆에 늘어서는 법. 그런고로 극히 어렵기는 직신直臣이 되는 일이요, 지극히 어렵기는 충신이 되는 일이라. 주紂가 그대를 죽이고자 '성인聖人의 심장은 일곱 구멍이 있다더니, 네 과연 그러하더냐' 하고 그대의 심장을 찢어 버렸으니, 그로부터 비분강개하는 선비는 의리에 나아가 기꺼이 목숨을 내놓았고, 비분강개하는 용사勇士는 팔뚝을 걷고 손바닥에 침을 뱉으며 의를 행하매 그 맥이 면면하였도다.

만일 그대가 그이의 얼굴이라면, 아아 위대할사, 몸은 죽었으나 그 마음은 역사에 살아 오늘에 이르렀음을 필부조차 능히 느끼고 남으리니, 또한 어찌 노래하지 않을쏜가.

매월당은 절구를 읊었다.

못된 음악 다하자 고기가 변하고	靡靡樂盡魚終變
기나긴 밤 술기운 떨어지니 피를 보았네	長夜酣終杵到漂
전철을 밟지 않았다면	覆轍前車如鑑戒
상나라 자손 주나라 가서 제사 지내지 않았으리	商孫應不裸周朝

화상은 여전히 반응이 없었다.

그래서 매월당은 또 물었다.

그대는 혹 굴자의 얼굴인가?

그대가 장사長沙에 이르러 돌을 안고 멱라수에 뛰어들어 물고기로써 무덤을 삼기 전에 한 노래를 지으니, '세상이 어지러워 나를 알지 못하는데 인심은 더 말하여 무엇하리오, 죽음을 사양할 수 없음이여, 기꺼이 떠나가리라, 선비들에게 꼭이 일러둠이여, 앞으로 이 일일랑 잊지 말기를(世溷不吾知心不可謂兮 知死不可讓兮 願勿愛兮 明告以君子兮 吾將以爲類兮)' 운운한 〈회사부懷沙賦〉의 여운이 아직도 귓결에 스치는 듯하도다. 태사공(사마천)은 '개천의 구정물 속에서 매미처럼 허물을 벗었고, 티끌의 회오리 밖에서 먼지를 묻히지 않았으니, 이 뜻을 미루어 보건대 그 빛이 일월日月과 더불어 다툰다 해도 무방하리라'고 썼었네.

아아, 끝내 물에 빠져 죽어 흘러가 없어짐이여, 바로 평생의 뜻을 얻었음이라. 이제까지 구름이 걷히고 바람이 자서 물이 거울 같음은 응당 그대의 풍채일 터이며, 물안개를 모는 삽상한 바람에 물결이 일렁임은 바로 그대의 시름겨운 모습일지니, 세월이 천 년을 지새도록 시인 묵객이며, 버림받은 신하며, 쫓겨 다니는 나그네며…… 이 못을 지나가는 이 그 누구라 한들, 흐르는 눈물로써 한 잔 술을 아니 올리고 갈 수 있을 것이랴.

매월당은 그에게도 절구를 주었다.

매월당 김시습

천년토록 묻힌 혼에 조상하노니 　　湘江千古弔幽魂
귀양 가서 읊었음을 원통해 마시라 　　憔悴行吟爲底寃
선생이 때만 만났더라도 　　　　　　若使先生遭盛世
멱라에 애끊는 소리 없었으리다 　　　汨羅應欠斷腸猿

화상은 반응이 없었다.

그래서 매월당은 또 물었다.

그대는 혹 오자서伍子胥의 얼굴인가?

나라에 원수지고 떠나매 그 충렬을 남의 나라로 옮겨 고국에 원수를 갚았음은 보본의 아름다움이요, 주인을 버리고 다른 주인을 섬기다가 목숨을 버린 것은, 후세에 되지못한 자가 두 마음을 품고 임금을 섬기는 일에 경계를 남긴 것이로다.

만일 그대가 그이의 얼굴이라면, 아아 비록 절강浙江의 성난 파도 소리에 허물어지다가 남은 서산胥山의 사당일망정, 어찌 한 줄기의 향연을 피워 올리지 않을 수 있을쏜가. 그대 다시는 고향에 가지 못할진대, 가슴에 쌓인 노여움이 거듭 말가죽 부대에 갇혀 띄워졌기로, 굽이굽이 너울지는 강물엔들 어찌 다 씻겼으리오.

매월당은 절구를 읊었다.

개국시조 사당 앞엔 곡식 더미 쌓여 있고 　至德廟前禾黍堆
왕실의 별장에 울어 대는 잔나비 떼 　　　姑蘇臺畔猿猱哀

성난 물결은 잠 못 든 혼이리라　　　　怒濤不是無功業

세상 사람 이끌어 재앙을 막았다네　　管領人間雪禍胎

화상은 그래도 아무런 기미가 없었다.

그래서 매월당은 또 물었다.

그대는 혹 범씨范氏를 버리고 지씨智氏를 섬기되, 죽기로써 의리를 본보인 예양豫讓의 얼굴인가?

조양자趙襄子가 지씨를 없애니 곧 조양자를 베어 지씨의 원수를 갚고자 자객으로 나섰으나, 시운이 아니어서 잡힌 몸이 되었도다. 조양자가 둘도 없이 의리 있는 선비라 하여 풀어 주매, 몸에 옻칠을 하여 문둥이 행세도 하고 거지 행세도 하여 아내조차 알아보지 못하더니, 한 벗이 있어서 알아보고 조양자의 밑에 들어가 편히 살도록 타이르자, 그대는 '그 밑에 들어가 신하가 되고서도 다시 죽으려고 든다면 그것은 두 마음을 품은 것이며, 내가 애써 그러지 않으려고 함은 후세에 남의 신하가 되어 두 마음을 품은 자들로 하여금 부끄러움을 알게 하기 위함이다'라고 대답하였네. 그대는 그 후 또다시 조양자를 노리고 잠복했다가 잡히니, 조양자가 '너는 처음에 범씨를 섬기다가 지씨가 범씨를 도륙하니 원수를 갚기는커녕 도리어 지씨를 섬겼는데, 내가 지씨를 없애자 이번엔 기어이 내게 원수를 갚으려 드니 무슨 까닭인가' 하였고, 그대는 그 말을 받아 '범씨는 나를 뭇사람과 같이 대했기에 나도 그렇게 여겼지만, 지씨는 나를 선비로 대했기에 선비로서 보답하려는 것'이라고 대답하였도다. 마침내 운이 다하여 죽기에 이르니 그대는 조양자에게 청하기를 '옷을 벗어 주되 내가 그 옷을 베는 것으로써 원수 갚는 뜻을 이루게 해준다면 죽어도 부끄러움이 없겠노라'고 하였고, 조양자가 갸륵하게 여겨 청을 들어주매, 그대는 조양자의 옷을 세 번 베고 나서 '내 원수를 갚았다' 하고 외친 뒤에 칼에 엎어져 죽었도다.

만일 그대가 그이의 얼굴이라면, 아아 그대가 '선비는 자기를 알아주는 사람을 위하여 목숨을 던지고, 여자는 자기를 기뻐하는 사람을 위하여 모양을 낸다'고 이른 말이여, 천하에 그대가 품은 비수처럼 그대의 말에 녹이 스는 날은 없을 것이로다.

화상은 아무런 기색도 하지 않았다.

그래서 매월당은 또 물었다.

그대는 혹 제齊나라의 현인 왕촉王蠋의 얼굴인가?

제를 친 연燕나라의 장수 악의樂毅가 그대의 성명聲名에 감명하여 불러서 쓰려고 한 것을 거절하니, 악의는 노하여 일족을 몰살하기로 위협하고 회유하였네. 그대는 사람을 보내어 응수하기를 '부디 부르지 마라. 충신은 절조를 지켜 한 임금을 섬기되 변치 아니하고, 열녀는 절개를 지켜 두 사내에겐 아니 가는 법. 임금께서 간하는 말을 아니 듣기에 물러가서 밭이나 갈며 스스로 즐기고 있었거니, 이제는 나라마저 망한 터에 설령 내가 있다고 한들 무엇을 꾀하겠는가. 하물며 무력으로 협박함이 이 지경에 이르렀으니 차라리 죽는 것만 같지 못할 터이다' 하고 자진하였도다.

만일 그대가 그이의 얼굴이라면, 아아 천하에 중심中心이 곧 충忠임을 아는 자가 멸종하지 않는 동안, 그대가 충신수절일사불투忠臣守節一事不渝라 하고 열녀수정불경이부烈女守貞不更二夫라고 한 두 마디 말에 살치고 개칠하는 자는 나오지 않으리로다.

화상은 그냥 그대로였다.

그래서 매월당은 또 물었다.

그대는 혹 장량張良의 얼굴인가?

그대는 한韓나라 재상의 후예로서 진秦이 육국을 멸하는 날 한韓도 함께 문이 닫힌지라, 항상 분한 마음이 일어나 진시황을 저격하게 하였도다. 일이 잘못되니 하비下邳 땅에 숨어 항우에게 원수 갚기를 다짐하며 황석공黃石公에게《태공병법서太公兵法書》를 받아 익히었고, 거기서 패공(유방)을 만나 공을 세웠으나, 진실로 패공을 도운 것이 아니기에 유留 땅을 봉해 줌도 마다하고 적송자(신선)와 한가지로 놀았으며, 한실漢室이 태자를 갈려고 하매 얼른 상산商山에 자취를 묻어 사호(四皓, 진의 학정을 피해 상산에 숨어서 산 네 신선 늙은이)와 더불어 인세를 버렸도다.

만일 그대가 그이의 얼굴이라면, 아아 천하에 군자의 무리가 있을 동안 그대의 이름 자방(장량의 호)은 잊지 못할지로다.

매월당은 그를 두고 지은 〈유후의 노래留侯引〉를 들려주었다.

사람들이 자방의 꾀는 알되	人知子房謀
자방의 뜻 몰랐어라	未識子房志
한나라 꾀어 한의 원수 갚았으나	謀漢報韓仇
한나라를 돕자는 게 아니었기에	相漢曾無意
공을 이루고 물러나면서	功成勇退後
그다음은 미련 없이 버린 것일세	世累如棄屣
신선을 따라갔던 것이야	願從赤松遊
몸을 보전하기 위했던 것	保全是能事

사람들이 자방의 뜻은 알되	人知子房志
자방의 슬기 몰랐어라	未識子房智
제나라 땅 삼만 호	擇齊三萬戶
초개같이 여기고	猶如草芥視
유후도 좋다지만	封留亦可足
벼슬이고 이름이고 귀찮았지	何用功名利
한씨 팽씨가 볼 장 다 본 건	韓彭受葅醢
조물주도 분수 밖은 시샘했느니	寵祿造物忌
스스로 공을 숨긴 것이야	有功不自伐
처신 한번 좋았던 것	處身甚淸閟

사람들이 자방의 슬기는 알되	人知子房智

자방의 의리 몰랐어라	未識子房義
한나라 은혜로 하여	已蒙漢家恩
분한 마음 다 풀고	擊我中心恚
조용히 살 궁리에	終企呵呵方
출장입상은 생각도 않았지	不慕將相地
상산의 네 늙은이 불러	竟招商嶺皓
태자의 자리 굳혀 주었고	以固儲副位
한을 위한 충성 아니었듯	不獨爲韓忠
한나라 도운 것도 딴생각 아니었네	計漢亦不二
자방이 해온 일에는	子房一生業
유래가 있게 마련	其來必有自
황석공의 병서가	一卷素書中
자방의 이력이거니	子房行事備
틈틈이 읽어 보고	無事試一覽
옳은 일 옳게 한 데에 불과한 것	不過正其誼
제가 저를 안다면	知足又知恥
언제나 실패를 모르리로다	永永無顚躓

화상은 그저 그대로였다.

그래서 매월당은 또 물었다.

그대는 혹 한漢나라 소선생(소무)의 얼굴인가?

딱도 할사, 흉노에 사신으로 갔다가 부사로 따라갔던 상혜常惠가 흉노에 붙어서 괴롭히던 위율衛律을 베려다가 되잡히어 연좌되니, 그대 스스로 목을 찔렀어도 명이 길어 북해(바이칼호) 언저리에 억류되기 십구 년. 혹은 굶기어 굴속에 가두고, 혹은 굶기며 양치기를 시킨지라, 때로는 들쥐를 잡아먹고 때로는 들풀을 뜯어먹어 모진 목숨 끌면서도, 언제나 한나라의 모절(旄節, 사신의 신표)만은 손에서 놓지 않았도다.

만일 그대가 그이의 얼굴이라면, 아아 천하에 기러기가 닭으로 변하여 추상秋霜에 하늘을 가르는 새가 없어지지 않는 동안, 하늘을 꿰는 그대의 일편단심 우러러 그 누구라 옷깃을 여미지 않을 수 있으리.

매월당은 그에게도 전에 지었던 〈소무를 슬퍼하며哀蘇武〉를 읊어 주었다.

북풍에 모절이 나부낄 때마다	旄節翛翛落北風
머나먼 남녘 상림의 기러기 바라보았네	遙遙南望上林鴻
고국의 문화에 마음 설레고	漢家文物撩心曲
오랑캐의 깃발에 눈살 찌푸렸네	胡域旌旗厭眼中
쥐 잡아 요기하며 풀씨를 뱉고	飢啖鼠腸除草實
목이 타면 눈을 받아 목을 축이며	渴嚥雪片下蒼空
포로 된 이능 만나 눈물지으니	李陵衣把相看淚

세상은 끝이 있어도 눈물은 가이없네	天地有窮悲不窮

변절자의 죄 하늘에 닿아	降邊衛律罪通天
함께 벌 받을세라 베려 했더니	虞殺辭連勝預焉
되잡혀 스스로 죽을지언정	拔劍虜庭寧自刎
양치기로 변한 신세 누가 알아주리	牧羊海上孰相憐
이능은 눌러앉을 생각이었지만	李陵縱道無歸思
상혜의 거짓 편지가 통할 줄이야	常惠何期詭雁傳
저녁놀 호가 소리에 목이 메면서	落日胡笳聲更咽
뒷날 돌아갈 줄은 생각도 못했으리	他年未料得生還

화상은 아까하고 똑같았다.

그래서 매월당은 또 물었다.

그대는 혹 공승龔勝의 얼굴인가?

왕망王莽이 한실漢室을 굳건히 한다 하여 어린 임금을 누르고 그 자리를 넘보매, 그대는 냉큼 벼슬을 던지고 낙향하였고, 왕망이 드디어 임금을 해치고 자리를 찬탈하더니, 이윽고 인끈(벼슬)을 보장한다는 조서를 보내었으나 병이 있다는 핑계로 나아가지 않았도다. 관원은 자손을 위해서라도 벼슬을 받으라고 독촉했으나 '한실의 은혜도 다 갚지 못한 터에 하물며 저버림이 있을 법인가' 하고 그길로 식음을 전폐하여 스스로 몸을 마쳤으니, 그 나이

　　　　　　　　　　　　　　매월당 김시습

어언간 일흔아홉이라.

만일 그대가 그이의 얼굴이라면, 아아 천하에 열전이 전해지는 동안 그 아름다운 이름 위에 얼룩이 지는 날은 결코 있지 않으리로다.

화상은 여전히 그러고 있었다.

그래서 매월당은 또 물었다.

그대는 혹 이업李業의 얼굴인가?

왕망이 어린 임금을 딛고 나라를 차지하자 병을 핑계하여 벼슬을 버리고 산수간에 떠돌더니, 공손술公孫述이란 자가 욕심을 못 이겨 왕망을 치고 그대의 어진 이름에 감동하여 찾았으나 그대 또한 병이 있다고 핑계하며 일어나지 않았도다. 그러자 다시 독주毒酒를 보내면서 벼슬이 싫으면 마시라는 협박이라, 그대 가로되 '위태한 나라엔 들어가지를 말고, 어지러운 나라엔 살지를 말라 했거늘, 이 몸이 불의를 가까이하면 어찌 불의를 논할 수 있을 것이며, 또 위태한 것을 보고 목숨을 바침은 군자가 칭찬하는 바인데, 어찌 높은 벼슬로 유인하여 미끼를 물게 하려는가' 하고 기꺼이 독주를 마시었도다.

만일 그대가 그이의 얼굴이라면, 아아 엄숙할지어다, 천하에 그대를 스승으로 섬겨 온 지 하마 오래였더니, 시대는 비록 멀다 해도 그 장한 모습은 마주 대하는 듯하도다.

화상은 오로지 침묵할 뿐이었다.

그래서 매월당은 또 물었다.

그대는 혹 무후(武侯, 제갈량의 시호)의 얼굴인가?

그대는 선주(先主, 유비)의 고명顧命을 받들어 나이 어린 후주(後主, 유비의 아들)를 보좌함에 정성을 펴고 신명을 다하였도다. 밤낮으로 몸을 돌보지 아니하고 옳은 의논을 받아들여 이끌어 주고 붙들어 주며, 또한 사졸士卒들을 어루만져 길러 놓으니 이는 애오라지 나라만 알고 몸을 잊었음이라. 먹기는 적게 하고 일은 번거로우매 아뿔싸 운명이 당겨진 것을 미처 알지 못하였구려. 슬프다, 오장원五丈原에 이르러 마침내 끝을 보지 못하고 길을 달리함으로써 그치니, 하늘이 사람을 돕지 않은 경우가 바로 이것이었소이다그려.

만일 그대가 그이의 얼굴이라면, 아아 천하에 인걸의 성패는 천명에 있다 해도 세상에 난세와 성세가 서로 차례를 기다림이 역사의 줄기일진대, 그대의 충의로써 자[尺]를 삼지 않을 춘추春秋란 만년토록 있지 않을 것이로다.

짐작건대 그대는 삼고초려에 답하기까지 다만 뽕나무 천여 그루와 자갈밭 수백 이랑에 날이 새면 언덕에 올라 섶을 꺾고, 날이 지면 시냇물 따라 그물을 치고, 낮에는 호미 쥐고 김을 매되, 이름이 나기를 꺼린 탓에 구차한 살림에도 만족하였더이다. 허나 이윤(伊尹, 은나라의 명신)과 여상(呂尙, 강태공)의 경륜을 넘어서고, 관중管仲과 악의(樂毅, 연나라의 명신)의 재주를 합하여 남양南陽 땅의 반룡蟠龍으로 서리어 있으매, 도리어 삼재(三才,

천·지·인)가 의논하여 천하의 대세를 위임하였거니, 어허, 어찌타 일은 길고 명은 짧았음이뇨.

어허, 이 또 어인 일인고. '경은 태자를 보아 그런대로 보필을 할 만하면 보필을 하되, 그렇지 못할진대는 경이 임금이 되시오. 경의 재주는 조비보다도 열 배나 나은즉 반드시 나라를 태평케 하고 큰일을 이룩할 것이오' 하고 당부한 선주의 유언과, '신이 어찌 고굉의 힘을 다하여 충성의 절개를 바치지 않으리이까' 했던 그대의 대답이 지금인 듯 귓결에 들리는 것은.

아아, 어떤 신하는 어린 임금을 시역하고 충의지사의 피로 조정을 단청하면서까지 자리를 찬탈하고, 어떤 신하는 어린 임금을 극진히 보필하여, 주는 왕위조차 티끌처럼 여기고 받지 않았으니, 이는 혹 천도天道가 고금에 둘이 있음인가, 혹 인도人道가 고금에 둘이 있음인가.

매월당은 그를 읊은 〈무후묘武侯廟〉를 들려주었다. 전에 근기 지방을 유람하면서 남양 도호부에 들르니 생각지도 않았던 충무사忠武祠라는 사당이 있었다. 제갈량이 살았던 남양과 고을의 이름이 같다 하여 사당을 세우고, 제갈량의 시호를 따서 사당의 현판을 삼았다는 것이었다.

사당은 묵고 나무는 늙었는데　　　　　古廟荒凉樹老蒼
활을 들고 걸상에 앉았더니　　　　　　臂弓撚箭據胡床

조조라도 잡을 듯 기운이 뻗고	猶生扶漢吞曹氣
적을 쫓는 의기 되살아나네	不腐攻城破敵腸
귀 기울여 선주의 유언을 듣고	側耳似聞先主囑
입으로는 출사표를 토해 내는 듯	搖脣如吐出師章
벽에는 이끼 낀 글월들	蘇文虫食書題壁
여기가 남양의 충무사일세	知是南陽忠武堂
거룩한 마음은 죽어서도 성하여	耿耿丹心死不磨
멀리서 생각하며 탄식게 하네	令人遙想便咨嗟
한평생 쌓은 공 다 어디 가고	一生功業今安在
눈부신 풍광도 순간에 지나가니	滿眼風光瞥爾過
충무의 마음 못다 한 터에	忠武有心猶未就
아들 손자 불운은 어이할 거나	尙瞻無命欲如何
이제 와서 들으며 머리 긁적이니	至今聞者空搔首
흠 많은 세상 틀린 일도 많네	塵世從來欠事多

화상은 무가내였다.

그래서 매월당은 또 물었다.

그대는 혹 문산(文山, 文天祥의 호)의 얼굴인가?

원元이 쳐들어와 바야흐로 송宋이 엎어질 즈음, 그대는 원의
장수 장홍범張弘範에게 잡힌 바 되어 뇌자(腦子, 독약)를 먹었

으나 목숨을 끊지 못했고, 갖은 위협이 따랐으나 끝내 지킬 바를 잃지 않았도다. 적장이 '나라가 망한 판에 비록 충성으로 죽어 간들 누가 있어서 그 사실을 밝히고 현창하랴' 하고 달랬지만, 그대는 늠름하게 '상나라의 백이숙제가 주나라의 곡식을 안 먹은 것은 신하로서 마음을 다하려고 했을 따름이며, 충성을 적어 두었다가 표창을 하고 아니하고는 내 알 바가 아니다' 하고 나무라니, 오히려 적장이 그 충렬을 높이 여겨 연경으로 압송하였고, 그대는 여드레 동안이나 굶어 가며 버틴 끝에 형장으로 끌려가서, 남녘을 향하여 절하면서 몸을 마치고 말았도다.

만일 그대가 그이의 얼굴이라면, 아아 천하에 인신人臣이 된 자들의 바라는 바가 청사青史와 한가지로 나아갈 수 있는 날까지, 그대의 드높은 절조로써 정도程度를 깨닫지 않을 역사는 없으리로다.

매월당은 그를 기리어 지었던 노래 〈문산을 애도한다哀文山〉를 들려주었다.

나라 망하고 집 망하니 마음이 어떠신가	國破家亡意若何
평생에 뜻한 바 허사로구려	平生身計轉蹉跎
애산이 기울어 하늘이 무너지고	崖山浪到天方蹶
연 땅으로 쏠리니 끝장났구나	燕地風靡事已差
송나라는 터조차 없어지고	大宋旣無餘版籍

오랑캐도 무기를 거두었다네　　　　　臊胡今欲止干戈

가련할쏜 이백 년 전의 일들　　　　　可憐二百年前事

마침내 풀피리에 부쳐졌구나　　　　　竟作漁樵一曲歌

강직도 병이런가 고치지 못해　　　　　素患堅貞志不移

글 읽던 시절을 어이 잊으리　　　　　可忘平昔讀書時

조용히 의로써 죽을지언정　　　　　從容就義寧終斃

구차한 삶 원치 않았고　　　　　苟活偷生豈敢爲

사막의 오랑캐 일어나서　　　　　犬豕一朝生朔漠

천 길 풍파가 남녘에 미쳤네　　　　　風濤千丈起南陲

외로운 신하 꼭 말이 많으랴　　　　　孤臣何必多言語

죽어진 뒤에는 그만인 것을　　　　　死耳寧論死後知

오랑캐의 모진 학대 속에서　　　　　嗟嗟胡羯迫驅牽

애산을 바라보니 몇 천 리　　　　　南望崖山路幾千

팔뚝으로 해를 받들려니　　　　　志大欲能肱捧日

맨손에 하늘 받칠 재주 없었고　　　　　才疎寧得掌撑天

살아서는 혀가 있어 말을 했지만　　　　　生前有舌雖言語

죽어서 역사책에 남으려 하지 않았네　　　　　歿後無心著簡編

한 번 죽지 못했는데 무얼 더 물으리　　　　　唯欠一死那更問

이 한 몸 충성으로 바칠 따름이라　　　　　委身君國志專專

234　　　　　매월당 김시습

화상은 여전히 요지부동이었다.

그래서 매월당은 되곱쳐서 물었다.

그렇다면 그대는 도대체 누구더란 말인가? 행여 이하李賀의 얼굴은 또 아니던가?

매월당은 그렇게 묻고 나서 자신도 모르게 흠칫하였다. 한순간에 그렇다고 하는 듯한 내색을 본 것 같았기 때문이었다.

그래서 매월당은 한 번 더 다그쳤다.

그대는 과연 시인 이하인가? 어려서부터 남달리 병약한 몸으로 작시에 몰두하여 일곱 살에 이미 문장이 이루어지고, 열다섯 살에 벌써 그 재능으로 중원에 명세名世하더니, 재주를 시기하고 질투하는 무리들의 옹아리로 하여, 진사시에 실패하고 방황하다가 스물일곱 살에 아주 꺾여 버리고 말았던 그 이하였더란 말인가?

화상은 그러나 처음의 그대로였다. 아니, 대답은 한 번으로 족하다는 표정인 것도 같았다.

이하가 스물일곱 살 나던 해의 어느 날이었다. 붉은 옷을 입고 붉은 용을 탄 사람 하나가 나타나서 한 문서를 불쑥 내미는 것이었다. 문서에는 이하를 부르라는 내용이 쓰여 있었다. 이하는 소스라치며 침상에서 뛰어내려 머리를 조아리고 말했다.

늙으신 어머니가 계신지라 아직은 가기가 싫소이다.

그러나 붉은 옷을 입은 사람은 위엄을 보이면서 말했다.

옥황상제께서 백옥루白玉樓를 낙성하시고 너를 불러 기문記文

을 쓰게 하라는 분부이시다.

이하는 흐느껴 울었으나 그뿐이었다. 이하는 얼마 안 있다가 숨을 거두었다.

매월당은 미소를 지었다. 미소는 곧 말이었다.

반갑도다. 그대가 여기 있었구나. 이 췌세옹은 그대의 〈장진주 將進酒〉밖에 알 만한 시가 없어 종래 유감스럽더니, 이제 그대가 앞에 있었음에도 진작 알아보지 못한 경위로 말하면 자못 비할 바가 아니로다. 그러나 미리 일러두거니와 그대에 대한 생각은 그리 오롯한 바가 아니다.

그대, 오래 사는 것이 구한다고 하여 얻어지는 것이라면, 진시황은 길어서 백 년짜리 목숨으로 만 년짜리 계획을 세우고, 여섯 나라의 보물을 챙겨서 창고를 채우고, 만리에 장성을 쌓아 국경을 다지고, 죽지 않기를 빌어서 산에 제사를 지내고, 봉래산蓬萊山과 영주산瀛州山을 훑어서 약을 구하였으나, 슬프다, 이하여. 인세에 귀히 되고 천히 되고, 오래 살고 일찍 죽음은 다만 천명天命에 매여 있고, 가난하고 부유하고 길하고 흉한 것도 한갓 운수소관이 아니던가. 대저 생기고 자라고 하는 것, 차고 비고 하는 것은 때를 따라 유전하는 바이어든, 진실로 빌어도 면할 수가 없고 힘껏 물리쳐도 막아 낼 수가 없음을 그대는 그리도 몰랐더란 말인가.

아아, 그대는 어이하여 그다지도 바빴던가. 그대가 일찍이 다섯 수레의 책[五車書]을 훑고 시업詩業으로써 세월에 적응한 것은 이 췌세옹과 견줄 만하다고 하더라도, 그대가 꾸었던 저 백일몽의 허무를 논한다면 가히 유가 다르다고 할 터이다.

상제上帝가 보낸 사자를 맞아 바로 수문랑修文郞이 되어 이승을 하직한 것은, 그대가 정절선생(도연명)이 버린 쌀 닷 말(박봉)에 애착했던 것이 빌미가 되어, 세상에서 못다 한 직업을 세상 밖에서 구한 것과 얼마나 다른 것이라고 할 것인가.

매월당은 이하가 끝끝내 과거에 나가지 못하고, 또 한때 봉예랑인가 하는 하찮은 말직을 얻었다가 떨려 난 것을 매양 아쉬워한 탓에 상제의 부름이 그만큼 이르게 된 것이라고 귀띔을 한 것이었다.

매월당은 문과에 실패하고 나서 한동안 어이없어했던 자신의 계유년의 얼굴이 문득 망막에 어른거렸다.

그리고 금오산에 있으면서 책을 구하러 올라왔다가 효령대군에게 붙들리게 되고, 그의 손을 박절하게 뿌리치지 못했던 불찰로 궁중의 내불당內佛堂에 끌려가서 불경의 교정을 거들어 주었던 갑신년의 얼굴도 어른거렸다. 그 얼굴은 금오산이 그리워서 돌아가게 놓아주기를 호소했던 얼굴이었다.

그 얼굴은 시였다. 이를테면 〈산으로 돌아갈 수 있도록 효령대군께 청함乞還山呈孝寧大君〉과 같은 시였다. 그 시환詩丸이 펼쳐졌다.

처음으로 궁중의 덕을 보니　　　　　　蒙恩初下九重天

견디기 어려운 일이었소	荊棘難堪捧瑞煙
위의 말씀 너그러웠지만	渙汗聖言雖至渥
이 몸의 병도 깊어졌다오	膏肓臣疾實難瘳
나그네는 새벽꿈이 개운해도	五更客夢芳於草
가고 싶은 마음에 심란한 법	一點歸心亂似綿
두고 온 산 천 리나 되고	遙想故山千里遠
달은 또 몇 번이나 둥글었는지	碧峯明月幾重圓

　내불당을 나와 효령대군이 준 것으로 여기저기 다니면서 책을 사가지고 돌아오던 얼굴도 엇갈리고 있었다. 그 얼굴은 '주신 것으로 책을 사고 금오에 와서(所嚬貲財盡買圖書還故山)'라고 제한 것이었다.

푸성귀로 살아오기 십여 년인데	十年藜莧慣吾腸
궁중 음식이 당키나 한가	天廚珍羞豈可常
아서라 이름이 사람 잡더라	名譽損人宜退屈
이야기도 마음 상해 그만두었지	淸談喪志莫承當
주신 건 죄다 교서각에서 쓰고	嚬錢已納校書閣
잔돈 몇 푼까지 공화방에 털었네	餘貨更賒工畫房
토란이랑 밤이랑 널려 있으니	芋栗滿園無恙熟
짐승들과 더불어 양식 삼으리	與狙分作一年糧

책 짐을 수레에 실었다 나룻배에 실었다 하면서 금오산으로 가는 길에, 관원이 뒤쫓아 와 그 자리에서 되돌아오라는 전갈을 물리쳤던 얼굴도 보이는 것 같았다. 그 얼굴도 예외가 아니었다. 역시 시환이 펼쳐졌다. 송나라의 처사 도남(圖南, 陳搏의 호)이 그의 초막이 있는 화산으로 내려갈 때의 일화를 들어가면서 '다시 부르심을 시로 진정하여 고사함(半途復命召固辭陳情詩)'이라 제하여 보낸 시였다.

도남은 고향에 내려가다가	圖南欲下華山廬
부름에 못 이겨 돌아섰지만	聖詔殷勤復返車
마음은 먼먼 고향길에 들떠	萬里歸心同泛梗
웅덩이의 고기처럼 맴돌았다오	一團旋計似池魚
이 몸이 어찌 갓을 두고 따르리	微臣豈敢掛冠去
실려 가는 책이나 쫓아갈 뿐	病轎只隨連舸書
덕택에 산으로 돌아간 뒤엔	倘獲需恩令遂志
향을 살라 값을 하리다	挿香長祝五雲居

누가 보면 주인이 바뀐 집에서 식객 노릇이라도 한 듯이 의심하기 십상인 시였지만 기탄하지 않았다. 그렇게 자질구레한 것까지 마음을 쓰기보다는 오히려 불문에 대한 효령대군의 성의를 격려해주는 편이 낫다고 여긴 것이었다. 그뿐이었던가. 효령대군의

대접 또한 서둘러서 산으로 돌아가겠다고 조르기가 민망스러울 지경으로 탄할 데도 없고 탈 잡을 데도 없이 항상 곡진한 것이었다. 그러므로 효령대군 하나만을 보자면 그렇게 한시바삐 산으로 돌아가고 싶어서 안달하지 않았을지도 몰랐다.

그러나 비록 한때나마 불교가 궁중의 위자를 받는다고 하더라도 간경도감이나 내불당의 주인은 효령대군이 아니었다. 그것들은 찬탈자의 것이었다.

매월당은 그리하여 수시로 양무제梁武帝의 경우와 비교하기를 주저하지 않았고, 자신이 이미 쓴 바 있는 양무제에 대한 논의를 기억나는 대로 되뇌곤 하면서, 산으로 돌아가게 될 날을 마치 세가勢家의 겨레붙이가 직첩職帖을 얻어 가지고 귀향하여 선영에 고유제告由祭를 지낼 날만을 기다리듯이 고대하였던 것이다.

그 논의의 서두는 대개 이런 것이었다.

'양무제의 일은 옛 현철들이 이미 그르다고 하였다. 그는 책략을 좋아하고 문무의 재주가 있었는데, 제齊나라가 시끄러운 틈을 타서 황제의 자리를 이어받아 나라를 차지하고 천하의 주인이 되었다. 자리에 오른 뒤에도 타고난 총명과 지혜가 있었고, 학문이 넓고 문장에 능하며, 효성스럽고 자애로우며, 공손하고 검소하며, 재능이 많음도 남들보다 뛰어난 데가 있었다. 불교에서 복과 화는 인과응보가 있고 저승에서도 득이 된다는 말이 있음을 보더니, 부모의 은혜에 나중에라도 보답하고 또 인민을 교화하여 이롭도록 하고자, 불교를 토론하여 그 종지宗旨를 궁구하며, 일념으로 오래도록 재齋를 올리고 몸으로 행하되 하지 않은 것이 없었다.

그러나 아깝게도 형식과 방법에만 치우쳐서 참다운 뜻을 캐지는 못했으니, 결국 부처가 마음을 쓰게 된 근원에서 크게 어긋난 것이었다. 부처의 뜻은 크게 깨닫고 어질며, 세상을 따뜻하게 하고 중생을 교화함인 것이며, 그런 마음을 연구하고 그런 이치를 밝히는 것이다.

그런 마음을 연구한다 함은 그 천성을 다하는 것이요, 그런 이치를 밝힌다 함은 본디부터 있는 것을 온전하게 하는 것이다. 그러기에 삼백 번 안팎에 이른 모임에서도 끊어지고 없어진다는 교리를 말하지 아니하였고, 사십구 년 동안 항상 근원으로 돌아가는 묘리를 연설하되 다만 유有에 집착하는 자에게는 공空의 법을 말하고, 무無에만 집착하는 자에게는 유有의 법을 말하였으니, 이는 기회가 있을 때마다 그에 알맞도록 따른 것이요, 병을 보아 병에 맞는 처방을 베풀었던 것이다. 까닭에 혜능惠能은 말하지 않았던가. 불법은 세간에 있어서 세간의 깨달음을 떠나지 않는 것이며, 세간을 떠나서 보리菩提를 구하는 것은 토끼의 뿔을 구하는 것과 다름이 없다는 것을.'

양무제는 두 얼굴을 가졌는데 그 차이가 컸다.

매월당은 그것을 이렇게 평론하였다.

'그는 명예욕과 호사가로서 부화한 것을 좋아하였다. 그리하여

선善이 도道를 크게 하는 것이 아니고, 덕德이 사람을 이롭게 하는 것이 아니며, 지혜는 인민을 놀라게 하는 데에 쓰고, 명예욕은 백성을 번거롭게 하고도 남음이 있었다. 양성梁城을 습격하여 빼앗으면서 수없는 사람을 죽이고도 자비를 베푼다 하여 헝겊에다 인물을 수놓는 것을 금지시키고, 종묘에 쓸 희생을 장만하는 것도 금하게 하였다. 생물의 목숨을 가엾이 여김이 그토록 극도에 이르렀음에도, 그러나 몇 해 동안에 위魏나라를 치기에 칼과 병정을 쓰는 일을 그치지 않았고, 십 년 동안 둑을 쌓느라고 들판에 송장이 즐비했던 것도 모두가 탐하고 분노하는 마음이 불꽃처럼 맹렬하여, 사람이 죽고 상하는 것을 초개같이 여긴 까닭이었다. 부처의 자비심을 몸 받는 일과 어찌 이다지도 어긋날 수가 있는가.

또 정월에는 예주豫州를 침략하고, 이월에는 팽성彭城을 공격하고, 그리고 삼월에는 절에 가서 몸을 바쳤다. 앞서의 침벌이 옳다면 절에다가 몸을 바친 것이 그를 터이요, 나중에 몸 바친 쪽이 옳다면 앞서의 침벌이 그를 터인데, 싸우고 빼앗는 짓도 끝이 없고, 절에 가서 몸 바치는 일도 그칠 줄을 몰랐다. 만일 바치고자 한다면 나라나 성이나 아내나 자식이라도 아까울 것이 없겠거든, 하물며 백성의 힘을 피폐케 하면서까지 남의 성을 빼앗을 수가 있겠는가.

이른바 부처의 도는 굳건한 마음을 펴고 결단성 있고 열렬한 뜻을 일으켜서, 뜨거운 자비심으로 몸을 닦고 실상實相으로써 물物을 맞이하여, 삶과 죽음을 영영 끊어 버리고도 항상 살고 죽

매월당 김시습

는 마당에 처해 있으며, 이미 번뇌를 버리고도 항상 번뇌의 울안에서 살고 있는 것이다. 그러므로 윤왕輪王이 되거나 장자長者가 되어서 인연에 따라 만물을 제도하니, 그 이익은 가이없고 무궁한 것이요, 그 행함은 질박하고 곧아서 거짓이 없으며, 그 덕은 크고 넓어서 용납하는 바가 많은지라, 무릇 이를 일러서 불승佛乘이라 하는 것이다.'

매월당의 양무제에 대한 결론은 대체로 이런 것이었다.

'죽이지 아니하는 것이 부처의 마음임을 알았으면, 마땅히 살리기를 좋아하는 덕이 백성의 마음에 젖어 들고, 어짊을 베푸는 은택이 사방에 흘러서 형벌이 적중함은 물론 상을 줌이 공정했어야 하고, 몸을 바치는 것이 부처를 배우는 것이라고 알았으면, 마땅히 겸손함으로써 스스로를 기르되 높으면서도 아래를 생각하여 날마다 하루같이 삼갔을 터이며, 더러 쉴 수가 있더라도 쉬지 않고 백성을 위로하되 한 가지 정사라도 행여 잘못될까 두려워하고, 꼴 베고 나무하는 아이들에게도 물어서 한 가지 덕이라도 흠이 될까 근심하며, 두루 의논하고 널리 구하여 부족함을 메움으로써, 위로는 부처의 마음과 같게 하고 아래로는 백성의 삶을 안정시켰어야 마땅할 것이었다. 《주역》에 이르되 겸손은 높고 빛나며 설사 낮더라도 넘지는 못한다고 했으니, 이것이 군자에게는 유종有終의 미美이며, 불법佛法에서는 이른바 희사喜捨라고 하는 것이다.

그러나 양무제는 거짓된 마음으로 선善을 행한다는 이름을 낚으려고 하였다. 백성이 의지할 바 없어함을 헤아리지 못하였고, 종묘와 사직이 기우는 것을 헤아리지 못하였고, 구구하게도 이승二乘의 한 편짝 문을 여래如來의 크고 둥근 바다에 편입코자 했던 것이다.

그것은 거리가 멀다. 마치 구더기의 집을 헤치고 향료를 구하려고 한 것이요, 모래를 쪄서 밥을 짓는 것만큼이나 거리가 먼 것이었다. 그리하여 어찌 되었는가. 조국을 배반하고 항복해온 자에게 신임을 주었다가 그자의 또 다른 배반으로 목숨마저 잃어버리고 말지 않았던가.'

그러면 임금(단종)의 자리를 찬탈한 이는 어떤 사람인가. 위로는 임금을 시역하고 아래로는 충렬한 의사들의 종들까지도 도륙했던 이는 과연 누구였던가.

공주의 동학사東鶴寺 한구석에 집을 짓게 하여 초혼각招魂閣이라 이름한 이는 누구이며, 때려죽이고 찢어 죽이고 지져 죽이고 베어 죽이고 저며 죽이고 약을 먹여 죽인 의사들의 이름을 그 손으로 비단에 써서 걸게 하되, 그 이름이 여덟 폭짜리 비단에 넘치도록 죽인 이는 과연 누구였던가.

그렇게 무지막지한 칼을 휘둘러 피로 물든 천하를 차지한 다음 중외에 더러운 소리를 그림자처럼 끌고 다니는 신미信眉·수미守眉·학열學悅·학조學祖·혜각慧覺·묘각妙覺 같은 치의의 무리와, 자장(子章, 강맹경의 자)·자반(子胖, 노사신의 자)·자순(子順, 한계희의 자)·문량(文良, 김수온의 자)·계효(季孝, 황수신의 자)·과옹(果翁, 윤사로의 자) 따위를 간경도감이며 내불당과 맺어 놓고 《금강경》, 《능엄경》 등의 경전을 언문으로 옮기거나 찍어 내어 반포하는 일변 부처에게 몸 바쳐 복을 빈 이는 누구였던가.

부처의 대자대비는 그렇듯 두 얼굴을 가진 이들에게나 복을 내리는 대자대비였던가. 만일 그렇다면 나는 다시 머리를 기르고 고기를 먹을 터이다.

매월당은 그렇게 거듭 다짐을 하다가 마침내 효령대군의 소매를 뿌리치고 금오산으로 발걸음을 재촉하게 된 것이었다.

매월당은 머리를 흔들어 이리저리 섞갈리는 백이·숙제·비간·굴원·오자서·예양·왕촉·장량·소무·공승·이업·제갈량·문천상·이하 등등의 얼굴들을 힘껏 쫓아보았다. 그 얼굴들은 냉큼 흩어지지 않았다. 흩어지기는커녕 자신이 들고 있는 화상 위에 포갬 포갬 포개어지는 것이었다. 그리고 맨 나중에 겉장처럼 얹히는 얼굴은 방금 몸소 사형寫形을 마친 매월당의 그 자사진이었다.

매월당은 그러나 고개를 저었다.

그리고 말했다.

너는 늙기를 기다려 온 췌세옹이 아니라 때를 기다렸던 이하이니라. 저 복창현福昌縣의 창곡昌谷 땅에서 당실唐室의 먼손, 그리고 두보杜甫의 먼촌으로 태어나고, 너무 짧았던 생애에 비

추어 귀재鬼才라는 평론이 쓸데없이 길었던 당나라의 오세 신동
이하이니라.

말만으로는 성이 차지 않았다.

매월당은 붓을 들었다.

그리고 화상의 여백에다가 제사題詞를 썼다.

'이하를 굽어보니 해동에서 두드러진다. 이름은 있다지만 말짱
헛된 것, 네 누구를 만났더냐. 네 모습 보잘것없고 네 말투 터무
니없으니, 너는 산중의 구렁텅이에 내버려짐이 마땅하도다(俯視
李賀 優於海東 騰名謾譽 於爾孰逢 爾形至眇 爾言大侗 宜
爾置之 丘壑之中).'

쓰기를 마치고 보니 화상은 잔뜩 찡그리고 있었다. 매월당의
자조하는 웃음이 한 겹 덧씌워진 탓인지도 몰랐다.

"네 어떠냐?"

매월당은 윗목에 곡좌한 채로 시종 붓질을 보고 있던 도의에게
허텅지거리로 물었다.

"제가 비록 본 것은 없사오나 감히 여짜옵기는, 전신초傳神草
가 바로 이것이 아닌가 합니다요."

매월당은 자신의 정신과 정서를 그대로 전하는 그림이란 말에
한 번 더 웃으면서 물었다.

"묵삭墨削이 옳으리라. 내가 전날 이르기를, 머리를 깎은 것은
더러운 세상을 피하려는 것이요, 수염을 그대로 두는 것은 장부

매월당 김시습

임을 알게 함이라고 했더니, 네 이제 이 흰 머리터럭과 성긴 수염을 임의로이 기롱하는 말이렷다."

도의는 펄쩍 뛰었다.

"적게 보신 말씀이올시다. 이대로 두시면 장차 묵보墨寶가 될 도화이온데……."

"다시 일러 보아라."

"제 어리석은 소견이오나 선생님께서 소싯적에 치신 진영眞影은 연자蓮子 갓끈으로 인하여 불유佛儒의 합성이더니, 지금 치신 진영은 갓끈이 없고 적송자의 옷을 입으신 고로 불선佛仙의 혼성이온즉, 만일 천 년이 지난 날에도 능히 알아볼 자가 있사올는지."

"내 이미 진영과 환영幻影 사이에 서식하면서 나부터가 실상을 찾고 있거늘, 하물며 천 년을 더한 뒤의 일이겠느냐."

"말씀에 지나치심이 있사옵니다."

"그럴 것 없다. 갖다가 쏘시개나 하거라."

"선생님께서 이처럼 세상에 오신 것만으로도 그 빛이 가는 데를 감히 측량키 어렵삽고, 또 그로 인하여 장차 흉물은 스스로 맑아지고 쑥대는 스스로 참대가 되어 모름지기 숭보崇報할 자가 앞다투어 당黨을 지을 터이온데, 아무런들 빈도貧道들이 매우 아둔하다 하기로 선생님의 진상을 천세토록 유전遺傳치 못할 업이야 짓겠습니까."

도의는 무릎걸음으로 다가와서 화상을 거두어 나갔다.

두어라.

매월당은 목침을 당겨서 몸을 쉬었다.

방 안은 다시 적적하였다.

저 달은 누가 나누어
옹달샘에 던졌나

소쩍새는 해가 설핏하면 울음으로 나타나서 밤을 밝히다가, 다음 날 동이 트는 것을 보아야만 울음소리로 들어가는 울음뿐인 울새였다.

무릇 새가 우는 소리는 들을 것이 못되었다.

비록 잎잎이 반짝이는 수풀을 건너다니며 눈부신 햇살과 꽃떨기 같은 흰 구름을 이고 짝을 그리는 꾀꼬리며 휘파람새며 파랑새며 쇠새의 무리처럼 호사스럽다 못해 요란하고 산란한 깃으로 한껏 치장을 하고 앞에 와서 목을 뽑더라도, 그것에 귀를 준다는 것은 공연한 일이었다. 하물며 태양을 꺼려하여 심산유궁에 몸을 숨기고 다른 생물과 이웃하기를 거절하는 것도 부족하여, 밤이면 달빛을 엿보고 영근 별을 쪼아 가며 울음으로 세월을 하는 일개 야조夜鳥일 것이랴.

새들의 울음소리와 지저귐이 귀에 들어오던 때는 참새나 까치가 울더라도 다만 자연의 이치 가운데 한 자연에 지나지 않았을 뿐이었다.

그러던 것이 이제는 그렇지가 않았다.

어린 임금이 해가 한 뼘 남짓한 열 길 낭떠러지 층암절벽 밑의 구렁텅이에 임어臨御하고, 사납게 소용돌이치는 강벽江壁으로 안치되어 끝을 볼 때까지 이어移御하지 못하고부터 모든 새소리가 가슴으로 들어오기 시작한 뒤로는 더욱이 들을 소리가 못되었다.

어린 임금이 빈천賓天하기 전후의 정황이야 차마 두고 기억할 일이겠는가.

밤새가 아니더라도 그것은 새소리가 아니었다.

그것은 어리중천에 떠도는 혼이 느꺼워하는 소리, 비탄하는 소리, 신음하는 소리일 뿐이었다. 이루 시늉이야 할 수 있을까마는 구국 꾹꾸를 되풀이하는 멧비둘기가 그러하고, 흥흡스 흡흡스를 되풀이하는 오디새가 그러하고, 부르르 부르릉을 되풀이하는 물레새가 그러하였다. 초경에 우는 뻐꾸기는 어쩌면 그리도 적적하며, 이경에 우는 쏙독새는 또 어쩌면 그다지도 뼈끝을 쪼아 대는지 모를 일이었다.

그러나 그 모든 새소리를 덮는 것은 삼경에 울고, 사경에 울고, 오경에 우는 소쩍새였다.

사람들은 그 울음소리를 불여귀不如歸라고 들었다. 그리고 불여귀라고들 말했다.

돌아감만 못하다는 것이었다.

못한 것은 그러나 돌아감만 못한 것만이 못한 것이 아니었다.

첫째로 못한 것은 오지 않음만 같지 못한 새였다.

다음은 울지 않음만 같지 못한 새였다.

그다음은 듣지 않음만 같지 못한 새였다.

그리고 그보다 더더욱이 못하기는 숫제 세상에 있지 않음만 같지 못한 새였다.

그렇지만 그럴 수도 없는 것이 또한 섭리라, 철이 제철이매 오지 않을 수 없음이요, 한번 왔으니 울지 않을 수 없음이요, 울고 우니 듣지 않을 수 없음이요, 내가 있으니 새 또한 있지 않을 수 없음이라. 그러기에 여느 소인 묵객 역시 어리중천의 혼을 노래한 것이요, 노래를 함으로써 어리중천에 배회하는 혼뿐 아니라 이승에서 배회하는 생민生民들의 정서도 아울러서 위자慰藉를 해왔을 터이었다.

사람들은 또 소쩍새의 울음을 귀촉도歸蜀途라고 들었다. 그리고 귀촉도라고들 말했다.

촉蜀나라로 돌아가라는 것이었다. 촉나라 망제(望帝, 두우)의 혼이 화생化生한 새이므로 어리중천에서 배회하지 말고 고향으로 돌아감이 마땅하다는 거였다.

그리하여 천험의 파산巴山을 읊조린 이 무릇 얼마며, 협곡에서 소용돌이치는 금강錦江을 읊조린 이 무릇 얼마며, 머나먼 촉로촉로蜀路를 읊조린 이 무릇 얼마며, 구름에 가려 보이지 않는 촉성蜀城을 읊조린 이 무릇 얼마였던가.

그렇다고는 하나 일왈 불여귀요, 일왈 귀촉도요 하고 중외에 나도는 귀글이야말로 항간에서 부르는 하리곡下里曲보다도 가벼운 여흥의 소산에 불과한 것이었다.

도대체 어리중천에 배회하는 외로운 혼은 하필 중국에만 있고 여기에는 없더란 말인가.

도대체 깎아지른 산길이며 소용돌이치는 물길이며, 멀고 먼 가시밭길은 하필 파촉으로 가는 촉도뿐이더란 말인가.

도대체 천 길 벼랑을 여투어서 안돌이로 돌고 지돌이로 넘는 잔도棧道란 벼룻길은 하필 장자방이 개척한 촉도에만 있더란 말인가.

도대체 청련거사(이백)가 촉으로 가는 벗과 옷소매를 나누면서 읊은 '산이 면전에서 우뚝 솟고, 구름이 말머리 옆에서 엉기는 길(山從人面起 雲傍馬頭生)'은 하필 청련거사가 다녀온 촉도일 뿐이며, 영월에서 서울로 가는 보안도保安道 사백삼십칠 리는 탄탄대로요 지척이더란 말인가.

그래서 생전 가 보지도 못한 촉나라 성도成都로 가는 촉도와 파잠巴岑 기슭의 금강(양자강 상류)은 글자가 있는 대로 모조리 끌어다가 쓰며 새소리처럼 읊조리고, 영월의 봉래산 기슭에서 흐느끼는 금장강(錦障江, 영월의 동강)은 글자가 동이 나서 아예

치지도외를 해왔더란 말인가.

그렇게들 읊조려 온 새소리는 무슨 새소리였더란 말인가.

매월당은 여가에 화식火食을 하는 이로서 좌망坐忘에 들거나, 절에서 자는 사람으로서 선정禪定에 들었다가도, 멀리서 혹은 가까이에서 소쩍새가 울음소리로 나타나면 어느새 가뭇 놓고 있었던 자신의 존재를 한순간에 되찾고는 하였다.

소쩍새 울음소리는 가까이에서 울어도 아득하게 들리고, 아득한 데서 울어도 가까이로 들렸다. 들려도 가슴으로 들렸다. 가슴으로 들려 심장에 메아리치고, 심장에 메아리치면 간에 메아리치고, 간에 메아리치면 연하여 쓸개에 메아리치고, 허파에 메아리치고, 창자에 메아리치고, 그렇게 오장육부에 메아리치고 남은 여운은 다시 핏줄에 들어가 피로 흐르면서, 피를 덥게 하고 핏줄을 떨리게 하는 것이었다.

달은 져가는데 소쩍새 우는 소리	月欲低蜀魄啾
한 시절 그리워서 다락에 올랐더니	想思憶倚樓頭
네 울음소리 차마 못 듣겠네	爾聲苦我聞哀
너만 아니면 견딤 직도 하건마는	無爾聲無我愁
괴로운 이들이여 이르노니	爲報天下苦勞人
춘삼월의 자규루엔 오르지 마소	愼莫登春三月子規樓

어린 임금이 청령포淸冷浦의 구렁텅이를 행재소로 하다가, 팔월 늦장마로 서강에 큰물이 갈 때 물마에 휩쓸려서 떠내려가던 몸을 겨우 고을의 객관으로 옮기고, 금장강이 내다보이는 자규루(본래는 매죽루)에서 행음行吟한 것이 가슴으로 들리고, 오장에 메아리치고, 핏줄을 떨리게 해왔던 것이다.

그해 정축년은 하늘이 딴전을 보고 있는 양으로 몹시도 가물었다. 그 전년인 병자년에는 하늘이 새는 듯한 장마에 비를 물 퍼붓듯 하더니, 정축년에는 땅덩이를 통째로 구워 먹을 듯이 있는 대로 태우는 가물이었다. 강이나 내를 따라가면서 두렁을 친 물가의 구렁논들마저 벼가 타 죽어 볏섬지기 논배미에서 피이삭이나 바라보는 것이 고작이었으니, 밭곡식의 됨새쯤은 숫제 이야깃감 축에도 들지 못했던 것이다. 밭이라고 생긴 것은 어디라 하여 더하고 덜하고가 없었다. 밭곡식치고 기중 가물을 덜 탄다던 조와 기장조차 묻은 씨가 그대로 익어 버려서 하삼도고 북삼도고 고을고을이 묵정밭 천지를 이루고 있었던 것이다.

그런 가물 탓이었는지 매월당은 또 학질을 대여섯 직이나 거듭하면서, 유월이 지나 칠월 초순에 이르도록 자리 한 번을 시원히 걷어 보지 못한 채, 팔십 노장인 탄선坦禪을 제껴 놓고 동학사의 귀신이 따로 없이 주야로 누워 지내는 것이 일이었다.

그러던 어느 날이었다.

학질에 잘 듣는다고, 마곡사麻谷寺로 말린 복숭아꽃을 얻으러

간다던 학승 운파雲波가 나간 지 두어 참도 안 되어 가던 길을 되감아서 구르듯이 돌아온 거였다.

"마곡사가 마당 건너 삼밭이더냐?"

탄선이 보고 하는 말이었으나 운파는 탄선을 건너뛰고,

"청한장清寒丈, 청한장……."

멱이 차서 말이 안 되는 소리로 매월당부터 찾으면서 서두르는 것이었다.

"어인 수선이시오? 가다가 혹 난언죄亂言罪로 물고당하는 비구니라도 봤더란 게요?"

매월당은 베고 있던 목침을 느직하게 밀며 고개를 내놓았다.

"청한장, 이 일을 어쩌리오. 가다가 길에서 말 못할 소리를 듣고 오는 길이외다."

매월당은 그 순간 현기증이 일었다. 말 못할 소리란 대전大殿에 변고가 있다는 뜻이었으니까.

매월당만이 아니라 동학사와 연통이 있는 은사隱士들이나 동학사의 승려들이 아는 대전은 다름 아닌 상왕이었던 것이다.

"무엇이?"

매월당은 추녀 끝의 풍경이 놀라 경쇠 소리를 내도록 크게 외마디 소리를 하면서 툇마루로 기어 나왔다. 이 방 저 방에서 영월影月·운선雲禪·명석明釋·월봉月峯 등이 들고 있던 것들을 든 채로 뛰어나오고, 탄선 노장도 지팡이를 거꾸로 끌면서 쫓아오고 있었다.

　　　　　　　　　　　　　　　　　　　　　매월당 김시습

땀으로 미역을 감은 운파는 도롱이 없이 나섰다가 산돌림을 맞은 베적삼처럼 물초가 된 몰골로 뜰방에 주저앉으며 두서없이 주워섬겼다.

"그 성안의 흉당凶黨들이 기어이 말 못할 짓을 저지르고 말았으니…… 주상을 노산군魯山君으로 해서 영월로 정했더라는 게요. 가다가 곰나루에서 소금을 받아 오는 소금 장수 씨동氏童이를 만났더니, 공주목에도 엊그제야 기별이 닿았다는 게요. 씨동이는 읍리 복천구卜川龜의 매부 되는 자이니 필경은 헛소리 듣고 빈소리 지껄인 것만은 아닐 게니……."

"……."

누구도 덤하는 말이 없었다. 일이 크면 할 말도 딴소리로 들리게 마련임을 조심해서가 아니라, 진작에 넘겨짚었던 것이 영락없이 나타나는 바람에 할 말조차 무색해져 버린 탓이었다.

매월당이 먼저 숨을 고르잡고 말했다.

"말 못할 소릴 듣긴 했으나 종국에 가서는 들음직한 소리를 지금 들었다는 것뿐이오. 그 흉당이 어떤 물질物質들이겠소. 그 죽어서 악명이나 남기게 될 놈들이야말로 공이 됨 직한 것이라면 제 어미 아비의 해골이 반만 썩은 관이라도 파다가 팔아서 공을 사고 상을 청할 인세의 패륜아들이니 어련들 했겠소."

"공이 좋고 상이 좋기로서니……."

탄선은 목이 메어 말을 잇지 못했다.

"청한장, 공을 사고 상을 청한 게 아니라 죄를 사고 벌을 청한 것이오. 어떤 놈이 먼저 거꾸러지는지는 천벌이 먼저 보여 줄 것이니, 우리 구경 한번 재미지게 합시다요."

운선이 깁다 말고 들고 나온 잿물 옷으로 눈물을 닦으면서 중얼거렸다.

"구경만 하리……."

월봉이 주먹을 쥐는 서슬에 손에 쥐여 있던 대여의가 왈살스럽게 쪼개졌다.

"일이 여기까지 왔으니…… 그러나 지금은 수가 없소. 주상께서 보조(寶祚, 재위)하실 적에는 절할 계제가 없었거니와, 이제 영월로 납시었다니 이러고 있을 수가 없소. 내 행재소에 문안이나 다녀오리다."

매월당은 그 일이 아니면 아무 할 일이 없을 것 같았다.

"맙시오. 갱신도 못하는 몸을 지고 웬 원행이란 말씀이오. 맙시오. 며칠 더 조섭에 착실해서 대강 추스른 연후에 발행해도 허물이 더하지는 않으리니 그리 맙시오."

수발을 들어 온 명석이 놀라 일어나면서 말렸다.

"더군다나 이 불측한 일기하고……."

"아섭시오. 아직은 때가 아니외다."

매월당은 듣지 않았다.

"풍문이 늦은 것도 허물일새 일각인들 어찌 지체하겠소. 몸이 부실한 것이야 지팡이가 부축해줄 것이니 짚신이나 얻어 갑시다."

매월당은 행장을 꾸렸다. 절에서는 흉흉한 인심을 근심하고, 찌고 삶는 더위를 근심하여 붙들었으나 가다가 쓰러질 때는 쓰러지더라도 주저앉을 이유는 아니었다.

매월당은 청령포 앞에 이르러 서강을 사이에 두고 모배膜拜를 올렸다.

상왕이 보일 리가 없었다. 행재소의 지붕인지 쌓아 놓은 짚더미인지 모를 것이 수풀 속에 묻혀 아득한데, 새로 깎아 세운 허연 금표목만이 물녘에서 우뚝할 뿐이었다.

바야흐로 하늘이 끄무러지고 있었으나 해가 넘어가려면 아직 두어 지팡이나 남아 있는데도 청령포 쪽에서는 소쩍 솟소쩍 하고 소쩍새가 울고 있었다. 매월당은 그 소쩍새의 울음이, 우리가 여기서 이렇게 만날 법이 없다는 상왕의 장탄식으로 들렸다.

모름지기 과인이 자리에 있으면서 열성(列聖, 세종·문종)의 유지를 받들어, 전날의 그 김오세를 소대召待하고 또한 친임(親任, 친히 임명함)의 예를 갖추어 마땅하거늘, 어찌타 운이 곁길로 뻗어서 과인은 곤룡포와 익선관을 벗고 배소配所에서 불보조석不保朝夕의 적객謫客이 되고, 네 김오세는 행신行身에 추이推移를 외면하여 검은 옷에 삿갓을 쓴 발섭만리跋涉萬里의 운객雲客이 되어, 이렇게 다 늦어서야 강벽을 격하고 서로 얼굴도 모르는 채 만나게 되었으니, 아아, 실로 비색한 운수로다, 하는 옥음玉音으로 들리는 것이었다.

소쩍새는 쉬지 않고 울어 대었다.

서쪽, 섯서쪽. 소쩍새는 또 그렇게도 울고 있었다.

서쪽. 영월의 서쪽은 서울이었다.

서울은 상왕의 서울이었다. 영릉과 현릉의 서울이었고, 상왕을 다시 세우려다가 꺾인 살신성인한 이들의 서울이었다. 그리고 매월당 자신의 서울이었다.

매월당은 신은(新恩, 급제자)으로서 사은숙배謝恩肅拜를 올리는 대신에 더그레를 입은 군졸들이 잔뜩 노려보는 가운데, 풀덤불 속에서 모배의 예를 행한 것으로 마감하고 그길로 발걸음을 되돌릴 수는 없었다.

고을에는 무골로서 수의부위修義副尉를 얻었다가 뒤에 등과하여 유자한의 사위가 된 신중거辛仲琚의 본제가 있었다. 금오산에 있을 때 늘 뒷배를 봐주었던 당시의 경주통판 신중린辛仲磷의 본가이기도 했다.

매월당은 신중거의 식객으로 가장하고 영월에 머물렀다. 아니, 배회하고 있었다.

상왕을 알현할 수 있는 길을 터 보려고 날을 보낸 것이었다. 슬픔이 북받치면 발산鉢山이나 봉래산에 들어가서 나무를 붙들고 울고 바위를 치면서 울었다. 금장강 절벽 위의 금강정錦江亭에

서는 난간에 기대어 강물처럼 통곡하고, 신중거의 집 사랑에서는
소쩍새처럼 흐느끼어 울었다.

상왕이 소쩍새 울음소리에 잠을 이루지 못하는 밤에는 상왕과
한가지로 밤을 지새우는 고을 사람도 적지 않은 수에 달하는 것
같았다.

매월당은 그럴 때마다 시를 지었다. 소쩍새의 울음에 화답을
하는 시였다.

소쩍새 돌아가라는 재촉에	杜宇促人歸
눈물이 옷깃을 적시는구나	令人淚濕衣
첩첩산중에	萬峯千疊裏
울다 지쳐야 한 번 난다지만	百叫一番飛
봄에 산죽을 쪼개듯	迸裂春山竹
울다 보면 새벽달	啼殘曉月輝
하소해도 끝이 없는 사무침	訴寃寃不盡
들으면 들을수록 안타까울 뿐	聞爾正依依

밤에 소쩍새에게 쓴 시는 낮에 강변에 나와서 그날그날로 강
물에다 던졌다. 수십 수를 지어서 수십 수를 던졌는지, 수백 수
를 지어서 수백 수를 던졌는지, 얼마를 지어서 얼마를 던졌는지
는 매월당이 헤아리기에도 가량할 수가 없었다. 그러나 밤마다

소쩍새 울음소리로 상왕과 더불어 잠을 이루지 못하는 이들은 그리 어렵지 않게 가량을 하고들 있었다. 그들은 상왕이 처한 형세가 걱정스러워서 낮에는 매양 강가에 나와서 살다시피 하고 있었기 때문이었다.

엄흥도嚴興道도 그런 사람들의 하나였다.

엄흥도는 고을의 아전 가운데의 엄지로서 동헌이 빌 때엔 원의 일을 대행하는 호장(戶長, 호방의 우두머리)에 지나지 않았으나, 상왕을 섬기고 받드는 정성은 모든 글하는 자들이 그 앞에서 옷깃을 여미어 마땅한 사람이었다.

상왕이 청령포에 임어하고 얼마 아니 되어서의 일이었다.

상왕은 소쩍새 울음소리에 잠을 잃고 소쩍새 울음소리로 제영을 하다가 가뭇 잠이 들었는데, 이윽고 육신들이 찾아와서 문안을 하는 것이었다. 육신 일행은 일이 원통하게 된 것을 차례로 하소연하더니 어느덧 돌아갈 때가 되었는지,

"전하, 아뢰옵기 황공하오나 저 육륙봉六六峯 봉우리에 구름이 머뭇거리거나 청령포의 여울 소리가 흐느껴 들리시오면, 그때는 신등이 문안을 드리고 가온 줄로 아시옵소서."

하고 모습을 거두는 것이었다. 상왕은 사무치는 억한億恨에 몸을 떨며 흐느끼다가 문득 눈을 뜨니 꿈속에서의 일이었다. 촛불을 들고 보니 베갯잇이 눈물에 젖어 흥건하였다. 상왕은 북받치는 설움을 누를 길이 없어 자신도 모르게 목을 놓아 울었다.

　　　　　　　　　　　　　　매월당 김시습

소쩍새 울음소리에 전전반측하고 있던 호장은 애타는 마음을 붙접지 못해 뜰에 나와 청령포 쪽을 바라보려다가 깜짝 놀라며 방으로 뛰어들었다.

그는 서둘러서 등잔을 켰다.

부시 치는 소리에 잠을 깬 부인이 무슨 일이냐고 물었다.

"쉬, 아무래도 건너가서 뵙지 않고는 아니 되겠소."

"이 밤에…… 그러다가 들킬작시면……."

부인이 누운 채로 하는 말이었다. 놀라다 못해 굴신할 기운마저 풀려 버린 기색이었다.

"그야 이를 말이겠소. 차마 말 못할 일이 있더라도 할 일을 못 하게 된다면 그 더욱 큰일이오. 하니 적간되지 않도록 아무 말 마시오."

호장은 옷을 갈아입었다.

"차마 말 못할 일이라니, 그건 또 무슨 말씀이오?"

"어허, 사위스럽소."

"대체 그 말 못할 일이란 게 뭔지나 알아야 입을 봉하구 자시구 할 게 아니우."

부인은 겨우 기운을 차렸는지 비로소 일어앉으면서 바짓가랑이를 잡으려고 하였다.

"이리 마시오. 말 못할 일이기에 말 못함을 일렀거든……."

"그럼 우린 다 살았단 말이구려."

부인도 말귀는 어둡지 않아서 허희탄식을 하는 것이었다.

"아니, 부인도 짐작이 있다는 게요?"

부인은 처연한 눈으로 윗목의 부담짝을 건너다보는 것으로써 대답을 대신하였다. 어떻게 주변했는지 모르게 비단 한 필과 명주 두 필을 쉬쉬하며 직령直領 품에 숨겨 들여와 도둑의 물건처럼 부담짝 깊숙이 갈무리하는 것을 볼 때부터 느낀 것이 불현듯 되살아난 것이었다.

호장이 말했다.

"이 야삼夜三에 어소御所에서 등촉이 새어 나오는 것도 불측하거니와 곡성 또한 높으신즉 더욱 망극한 일이오. 다만 별일이 아니기만을 바랄 따름이니 부인은 내가 나가는 대로 불이나 끄구려."

"반가의 아낙이 아니면 눈치도 없는 줄 아셨구려. 바위 굴러 자갈이 깨져두 깨질 나름인데 졸지에 낭군 잃구 죄인 자식 둘 이년 팔자가 기가 막혀 설울 뿐이우."

"내 가면 오면 하리다."

호장은 퇴를 내려서다가 뜰에 나와 있던 아들 호현好賢과 마주쳤다. 호장은 알아들을 만하게 일렀다.

"네 듣거라. 주상께서 비록 예식睿識이 높다 하시나 보령寶齡이 아직 연소하신데, 저리 음습한 구석에 계시니 그 시름인들 여북하시겠느냐. 지금 때아니게 등촉이 밝고 곡성이 허공에 미치시니

매월당 김시습

혹 옥체 미령未寧하심이 아니신지, 신자 된 자로서 듣고 말 수만
은 없느니라. 그리 알거라."

"저도 따를까 합니다."

호현이 한걸음 나서면서 넌지시 하는 말이었다.

"옳지 않으니라. 이 일이 어떤 일인지는 너도 능히 작량酌量하
려니와, 오늘은 네 어미를 보더라도 나설 일이 아니다. 네가 소용
이라면 어련할까보냐."

"그럼 살펴 다녀오십시오."

호현이 숙어 들었다.

"모르는 일이니 대비하고 있어 보아라."

호장은 허위단심에 청령포 나루께에 대었으나 배를 치워 놓아
서 건널 수가 없었다. 호장은 옷과 신을 벗어서 상투에 동여매고
헤엄으로 건넜다. 가물이 길어서 물이 깊지 않은 것이 일을 도운
셈이었다.

호장은 의관을 갖추고 섬돌 밑에서 고두재배를 한 다음에 기침
소리로 인기척을 하였다.

이윽고 방 안에서 울음소리가 그치더니,

"게 누가 왔느냐?"

상왕이 물었다.

호장은 일어났다가 꿇어 엎드리고 아뢰었다.

"예, 예. 본부本府 아전 엄흥도 현신이여이다."

"여기 아전이면…… 그렇다면 대체 네 의욕意欲이 무엇이관데 이렇듯 병야丙夜에 금중禁中을 범했는다?"

상왕은 경계하는 어세로 되곱쳐 물었다.

"아뢰옵기 황공하오나 어소에서 곡성이 들렸사옵기로 신이 문안이오니다. 통촉하옵소서."

"알았느니라."

상왕은 비로소 방문을 열고 모기장 안에서 내다보았다. 신하를 자처하니 마음이 좀 놓인 모양이었다.

호장은 머리를 더욱 조아렸다. 귓결에 모깃소리가 자못 어지러웠다.

"나루에는 삼색나장三色羅將이 울을 치고 가금(呵禁, 잡인 출입 금지)이 썩 굳으려니와 너는 법法을 어이 넘었더냐?"

"배와 떼를 감춘 고로 상류에서 헤엄하여 건넜사온데, 가물이 긴지라 수월하와 적간을 면할 수가 있었나이다."

"묻건대, 다른 말은 없느냐?"

"아뢰옵기 황공하오나 산읍山邑의 아전으로 안목이 황량하와 알아들임이 극히 적사온데, 신이 듣건대는 지난달 스무 일 여드레께 경상도 안동부의 관노 이동李同이란 놈이 참람하게도 공을 탐하고 상을 사모하여, 지금 순흥부로 옮겨 계신 금성대군을 희생으로 정하고, 그놈이 몰래 올라가서 판중추원사 이징석李澄石을 사닥다리 삼아 고변한 고로 조야가 발칵하였다 하여이다. 그놈이 어디서 난 명주띠를 바쳐 증질證質로 들어 보인즉 그날로 소윤 윤자尹滋가 순흥으로 달리고, 우보덕 김지경金之慶은 예천으로 달리고, 진무 권함權瑊을 안동으로 보내어 적간한 연루자를 국문케 하옵고, 또 내시 지덕수池德守와 안충언安忠彦으로 하여금 대군의 식구를 서울로 안동하게 하였사온데, 이달 초사흘에는 순흥부사 이보흠李甫欽이 이 일을 장계하매 대사헌 김순金淳, 판예빈시사 김수金修로 하여금 가서 국문케 하되 대군께 이르기를, 반드시 취초取招함으로써 불지 않기를 바라며, 비록 지친일 망정 칼[項鎖]과 수갑[杻械]과 차꼬[柳鎖]와 압슬壓膝의 고통을 면할 수 없음이라 하였다 하옵니다. 그리고 그 밖의 일은 아직 들은 것이 없사옵니다."

"묻건대, 족히 믿을 만한 데서 들었더란 말이냐?"

상왕은 떨리는 음성으로 물었다.

"여짜오대, 대청에서 들리는 것은 거의가 감영에서 전갈한 것이오니 다르지 않을 듯하여이다."

"아뢴 바와 같다면 그 숙부 또한 오늘 살았다고 할 것이 없을 터인즉 애달픈지고…… 행은 짧고 불행은 기니 비록 자규가 아니라 한들 강호江湖에 어느 새가 울지 않을쏘냐."

"신이 천박한 까닭에 주둥이를 가벼이 하여 용심龍心을 산란케 하온 죄, 만 번 죽어 마땅한 줄 아나이다."

"옳지 않으니라. 네 말을 들으니 앞을 예측함이 불측함보다 나은 것을 알겠도다.”

“전하, 망극하여이다.”

상왕은 눈물을 흘리고 있었다.

호장도 소리를 죽여 울었다.

“너는 고개를 들라.”

호장은 처음으로 위를 우러러보았다.

상왕이 말했다.

“내 여기에 머문 지 이미 여러 날이 지나도록 누구 하나 와서 보는 자가 없더니, 네가 이렇듯 와서 보니 매우 기특하도다. 또한 네 정성으로 인하여 초야에도 어진 이가 있음을 비로소 알았느니라. 내가 우는 것이야 더러 있던 일이려니와, 내 이 밤에 운 것은 홀로 냉궁冷宮에 있으면서 종종 드는 물건이 전날과 다르기로 혼자 탄식하여 심기가 어지러운 데다, 아까 꿈에 그전 신하들을 만나고 보니 회포를 금치 못한 것이 절로 곡성이 되어 나왔느니라. 하여간에 이제 너를 보니 그들을 다시 보는 듯하구나.”

상왕은 한숨을 길게 쉬었다.

호장은 일어났다가 꿇어 엎드리며 말했다.

“전지합실 일이 계시오면 신이 받들어지이다.”

상왕이 말했다.

“일은 무슨 일이 있겠느냐. 이미 밤이 이슥했으니 너도 이만 가서 자는 것이 옳으니라.”

매월당 김시습

호장의 야음을 탄 배알拜謁은 한 번으로 그치지 않았다. 그는 밤마다 건너가서 어린 임금의 외로움을 위로하였다.

"호장은 참으로 인신人臣이외다."

매월당이 고을의 팔계리八溪里에 있는 호장의 본가에서 밤 도와 이야기하고 사립을 나서던 새벽에도, 소쩍새는 서쪽 서쪽 하고 서쪽을 외치면서 그치지 않았다.

매월당은 품속의 첩지疊紙에다 새벽달에 의지하여 화답을 하였다.

산 넘고 산 넘어 달이 지는데
소리 소리 울음소리
돌아감만 못하다지만 갈 곳이 어디
마음만은 아득한 서울이라네

千疊峯頭月欲低
聲聲偏向耳邊啼
不如歸去將何去
故國天遙只在西

양성陽城 고을의 백성 차성복車聖福도 소쩍새 울음소리에 새벽달을 보는 사람 가운데의 하나였다.

차성복은 등짐지기에 이골이 난 여느 장사치에 불과하였으나, 선보름 후보름으로 나누어 매월 두 차례씩 상왕을 배알하면서, 서강에서 손수 낚은 물고기 열 마리와 백무리 한 시루를 어김없이 진상하고 있었다. 서울에서 본궁의 종 독동禿同이와 전농시典農寺의 윤생尹生이 남몰래 어렵사리 장만한 수박과 호두를 봇짐하여 영월로 떠났다가 곧장 일백 대에 처해졌다던 풍문을 보면 차성복의 진상은 아예 목숨을 관장官長에게 저당한 것이 분명하였다.

차성복이 장삿길에 나섰다가 상왕의 어가를 만난 것은 상왕이 도성을 나서고 하루가 지난 유월 스무사흗날 다저녁때였다.

여강의 한 나루에서 짐을 쉬고 있자니 한강에서 발선한 듯한 선단이 강을 거스르는데 느낌이 자못 수상하였다. 행두로 나선 외대박이에 허름한 가마가 실린 것에 걸맞지 않게 벼슬아치가 여럿이나 둘러앉은 것이 그러하고, 두대박이 두 척에 수십 명의 군졸과 마필이 나뉘어 뒤따르면서도 마치 물밑으로 흐르는 듯이 잠잠한 것이 그러하였다. 가물어서 강심이 넉넉지 않은데도 곁꾼이 많이 달라붙어서 그런지 배는 빨랐다.

"저건 무슨 행차신구. 혹여 원영(原營, 원주의 강원도 감영)에 신관新官이라두 떴다는 게요?"

그는 멀거니 구경하는 강사람들을 둘러보며 궁거워하였으나 아는 소리를 하고 나대는 자가 없었다.

"필경 어느 관장의 행차신데, 부민部民들이 파종도 못해 속상한 생각을 해서 풍악을 금한 게지."

그는 그렇게 혼잣말로 중얼거렸으나 낮에 들은 이야기로 미루어 보면 그것도 아닌 듯하였다. 또 원영의 감사 김광수金光晬나 도사 조근趙瑾이 그새 갈려 갔을 리도 없었다. 엊그제만 해도 그들의 행차와 마주치는 바람에 반인(伴人, 수행 경호원)들에게 사슬돈푼이나 좋이 뜯길 뻔하지 않았던가.

그렇다면 무슨 행차란 말인가. 광주廣州에서 귀양살이한다던 금성대군이 변방으로 배소를 옮겨 가기라도 한단 말인가.

낮에 들은 이야기까지 있고 보니 그의 궁금증은 끝이 없었다.

그는 점심때가 좀 겨운 듯하여 물금勿金이라고 하는 낯익은 역노驛奴가 여강 유역의 논배미에서 헌 어레미를 들고 기웃거리는 것을 보았다.

"그녀은 시방 안전한테 뼈를 못 추려서 안달이라도 났더란 겐가. 시국이 어느 땐데 마방을 놔두구 송사리나 뜨러 댕기는 게여."

지나가는 말로 실없는 소리를 하였더니,

"행네는 빈말두 그런 말 마우. 그러잖어두 지금 뼈를 추린 이가 있어서 게랑 미꾸라지를 찾는 참이우."

물금이는 전에 없던 말투로 퉁명을 부리는 거였다. 게와 미꾸라지가 소용이라면 상처가 큰 모양이었다. 매를 맞아 살이 찢기고 터지고 어혈이 든 데에는 게를 구워서 살을 발라 이겨 붙이고, 산 미꾸라지 껍질로 싸발라야 덧나기 전에 아문다는 것쯤은 그도 알고 있었으니까.

"듣구 보니 웬 소린가 싶으이."

"말 마우. 뜬구름 없이 대낮에 대벽(大辟, 사형)이 내린 줄 알았다우."

"어느 망나니던구?"

"원영으루 가는 마패짜립디다."

아침나절에 조정에서 전 수원부사 조계팽趙季砰을 경차관으로 삼아 발군撥軍한 것이 드디어 역에 이르렀는데, 마침 상등마한 필이 굽깎이에 늦어서 굽바탕이 물러난 것을 보고 조계팽이 늙숙한 역리에게 채찍을 휘둘러 아직은 살았다는 소리를 못하게 되었다는 것이었다.

"아뿔싸, 또 어느 배소에 후명後命이 따른 게로다."

그는 지난해에 살신성인한 이들의 연루자 가운데 아직 귀양살이로 남아난 이들의 목을 가지러 가는 자가 바삐 지나갔으려니 싶자, 사지가 부르르 떨리면서 다릿심이 풀리는 것이었다. 해동무를 하도록 여강 언저리에서만 맴돈 것도 그로부터 장사할 의욕이 가셔 버린 탓이었다.

"여봅쇼, 그녁은 저 행차가 진당 무슨 행차신지 몰라서 물었던 게요?"

돛폭이 수건만 하게 멀어진 뒤에야 구경하던 사내 하나가 그를 흘겨보며 되물었다.

"관행官行치고는 조촐하기에 웬 행차신가 했소."

"도붓장수가 앉은장수보다 낫다는 게 이문보다 풍문이 좋아서 낫다는 건데 그녁은 어둡기가 되레 우리네만도 못합네그려."

사내는 비웃적거리는 입으로 침을 뱉었다.

"그리 맙쇼. 알 만한 일이면 나눠서 압세."

매월당 김시습

"그녁이 알면 뭘 어쩌렵나?"

사내는 텃세라도 하려는 것인지 제법 뻗대었다.

"어쩌기야…… 행차 뒤에 따라가다 보면 혹 눌은밥이라도 얻어 끼니땜이라도 할는지 뉘 알리."

"그러고 보니 낮것 수라상이라도 받으셨는지 모르겠네그려."

그 옆에 있던 사내 하나가 문득 덧게비치는 말이었다.

그는 잘못 들은 줄로 알았다. 강촌에 사는 사람들의 입에서 나올 말이 아니었던 것이다.

"저녁은 지금 뭐랍나?"

그는 긴가민가하여 에멜무지로 물어보았다. 그러자 먼저 말을 건넸던 자가 동을 달았다.

"그녁이 풍문이 벽창호 한가지랴 말입네만, 저 배는 전 임금께서 영월로 납시는 거둥이라오. 새 임금이 귀양 보내셨다오."

"쉬, 저 신서방은 사잣밥 안칠 좀쌀도 없는 주제에 웬 입질은 저리두 쌉나. 노산군으루 깎았다지 않던가. 우리네 같은 강놈은 그저 깎은 구멍에 놋좆이나 잘 박아야 배가 덜 노는 법입네. 함부로 입질했다가 난언죄루 올려 가서 물고당한 이가 한둘이라던가? 그리 맙세. 살구 볼 일일레."

배를 저만치 뒷전에서 구경하고 있던 사내가 짚세기를 벗어 깔고 앉으면서 시르죽은 소리로 참견하는 말이었다.

당저當宁가 자리를 찬탈한 뒤에 측근과 더불어 잔치를 베풀고

풍악 속에 춤을 추고 나서,

"예전에 한고조漢高祖가 천하를 쥔 뒤에 풍패(豊沛, 한고조의 고향)에 돌아가서 잔치를 크게 열고 질탕하게 놀았거니와, 이 궁궐이야말로 이로부터 과인의 풍패가 아니겠느냐. 오늘이 무슨 날이냐. 오늘은 곧 과인이 금의환향을 한 날이로다."

하고 외친 이래 아우(안평대군, 瑢)를 죽이고, 아우들(금성대군 瑜, 화의군 瓔, 한남군 𤥽, 영풍군 瑔)을 귀양 보내고, 상왕의 유모로 봉보부인奉保夫人이기도 한 부왕의 후궁(혜빈 양씨)을 변방의 관노로 삼은 이가 남의 자리에 앉는 바람에 작년에는 석 달 열흘 장마가 지고 올해는 석 달 열흘 가물이 든다고 쑥덕거렸다가 뱀을 당한 이가 얼마고, 상왕의 충신들을 쓸어버린 죄로 구름 한 점 없는 하늘에서 번개와 천둥이 일며 대궐의 후원과 건춘문建春門을 갈긴 벼락에 애매한 수문장만 죽은 사실을 찧고 까불었다 하여 맞아 죽은 이가 얼마며, 조정을 메운 역신과 간신들이 충신의 씨를 말린 것으로는 양에 차지 않아 허구한 날 상왕을 살게 해서는 안 된다고 아우성치며 상왕의 남은 겨레를 마저 찢어서 절이고 그 가죽을 벗겨 깔고 앉게 해달라고 목이 쉬는 무리로 하여, 날이면 날마다 낮에는 햇무리를 하고 밤에는 혜성이 나온다고 입을 비쭉였다가 귀양 간 이가 얼마라는 것은, 애초에 시작이 듣보기장사로 행상을 이어 온 차성복 자신이 누구보다도 널리 듣고 깊이 슬퍼해온 터였다.

그는 여느 백성이라면 누구나가 어서 그 끝을 보고 싶어 하는 징그러운 것들, 그 독사의 아가리와 강아지의 꼬리로써 역사에 패륜한 것들은 이 가을에 시들고 오갈이 들기는 고사하고 오히려 더욱 기름져 가고 있다는 것도 함께 알고 있었다.

오늘날의 의정부 영의정 정인지·좌의정 정창손·우의정 강맹경· 좌찬성 신숙주·우찬성 황수신·좌참찬 성봉조·우참찬 박중손, 중추원의 영중추 윤사로, 판중추 이인손·이징석, 지중추 김하, 중추 황치신黃致身·이승평李昇平·심회沈澮·심결沈決·봉석주·김길통金吉通, 이조판서 권남·참판 신석조辛碩祖, 호조판서 박원형·참판 어효첨, 예조판서 홍윤성·참판 노숙동盧叔仝, 병조판서 홍달손·참판 구치관·참의 한종손韓終孫, 형조참판 황효원黃孝元, 공조판서 양정楊汀·참판 안숭효安崇孝, 사헌부의 대사헌 김순·지평 신선경愼先慶·김기金琦, 장령 임원준任元濬·최청강崔淸江, 사간원의 좌사간 김종순金從舜·우사간 서거정·정언 오응吳凝, 승정원의 도승지 한명회·좌승지 윤자운尹子雲·우승지 조석문·좌부승지 한계미·우부승지 권지權摯·동부승지 김질, 한성부의 부윤 이순지李純之·소윤 김효급金孝給·판부사 김세민金世敏, 그리고 행상호군 김수온·이중李重·이연손李延孫·권기權技, 도진무 윤암尹巖·박강朴薑·권공權恭·박형朴炯, 예문관 대제학 윤형尹炯·제학 윤사윤尹士昀·직제학 한계희韓繼禧·부제학 김예몽金禮蒙, 의금부 도사 왕방연王邦衍·최계남崔

季男, 경기도 관찰사 이승손李承孫, 함경도 관찰사 함우치咸禹治·절제사 곽연성郭連城, 평안도 관찰사 원효연·절제사 이윤손李允孫, 황해도 관찰사 이예손李禮孫·절제사 유하柳河, 강원도 관찰사 김광수, 충청도 관찰사 정척鄭陟·절제사 이종효李宗孝·처치사 김윤수金允壽, 전라도 관찰사 이석형李石亨·절제사 이화李樺·처치사 이행검李行儉, 경상도 관찰사 이극배李克培·절제사 하한河漢·한서룡韓瑞龍·처치사 유강柳江·이사평李思平 등이 그들이었다.

차성복은 그들의 이름을 외우다시피 하고 있었다. 문자속이 있어서 얻어듣는 대로 곧장 적어 두기를 잊지 않아서만이 아니었다. 그들의 이름이 어디에서나 들리는 까닭이었다. 낙향한 퇴관의 집 행랑에서 과객질을 해도 들리고, 봉놋방에서 잠을 자도 들리고, 주막에서 쉬어 가도 들리고, 열읍의 장터며 길가의 밭둑에서도 흔히 들렸던 것이다.

그는 그들의 이름이 들릴 적마다 남모르게 이를 갈았다. 한갓 떠돌이 장사치로서 분수 밖이라는 손가락질을 받아 마땅할는지 모르지만, 그도 그 나름으로 끓는 의분이 바이없기에 그들의 이름이 두 번 세 번 중복되더라도 첩지에 적어 두는 일을 미룰 수가 없었다.

찬탈을 선위로 날조하고, 명나라에 그 재가를 비는 청사위주문請辭位奏文을 날조하고, 명나라의 재가에 대한 상왕의 사은표

謝恩表를 날조하고, 마지못해 할 수 없이 즉위한다는 당저의 즉위 교서를 날조하고, 즉위 후에 좌익공신들과 더불어 맹세한 회맹문 會盟文을 날조하는 등, 진실을 묻고 거짓을 묻어 역사를 속이는 작문은 모두가 김예몽이 전담한 것이라고 하였다.

거사가 헛되어 국청鞫廳이 열리자 전날 밤까지 함께 일했던 선후배와 동료들에게 단근질을 비롯하여 되도록 잔혹한 고문을 찾아가면서 신문을 한 것은 의금부 제조를 차례로 맡았던 윤암·윤사로·어효첨을 선두로 박원형·강맹경·신숙주·박중손·구치관·한명회·이인손·성봉조·신석조·조석문·윤자운·이종검李宗儉 등이라고 하였다.

또 백옥헌(白玉軒, 이개)이 거사 계획을 일찍이 의논했음에도 백옥헌만 가만히 나무라고 입을 다문 채 끝까지 고변을 하지 않은 백옥헌의 숙부 이계전 및 백옥헌의 종형인 이유기李裕基의 아버지 이맹진李孟畛과 매죽헌(성삼문)의 처형인 김린金嶙을 연좌하여 베고, 거사를 논의하는 자리에 참석하고도 못 들은 척하며 입을 다문 강희안姜希顔도 마저 베자고 몇 날 며칠을 두고 조른 것은 신석조·최청강·권기·이종검 등이라고 하였다.

또 위의 사주를 받아 금성대군, 화의군, 한남군, 영풍군과 상왕의 매부 정종, 유모 혜빈 양씨도 어서 없애자고 삼 년째나 조르고 있는 것은 노숙동·이성장李誠長·안중후安重厚·이예李芮·이승소李承召·홍경손洪敬孫 신전愼詮·이영견李永肩·이숭원李崇元·신자교申子橋 등이라고 하였다.

그리고 대궐의 속마음을 가늠하여 상왕의 유배 처분을 주장하고 재촉해온 것은 정인지·신숙주·정창손·황수신·권남·이인손·박중손·홍달손·성봉조·김하·박원형·어효첨·안숭효·권개權愷라고들 하였다.

그리고 보면 말똥이 있는 곳에 쇠똥이 있고, 쇠똥이 있는 곳에 개똥이 있듯이 간신이 곧 역신이요, 역신이 곧 권신이게 마련인 모양이었다. 실상이 그러하여 물 건너 산이요, 산 너머 물 천지로, 촉도보다 험하고 유리羑里보다 궁벽한 영월 땅에 계신들 그들의 마지막 발악이 언제 닥칠는지 알 수 없는 터에, 행여 어떤 놈이 저 먼저 못 죽어서 행로에 냉수 한 대접이나마 감히 올리려고 할 터인가. 차성복은 생각이 그에 미치자 등짐을 끌러 베 한 필을 주고 그물질하는 데에나 쓰이는 삼판선三板船을 빌려서 뒤를 따르기로 작정했던 것이다.

상왕의 행궁은 차성복도 기왕에 주인하고 안면이 있던 원집이었다. 가물로 강이 바닥을 보일 만하여 배를 버리고 역로로 올라섰던 것이다.

해가 넘어간 뒤에도 들에 나와 꼴을 베던 원주의 아들 학삼學三을 가만히 만나 보니, 모시고 가는 자는 무장과 내시들인데 첨지 중추부사 어득해魚得海를 대가리로 군자감정 김자행金自行, 의금부도사 왕방연, 판내시부사 홍득경洪得敬, 내금위진무 권특생

매월당 김시습

權特生 등이며, 그들은 물론 수십 명의 삼색나장들까지도 찔 것은 찌고 볶을 것은 볶아서 배를 두들겨 가며 먹고 마셨으나 오직 상왕에게만은 이바지를 금하면서 상왕이 듭신 사첫방 앞에도 번을 세워 금방(禁防, 감시)을 사뭇 엄히 한다는 것이었다.

그로부터 닷새 후 김질이 포천의 본가에 근친하매, 경기감사 이승손으로 하여금 산해진미를 갖추어서 한 참마다 길에서 잔치를 열어 주도록 명했던 일을 되새겨 보면, 그 엄혹이 말도 못하게 극에 달한 행로였던 것이다.

차성복은 치를 떨 겨를도 없이, 멱이 차서 못한다며 벌벌 떠는 학삼에게 여벌로 넣어 다니던 베잠방이 한 벌을 억지로 지져 맡기고는, 자신의 길양식인 백무리 한 덩이와 팔다 남은 민어포 한 장을 꼴짐 속에 감추어 들였다가, 밤이 이슥하기를 기다려서 사첫방에 몰래 올리도록 마구 우격다짐을 해대었던 것이다.

뒤에 알게 된 일이지만, 상왕은 아닌 게 아니라 도성을 나서기 전에 겨우 미음을 두어 술 뜨다 말았을 뿐이었고, 그 살이 짓무르는 무더위 속에 냉수 한 모금을 받아 보지 못해 탈진해 있다가, 그날 밤도 삼경이 지나서야 차성복이 학삼이 편에 올린 굳은 백무리와 어포 조각으로 비로소 허기를 면할 수가 있었던 것이다.

연로는 처음부터 간특하고 참혹하였다.

우선 길에 늘어서서 눈물로 송별하는 백성들의 이목을 가리고자

가마부터 궤짝처럼 단단히 철갑하여 쏜살같이 내닫게 하였다.

그리하여 가마가 처음 열린 것은 중랑포 못미처의 화양정華陽亭에 이르러서였다.

상왕은 가마가 열리어 바람이 통한 뒤에도 행다行茶를 한 차례 하고 남을 동안이나 늘어져 있다가 중랑포의 강바람에 겨우 정신을 수습할 수가 있었다.

"나리, 나리…… 허어, 젊으나 젊은 양반이 이다지도 기력이 없어서야 영월길 오백 리를 어찌 가신담."

상왕이 가까스로 눈을 떠 보니 먹고 배만 나온 판내시부사 안노安璐가 앞에 어릿거리면서 지껄이는 소리였다.

상왕은 땀을 식히려고 화양정에 올랐다. 엊저녁까지 망극하여이다, 황공하오이다를 바르고 살던 입으로 안노가 마주 앉으며 말했다.

"나리, 주안상이 마련됐으니 한잔하고 갑시오. 갈 길이 장히 머니 요기도 하셔야 견디리라."

"너희들이나 먹고 마셔라."

상왕은 송별연을 물리친 뒤에 안노를 보고 탄식했다.

"네 늙은 고자 놈도 응당 상급이 후해서, 열성을 섬기고 내게 종사한 충신의 부인으로 장차 종을 부리게 됐으니, 이로부터는 바로 네 세상이나 다름이 없겠구나."

"어련하겠소. 이 몸도 이젠 나이가 높은지라, 성은이 미치사 계집종을 내리실새 마땅히 젊은 년으로 바라리다. 마침 역적 용(안평대군)의 손녀 무심無心이와 역적 유(금성대군)의 첩년 옥실玉實이가 제법 쓸 만한 나이라고 하기로, 내 마음은 이미 그년들에게가 있소이다마는…….”

“오냐, 과인이 혼동하여 네 주둥아리 속에 배암의 혀가 숨은 줄을 미처 헤아리지 못했느니라.”

“나리, 무엄하오. 죄인 된 이로서 감히 대전大殿을 참칭하다니…… 참람함이 지나친 줄을 깨치시오.”

“너를 진작에 찢지 않은 것이 마침내 오늘을 불렀도다.”

“백성들의 이언(俚言, 상말)에 쥐구멍에도 볕 들 날이 있다 하더니, 드디어 이렇게 나타나기에 이른 것뿐이올시다.”

“쥐구멍에 볕이 든다 한들 쥐구멍 볕에 더할 것이 있겠느냐. 네 죄는 죽어도 남는지라, 네 숨이 그친 연후에는 반드시 관을 꺼내어 쪼갤 자가 다음에 없지 않으리라.”

“허어, 그렇다면 아직도 숨겨 둔 역당이 더 있더라는 말씀이외다그려.”

“동국에 글과 서책이 전하고 있거든 어찌 사람이 드물겠느냐. 네 고기가 썩기 전에 배를 채우는 짐승이 있으리니 그리 알지어다.”

상왕은 그렇게 꾸짖고 자리를 박차면서,

“게 어가는 듣거라. 늙은것이 무얼 그다지 처먹관데 발행이 이렇듯 늦더란 말이냐?”

어득해에게 어서 일어서기를 호령하였다.

연로에는 해가 거우듬만 해도 소쩍새가 어지러이 울었다. 소쩍새도 흥인문 밖에서부터 따라나서서 차성복처럼 어가를 지켜보며 미행하고 있었는지도 모를 일이었다.

청령포는 어부들이 살다 버린 초가 두 채와 너와집 한 채가 서로 추녀를 겯고 있었을 뿐이요, 칠월 초순에 노숙동으로 강원감사가 갈리고도 열흘이나 지나서야 우물을 팠으니, 그동안은 어수御水까지 서강에서 길어 써야 했던 음습한 구렁텅이었다. 고을에 머무는 진무 권특생 휘하로 청령포에 번을 서는 이십여 명의 나장들은 시원한 샘물을 흔전만전 썼지만, 고을의 군교가 졸개를 거느리고 하루 한 차례씩 행재소를 둘러보고 가면서도 샘물 한 바가지 떠다 바치는 법이 없었으니, 원이 향교의 공생貢生 가운데서 내준 벌내伐乃나 막생莫生이 같은 것은 말할 것도 없었다. 또 뒤늦게 우물을 파게 한 것도 내의원 의원 조경지曹敬智가 진맥을 핑계로 동정을 살피러 왔다가 어수로 강물을 긷는다는 보고에 따라 민간의 물의를 생각하여 마지못해 허락한 것이었다.

차성복은 서강가에 있는 한 무꾸리의 집에 주인을 정하고 도붓장사를 계속하였으나 영월 지경을 벗어나 본 적은 한 번도 없었다. 하필 무꾸리의 집에 부친 것은 갓쟁이들이 천민이라면 질색일뿐더러, 달포에 두어 축씩 떡방아 소리가 나더라도 굿이 든 줄로 여겨 혐의가 없을 터이기 때문이었다. 무꾸리란 본래 저마다

매월당 김시습

위하는 것을 위하는 힘으로 살아가는 터수라 하는 일마다 정성을 기울이는 데다, 특히 백무리를 찌는 데는 이골이 나서 그 솜씨를 살 만하던 것도 한 이유였다.

차성복은 물고기가 물이 가거나 떡이 식기 전에 진봉進奉할 수 있도록 꾀를 썼다. 나졸들에게 떡이며 엿이며로 인정을 써서 낯을 익힌 것이 그것이었다.

두 번째 진봉을 했던 날 밤에 상왕이 불렀다.

"네 이름이 차성복이라 했는다?"

차성복은 일어났다가 다시 엎드리고 아뢰었다.

"전하, 황공하오나 그러하여이다."

상왕이 말했다. 낭랑하면서도 위엄이 실린 음성이었다.

"내 너를 거듭 보게 되니 마음이 반은 놓이는구나. 접때 내관(내시) 김정金精이가 제 밑에 있던 김일부金一夫·현석산玄石山이를 안동하고, 또 나인(궁녀) 여섯 구口가 따라왔는데, 춘지春芝·은이隱伊·효금孝今·설이雪伊·막지莫只·가야지加也之 등은 다 저희가 자원하여 왔던 고로 처음보다는 지내기가 웬만하다마는 비록 전날에 근시하던 인구人口라고 하나, 어찌 초야에 자생하여 하기를 이같이 하는 너와 견줄 바라 하겠느냐. 내가 여기로 올 때는 대명大明에도 다만 앞이 막막할 뿐이더니, 이윽고 너를 보고부터는 비로소 앞도 내다보게 되었다. 내 오늘 살았다고 할 수가 없는 형세여든, 무릇 이승에 있을 날이 몇 밤이나 되겠느냐. 살아

생전에도 부침이 이렇듯 자심커니 하물며 몸을 마친 혼백은 또 어떻다고 하겠느냐. 이승을 하직한 연후에 혹 네 집에 찾아가 의탁할지도 모르는 일이라 너는 부디 이 말을 잊지 말지어다."

상왕은 말을 쉬었다가 다시 이었다.

"그리고 이것은 중심中心이 하 산란하여 아까 이경 어름에 읊어 본 것이니라. 특히 네게 주노니 가져가거라. 네 마음은 주야로 여기에 와 있다고 해도 네 몸은 다시 건너온다는 보장이 없는 형국이라. 만일 그리되거드면 이것으로 내가 늘 네 옆에 있다는 증질로 여기거라."

상왕은 말을 마치고 두루마리 하나를 뜰에 던졌다.

"전하, 망극하여이다. 부디 옥체 보중하시와 천추만세하여지이다."

차성복은 이튿날부터 도붓장사도 접어 두고 청령포 언저리를 비우지 않았다. 어느 흉물이 공을 가로채어 딴사람으로 살고 싶은 욕심에 갑자기 선손을 쓰려고 들지도 모르기 때문이었다. 그 흉물은 행재소에 번을 서는 나장들 틈에 숨어 있을 수도 있고, 고을의 공사천公私賤 가운데에 섞여 있을 수도 있는 것이었다. 그 흉물은 또 가령 양민 속에서 나올 경우 당연히 서용敍用이 따라 장차 크게 발신發身을 하게 될 터이요, 가령 공사천 속에서 나올 경우 당연히 면천免賤이 따라 장차 앞이 있는 삶을 얻게 되기 마련이거니와, 그것이 마냥 불측한 것은 봉우리에 여우굴이

매월당 김시습

있으면 골짜기엔 살쾡이굴이 도사리고 있는 것과 이치가 비슷한
탓이었다.

차성복은 상왕을 감시하는 자들을 감시하면서도, 상왕이 읊은
시를 무슨 주문이나 외우듯이 무시로 외웠다.

한번 원통한 새가 되어 궁궐을 나오니	一自寃禽出帝宮
짝 없는 그림자 하나 산속에 있구나	孤身隻影碧山中
밤이 가고 밤이 와도 잠이 덧들고	假眠夜夜眠無假
해가 가고 해가 와도 한이 남아서	窮恨年年恨不窮
울음소리 쉬는 산엔 지샌 달 희고	聲斷曉岑殘月白
골짜기마다 흐르는 피 지는 꽃 붉네	血流春谷落花紅
하늘은 귀가 먹어 이 사연 모르련만	天聾尙未聞哀訴
어찌타 시름겨운 이만 귀가 홀로 밝았는가	胡乃愁人耳獨聰

"형장兄丈은 실로 고인古人과 짝하는 지인至人이로소이다."
매월당은 차성복의 손을 잡으며 눈물을 지었다.
차성복은 눈물을 보이지 않았다. 아무 때나 울 사람도 아닐 거
였다. 대개 눈물이 흔한 사람은 웃음도 흔해서 구태여 고기를 낚
고, 떡방아를 찧고, 물을 건너고 하며 자신을 스스로 수고롭힐 이
치도 없을 거였다. 마음 하나로 몸을 마구 부리는 사람은 생각도
으레 간결한 편이었고, 생각이 간결한 사람은 이름이야 남의 뒤

에 있더라도 몸은 으레 남보다 한 걸음 앞서서 부리는 편이었으니까.

"소인같이 본래부터 업이 산택山澤에 있던 무리는 세상의 주인이 졸지에 바뀐다 해두 업을 던지는 일은 드뭅습지요. 하나 업이 서책에서 나오는 양반네들은 일문의 성쇠가 인주(人主, 왕)에 좌우되는 법이니 그 곡경을 어찌 산택의 무리와 견주겠소이까. 지금 처사님께서 산승의 의관을 하신 것이 바로 그 본보임이십지요. 일전에두 원 직제학(원호) 나리시며, 송 순무사(송간) 나리시며, 권 교리(권절) 영감, 유 감찰(유자미) 영감, 박 판서(박계손) 대감 하시며, 여러 어르신네들께서 주상을 배알하고 가셨소이다마는 처사님처럼 바랑을 지신 유 감찰 나리만 그러신 것이 아니라, 다른 영감 나리들두 질고疾苦가 자심하신 걸 한눈에 알아뵙습지요. 아무려나 처사님께서도 모진 질고를 무릅쓰구 이렇듯 더위에 원행하셨으니, 주상께서두 적이 위자가 되셨으리다."

차성복은 도리어 매월당을 위로하는 것이었다.

어선을 진봉하는 일로 말하면 원호元昊의 일도 전고에 없는 일이었다.

원호는 찬탈의 변고가 닥치자 조용히 물러나 원주의 남송촌 南松村에 은둔하더니, 상왕의 대가가 영월로 향하자 바로 영월에서 가까운 제천 땅의 사냇들[思乃坪]로 옮겨 앉았다. 그는 움막을 묻고 묵정밭을 일구어 허리 굽은 부인과 농사를 지었고, 긴

골[長谷]이 다하는 산마루에 뜸으로 초막을 얽어 관란정觀瀾亭이라고 이르면서 그로써 아호를 삼았다.

관란이 원주에서 영월께로 다가간 것은 상왕의 동정을 수시로 알면서 살고자 한 것이요, 사냇들에 밭을 일구고 산마루에 정자를 꾸민 것은 사냇들과 긴 골자락을 씻어 가는 주천강酒泉江이 흘러 흘러 서강이 되어 청령포에 이르는 까닭이었으며, 환갑이 지난 노구를 스스로 종처럼 부려 가며 강바람 들바람에 백발을 빗질해온 것은 상왕의 수라상에 나물 한 가지라도 더 이바지하기 위한 애틋한 충심의 발현이었던 것이다.

간밤에 울던 여울 슬피 울어 지내이다
이제야 생각하니 님이 울어 보내도다
저 물이 거슬러 흐르과저 나도 울어 보내리라

관란은 소용돌이치는 소리에 차운하여 그렇게 읊기만 한 것이 아니었다. 그는 큰비에 청령포가 물마져서 상왕이 고을의 객관으로 이어할 때까지 어선을 강물에 띄워서 진봉했던 것이다. 나뭇잎에 쓴 글과 눈물을 바가지에 담아서 띄워 보내고, 밭에서 한 열매와 소채를 함지박에 담아서 띄워 보냈다.

관란은 병자생이므로 매월당보다 서른아홉이나 연장이어서 초면부지였지만, 이왕에 영월까지 왔으니 그를 아니 찾아보고 갈

수는 없는 노릇이었다.

매월당은 엄호장이 일러 준 길을 따라 사냇들로 찾아갔다.

관란은 그날도 거적을 깐 관란정에서 영월 쪽으로 돌아앉아 먼 산바라기를 하고 있었다.

그는 매월당이 읍례를 하고 합수 국궁으로 하회를 기다린 뒤에야 성가시다는 듯이 고개도 돌리지 않은 채로 지나가는 말처럼 물었다.

"그 상인上人은 어느 절을 찾관데 길이 엇나가서 예까지 이르렀던고?"

"선생님, 서울 반동에 살던 김열경이 문안이올시다."

"어허, 이런 일이…… 그럼 그대가 진당 김오세, 그 열경이더란 말이오?"

관란은 깜짝 놀라며 뚫어지게 쳐다보았다.

"그렇사옵니다. 물리치지 마옵소서."

매월당은 삿갓을 벗어 던지고 절을 하였다.

관란은 그제서야 앉음새를 고치면서 선비의 예로 절을 받았다. 육신의 거사가 깨어진 덕에 좌익공신이 되고 원성군原城君이란 봉호封號를 얻은 조카(원효연)가 경상도 관찰사를 해가다가 편복 차림에 거느린 것도 없이 남송촌으로 찾아오자 질색을 하며 두 손을 저어 되돌려 세우고는 마치 더러운 것을 본 것같이 했다던 외골수이면서도, 매월당의 인사를 받고부터는 '눈썹이 가고

　　　　　　매월당 김시습

눈이 오는(眉去眼來)' 사이로 대하는 것이었다.

"애닯다, 그대의 성명聲名이 귀에 익은 지가 하마 오래거든 이렇듯 옷이 바뀌고야 상면케 되니 이는 또 무슨 조홧속이뇨."

관란은 장탄식을 하였다.

"시생이 미거한 고로 예가 늦었으니 되우 꾸짖으소서."

매월당은 꿇어앉으려 했지만 관란이 굳이 말리는 바람에 곡좌를 하였다.

"늦기는 바로 이 사람이리. 그대가 작년 유월 열이튿날 노돌[鷺梁]에서 한 일을 듣고 있으면서도 이렇게 한갓 야로野老로 주저앉아만 있었으니 이것이 인사이겠소. 내 장차 그대를 무슨 낯으로 보랴 했더니 오늘을 당하여 이리 만나게 될 줄이야……."

관란은 군기감 앞에서 찢기고 젓 담겼다가 노돌나루 못미처의 새남터[沙南基]에 버려진 육신의 시신을 수습하여 강 건너 과천 땅의 노돌언덕에 장사 지내 준 일을 이야기하는 것이었다.

"그 일인즉 시생의 주변머리로야 어디 어림이나 있었겠습니까. 마침 제게 와서 들무새하던 아이 하나가 장골壯骨이었기로 무탈하게 치를 수가 있었습지요."

"열경이, 장하이. 고마우이."

관란은 손을 잡으며 매월당의 얼굴을 눈에 넣을 듯이 쳐다보았다.

매월당은 관란의 손이 갈퀴보다 나은 데가 없고 볕에 찌든 얼굴도 묵은 등걸에 진배없음을 지나칠 수가 없었다.

"선생님께서는 부리는 것들도 없이 어찌 몸소 이같이 하십니까?"

"아무려나 그대가 행한 일하고야 견줄 수 있으리. 다만 상께서 나를 부리시다가 미처 못다 부리시고 저렇듯 초목과 더불고 계신 지라, 나라도 스스로 이 노골을 부리는 것으로써 마저 부리심을 받는 줄로 여기고자 함일세나. 남들은 망령되이 사사롭게 부회 附會한다 할 터이나 집현전에서 함께 대궐을 받치던 재목들이 일조에 그 우듬지까지 모조리 화라지가 되고 만 뒤에도 오직 이 노물 하나가 꺾이고 부러진 데가 없다는 것은, 이를테면 여기서 어선에 푸성귀 한 가지라도 더 이바지할 수 있게끔 신명의 분별 이 아니신가 싶으이."

관란은 말끝을 맺기도 전에 눈물이 수염을 타고 내려 앞섶을 적시고 있었다.

매월당은 관란의 느꺼움이 수굿해질 때까지 입을 다물었다.

관란은 눈물을 거둔 뒤에 말을 이었다.

"열경은 들으시게. 이 노골은 영락(永樂, 명나라 연호) 연간에 출사하여 삼조(세종·문종·상왕)를 드나들며 의관을 했으니, 이 제야 뼈를 갈아 이랑에 거름하고, 땀을 받아 고랑에 댄 물로 소 채나마 가꿔 진봉한들 한 섬에서 한 홉의 은혜도 감하기는 틀렸거 니와, 그대는 비록 상께서 용어(龍御, 재위)하실 적에 백패(白牌, 소과 입격증)를 얻었다고는 하나 그것으로 출입(벼슬살이)을 했던 것도 아니어든, 천하가 입을 모은 그 생지지질生知之質로

매월당 김시습

서 구태여 이같이 행신하니 오히려 그 지나침을 시비하는 무리로 하여 성가심이 없지 않으리."

머리를 민 것이 보기에 딱하여 하는 말인 듯하였다.

"그렇지 않사오이다. 저로 여짜오면 실로 당연지사로소이다. 지난 일을 더듬으면, 일찍이 영묘께서 젖먹이 어린 것을 대언사에 업어 들이게 하사 지신사(知申事, 도승지) 박 선생(박이창)으로 하여금 시험케 합시고, 들으신 바에 지나침이 심하여 황공하옵게도 사라능단紗羅綾緞까지 반 동(쉰 필)이나 하사하시며 뒷날을 격려하셨삽고, 마침내 그 원손(상왕)께서 등극하시매, 저도 책권이나 훑은 것을 기화로 견마지역犬馬之役을 다함으로써 뒷날 지하에서 영묘를 알현하더라도 부끄러움이 덜하도록 꾀하자고 또한 스스로 다짐했던 터입니다. 이만만 해도 저야말로 어찌 삼조의 신자臣子라고 아니할 수가 있겠습니까. 저는 제 몸을 허는 것으로써 제 혼을 가누는 방책으로 삼고 있은즉, 비록 남은 숨이 멀었다고 하더라도 이 길이 갈 길인지라 어쩔 수 없는 일이올시다."

매월당은 자신도 모르게 눈물을 떨구었다.

"낸들 어이 그대의 뜻을 몰라서 이른 말이리."

관란도 다시금 눈물을 지었다.

매월당은 관란을 위로하여 말했다.

"참으소서. 평생에 슬픔이니 기쁨이니 하는 것인즉 저 아래 주천강의 물과 같아 물 위의 물결일 뿐이올시다."

그러자 관란은 말머리를 바꾸었다.

"혹 호장이며 차 서방은 보았던지?"

"보다 뿐이리까. 남은 사람들이 동학사와 연통하여 모이고 헤어짐을 넌지시 귀뜸해두었소이다."

"동학사란 어떤 절인고?"

"연혁이 있습지요. 기記를 보니 여조에 도선道詵이 중창했사온데, 왕씨 태조가 행행한 이래 박제상朴堤上을 제사하는 사우가 있고, 또 그 옆에는 우리 태조께서 창업한 뒤에 야은 길 선생(길재)이 기둥에 들보를 올리고서, 왕씨 태조와 공민왕과 포은 정 선생(정몽주)을 함께 잡숫게 했는데, 후릉(厚陵, 정종) 연간부터 유방택柳方澤이 와서 왕씨의 신주는 묻고, 그 자리에 목은 이 선생(이색)과 길 선생을 모신 삼은각三隱閣이 있습지요. 삼은각은 이 효정공(이정간)이 고을살이하면서 삼은만 잡숫게 하고 편액했사온데, 신라 사람(박제상)이나 고려 사람(삼은)이나 모두 충으로 꼽는 혼령이시니, 삼은각 옆에다가 단을 모아 작년에 신화神化하신 육신을 앉게 한 것은 후세토록 다른 말이 적으리라 여기고 있습니다."

"내 지난번 육신의 기년제(朞年祭, 1주기)에 참례하지 못한 죄가 말할 수 없이 크이. 명년 대상大祥에는 기필코 말미를 내어 헌작하리니 그대는 과히 허물치 마시게."

"선생님께서 오시지 못한 일이야 폄소(貶所, 유배지)에 계신 지존至尊을 섬기기에 다하심이니 육신의 혼백인들 어찌 흐뭇하

매월당 김시습

지 않겠습니까."

"나는 외직外職을 살아 보지 않은 데다 호서는 특히 길눈이 어두운데, 동학사는 과연 그윽한 곳인지?"

"그렇사오이다. 대저 호서는 산이랄 만한 것이 드문지라 절집이라 해도 높직하거나 깊직한 데가 없사옵고, 제가 있어 본즉 아늑하기는 결코 태백의 줄기에 비할 바가 아니더이다. 갑사가 그러합고, 신원사新元寺가 그러합고, 마곡사가 그러합고, 또 계룡에서 달아나 차령車嶺에 숨은 홍산鴻山의 만수산萬壽山 기슭에 있는 무량사無量寺와 남포藍浦의 성주산聖住山 기슭에 있는 성주사 역시 그러합고…… 여름에 서늘하고 겨울에 푸근하며, 바위가 둔박하고 흙이 살진 것이 충청우도 지방의 다른 점이라, 장차 만년晩年을 얻었다가 식은 몸으로 갚고 가기에 만만한 곳으로는 그보다 나은 데가 다시 있을까 싶지 않더이다."

"그렇다니 알 만하이. 접때는 집현전에 있다가 물러간 장숙(章叔, 具仁文의 자)이 폄소에 다녀가던 길에 들러서 하루 묵어갔는데, 선산이 있는 해미海美에 박혀 살면서 온천(온양)에 치병한다 핑계하고 말미를 냈다고 하여 더 붙들 수가 없었더니, 그대는 어떠신가. 내게도 나물밥은 넉넉하니 부디 사양치 마시게."

"아니올시다."

매월당은 하직 인사를 하였다. 더 이상은 영월에서 머뭇거릴 일이 아닌 것 같았다. 목숨을 내놓고 세상일을 사뢰는 호장이 있고, 물고기와 떡으로 이바지하는 백성이 있고, 노구를 종처럼 부려 제철에 나는 소채로 어선을 보태는 직제학이 있으니, 빈 바랑 뿐인 객승은 아무 소용도 없을 뿐더러 있으면 있을수록 부끄러움만 더해 갈 따름이었던 것이다.

"시생은 여기서 온 길을 되돌릴까 합니다. 선생님께서 폄소를 위하심이 신명神明보다 앞서는지라 이런 검정 옷 따위는 감히 시늉도 못할 일이옵고, 또한 구실도 없을 듯합니다."

매월당은 그 자리에서 발길을 동학사로 뻗었던 것이다.

동학사는 가만히 들어앉아서도 바깥공기를 헤아리는 데는 어느 절간보다도 수월하였다. 공주목에 내려오는 전갈을 알아들이도록 염탐꾼을 놓아서가 아니었다. 씨동이도 읍속인 복가와 남매간이라곤 하나 하는 일이 소금 장사라 선보름에 도부 치러 나서면 후보름에나 돌아오기가 일쑤여서, 전갈에 어둡기는 두메의 농투성이와 다를 것이 없는 터수였다. 그러므로 동학사에 전인專人 노릇을 하는 것은 다만 가고 옴이 무상한 중들이 고작이었다.

그들은 매월당을 보러 오는 것이 전부가 아니었다. 절의 장로인 탄선을 보러 오는 것도 아니었다. 거의가 말만 들은 계룡산의 풍수에 관하여 답산의 이력을 갖추고자 하는 외도의 무리였다.

매월당이 궐내의 공기가 갈수록 흉패하게 돌아간다고 들은 것은 영월에서 돌아오고 얼마 되지 않은 팔월 초순 어름이었다.

매월당 김시습

매월당이 더위를 먹은 데다 학질을 두 직이나 하여 갱신을 못
할 즈음인데 진관사에 있었다던 상월上月이란 중이 쉬어 가면
서 전하기를, 세자로 책봉한 도원군(桃源君, 暲)이 몸져누워 자
리보전을 하고 있다는 것이었다. 그리하여 대감입네 영감입네 하
는 자리를 얻은 대궐의 측근들이 아침마다 이마받이를 하고 의논
하는 것이 세자의 약시시에 관한 일이며, 이 약 저 약이 무약인지
라 3품 이상의 벼슬아치들이 경회루에서 공작재孔雀齋를 올린
것을 비롯하여, 향과 축祝을 내려서 김수온에게 소격전昭格殿의
기도를 맡기고, 이중을 개성의 송악산에, 이연손을 적성의 감악산
紺岳山에, 양성지를 개성의 대정大井에, 그리고 성임을 장단의
덕진德津과, 양주의 광나루와, 남양의 덕적도德積島를 차례로
돌면서 천지신명과 일월성신에게 비손을 하도록 파견하였다는
거였다.

　"그렇다면 동궁의 환후가 수이 일어나긴 틀렸다는 게요?"
　매월당의 의문을 옆에서 듣고 있던 월봉이 대신하였다.
　"대개 문안에서 새어 나오는 소리로 그러구들 외우구 있습디다."
　상월의 말이었다.
　"아마 참은 아닐 게요. 내의원에 어의가 몽땅 급살 맞았거나
목·부·군·현 고을고을에 약부藥夫랑 약주릅이 몽땅 주리 틀려
약재가 거덜 나지 않았다면, 약연이 깨어진들 환을 못 지을 까닭
일 수가 없고, 약두구리가 달창난들 탕을 못 달일 까닭일 수가 없

는데, 이제 객님이 하신 말은 무슨 말이 그리 도반답지 않게 구석이 지는 게요?"

염불중이 동냥중 닮아대듯 월봉은 뒹벌 같은 성깔을 누그리지 못해 사뭇 지청구를 해대는 거였다.

상월도 맞맞으로 금방 골을 내면서 메다붙이는 소리로 응수하였다.

"허어, 다들 약으루는 못 잡을 병이라구 쑥설대는데 환이 섬으루 열 섬이면 뭣하구, 탕이 동이루 열두 동이면 뭣하리오."

"제기랄, 인지·숙주·명회·창손이는 뭣들 하구 자빠졌더란 게요. 또 남이는 발모가지가 싸구, 질이는 주둥아리가 싼데, 앉아서 마빡 맞춤만 하구 있을 게 아니라 어서 병을 팔아 약을 사서 진어하지 않구 뭣들 하구 자빠졌더란 게요. 그것들은 충신을 잡는 데만 귀신이구, 병마를 잡는 데는 등신이더란 게요?"

"병은 팔아야 약이 나온다구들 하지만, 도시 무슨 병인지 이름두 성두 모르니 팔면 뭐라구 하구 팔겠수."

"그럼 병이 아니라 탈입네그려."

"탈두 아니구, 살殺이 간 게라구들 합디다."

"살이라면, 그럼 대궐의 독살보다 더한 살두 있더란 게요?"

"그러니 하늘이랍지요."

"어허, 그건 아마 객님의 사혐이리다. 생각이 엇나가두 어떻게 그리 엇나간단 말이우. 근자에 가물이 거진 반년이나 끝을 보이

매월당 김시습

지 않구, 또 밤이면 혜성이 나타나구 낮에도 햇무리를 하구 태백성(금성)이 뵈구 하더니, 멀쩡한 하늘에서 벼락이 내려 이미 여러 목숨이 상했다구들 합디다. 그렇다면 벼락이 떨어져두 하필 애매한 백성에게만 떨어질 게 뭣이더란 말이오. 벼락이 떨어질 적마다 관원이 향과 축을 받들고 달려가서 해괴제解怪祭를 지내게 하는 나라님 은혜에 감동해서 벼락이 그 아닌 헛군데로 가서 떨어지더란 게요? 당치 않은 소리. 그게 만약 천도天道의 반응이라면 그건 인간이 미친 게 아니라 하늘이 미친 것일 테요."

"하늘을 그렇게 헐어두 되는 것이오?"

"이다지두 무심하기는 본래 하늘의 마음이 아니리다. 다만 중생에게 보이는 것이 입때껏 봐 온 것뿐이니 그저 하늘이나 혐의할밖에."

"그만들 하시게."

매월당은 시끄러워서도 신칙을 하지 않을 수가 없었다. 매월당은 주럽이 심하여 출면할 수가 없어서 누운 채로 말했다.

"고서에 이르되, 하늘을 공경하는 데는 근본을 다스림만 한 것이 없다고 하였네. 그런데 지금은 어떤가. 김수온이, 이중이, 이연손이, 성임이, 양성지 등이 천지신명과 일월성신에 축을 읊조릴 만큼 떳떳한 것들이던가. 떳떳지 못한 것들이 떳떳지 못한 이의 명에 복종하여 읊조릴 때는 축문이 아니라 주문呪文이 되는 법일세. 그러니 신명이 이를 분하게 여기면 주문을 뒤집기가 쉽고, 주문이 뒤집히면 바로 저주가 된다는 것이니 여기서 이러니

저러니 허론할 일이 아닐세. 이르되 신은 예가 아닌 것은 흠향하지 않는다고 했으니 한번 두고 볼 일이지."

매월당은 쉬어 가면서 말했다.

"대개 해와 달과 성신星辰은 기氣의 빛이요 양의(兩儀, 천지)의 정화인즉, 양陽의 정화를 얻은 것이 해요, 음陰의 정화를 얻은 것이 달이요, 해의 남은 빛이 나뉘어서 성星이 되는 것이니, 성이란 글자가 일日과 생生으로 된 이유일세. 또 신辰은 해와 달이 만나는 순서인데, 열어구(列禦寇, 열자)는 이르기를 하늘은 기운이 쌓인 것이요, 해와 달과 별은 그 기운이 쌓인 것 가운데서 빛이 있는 것이라고 했고, 장형(張衡, 후한인)은 이르기를 별의 체體는 땅에서 생기고 정精은 하늘에서 이루어져서 여기저기 흩어져 있으나 각각 속하는 바가 있다고 했네. 언론言論도 많고 논문論文도 많지만 인류에 귀하고 천하고, 일찍 죽고 늦게 죽고 하는 건 하늘의 명命에 달린 게고, 가난하고 넉넉하고, 길하고 흉하고 한 건 다 제 운수소관일레. 또 소멸하고 성장하고, 가득 차고 말끔 비고 하는 것이야말로 다 때를 따라서 유전하는 것이어니, 하물며 그 떳떳지 못한 것들이 자릿값으로 읊조린다는 데야 이를 말일런가. 실로 빌어도 면할 수 없고, 물리쳐도 막아 낼 수가 없음을 모르는 어리석은 것들의 배우 놀음에 불과할지라, 그 나머지는 논할 일이 아닐세."

매월당은 말을 쉬었으나 속내는 어느 한구석 개운한 데가 없었다.

혜성이 나타나기 시작한 것은 작년 오뉴월 어간이었다. 이른바 성변星變이었다. 혜성은 요성妖星이라고들 하였다. 꼬리만 끌고 나오는 것이 아니라 반드시 변고도 달고 나온다는 것이었다. 하기는 작년만 해도 달이 바람에 밀리고 별똥이 북두北斗를 친 형국이었으니 그보다 더한 변고가 어디 있을 터인가. 그뿐인가. 작년엔 큰비가 내려 흉년이 들고 올해는 가물이 길어 흉년이 들고 있지 아니한가. 혜성은 밤마다 꼬리를 끌고 있고, 햇무리는 날마다 해를 싸고 있고, 대낮에 태백성이 나오는가 하면, 느닷없이 일식을 하지 않았던가. 양양부와 간성군에서는 지진이 일고, 가문 하늘의 날벼락은 으레 여항에 떨어지고 있지 아니한가.

매월당은 불안하였다. 가뜩이나 뒤숭숭한 공기에 재변까지 그치지 않으니 범 같고 독사 같고 강아지 같은 것들이 스스로 불안하여 지레 눈이 뒤집히고, 혀를 날름거리고, 꼬랑지를 치고 하면서 나설지도 몰라 불안한 것이었다. 육신으로 하여 국청이 열린 자리에서 성변이 언급되었던 일을 되새기면 더욱 그러하였다.

매죽헌(성삼문)은 초장에 김질과 대질하는 자리에서 김질의 입으로 일이 틀린 것을 깨닫자 뒤를 두지 않고 실상을 털어놓되, 그 무렵하여 혜성이 나타나기 시작했으므로, 혜성이 적신들의 상왕에 대한 참소에 빌미가 될 것을 근심한 것이 일의 실마리였음도 곁들여서 말한 모양이었다. 단계(丹溪, 河緯地) 역시도 그 비슷한 말을 했다는 것이었다. 전례가 그러할진대 흉당의 참소는 영월에 이어시킨 정도로써 마감을 할 리가 만무할 것이었다. 재변이 아니더라도 그 간특한 마음을 못다 채워 생으로 병이 날 판인데, 가물에 벼락에 햇무리도 모자라서 밤마다 성변까지 그치지 않으니 그 아니 좋은 핑계일 것인가.

무릇 일식이니 월식이니 성변이니 하는 것이 있으면 군주부터가 근신과 반성이 따라야 옳다 하여 우선 감선(減膳, 수라상의 반찬 가짓수를 줄임)을 명하는 한편, 혹 감옥에 억울한 죄수는 없는지 살피게 하며, 죄가 크지 않으면 한꺼번에 사면을 하는 것이 역대의 관례였다.

그러나 이번에는 그러지 않았다. 위에 오른 해 가을에도 세자의 생일날 월식을 하자, 세자로 하여금 근신하게 한다 하여 생일을 쇠지 못하게 하면서도, 경연經筵에 시독관侍讀官으로 참석했던 홍문관 교리 홍응洪應이 천재지변에는 왕이 몸을 닦고 뉘우쳐서 재앙을 물리침이 옳다고 하자, 그럴 리가 없다고 단언하더라는 거였다.

"하늘과 사람은 이치가 같아서 서로가 감통(感通, 자기 생각이 상대에게 통함)하는 신비스러움은 속일 수가 없는 것이옵고, 이 이치는 매우 밝은 것이오니 예감睿感에 미치는 바가 없지 않을 것입니다."

홍응은 그런 말까지 하였지만 듣는 쪽에서는 객쩍은 소리로밖에 여기지 않았다는 것이었다.

매월당 김시습

본질이 그러함에도 조신들로 하여금 향과 축을 들고 산지사방으로 말을 달려 산이며 샘이며 나루며 섬이며, 되는대로 엎드려 기도를 하도록 재촉하였다고 하니 세자의 몸이 어느 정도나 기울었는지는 보지 않더라도 능히 대중을 할 수 있는 일이었다. 세자의 병세가 어두울수록 대궐은 그 거칠고 사납고 냉혹한 성미에 머뭇거리거나 삼가는 일이 없을 것이며, 측근들은 그 간특하고 흉측하고 추악한 근성을 주체하지 못해서 다투어 날뛰기가 바쁠 터이니, 상왕의 앞일에 언제 어느 놈부터 인종으로서 차마 못할 말을 주둥이에 담을는지 알 수가 없는 일이었다.

매월당은 견딜 수가 없어서 다시 입을 열었다.

"벼슬을 탐하는 놈은 벼슬을 탐하지 않으면 할 일이 없고, 공을 노리는 놈은 공을 노리지 않으면 할 일이 없는 법이니 장차 앞일을 측량치 못게라. 대저 도원군이 살을 맞았다 함은 어느 쪽의 쥐구멍 소리(유언비어)더란 말인고?"

상월에게 물은 말이었다.

"빈도의 짐작으로는 나인들의 전언인가 하온데, 아마 소릉의 참불가언(慘不可言, 참혹하여 차마 말할 수 없음)을 참작하시면 미루어 아심이 있을 듯하외다."

상월은 소릉의 일을 들먹거렸다.

상왕을 영월에 가두고 난 대궐은 벌써 십육 년 전에 명부로 돌아간 현덕왕후의 영혼과 겨루는 데에 왕권을 썼다. 먼저 종묘에 모신 위패를 들어내어 짓밟게 하였다. 다음은 안산군安山郡에 모신 능을 파헤치게 하였다. 재궁梓宮에 칼을 대지는 않았으나, 군졸들이 석실을 깨고 끌어내어 사흘 동안이나 낮에는 파리 떼가 모이게 하고, 밤에는 이슬이 내리는 대로 젖게 하였으니, 매죽헌이 말한 '나리의 참혹한 형벌'은 이승을 가득 채우고 넘쳐 저승에까지 미치는 바를 천하에 본보인 셈이었다. 대궐은 소릉을 평민의 장례로 다시 그러묻도록 허락은 하였으나, 소나기만 한줄금 해도 물마가 져서 씻기는 물녘으로 옮겨다가 묻게 하였으니 실상은 영혼이 어리 중천에 배회하며 내려다보는 것을 저어하여, 장차 장마에 쓸려서 서해 바다에 깊숙이 수장되기를 꾀한 것이었다. 간신들의 입을 빌려서 의정부의 건백建白에 못 이기는 양 꾸밈새를 갖춘 것은 물론이었다. 간신들은 왕후의 친정어머니와 동생(권자신)이 거사에 관여한 데에 연좌시켜서 친정아버지 화산부원군(權專)의 귀신을 이미 평민의 귀신으로 깎고, 상왕도 '종사宗社의 죄'로 노산군이 되었으니, 왕후의 귀신 또한 평민의 귀신으로 내림이 마땅하며 아울러 종묘의 위패를 추방하고 능도 허물어서 평민의 무덤으로 다시 쓰게 하라고 지껄였다는 거였지만, 실상은 대궐의 속셈을 그렇게 언론한 것에 불과하다는 것이 백성들의 공론이었다.

　"아지 못게라, 전에 응지(應之, 홍응의 자)가 시독관으로 나가서 하늘과 사람은 이치가 같다고 한 것을 일소에 부쳤다던 이가,

어찌타 소릉의 영현에는 질겁을 해도 증세가 자못 심하니 어인 연고일꼬?"

매월당의 냉소에 상월이 답을 하였다.

"소릉께서 영검하심은 뭇사람이 둘만 모여도 입을 맞추는 걸 자주 봤습지요. 파구분破舊墳은 금부에서 내려온 더그레짜리 한 떼와 안산 고을의 길청것들(아전붙이) 한 떼가 패를 짜서 했사온 데, 능말 사람들에게는 그러기 한 사흘 전부터 들리는 것이 있었 답니다요. 대개 오밤중에 부인네의 곡성이 들리는 고로 내다본즉 문득 능에서 말씀이 곕신데, '기어이 내 집을 허물자고 작정하니 내 이제 어디 가서 의지한단 말이냐' 하시더니, 그 말씀이 곕시고 사흘 만에 그 몹쓸 참불가언이 있었다고들 합지요. 그러나 그뿐 아니라 굿일하던 것들이 법물(法物, 관)을 메로 쳐서 깨뜨렸는데 도 무거워서 움직이지 않더니, 관원이 급히 제문을 지어 제사를 지낸 뒤에야 일을 할 수가 있었답니다요."

"위아래가 이다지도 어두운데 어찌 무심하실쏜가."

매월당은 탄식을 하였다. 상왕의 탄강과 더불어 산후더침이 심 하여 이튿날 바로 세상을 버린 영혼임을 생각하면 더욱 그럴 것 같은 느낌이었다.

상월은 남은 말을 마저 하였다.

"이를 말씀입니까. 능침이 파구분된 뒤에 능말 사람들이 능역으 로 풋장나무를 하러 갔더니, 하늘이 금방 어두워지면서 비바람이

치는 고로 냉큼 물러난즉 바로 거두시더랍니다요. 영통하심이 계신
터에 궁가인들 안일할 수가 있겠소이까. 상께서 영월로 납신 다음
날 대전께서 낮잠을 자다가 가위눌림으로 혼겁을 했다는 게 공연한
뜬소리만도 아닌 듯합니다. 소릉께서 저주가 계심 직도 합굽쇼."

매월당은 탄식으로 말했다.

"한갓 산사람의 귀동냥인데도 풍문이 바랑에 넘치고 남으니 여
항의 쥐구멍 소리야 오죽이나 어수선하리. 탈도 대탈이로세."

"암은입쇼. 세자가 일어나지 못하는 것도 다 소릉께서 누르심
이라면서 쉬쉬하고들 있습지요."

"말인즉슨 엉뚱한 이가 세자에 오른 탓이다, 그런 말이니."

"그 소리가 어이 안 나오고 배길깝쇼. 자리란 게 설 사람이 서
야 텃세에 견딜 터인즉……."

"자리가 있는 이는 그 자리로 인하여 몸을 다치고, 자리가 없는
이는 그 없는 자리로 인하여 몸을 다치게 마련인지라, 일개 인자
人子 된 이로 비록 나라의 향과 축과 폐백을 내어 산에 빌고, 물
에 빌고, 샘에 빌고, 섬에 빌고 하며 사방에서 야단법석을 한들
과연 무슨 덕을 입을꼬."

매월당은 탄식을 거듭하고 있었다.

궁가의 정황은 상월이 떠난 뒤에도 사흘이 멀게 들을 수 있었다.
상왕에게는 무엇 한 가지 스산하고 불길하지 않은 것이 없는 거
였지만.

매월당 김시습

순흥 고을의 일이 가장 불측하였다. 대궐은 금성대군을 한명회의 아우 한명진韓明溍이 맡고 있던 안동으로 옮기고, 대사헌 김순을 시켜서 고문을 하는 한편, 금성이 부사 이보흠과 손을 잡았다 하여 순흥의 관아와 창고를 헐고 그 터에 못을 파서 순흥부를 없애 버렸으며, 부의 호장과 장교와 이서들은 강원도의 잔역殘驛에서 역리가 되어 종신을 하도록 벌하였다.

날이 갈수록 난언죄로 죽어나는 이들이 늘어가고 있었다. 대궐은 전국 각처의 유언비어를 이루 다 캐어 잡아 올리게 하는 것이 번거롭자, 의금부 지사 신윤손辛潤孫으로 하여금 현지에 달려가서 처분하는 일을 전문으로 하도록 조처하였다.

대궐은 그러고도 불안하고 마음이 놓이지 않아 병조판서 홍달손으로 좌상대장左廂大將을 삼고, 지중추 양정으로 우상대장을 삼아 궁중의 좌우에서 숙위하게 하였고, 김질에게 선전패宣傳牌를 주어서 야간에 군사들을 순시하도록 하였으며, 표신標信이 없는 자는 대소 인원을 막론하고 궁정에는 얼씬도 하지 못하도록 엄히 단속하고 있었다.

팔월 중순에는 중신들의 계청(啓請, 아뢰어 청함)이라 하여, 상왕의 장인으로 여량부원군이 된 판돈령부사 송현수宋玹壽를 역적으로 쳐서 곤장 일백 대로 반죽음을 시킨 뒤에 변방의 관노로 보내었고, 그 처자들도 연좌하여 함께 관노비로 만들고 가산을 몰수하도록 처분하였다. 유독 송현수를 그때까지 놓아두고 있었던 것은 어디가 미쁘거나 의덕대왕비(상왕의 중전)에게 의지할 데를 남겨 주려고 한 것이 아니었다. 송현수에 대한 처치를 결재하도록 조를 때마다 대궐은 언필칭 '송현수와는 옛정이 있다' 운운하며 미루적거렸지만 실상은 보이지 않는 곳에서 동정하며 눈물짓는 민간의 공기를 가량하여 때를 미루었던 것이며, 상왕을 영월로 보내는 계제에 뜨거운 국은 식기 전에 먹는 것이 맛이란 것을 알아서, 의정부의 측근과 김연지·김종순·신선경·오응·강자평姜子平·이숙감李叔瑊 등 사법부 관원들의 계사(啓辭, 죄에 대한 보고)라는 격식을 갖추어서 본래의 계획을 시작한 것이었다.

팔월 하순에는 대궐의 공신들에게 논공행상으로 나누어 주었던 인원을 점고하였다. 대궐을 나리로 부르고 자네로 부르면서 찢기고 절여졌던 의열의 유족들에 대하여 신원을 사실査實한 것이었다.

상왕의 외숙인 호조참판 권자신權自愼의 부인과 딸(仇德)은 권준權蹲의 종으로, 서녀(未致)는 유수柳洙의 종으로 가 있는 것을 비롯하여, 상왕의 이모부인 형조좌랑 윤영손尹鈴孫의 부인과 딸(孝道)은 박강의 종으로, 역시 이모부인 한성부 소윤 조청로趙淸老의 어머니와 부인은 한확의 종으로, 태조의 증손인 우찬성 이양李穰의 부인은 이극감李克堪의 종으로, 큰며느리는 윤암, 작은며느리와 손녀(叔和)는 설계조薛繼祖, 누이(者斤阿只)는 박종우朴從愚의 종으로 가 있고, 군수 이보인李保仁의

부인과 딸(玉石)은 정수충鄭守忠의 종으로, 그의 매부인 황의헌
黃義軒의 부인은 한종손의 종으로 가 있었다.

그리고 백옥헌의 부인은 강맹경의 집에, 며느리는 계양군 증增
의 집에, 그의 매부인 집현전 부제학 발천(潑川, 許慥)의 어머니
와 누이(小斤召史)는 곽연성의 집에, 부인과 딸(義德)은 이계전
의 집에, 그의 종제인 도진무 이유기의 부인과 세 딸(加仇之, 末非,
莫今)은 정창손의 집에, 막내딸(小斤召史)은 황효원의 집에,
누이(孝全)는 익현군 곤璭의 집에, 그의 이모부 공조참의 이휘
李徽의 부인은 이계전의 집에 각각 종의 신세가 되어 매여 있
었다.

매죽헌의 집안도 모두 흩어져서, 어머니는 이흥상李興商에
게, 부인과 딸(孝玉)은 박종우에게, 그의 아우들인 장신 성삼고
成三顧의 부인과 딸(一年生)은 정창손에게, 정랑 성삼성成三省
의 부인은 홍달손에게, 부사 성삼빙成三聘의 부인은 권개에게
종이 되어 가고, 취금헌(醉琴軒, 朴彭年)의 집안 또한 다르지
않아서 부인은 정인지의 집에, 그의 아우인 교리 박인년朴引年
의 부인은 권공의 집에, 수찬 박기년朴耆年의 부인은 익현군 곤
의 집에, 박사 박대년朴大年의 부인은 봉석주의 집에, 그의 매
부 봉여해奉汝諧의 어머니와 부인은 유숙柳淑의 집에 흩어져
있었다.

단계(하위지)의 부인과 딸(木今)은 권언權躽의 재산이 되고, 낭간

(琅玕, 柳誠源)의 부인과 딸(白代)은 한명회의 재산이 되고, 벽량
(碧梁, 兪應孚)의 부인은 권반權攀의 재산이 되고, 그의 사위인
별시위 이의영李義英의 부인은 양정, 사위의 형인 이말생李末生
의 부인과 딸은 유수, 사위의 아우 이지영李智英의 어머니와 부인
과 딸(銀非)은 홍순로洪純老의 재산이 되어 있었다.

육신의 혈족들만 그렇게 된 것이 아니었다. 공조판서 백촌(白村,
金文起)의 부인은 유수에게, 딸(終山)은 최항에게, 며느리는 권남
에게 가고, 장신 송석동宋石同의 부인은 봉석주에게, 장신 박쟁
朴崝의 부인과 딸(孝非)은 윤사로에게 가고, 장신 최득지崔得池의
부인은 한확, 소실은 이극배, 그의 아우 최치지崔致池의 부인은 최유
崔濡, 딸(白伊)은 송익손宋益孫에게 보낸 것이었다.

지난날 세 정승의 혈친들도 차이가 없었다. 영의정 지봉(芝峯,
皇甫仁)의 두 아들로 참판 황보석皇甫錫의 부인은 윤사로의 집
에, 직장 황보흠皇甫欽의 부인은 윤사윤의 집에, 좌의정 절재(節齋,
金宗瑞)의 두 아들로 장신 김승규金承珪의 부인과 두 딸(內隱今,
開今)은 정인지의 집에, 한 딸(叔熙)은 강곤康袞의 집에, 장신
김승벽金承壁의 부인은 홍윤성의 집에, 우의정 애일당(愛日堂,
鄭苯)의 부인은 임자번林自蕃의 집에 매여 있었다.

전 이조판서 조극관趙克寬의 부인은 양정의 집으로, 그의 사
촌인 녹사 조번趙蕃의 부인과 딸(義貞)은 한종손의 집으로, 전
이조판서 민신閔伸의 부인과 딸(山非)은 안경손安慶孫의 집으

로, 큰며느리는 이사철李思哲의 집으로, 작은며느리는 김질의 집으로 나뉘었고, 전 함길도 절제사 이징옥李澄玉의 서녀(哲今)는 한계희의 집으로, 큰며느리는 김질의 집으로, 작은며느리는 강맹경의 집으로 나뉘었고, 지중추 이석정李石貞의 부인은 권준의 집으로, 딸(甘尙)은 박원형의 집으로, 소실과 서녀(甘勿)는 임자번의 집으로 나뉘었고, 교리 이현로李賢老의 부인은 이사철의 집으로, 서녀(李生)는 한확의 집으로 나뉘었고, 참의 정효강鄭孝康의 부인은 권공네 집으로, 딸(山非)과 소실은 홍달손네 집으로, 조카며느리는 원효연네 집으로 나뉘었고, 진무 원구元矩의 부인은 황수신네 집으로, 누이心伊는 윤자운네 집으로, 진사 조완규趙完珪의 부인과 큰딸(要文)은 신숙주네 집으로, 작은딸(加伊)은 윤자운네 집으로, 누이(精正)는 유사柳泗네 집으로 나뉘어 종살이를 하고 있었다.

그런 와중에도 한곳에 모여 있는 경우 또한 없지 않았다. 이를테면 전 현감 고덕칭高德稱의 부인과 딸(信今)은 황수신의 집에, 별시위 이정상李禎祥의 부인과 두 딸(現非, 貞非)은 이극배의 집에, 이해李諧의 부인과 두 딸(佛非, 佛德)은 박중손의 집에, 김선지金善之의 부인과 딸(加也之)은 이몽가李蒙哥의 집에, 이호李昊의 부인과 딸(木今)은 유하柳河의 집에, 이중은李仲銀의 딸과 두 누이(貴非, 貴德)는 유자광의 형인 유자황柳子滉의 집에, 심신의 부인과 두 딸(金正, 銀正)은 이흥상의 집에, 김담

金湛의 부인과 세 딸(卜今, 木今, 阿只)은 김처의金處義의 집에, 이식배李植培의 네 딸(貴非, 貴莊, 貴今, 小斤非)은 권반의 집에서 함께 부림을 당하고 있었던 것이다.

　대궐은 노비를 나눠 주는 데도 등급이 있어서 영릉의 왕후 소생인 임영대군(璆), 영응대군(琰)과 부마인 안맹담安孟聃에게는 서른다섯 명을 주었다. 영릉의 후궁 소생인 계양군(璔), 익현군(璭)과 사위 윤사로 및 신숙주·권남·홍달손·양정·한명회·윤사분에게는 그만 못하게 서른 명씩 주었고, 헌릉(태종)의 적자인 양녕대군(禔), 효령대군과 부마인 이백강李伯剛, 윤암, 심안의沈安義, 그리고 서자인 의창군(玒)·밀성군(琛)·영해군(瑭)과 정창손·한확·정인지·강맹경·홍윤성·김질·전균田畇에게는 스무 명씩을 주었다. 전균은 내시인데도 그런 횡재가 없었으나, 같은 내시이면서도 안노에게는 만져 보다가 살인나게 생긴 노파 하나도 차례가 가지 않았다. 또 헌릉의 서자 경녕군(裶)·함녕군(䄙)·익녕군(袳)과 이계전·이계린李季疄·김효성金孝誠·최항·유수·윤사균尹士畇·봉석주·조득림趙得琳 등은 열다섯 명씩, 헌릉의 사위 박종우와 이징석·윤형·박중손·권준·유하·김처의·유자환柳子煥·곽연성·최윤崔潤·이몽가 등은 열 명씩, 그 밖에 헌릉의 사위 권공과 황수신·박강·박원형·구치관·강곤·한명진·이흥상·원효연·조석문·윤자운·한계미·황효원·조효문曹孝門·이극배·한종손·권언·최유·권개·이극감·권반·정수충·임자번·안경손·홍순로·

설계조·권경權擎·이예장李禮長·유서柳漵·한서구韓瑞龜·
송익손·홍순손洪順孫·임운林雲 등에게는 여섯 명씩을 갈라 주
었던 것이다.

대궐은 점고를 하고 나서 행상의 내용에 일부는 손질을 하였다.
예컨대 상왕의 연로가 영월로 향하던 날, 내시 안노가 화양정에
나와서 무엄하고 발칙한 주둥이로 탐내었던 비해당(안평대군)
의 손녀 무심은 그 어머니와 함께 권남에게 덤을 주는 데에 얹히어
갔던 것이다. 또 적곡(赤谷, 成勝)의 소실은 신숙주에게, 이징옥
의 서녀는 한명회에게, 민신의 서녀(玉眞)는 박강에게, 이노의
딸(諫非)은 양정에게, 양옥梁玉의 누이(閑存)는 홍윤성에게,
김상충金尙忠의 딸(尙非)은 구치관에게, 권자신의 서녀(未致)
는 유수에게, 조완규의 서녀(玉今)는 전균에게, 벽량의 서녀(還生)
는 봉석주에게, 이말생의 딸(石非)은 강곤에게, 권책權策의 누이
(召史)는 조효문에게 각각 상을 더 주게 되면서 그들의 상품으로
옮겨진 것이었다.

대궐에서 이미 일 년 전에 나눠 준 상을 새삼스럽게 점고하고,
또 그중의 일부를 다시 구처한 것도 세자의 병세가 예사롭지 않
음에 따라 대궐이 그만큼 불안해했던 까닭이었다.

대궐에서는 구월 초하루를 기다려서 원구단圓丘壇과 종묘와
사직단에 제사를 지내기도 하였다. 그러나 그러한 보람도 없이
세자는 그다음 날로 눈을 감았다.

매월당은 가슴이 사뭇 볶고 졸이는 것 같았다. 돌아다니는 말처럼 대궐이 낮잠을 자다가 가위눌림으로 혼이 났다던 말이 맞는 말이라면, 또 대궐의 꿈에 소릉이 나타나서 세자를 지목하여 예언하고, 대궐의 낯에 침을 뱉으며 꾸짖었다는 뜬소리가 맞는 말이라면, 세자가 약관의 한창 적에 뚜렷한 병명도 없이 갑자기 요절하게 된 덤터기도 반드시 소릉에다 씌우려 할 터이기 때문이었다.

소릉에 대한 대궐의 보복은 그렇게 능침을 파헤쳤다가 평민의 무덤으로 물녘에 묻게 하는 정도로써 그칠 일이 아닐 터이었다.

영월, 영월이 남아 있는 것이었다.

"세자가 아야 소리 나게 한번 앓아 보지도 못하고 그냥 시름시름 시들어 버린 걸 보면, 살을 맞아두 아마 급살을 맞았던 겝죠."

누가 먼저 죽는지 구경 한번 재미지게 하자고 했던 운선이 툇돌에 앉아서 월봉을 보고 씩둑거리는 소리였다.

"세상을 얻어서 왕후의 영현을 서인의 혼령으로 명호는 깎았어두, 그 영통한 위세엔 당할 수가 없었던 게지."

월봉의 수작이었다.

"세상을 얻었다지만 얻은 건 이 세상이지 저세상은 아니었으니 수가 없었던 겝죠. 권위를 떨친댔자 남북 이천 리에 동서 일천 리하여 고작 삼천 리 안짝이니, 거 말을 타고 달려 보면 며칠짜리 세상이료."

"이를 말이겠나. 대궐의 바리나 절간의 바리때나, 넓어서 한 뼘 깊어서 반 뼘이긴 일반인데, 감히 사주(師主, 중)도 못하는 일을 인주가 어이하리."

"다만 금상今上의 띠앗머리 없음이 가위 난세의 모범인지라, 저 영월의 어소인들 과연 얼마나 지탱할는지. 애오라지 그 하나가 걱정입지요."

"가면 며칠이나 가게 계획했겠는가. 다 틀어진 일인가보이."

"그리고 보면 영월의 삶을 벌써 빼앗을 것도 하필 대시(待時, 사형 집행을 추분 때까지 기다렸던 관례)에 해당하여 여태껏 간신히 참고 있는지도 모릅지요."

"십악대죄十惡大罪는 부대시不待時라 했으니…… 짐작건대 금상두 시끄러운 건 싫은 줄 알아서, 대국에 가는 동지사冬至使나 보내구 나서 보자꾸나, 아마 그러면서 참구 있는 속이리."

"아뿔싸, 그럼 이해를 안 넘기리란 말씀인 게요?"

"불측한 말이지만, 대저 소쩍새는 겨울을 나지 않더이."

매월당은 그 말이 들리는 순간에 새삼스럽게 가슴이 덜컥하였다. 비록 십 리 인심이 천 리 인심이라고 해도, 그 말 못할 일에 대해서는 대책이 있을 수가 없다는 절망의 확인이었다.

과연 그럴 것인가.

과연 그러하였다.

그동안은 세자가 앓고 있어서 위아래가 모두 하늘의 눈치를 보며 일단은 근신하는 뜻으로 흉사를 삼갔지만, 그렇듯 대소 백관이 기도한 보람도 없이 세자가 하직해버린 마당에 이제 삼가고 자시고가 다 뭐 말라비틀어진 수작이냔 듯, 상투에 사모를 얹은 것들은 있는 대로 들고일어나서 독촉하고 재촉하기를 마치 없는 놈한테 빚단련하듯이 성화를 부리기 시작했던 것이다.

먼저 신숙주가 출반주하여 조르기 시작했다.

"전하께서는 죄인들이 골육지친인지라 죄를 주면 열성조列聖朝의 보본에 혹 미흡하심이 있을까 저어합신다 하오나, 유(금성대군)는 현저하게 대역죄를 범했은즉 결단코 용서하실 수 없사옵고, 또 지난해엔 개(이개) 등의 역당이 노산군으로 명분하여 준동하더니, 유 또한 노산을 끼고 앞날을 도모하였으니, 노산 역시 편히 살게 할 법이 없음을 통촉하소서."

정인지가 뒤를 이었다.

"전하, 유의 모역은 일조일석의 일이 아니올시다. 지난번 서울에 있으면서 모역을 한 죄만도 죽고 남음이 있사온데, 항차 배소에서까지 그 흉심을 실천코자 했음이리까. 이 일은 종묘와 사직에 관계되는 일이온즉, 만일 전하께서 사사로이 용서하신다면 나라에 백성 된 자는 모두가 분함을 참지 못하여 밤에도 잠을 자지 못할 터이오니다. 하루바삐 처단합소서. 또 유의 일당만을 베고 그 원흉(상왕)이 법망 밖으로 빠져나간다면 천부당만부당이로소이다. 청하옵건대 아울러서 처치하옵소서."

한명회도 나섰다.

"전하, 통촉하소서. 아뢰옵기 황공하오나 유가 노산이 영월로 내려갔다는 말을 듣고 지껄였던 말을 전하께서 벌하지 않사오면 하늘이 가만히 있지 않을 일이옵고, 만약 하늘이 구름에 가리어 모르고 있다면 나라의 백성 된 자가 가만히 있지 않을 일이올시다. 유는 노산의 근황을 듣고 지껄이기를, 군주(상왕)가 욕을 당하면 그 신하는 모름지기 죽어 마땅하되, 내 어이 가만히 앉아서만 당할쏘냐 운운하였사옵고, 또 지껄이기를 간신이 정권을 좌지우지하고, 종친들이 속삭이고 들쑤석거려서 주상(상왕)을 방출하고 사직을 전복하였은즉, 이제 우리가 떨치고 일어나서 한마음으로 바로잡고자 하면, 응당 천지의 신기神祇와 사직과 종묘의 신령이 옆에서 격려하리라 운운하였다 하옵고, 그 나머지는 차마 이루 다 아뢸 수가 없이 흉측하여 신등은 물론하고, 나라의 백성 된 자 모두가 이를 갈고 있사옵니다. 지난해 개(이개)의 당을 모조리 찢어서 절인 전례에 따라 촌각도 지체하심이 없게 하소서."

정창손의 차례였다.

"전하, 신등이 반복하여 재가를 앙청해도 아직 윤허치 않으시니 원통한 마음이 뼈끝마다 사무치오니다. 나라의 신자臣子 된 자치고 그 누가 그 역적의 고기를 씹고 그 가죽을 깔고 앉고 싶어 하지 않사오리까. 더구나 근자에 난언하는 자들은 한결같이 종사의 죄인인 노산을 빙자하여 제 희망을 지껄이지 않는 자가 없을 지경이올시다. 옛날에도 태자 부소(扶蘇, 진시황의 장남)를 사칭했던 자가 있었고, 또 위태자(衛太子, 난을 일으켰다가 처형된 한무제의 태자)의 일도 있었음을 거울삼지 않을 수가 없사옵니다. 만일 그 역적들에게 법을 쓰지 않으신다면, 아직 세상을 만나지 못한 자들은 서로 앞을 다투어서 노산을 빙자하여 팔을 걷고 발을 벗기 십상이오니, 한시도 숨을 붙여 둘 수가 없는 일이올시다. 전하, 해와 달은 전하를 위하여 밤과 낮을 나누어서 교대하고 있사옵니다. 이 우주의 기가 다 전하를 위하여 존재할진대, 역적들로 하여금 감히 이 맑은 공기를 마음껏 마시고 뱉고 하게 둔다는 것은 실로 천도를 어그리는 일이라 아니할 수가 없사옵니다. 전하, 지금 법이 놀고 있사오니 어서 쓰게 합소서."

서거정도 나섰다. 김수온과 김연지가 하정사賀正使를 겸한 동지사가 되어 명나라로 떠나면서 우사간에 올랐으니 자릿값을 하게 된 것이었다.

"전하, 신등이 전고하온즉 《서경書經》에 이르되, 그 괴수를 섬멸한다(殲厥渠魁)고 하였삽고, 또 이르되 악을 제거할 적에는 뿌리째 뽑도록 힘써야 한다고 하였습니다. 엎드려 생각하건대 난적을 토벌함에는 반드시 수악首惡을 엄히 다스려야 하는 까닭이로소이다. 유는 몸소 대역을 범하여 죽어도 싼 목숨임에도 전하의 사사로운 은전으로 아직 숨을 쉬고 있건만, 여우 같은 마음을 뉘우치기는 고사하고 오히려 겹마음으로 세월을 저축하면서 칼자루를 만지작거리고 있었으니, 그 죄악이야말로 위로 하늘에 닿고 아

매월당 김시습

래로 땅끝에 뻗친 터입니다. 이 어찌 천지와 사직이 함께 분노하는 바가 아니오며, 한 나라의 신민으로서 분노가 뼈마디마다 사무쳐서, 그들의 간을 내어 씹고 싶어 하는 바가 아니오리까. 전하, 묻자옵기 망극하오나 자고로 대역부도를 법에 의뢰하지 않은 자가 어디 하나라도 있었사옵니까. 전하께서는 친친(親親, 마땅히 가깝게 지내야 할 사람과 친함)의 사정을 중히 여기사 군이 형벌을 아끼고 계시오나, 이는 사직의 뜻을 피하심이오며, 종묘의 뜻에 등을 돌리심이오며, 민중의 여망을 밟으심이오며, 문단文壇과 학생(성균관의 유생)들의 기를 꺾으심이오며, 식자들의 물의를 외면하심이오며, 사법의 권위를 업신여기심이오니, 어서 결단하시어 법을 바루도록 하사이다. 전하, 신이 춘추의 법을 살피건대, 법에 가로되 반드시 그 당여黨與를 먼저 다스린다고 하였습니다. 비록 유의 지당支黨은 섬멸하였사오나, 보흠이는 그 당여로서 여전히 마음대로 숨을 쉬고 있는 터입니다. 전하, 통촉하소서."

서거정이 물러나자 정창손이 재차 나섰다.

"전하, 신등은 성상께서 차마 하시지 못하는 마음을 이미 알고 있사옵니다. 하오나 이른바 골육을 다치게 한다는 것은 이런 일을 이르는 말이 아니올시다. 옛말에 이르되, 사사로운 은혜로써 공의公議를 폐하지 아니한다 하였습니다. 엎드려 바라옵건대 부디 대의大義로써 결재하소서."

정창손은 숨을 돌리고 나서 다시 말했다.

"전하, 나라를 위해서는 상벌보다 큰일이 없사오니 이를 여러 사람으로 하여금 궁겁게 하심은 당치 않으신 일인 줄 아나이다. 대역죄는 의혹스러운 죄가 아니온데 어찌 헤아려서 생각하심이니까. 오로지 속히 하심이 마땅한 줄 아뢰나이다."

저마다 생긴 것이 다른 여러 입으로 저마다 뜻이 하나인 여러 소리를 내면서 나대고 설치고 하기는 대궐의 종친과 외빈들도 참모들의 술수에 뒤지지 않았다. 뒤지기는커녕 도리어 한술 더 뜨지 못해서 사뭇 안달이었다. 먹으면 먹을수록 냠냠거리는 제 욕심 탓이었다.

윤사로 같은 이는 영릉의 서녀를 아내로 맞은 덕분에 자리가 올라갈 데까지 올라간 외에, 특히 돈속에 능하여 팔도에 널려 있는 농장農莊에 곡식만도 수만 석을 쌓은 데다, 서울에 있는 집은 십 리 밖에서도 창고가 보일 정도로 치부를 했지만, 주구誅求하는 재주 또한 뛰어나서 도승지 조석문을 가만히 따로 불러가지고,

"조공은 상감마마와 이빨과 입술의 사이이니 무슨 말인들 어려워서 못하겠소. 계제가 그만한 김에 내 청탁 하나 들어줘야겠소. 뭔고 하니 유의 아낙은 어찌하실는지 몰라도 첩년은 예에 따라 우리 공신들에게 내려주셔야 옳을 일이오. 송현수의 아낙도 마찬가지리다. 짐작건대 현수의 아낙은 아마 노산군의 아낙을 수발하게끔 삶을 용서하실 듯하오마는, 현수의 딸년들은 응당 공신들에게 내려주심이 마땅한 일 아니겠소? 이 일은 모름지기 도승지가 먼

저 건백(건의)함이 직분이리니, 공사 간에 바쁘더라도 행여 소루함이 없도록 다짐하시오. 그리고 상감마마께서 들어주시거드면 현수의 딸년들은 일찍이 이 사람이 마음에 두어 왔음도 아울러서 아뢰 주시오. 내 일껏 이르는 터이니 부디 건망하지 말고 항상 유념토록 하오. 다행히 일이 잘되면 후일 내 크게 한상 차리리다."

하고 특혜를 청탁한 것이 새어 나가 대궐의 눈에 고이기를 경쟁하던 종친과 척리들에게 도맡아서 눈총을 먹기까지 하였다.

종친 쪽에서는 일쑤 양녕대군이 앞장을 섰다. 그쪽에서는 그가 맨 손위이자 연장이어서 어른값과 나잇값을 하느라고 그러는 모양이었다. 양녕대군은 효령(보)·임영(구)·영응(염)·경녕(비)·함녕(인)·익녕(치)·계양(증)·의창(공)·밀성(침)·익현(곤)·영해(당)·계림군(흥상) 등의 종친과 안맹담·박종우·윤사로·윤암·권공·송현정松峴正 견신堅信 등 척당을 거느리고 들어가서 듣기 좋은 소리로 골라서 늘어놓았다.

"전하, 아뢰옵기 황공하오나 엊그제도 노산과 유의 죄를 청한 바 있사온데, 지금에 이르도록 윤허를 입지 못했사오니 저희 종친들은 밥을 먹어도 무엇을 먹는지 맛을 모르옵고, 잠을 자도 자는지 마는지 하고 깊이 들지 않사오니, 저희들을 어여삐 여기사 속히 처치하도록 하소서."

"과인도 모르는 일은 아니나, 요사이 사무가 번다하여 미처 상량(商量, 헤아려서 생각함)할 겨를이 없었소. 내 차차 상량하리다."

대궐은 미소를 띤 낯으로 대답하였다. 고마워하는 속을 비친 것이었다.

양녕대군은 다시 이마를 조아리며 말했다.

"전하, 엎드려 생각하옵건대 대역과 같이 종사에 관계되는 일은 상량하실 일이 아닌 줄로 아나이다. 통촉하소서."

효령대군이 뒤를 이었다.

"전하, 아뢰옵기 황공하오나 지난해 개(이개) 등의 무리를 처단할 적에는 힘써 사무를 처리하신 고로 구석에 남는 자가 없게 조심하였사옵니다. 까닭에 수범首犯과 종범을 가리지 않고 능지처사함은 물론이요, 그 아비와 자식은 모조리 목을 매다는 한편 죄인의 어미, 딸, 아낙과 첩이며, 그 할아비 할미와 누이며, 그 자식의 아낙과 첩서껀은 죄다 공신의 집에 주어서 종으로 부리게 하셨삽고, 뿐만 아니라 연좌를 더욱 크게 벌이어 죄인들의 숙부와 형제의 자식들도 일찍이 양자해간 놈까지 낱낱이 적발하여 일거에 삼천 리 밖으로 내쳐 묶어 둔 것은 전하께서도 아시는 터이올시다. 하오나 그로부터 오늘까지 난언죄로 다스린 자가 무릇 얼마이니까. 고로 노산을 비롯한 유와 그 잔당을 샅샅이 털고 후벼 쓸어버리는 일만큼은 치밀을 극한다 해도 행여 숨은 자가 있을 것을 근심하는 터에, 하물며 그 원흉들(상왕과 금성대군)로 하여금 지금껏 제 마음대로 마음을 먹게 하심이 어찌 당하다 하오리까. 엎드려 바라옵건대 오직 한시바삐 결단하소서."

매월당 김시습

"과인이 어찌 여러 종친의 진정을 모르리오. 하나 일찍이 요遼나라 태조의 고사(요의 태조 야율아보기가 막냇동생의 모반을 용서한 일)도 있는 터인즉, 좀 더 상량한 뒤에 마음을 정할 것이니 그리들 아시오."

대궐이 흐뭇함이 넘치는 눈길로 아래를 두루 굽어보자 계양군도 서둘러서 입을 열었다.

"전하, 아뢰옵기 황공무지하오나 이 일은 전날 좌상(정창손)이 아뢴 대로, 오랑캐에 불과한 요나라에서 법받으실 일이 아니오라, 주공周公에게서 법받으심이 옳은 줄로 아뢰나이다. 통촉하소서."

"노산은 이미 강봉降封하였으니 그로써 족하지 않겠소."

대궐의 떠보는 소리에 계양군은 얼른 일어났다가 엎드리고 말했다.

"전하, 망극하여이다. 신이 그윽이 생각하건대 노산은 반역을 이끈 죄가 더욱 크오니 만 번 죽어도 오히려 못다 함이 있으리이다. 부디 아울러서 처단하소서."

임영대군이 거들었다.

"전하, 그러하옵니다. 노산의 흉악을 헤아리면 오히려 영월 땅도 아깝습니다. 전하, 아뢰옵기 황공하오나 죄인 영(화의군)과 어(한남군)와 전(영풍군)과 현수의 죄를 논할진대는 유와 다를 바가 없사온데, 성상께서 유와 구별하여 보신다 하면 옳지 않을 터이오니 아울러서 처단하심이 지당한 줄 아뢰나이다. 통촉하소서."

대궐은 눈을 가늘게 뜨면서 얼굴에 미어지는 웃음기를 애써 감추듯이 짐짓 무거운 어감으로 말했다.

　"종친들이 나를 위하는 지극한 정성이야 어이 모를까마는, 생각건대 천하에 대위大位에 오른 이치고 과인처럼 박덕하고 무덕하고 불행한 이가 없겠거늘, 하물며 골육의 목을 다시 베는 일이라 하겠소. 종친들이 하는 한마디 한마디마다 괴로움이 한 자씩은 쌓이는 것 같으니 이만 물러들 가오."

　"전하……."

　윤사로는 어려워하지 않고 나섰다. 윤사로는 육신의 일에 의금부의 제조(提調, 큰일이 있을 때 임시로 임명되어 그 관아의 일을 총괄하는 1품 관원)가 되어 혹독한 형벌만을 골라서 쓰며 잔인하게 다루어서 진작부터 대궐의 눈에 쏙 들었던 터였고, 이런 때일수록 제 존재를 새로이 가다듬는 데에도 도가 튼 인물이었다.

　"전하, 노산과 유의 역모는 사람과 귀신이 함께 분개하여 천지간에 용납될 데가 없는 사건인지라, 때와 곳을 가리지 않고 엄히 다스림이 종사를 굳게 하심이오며, 법을 밝게 하심이오며, 백관의 기강을 맑게 하심이오며, 인민을 따뜻하게 위무하심이오며, 국경을 튼튼히 방비하심이오며, 학문을 장학하고 산업을 진작시키심이오니 아무쪼록 죄인들의 형벌을 속히 정하시어, 위로는 진신縉紳에 이르고 아래로는 민중에 이르기까지, 만민이 함께 쾌감을 느끼게끔 쾌히 결단을 보이시옵소서."

윤사로의 말이 떨어지기 바쁘게 만좌가 이구동성으로,

"전하, 통촉하옵소서."

하고 머리를 조아리자, 대궐은 부러 묵중한 어감으로 좌중을 향하여 물었다.

"아무렇든 마침 척리들이 열좌한 계제에 한번 묻겠소. 이번 일에 수괴가 누군지 다시금 아뢰보오."

그러자 양녕대군이 약빨리 나섰다.

"아뢰옵기 망극하오나 수괴를 논할진대는 작년의 변란은 노산이 그 괴수가 되옵고, 오늘날에 이르러서는 유가 그 괴수가 되옵나이다. 하오나 자고로 대역은 그 앞서고 뒤따름을 상량하지 않고 나란하게 죽이는 것이 법이오니, 바라옵건대 어서 법의 모습을 보여 주소서."

"내 알았으니 오늘은 이만 물러들 가오."

대궐에서는 좀 더 뜸을 들였다. 세자의 장례도 치르기 전에 유혈을 보인다면 소릉과 상왕에 대한 보복이 너무 노골적인 느낌을 줄 것 같아서 이날 저날 하고 미루적거리는 것인지도 모를 일이었다.

종친과 의빈들은 구계口啓를 하면 말로써 말만 많아지고, 실효는 오히려 더디 나타나기가 쉬울지도 모른다는 데에 생각이 미치었다. 그리하여 양녕대군은 척리의 수령 노릇을 다하고자, 자기를 장두狀頭로 하여 등소等訴의 형식을 빌리기로 하였다. 그것은 대궐에서도 기다린 지 오래인 절차이기도 하였다.

양녕대군이 쓴 소의 대략은 이런 것이었다.

'신등은 듣건대 유예부단猶預不斷하면 반드시 후환이 뒤따르게 마련이요, 사사로운 인정으로 대의를 무시하면 대계大計를 그르치기가 십상이라고 합니다. 먼젓번 간흉들의 변란에는 노산이 참여하여 종사에 죄를 지었고, 유는 그이를 성원하는 무리들과 잇고 맺으면서 서슴없이 불궤不軌한 짓을 꾀하였으니, 신민이 함께 분히 여겨 이를 갈고 있는 터입니다.

그러나 전하께서는 오히려 사사로운 인정을 챙기시고, 차마 법에 두지 못한 채 겨우 외방에다가 옮겨 놓으시고 극진히 보살피심마저 주저하지 아니하십니다. 경위가 이와 같을진대 모름지기 재조再造의 덕에 깨달음이 있어 마땅하련만, 유는 배은망덕함이 유만부동하여 노산을 끼고 종사를 위협하려 하여, 그 죄악이 미치지 않는 곳이 없는지라 천지가 이미 용납하지 않는 터인데, 이제 와서 어찌 용서하여 국법을 문란케 하겠습니까.

전하께 누차 법을 바루십사고 청하였으나 아직껏 윤허를 얻지 못하니, 신등은 울분을 누를 길이 없습니다. 영과 어와 전과 그리고 종(鄭悰, 상왕의 매부)과 현수 등의 흉악무도한 죄는 왕법에서 반드시 죽이고 용서하지 못할 자들입니다.

엎드려 바라옵건대 대의로써 결단하시어, 전형典刑을 바르게 밝히고 화근을 끊어서, 하루속히 인심을 안정시켜주사이다.'

척리들의 뒤를 이어 막료들도 상소의 형식을 취하니, 정인지가 쓴 소의 대강은 이런 것이었다.

'그윽이 생각하건대, 은혜는 가볍고 의리는 무거운 것이므로 대의가 있는 곳에는 친속도 죽여 없애는 법입니다.

지난해 노산이 도모했던 변은 그 죄가 종사에 관계되어 감히 입으로 말할 수가 없사오며, 유는 화심禍心을 품고 불궤를 꾀하였으니 죽어도 죄가 남는 터에, 전하께서는 차마 하지 못하는 마음으로 시골에다 안치해두었습니다.

그러나 은사恩賜가 그토록 무거운데도 성은을 생각함이 없고, 게다가 군사를 일으켜서 반란을 시도하되 노산을 끼고자 흉계하였으니, 그 죄가 천지 사이에는 용납이 되지 않는 것입니다. 하오나 전하께서는 사사로운 은혜로써 죽음을 용서하시려 하여, 신 등이 여러 날 정청庭請을 계속하였으나 여전히 유윤兪允을 입지 못하여, 대소신료大小臣僚가 억울하고 분통스러움을 펴지 못하고 있습니다.

노산과 유는 물론이요, 영·어·전·종·현수 일당의 반역죄도 역시 용서할 법이 없습니다.

엎드려 바라옵건대, 전하께서는 대의로 결단하사 전형을 바르게 밝히시며, 아울러서 신민의 여망에 대답이 되게 하옵소서.'

하룻밤 사이에 하늘이라도 바뀐 양 무서리를 하면서, 잇꽃물과 치자물을 한꺼번에 뒤집어쓴 것 같던 계룡산의 단풍도 며칠이 못

가 가랑잎으로 쌓이고, 자고 나면 허옇게 된내기를 하여 섬돌 밑으로나 남아 있던 늦풀 몇 포기까지 아주 못쓰게 얼데쳐 놓곤 하던 시월 하순께의 일이었다.

매월당은 달도 없어 철매 같은 어둠을 지고 운파를 따라 방에 들어선 사내를 쳐다본 순간, 외쳤다.

"엄 호장!"

그리고 그뿐이었다. 오면 아니 될 사람이 나타났으니 할 말이 있을 리 없었다.

호장 엄흥도는 무릎을 꿇고 보따리를 풀었다. 곤룡포였다. 매월당은 곤룡포를 받들어서 북벽에 걸었다. 절을 하고 곡을 하였다. 요사에서 잠잘 채비를 하고 있던 중들도 염불은 말고 곡을 하였다. 호장과 그의 아들 호현도 곡을 하였다.

호장은 오직 마음 놓고 울 곳을 찾아서 마침내 당도한 사람처럼 울 만큼 울고 난 뒤에,

"상감마마께서는 스무나흗날 유시에 승하하셨습니다. 금오랑은 대궐의 후명을 받자와 신시쯤 되어 득달하였으나, 어전에 궐각계수(厥角稽首, 두려워서 어쩔 줄 모름)만 하고 감히 하지 못했사온데, 막생이란 공생 놈이 저 죽을 날은 어찌 알고 몰래 뒤꼍으로 돌아가서 옥체에 활줄을 댔습지요."

호장은 말 못할 일을 지켜본 탓에 한동안은 말을 못하고 있었다.

상왕은 관원의 알현을 알리는 말에 곤룡포와 익선관으로 위엄

을 갖추고 객관의 대청에 어임하였다.

"네가 다시 왔더냐. 먼 길에 수고하였다."

그래도 왕방연은 머리만 조아릴 뿐 입을 열지 못하였다.

"네 무슨 일로 왔는지 어찌 아뢰지 않느냐?"

상왕은 여느 때와 같은 어조로 그렇게 물었다. 일이 무슨 일인지를 상왕과 나인들만이 모르고 있는 탓이었다. 왕방연의 앞에는 보자기에 싼 것이 있었지만, 그것도 무슨 내입內入할 물품이려니 하고 약사발인 줄은 모르는 모양이었다.

그때 객관의 대문간에서 어릿거리며 다음을 기다리고 있던 막생이가 쭈뼛쭈뼛하고 뜰에 들어서더니 왕방연에게 말했다.

"별성(別星, 대궐의 사자) 나리, 지금이 유신텝쇼."

유시가 되었으니 어서 약사발을 올리라는 말이었다. 그와 함께,

"전하……."

옆방에서 내관 김정의 비명 소리가 터지면서 나인들의 통곡 소리가 자지러졌다. 밖을 엿보다가 약사발을 알아본 것이었다.

상왕은 떠나갈 듯한 곡성에 비로소 기미를 느낀 것 같았으나 흔들리는 모습은 조금도 없었다. 오직 처마 끝에 열린 하늘 자락으로 시선을 옮겨 갔을 뿐이었다.

뜰의 한구석에 꿇어 엎드려 있던 호장은 차마 고개를 들 수가 없어서, 막생이가 가만히 뒤꼍으로 돌아가는 것도 낌새를 채지 못하였다.

"상감께서 훙서하시는 모습은 아무도 뵙지 못했습지요. 금오랑만이 아니라 다들 부복하여 차마 옥대玉臺를 면견치 못하던 차에 일어난 일이온데…… 김정이와 나인들이 문을 박차고 뛰어드는 사품에야 비로소 어천御天하신 갈피를 알았을 뿐입지요. 용자는 의연하시었습니다."

　"그 금오랑인가 하는 왕가 놈두 보지를 못했으면, 그럼 그 공생 놈의 행악인 줄은 어찌 알았더란 게요?"

　성미 급한 월봉이 따져 물은 말이었다.

　"차차 아시리다."

　"차차라니, 아니, 그럼 호장은 그놈을 찢어발기지두 않구 게를 떠났더란 게요?"

　월봉은 잼처 물었지만,

　"상인께서는 고정하시오. 그놈이야 찢어발긴들 사방에 이리도 흔코, 수리도 흔코, 범도 흔커든, 하필이면 인간의 손으로 발기게 할 일이겠소."

하고 호장은 중동무이된 말을 다시 이어 나갔다.

　"하온데 그때 문득 신비神祕가 있었습지요. 그날에사 말고 식전부터 진종일 쟁명한 날씨였사온데, 마치 일식이나 하듯이 갑자기 긴박하게 어두워지더니, 천둥이 울부짖고 번개가 허공을 쪼개면서 그냥 억수가 쏟아지는데, 꼭 먹물을 동이로 들어부은 양 지척불변咫尺不辨이 거의 한 식경에 가까웠습니다요."

　　　　　　　　　　　　　　매월당 김시습

호장은 시야가 생길 즈음하여 섬뜩한 느낌과 함께 고개를 들었다.

금오랑이 물구덩이에서 몸을 던져 대청으로 뛰어올랐다. 그리고 무엇인가를 얼른 걷어서 뜰에다 내던졌다.

활줄이었다.

일이 난 것을 알고 우왕좌왕하는 와중에 금오랑이 크고 긴 소리로 호령하였다.

"내관과 이서吏胥와 대소 군총軍摠들은 궤跪하라."

모두 물구덩이 속에 무릎을 꿇었다. 비는 좀 뜸한 듯하였다.

"부복, 곡하라."

금오랑은 큰 소리를 길게 빼어 명하고 그 자신도 엎드려서 곡을 하였다.

"곡지哭止, 흥興, 평신平身하라."

금오랑은 솔선하여 곡을 그치고 일어서더니 다시 길게 외쳤다.

"국궁鞠躬, 재배, 흥, 평신하라."

다들 몸을 굽혔다가 절을 두 번 하고 자리에 섰다.

금오랑이 김정을 돌아보고 말했다.

"내관들은 비단보로 용안을 습렴하고, 어수御手와 옥지(玉趾, 왕의 발)를 수습하오."

김정이 김일부와 현석산을 지휘하여 일을 마치자 금오랑이 뜰을 내려다보며 호령하였다.

"본부(영월)의 육방과 군교軍校는 즉시 강으로 운구하여 습장 (濕葬, 강물에 장사 지냄)으로 모시어라."

"아서시오. 아니 될 말이오."

김정은 죽기를 한하고 금오랑 앞에 나섰다.

"별성 영감은 상량하시오. 저의 내관과 나인 등도 아직 상향上香 한 번을 올리지 못하였소. 수라간의 찬품으로 전奠이라도 올린 연후에……."

김정은 말을 마치지 못하였다.

"내관은 지금 이 일이 어떤 일인지 몰라서 이러는가?"

금오랑이 서슬이 퍼런 눈을 부라리며 크게 호통을 친 까닭이었다.

"여봐라, 게 뭣들 하느냐. 냉큼 거행하렷다."

금오랑의 잇단 호령이었다.

"예, 예."

호장은 비로소 새겨듣고 둘러섰던 아전들에게 눈짓을 한 다음 대청에 올라 운구할 채비를 하였다.

그때 금오랑은 뜰에 서 있던 나졸과 사령들에게 다른 명령을 하였다.

"여봐라, 뭣들 하느냐. 너희들은 게 있는 더러운 것부터 어서 끌어내어 멀찍이 구렁에다 던지지 못할까."

호장은 무슨 말인가 싶어서 얼결에 뒤를 돌아다보았다. 그리고 그제서야 언제 그랬는지, 필경 문턱을 넘다가 이목구비 일곱 구

매월당 김시습

멍으로 피를 쏟은 채 거꾸러져 있는 막생이의 주검을 알아보게 되었다. 지척불변의 어둠 속에서 천둥과 번개와 빗줄기는 요란했어도 벼락이 떨어지는 소리는 듣지 못한 것 같았으니, 그사이에 벼락을 맞아서 그러고 뻐드러졌던 것 같지는 않았다. 죽을 때 어떻게 하면서 죽었는지 본 사람이 없어 누구도 가늠을 할 수 없는 괴이한 죽음이었다.

나졸들이 막생이의 주검을 두엄덩이 치우듯이 아무렇게나 끌고 나갔다.

"예장禮葬을 갖추어도 원통하고 절통한데 재궁(관)도 없이…… 능침도 없이……."

금오랑은 나인들이 상행喪行을 하며 울부짖는 것도 돌아볼 겨를이 없이 시종 신속을 위주로 일을 치렀다.

금오랑은 습장을 마치기가 무섭게 관속官屬들을 거두어들였을 뿐 아니라 구경 나왔던 부민들도 혼을 내어 쫓아 버렸다. 그러나 그토록 주도면밀하던 그도 춘지·은이·효금·설이·막지·가야지 등 나인 여섯 명이 뒤따라가다가 말고 몰래 옆길로 새어, 금장강이 소용돌이쳐 흐르는 절벽 위의 금강정에서 일제히 상감마마를 부르며 치마를 뒤집어쓰고 뛰어내리는 것은 모르고 지나친 것이었다.

매월당은 무연하게 듣기만 하고 있다가 무거운 입을 떼었다.

"호장은 본디 겸인지력兼人之力의 국량과 주밀성이 남다르니 어련했겠소이까만, 왕방연이가 하고 간 짓은 썩 석연치 않은 데가 있소이다."

"하나 실인즉슨 그런 것만도 아닌 게 아닌가 싶었소이다. 그이가 하러 왔다가 감히 하지 못한 것도 그러려니와, 장차 대궐에 복명(復命, 명령 수행의 결과 보고)할새 목이 남아나고 말고를 근심하기보다 저 먼저 나서서 통찬(通贊, 상례 때 의식 절차를 큰 소리로 진행시키는 관원)이 되기를 수범하였고, 또 관속들을 핍박하여 공생 놈이 저지른 일을 해전에 닦았던 것도, 혹 시상屍床을 모시고 지체하노라면 밤사이 관민 간에 공을 훔치고 상을 가로채려는 말짜가 나와서, 그 위에 또 무슨 말 못할 짓을 가할는지 형세가 자못 불측한 고로, 금오랑 나름의 궁리를 다하여 그렇게 습장을 결행한 듯하였습니다. 그 같은 행지만 봐도 저희가 예단했더니 보다는 약간 다른 데가 있는 위인이었습지요."

"듣고 보니 왕방연이 습장으로 선손을 쓴 것이 도리어 다행이었구려."

매월당은 고개를 끄덕였다. 전년에 용산강 언저리에 내다 버린 육신의 시신을 밤 도와 수습하여 강 건너 노돌언덕에 장사 지내며 보았던 참불인견의 끔찍스러운 기억이 망막에 얼비치자, 왕방연의 그 같은 매듭은 슬기의 일면임을 알 수가 있었던 것이다.

"야반의 밀장密葬인지라 장히 어려웠으리다."

매월당은 호장을 위로하였다.

"저희야 이미 행할 바를 정했던 터이니, 비록 슬픔은 바이없었으나 앉아서 눈물로만 신자 된 도리를 갖출 경황이 아니었습지요. 다행히 의리를 아는 차성복 형이 뒤에 있고, 장성한 자식 놈이 옆에 있고, 또 생각 밖으로 의리 있는 종친 어르신께서 마침 이르러 계셨던 고로 장애됨이 없이 장례를 모실 수 있었습지요."

"종씨라고 하셨소?"

매월당이 잼처 물었다.

"그렇습니다. 함자는 종種 자이옵고, 지체는 명선대부明善大夫로 덕은감정德恩監正 나리시온데, 혹 구면은 아니시던지요?"

"이종李種이라…… 아무래도 면식은 아닌 듯하외다."

매월당은 고개를 저었다.

"바야흐로 습장을 모시고 돌아설 즈음, 난데없이 웬 마상객馬上客 하나가 곡성에 놀라 강가로 뛰어들며 모래밭에 엎드려서 곡을 하는데 눈치가 여느 나그네는 아닌 듯했습지요. 본부의 군교가 쫓아가서 누구냐고 물은즉 그저 지나가는 과객인데 느낌이 있어서 운다고 하더랍지요. 군교가 금오랑에게 근각(根脚, 신분 조사)을 품하니, 금오랑이 일을 만들지 말라고 하여 가게 했는데, 여겨보니 여관을 물어서 주인을 정하는 고로 퇴청하는 길에 들러서 떠본즉, 상감께 배알하고자 영남 땅 밀양에서 득달한 종친이었습니다."

"종씨 가운데서도 죽기를 가볍게 여긴 이가 있었다니 장히 갸륵한 위인이구려."

"이를 말씀이오. 언론하는 바를 들으니 의기도 매우 왕성하십디다요. 헌릉의 여섯째 분 희령군熙寧君의 증손이신데, 상감께서 영월로 거둥하시던 날 유독 성 밖에서 배알하신 어른이었고, 그 후 희령궁의 궁토가 있는 밀양에 은거하다가 다시금 알현코자 본부까지 오신 것이 그만 한 발 늦었던 것이니, 그 마음이 어떠했겠습니까. 해서 일을 맞잡을까 하고 귀띔을 하니 쾌히 응하시더군입쇼."

"신명이 내려다보심이리다."

"저도 그러니라 했습지요."

호장은 방구석에 있던 숭늉을 거의 한 사발가량이나 들이켜고 나서 이야기를 계속하였다.

"신명의 굽어보심인 것이 금오랑이며 원이며 관속들이며 다들 큰일을 당한 탓에 술기운으로 고로苦勞를 풀 셈으로 초경부터 취하여 쓰러진 자가 많았고, 또 번수(番手, 동헌 경비원)나 옥쇄장이나 수문졸이나 다들 공생 놈이 급살 맞아 칠공토혈七孔吐血을 하고 뻐드러진 것에 얼겁이 들어서 그러는지, 보는 앞에서 관물官物을 실어 내는데도 눈감아 주는 것이 마치 누가 시킨 듯했습니다요."

"창망 중이라 호장이 은밀히 비축해두었던 법물은 제대로 쓸 수나 있었는지?"

"대비가 넉넉지 못하여 습의襲衣는 겨우 칠 칭(일곱 겹)밖에 잡숫지 못했습지요. 하나 재궁은 국장에 대비한 황장목 전칠관 全漆棺을 썼으니 그나마 다행인가 합니다."

"답산도 미리 해두었겠소이다그려."

"이를 말이겠습니까. 읍에서 북면 쪽으로 한 오 리쯤 상거한 발산 줄기의 동을지冬乙旨란 등성이온데, 차장(車丈, 차성복)이 귀띔해서 한번 가 보고 바로 계시게 할 만한 곳임을 느꼈습지요."

"훌륭하시오."

"당치 않은 말씀을. 일은 삼경을 기다려 잠행했사온데, 차장은 일몰에 맞추어서 굿일을 시작하고, 덕은감정 나리는 삼문 밖에다 말을 대도록 했더니 그리 오래 걸리지 않았습니다."

호장이 이종의 말을 쓰기로 한 것은 혼자서 추스르기에는 관이 무거워서 일이 더딜 것을 염려한 까닭이었다. 관은 왕실의 소용에 즉응하도록 주밀성 있는 원이 미리 짜두었던 것으로, 관가의 화재를 가상하여 옥의 빈방에 옮기어 간수해오던 것이었다.

느닷없는 억수로 물이 붇고 물살이 훨씬 세졌는데도 시신은 호장이 올 것을 알았다는 듯이 처음 습장했던 자리에 그대로 가라앉아 있었다.

호장은 헤엄쳐 들어가서 모셔 내었다. 그리고 이종과 함께 염습을 하였다. 그러나 곤룡포는 쓰지 않았다. 뒷날의 초혼제에 대비하여 수의를 쌌던 보자기에 접어 두었다. 동을지까지 운구하는 데는 이종의 말이 한몫을 하였다.

날이 새기 전에 하관을 하였다.

후환을 상정하여 능침은 평토장으로 하였다.

차성복이 무구리의 손을 빌려서 장만한 제수로 평토제를 올렸다.

이종이 독축을 하였다.

축이 아니라 시였다.

떠나시기 전에 왔더라면	若到未薨前
용안이라도 한 번 뵈었을 것을	庶幾一瞻顔
가련하여라 옥체의 넋이여	可憐玉體魄
소쩍새가 되어 청산에 우시리라	杜宇啼靑山

이종은 다 읊기도 전에 목이 메었고, 남은 술로 한 잔씩 음복을 할 때까지도 흐느낌을 그치지 아니하였다.

호장은 위로가 됨 직한 말을 찾아보았다.

"나리께서는 진정하십시오. 나리께서는 가만히 귀성하여 계시면 아마 별탈은 없으리이다. 대개 본부에서 작청을 풀어놓고 적간해 들이기를 재촉하면, 모르긴 해도 거의가 이 엄가의 뒤를 밟으려고 들 것이니, 이 몸은 오히려 그로써 한시름 더는 셈으로 치부할 것입니다. 하오나 행차 도중에라도 호곡만큼은 부디 삼가심이 좋을 듯하외다. 밝는 날부터는 마당 하나 사이에서도 서로 냄새를 맡으려고 상투가 곤두설 판인데, 구태여 호곡을 참지 않아

매월당 김시습

빌미가 되게 할 것은 없을 듯합니다. 제 어리석은 소견으로는 애오라지 속은 속에 묻어두고 사는 수뿐이온데, 속을 속에 묻어두고도 견딜 만하다면야 작히나 좋겠소이까마는, 그 또한 만만한 일이겠습니까요. 해서 이 몸은 상감께서 본부에 임어합신 이래, 아예 외가붙이는 외면하고 처가붙이는 쳐다보지도 않고 친가붙이 역시 친하게 지내지 않기로 정하고 오늘에 이르렀습니다마는, 나리께서도 제가 해온 행신이 곧 요즈음의 인심이려니 하심이 어떨까 합니다."

이종은 대꾸하지 않았다. 그저 흐느끼기만 하고 있었다.

호장은 차성복에게도 위로가 됨 직한 말을 찾아보았다.

"차장은 장차 어찌하시려오? 식구가 기다리고 있는 양성의 본제로 귀가하심이 마땅할 듯하외다마는."

"이를 말이겠소. 이미 드러내고 해온 몸인데도 여태 무탈했으니 이제 와서 무슨 저촉될 일이 있겠소. 다만 상감께서 지금 우주 간에 계신지라 나야말로 촌각을 재어 가면서 양성 길을 더위잡아 가야 할 계제올시다. 전에 청령포의 냉궁에서 이 몸을 친견하실 적에 문득 특지特旨가 겹쳤는데, 만일 어천하신다면 반드시 내 집에 이르시어 의탁하시리라는 윤음綸音이 계셨으니, 실인즉슨 이제부터 바쁘기는 바로 이 몸이리다."

호장은 자기도 모르게 차성복의 손을 잡았다.

차성복은 아무 때나 우는 사람이 아니었지만, 이제는 울음을 아껴야 할 필요가 없다는 듯이 눈물을 쏟아 가며 말하는 것이었다.

"무엇이 씌었댔는지 수염도 나기 전부터 장사치로 굴러다니면서 식리殖利에 요령을 얻고, 남이 다 손가락질하는 구리귀신(수전노) 노릇을 하여 다행히 볏백이나 좋이 앞두게 되었으니, 이제 집에 가면 조석으로 상식上食을 올리고, 매삭에 삭망전朔望奠이나 올리고 하면서 몸을 마칠 작정이외다."

차성복은 목이 메어 말을 더하지 못하였다.

"이러시다가는 동이 트고 말겠습니다요."

호현이가 어포御袍를 싼 보퉁이를 집어 들면서 시간이 된 것을 일깨웠다.

"갈 길이 머니 여기서 더 마음을 끌지 말고 이만 일어들 나시지요."

호장은 두 의인과 옷소매를 나누었다.

"저는 그길로 저 아이랑 사냇들에 들러서 관란정께 일의 대강을 사뢰고, 게서 하루 낮 동안을 비켜 있다가 발행했사온데, 행여 본부에서 차사(差使, 죄인을 잡으러 다니는 아전)를 띄우고, 또 각 읍에서 물색(物色, 생김새를 그려 가지고 다니면서 찾음)을 하면 영락없이 나감(拿勘, 잡혀서 죽음)이 될 장본인인지라, 해가 나면 산에 들어가서 자고 별이 나면 마을을 피해서 걷고 하느라고 이리 늦었습니다."

"자네도 할 일 했느니."

매월당은 호현에게 편히 앉도록 권했다.

"저 아이야 장마에 쭉은 수숫대같이 키만 있는 어간재비라 아무 한 일이 없으니 집에 두고 와도 무방할 듯했소이다만, 이 몸이 살아생전에 선영을 찾아뵙기는 이제 영 글러 버린지라 굳이 예까지 안동해왔습지요. 이 몸은 장차 머리라도 깎고 사는 날까지 살기야 하겠지만, 나중에 거울러져서(죽어서) 해골이나마 환고향하고자 할작시면 자식 놈이라도 곁에 있어야 하지 않겠습니까. 제 어미는 팔계로 퇴촌(退村, 읍에 살던 아전이 두메로 물러감)하도록 미리 일러뒀습지요. 본래가 처가곳인지라 겨레도 여러 가호 모여 사니 설마 주려 죽기야 하겠소이까만, 막상 바깥 잃고 자식 놓치고, 하염없이 홀앗이로 늙게 된 신세 생각하면 다소 딱하기도 하긴 하더이다. 하나 지금 혈육이 풍비박산하여 서로가 안부조차 못한 채로 원수 놈의 집구석에 매여 부림을 받는 부녀자가 수백에 달함을 헤아리면 오히려 부끄러운 일입지요."

호장은 반백이 다 된 머리를 숙이며 방바닥에 주르르 눈물을 흘렸다.

"만년토록 어두운 지하마저 야반삼경의 어둠 속에 듭셨으니……어허, 천고소무사千古所無事라, 대체 어느 말세에 이런 일이 있었더냐."

매월당은 방바닥을 치면서 벽에 걸어 놓은 어포를 우러러보았다.

어포는 외인의 이목을 꺼리어 백지로 싼 다음에 대웅전의 본존불 옆자리에 간수하였다.

그리고 제단을 만들었다. 지난여름 육신의 일주기를 맞아서 고려의 충신들이 쉬는 삼은각 옆에다 쌓았던 육신단의 윗자리에 어탑御榻을 앉히듯이 영좌靈座를 증설한 것이었다.

그 육신단은 멀게는 함안에서 올라온 진사 어계漁溪 조여趙旅, 대궐의 찬탈 변란 직후에 강원도 김화의 모래실[沙谷]에 들어가 초막을 꾸미고 매월당과 더불어 울분을 주체하지 못하다가 영천으로 내려갔던 전 부제학 정재靜齋 조상치曹尙治, 백옥헌의 재종형으로 절재(김종서)·지봉(황보인) 등 고명대신들이 암살당하자 그날로 벼슬을 버리고 고양의 두메에 은거하기 시작한 전 황해감사 망월암望月庵 이축李蓄, 여산에서 은거하는 전 호남 순무사 서재西齋 송간宋侃, 그리고 가깝게는 매죽헌의 당숙으로 모진 고문에도 불복하고 김해에 귀양 갔다가 방환되어 공주의 달밭[月田]에 옮겨 와 살고 있는 전 교리 인재仁齋 성희成熹, 애일당(정분)의 대를 잇기로 하고 공주의 사곡으로 옮겨 와 살던 전 정랑 포옹逋翁 정지산鄭之産 등이 와서 매월당과 손을 합쳐서 지어 놓은 것이었다.

영월의 흉음을 모르는 사람이 없게 되었을 즈음하여 동학사에는 은사隱士들이 보내는 전인과 사환使喚의 발걸음이 부쩍 늘었고, 계룡산을 찾는 객승들의 석장錫杖 소리도 전에 없이 자주 들리곤 하였다.

매월당 김시습

매월당은 그런 전인과 사환과 객승들에게 전언과 쇄언瑣言과 평언評言을 들으면서, 세상을 버리고 유거幽居하는 갈건야복들이 영월의 흉음을 계기로 더욱 자학적인 삶을 가거나, 더욱 존양하는 몸으로 앉아 있다는 것을 알 수가 있었다. 밤이 길면 꿈도 길다지만, 꿈이란 것도 잠을 자는 것으로서 시작의 유무가 있는 것이고 보면, 그들은 꿈을 꿀 수 있는 소지마저도 마련된 처지가 아니었다.

정재(조상치)는 대궐이 예조참판을 주마고 달래는 것을 뿌리치고 영릉 재위시에 나란히 등과하고 출사했다가 일거에 벼슬을 던지고 돌아온 전 참의 섭안燮安, 전 주부 섭흥燮興, 전 정랑 섭륭燮隆 등 아들 삼 형제에 종손인 전 장사랑 계조繼組를 합쳐 일족이 복상服喪을 하면서 지금도 여전히 서울 쪽을 향해서 앉기를 거부하고 있었다.

망월암(이축)은 고양의 별장에서 복상하며 책과 야취野趣로 소일하고, 어계(조여)는 함안에서 복상하며 낚시로 소일하고, 서재(송간)는 여산을 떠나 흥양의 마륜촌馬輪村으로 옮겨 가서 산중에 움막을 묻고 복상하되, 눈만 뜨면 술이요 술만 들면 통곡이어서, 속내 모르는 어초漁樵들이 보기에는 반미치광이나 다름이 없다는 것이었다.

포옹(정지산)은 공주의 사곡촌에 있는 초당에서, 인재(성희)는 맏이인 담수聃壽를 비롯한 여러 자제들과 공주의 달밭에서 삼순구식의 애옥살림도 부족하여 고문과 귀양살이로 깊어진 골병에 시달리며 하루도 성한 날이 없이 시난고난한다는 거였고, 관란(원호)은 사냇들에서 다시 원주의 남송촌으로 돌아갔는데, 대궐이 호조참의 자리를 비워 놓고 불렀으나 사립문 밖도 내다보지 않고 복상을 하고 있다는 것이었다.

벼슬을 버리고 선산으로 돌아간 전 현감 경은耕隱 이맹전李孟專은 귀가 먹고 눈이 어둡다는 핑계로 문밖출입조차 거부하고 복상을 하되 역시 서울 쪽으로는 앉아 본 적이 없으며, 오직 점필재(김종직) 하나를 잘 보아서 허용할 뿐 모든 내객을 문전박대로써 쫓고 있다는 거였고, 본래가 청백리였기로 찢어지게 가난하여, 방에는 거적자리가 모자라고 부엌에는 숟가락이 모자라는 살림이라고들 하였다.

문무를 겸하여 일찍이 조야에서 출장입상의 재목으로 촉망하였으나 단박에 관찰사 자리를 던지고 안동으로 낙향했던 율정栗亭 권절權節도 대궐에서 첨지중추를 주마고 이미 여러 차례나 불렀지만 귀머거리가 되었네, 노망이 들어 매사에 갈피가 없네 하고 돌아앉아 복상을 한다고 하였다.

머리를 깎고 산승이 되어 복상을 하는 이도 있었다.

낭간(유성원)의 족제인 전 감찰 서산西山 유자미柳自湄가 그런 사람이었다. 그러므로 서산은 있는 곳조차 묘연하였다. 그러면서도 서산은 매죽헌의 유복녀를 몰래 본가에 데려다가 유모를 들여서 기르고 있었다. 성장하면 며느리로 삼기로 했다는 것이었다.

스스로 삶을 줄인 이도 적지 않았다.

육신의 흉음에는 정랑 박심문朴審問이 명나라에 사신으로 갔다 오다가 압록강을 건너면서 육신의 신화를 듣고, '의사들이 모두 순절했는데 나만 살면 지하에서 선왕을 뵈올 수가 없다' 하고 약을 타서 마신 일이 있고, 첨정 죽림竹林 권산해權山海는 높은 정자에 올라가 몸을 던져서 숨을 마감하더니, 영월의 흉음에는 전 순천부사 양산陽山 김우생金佑生과 백촌(김문기)의 둘째아들로 군위현감 재임 시에 김해로 달아나 변성명으로 목숨을 부지하던 김인석金仁錫, 그리고 진사 매설헌梅雪軒 조완규趙完珪의 종제인 월계당月溪堂 조종경趙宗敬이 귀양지인 동복에서 절망을 이기지 못해 곡기를 끊고 굶어서 숨을 거두었다는 것이었다. 매설헌은 초시에서 인정받은 것으로 만족하고 과거 공부도 하지 않은 독서가로서 유가儒家의 신망이 두터웠으나 절재(김종서)가 찾아와서 시국을 의논한 것이 빌미가 되어 멸문의 화를 면하지 못했던 것이다. 매설헌의 부인과 딸은 신숙주의 종으로 정해지자 모녀가 함께 우물에 뛰어들어 죽음을 택하였고, 두 아들은 상주 고을의 관노가 되어 가다가 장남(範)은 길에서 피를 토하고 죽고, 차남(篩)은 성주 고을에서 죽었으며, 매설헌의 아우(完洙)는 매설헌의 귀양지에 함께 있다가 매설헌이 교수당하는 것을 보고 자처하였고, 월계당의 아우(以敬) 또한 평산 고을에 관노로 갔다가 스스로 살기를 중단했다는 거였다.

죽었는지 살았는지 통 알 수가 없다는 행방불명자도 있었다.

전 집의 홍연洪演과 권자신의 종제인 권자문權自文이 그런 사람이었다.

그런가 하면 아직도 귀양살이에서 풀려나지 못한 사람도 있었다.

형제가 집현전의 교리로 있다가 백옥헌(이개)의 당이라 하여 죽은 두 형(權署, 權著)에 연좌되었으나 다만 나이가 열여섯이 안 되어서 죽음이 늦춰지고 영해 고을의 관노로 매여 있는 권책 權策, 그리고 전 감찰 설곡雪谷 정보鄭保 등이 그러한 경우였다.

권책은 어린 나이로 관노살이를 하고 있으나 앉아도 반드시 영월이 있는 북쪽을 향하여 앉고, 아침저녁으로 하늘에 분향하면서 상왕이 복위되기를 기도하더니, 영월의 흉음이 전해지자 대성통곡을 하다가 기절하기 직전에 깨어났다는 것이었다.

설곡은 서출의 누이가 한명회의 첩이었다.

설곡은 육신의 거사가 깨지자 그녀에게 가서 한명회를 찾았다.

"대감께서는 지금 입시하고 안 계시우. 죄수들 벌하시기에 바빠 여긴 들를 새두 없다시는데, 어인 일루 오라버님이 우리 대감을 다 찾으시우?"

그녀가 말한 죄수인즉 육신이었다.

설곡은 발끈하여,

"죄수라니, 네 이년, 그분네들이 죄인은 무슨 죄인이라구 네년이 감히 주둥이질을 그리 하는 게냐. 주둥이를 찢어 놓을 년 같으니라구."

크게 꾸짖고 나서,

"이년, 네 놈팡이더러 일러라. 만약 그분네들을 해칠 양이면, 네 놈팡이야말로 만고의 죄인이 되느니라구."

설곡은 그렇게 이르고 선걸음에 되짚어서 나왔는데, 그녀는 그날 밤에 그 말을 그대로 고자질하고, 한명회는 밤새도록 이를 갈다가 이튿날 대궐에 고자질하였다.

설곡은 즉시 국청으로 끌려가게 되었다.

"네 이놈, 네 죄를 네가 알렷다?"

"과연 그렇소이다."

설곡은 주눅 들지 않고 서슴없이 대꾸하였다.

"제가 그년한테 그 말을 한 것은, 본래부터 박팽년·성삼문의 무리는 그야말로 정인正人이요, 군자의 무리임을 알고 있었기 때문이었소이다."

"여봐라, 저놈도 군기감 앞에 내다가 찢어 죽여라."

그러나 설곡이 절반가량 끌려 나갔을 때 대궐은 명령을 바꾸었다.

"여봐라, 그놈은 충신의 후손이니 찢지는 말고 극변으로 쫓아 매어 두어라."

설곡은 포은(정몽주)의 손자 된 덕에 자신의 고향인 연일에서 귀양살이를 하고 있었던 것이다.

일부러 몸을 부리며 자학하는 이로는 전 관찰사 망세정忘世亭 심선沈璿을 들 수 있었다. 망세정은 풍양에 정착하여 정자를 짓고 현판하면서 아호로 삼았는데 몸소 물고기를 잡고 땔나무를 하면서 복상한다는 것이었다.

문을 닫아걸고 들어앉아서 누가 찾아와도 내다보지 않고, 또 대궐에서 벼슬을 놓고 부를 적마다 큰 욕으로 알며 책과 붓을 벗삼아 은둔하고 복상하는 은사는 이루 거명하기가 어려울 정도로 허다하였다.

매월당이 기억하는 이는 그 일부에 지나지 않으려니와, 평민에서 발탁되어 관찰사와 대사헌을 거쳐 판중추에 이르렀던 청파靑坡 기건奇虔은 집에서, 전 교리 수옹 구인문은 해미에서, 전 평시서령 도촌桃村 이수형李秀亨은 영주에서, 진사 돈암遯菴 서한정徐翰廷은 소백산의 고사리봉 기슭에서, 전지평 서강西岡 김계금金係錦은 김해에서, 전 판서 남정楠亭 이견기李堅基는 청주에서, 전 정랑 윤혜尹譓는 남원에서, 앉을 때는 반드시 영월 쪽을 향하여 앉으면서 복상을 하고 있다는 것이었다.

부귀공명의 뜻을 이룩한 형 신숙주와 달리 전 대사간 귀래정歸來亭 신말주申末舟는 순창에 내려가 있고, 안맹담의 아들인 전 돈녕부 도정 전은田隱 안상계安桑鷄는 저산도楮山島란 섬으로 들어가 나오지 않는다는 것이었고, 전 현감 백산白山 안귀행安貴行은 남원에서, 진사 노송정老松亭 이계양李繼陽은 전주에서, 전 상장 휴계休溪 전희철全希哲은 영천에서, 전 감찰 송정松亭 남수南須는 양양에서, 전 군수 격재格齋 손조서孫肇瑞는 안성에서 복상한다고 하였다.

대궐의 찬탈 변란과 동시에 벼슬을 무르고 떠났던 이들도 전 참봉 월헌月軒 심손沈遜은 청송, 전 참판 회헌檜軒 유의손柳義孫은 전주, 전 목사 묵은默隱 현득원玄得元은 영천, 전 판서 명은溟隱 윤황尹煌은 영해, 전 부사 퇴촌退村 최상유崔尙柔는 경주, 전 판서 둔옹遯翁 안엄경安淹慶은 경기도 광주, 진사 행정杏亭 권식權軾은 안동, 전 참봉 영파정穎波亭 이안李岸은 함평, 전 부호군 학암鶴巖 하철河哲은 진주, 전 직제학 김한계金漢啓는 고양, 전 한성판윤 문천봉文天鳳은 함산, 전 유수 민심언閔審言은 통진, 전 대사간 하결河潔은 정읍, 진사 유윤柳潤은 청주에서 복상하고, 전 사직서령 숙재肅齋 우계근禹繼根은 계룡산 기슭의 신도안으로 옮겨 와 복상하면서 동학사에 한번 다녀가기도 하였다. 또 전 도사 둔학遯壑 송경원宋慶元은 '살아서는 산속 사람이 되고, 죽어서는 산속 귀신이 되리(生爲山中人死爲山中鬼)'란 두 마디 절구를 남긴 뒤에 종적을 감추었고, 김제에서 고을살이를 하다가 변란이 나자마자 인끈을 버린 완휴재玩休齋 강승姜昇도 여전히 김제의 생건산生巾山에서 나오지 않고, 전 판서 동대東臺 최선문崔善門, 전 좌랑 인촌仁村 조명趙銘, 전 교리 죽당竹堂 신숙서申叔胥, 전 사인 거정居正 서호徐皞, 전 교관 임회당臨淮堂 박희권朴希權 등도 자정으로써 보인補仁하기를 쉬지 않는 은사들이었다.

그러나 그뿐이었다. 아니 그저 그렇게들 하루하루 살아가는 것이었다. 그리고 그것이 최선일 것이었다.

누가 그러기를 바라고 말고 간에 하늘이 뼈개지는 일도 없고 땅이 내려앉는 일도 없었다. 궂다가 개는 것도 하늘이 제 성질을 다하는 것이요, 질다가 굳는 것도 땅이 제 성질을 다하는 것이었다.

하늘이 그러하고 땅이 그러할진대, 나고 크고 피고 맺고 시드는 것은 초목의 적응인 것이요, 나고 크고 앓고 늙고 기우는 것은 인간의 적응인 것이니, 인간사 역시 성기자연性起自然의 하나로서 그저 저절로 그렇게 있는 존재요, 그저 저절로 그렇게 되는 성질인 것이었다.

그것도 생각에 그런 것이 아니라 실상이 그러한 것이었다.

다시 생각해볼 것도 없이 분하다는 것은 분히 여기는 사람이나 분한 것이므로 그러기에 더욱 분하고 서글픈 것이요, 기쁘다는 것은 기쁘게 여기는 사람이나 기쁜 것이므로 그러기에 더욱 기쁘고 즐거운 것이었다.

어떤 사람은 훔친 기쁨과 빼앗은 즐거움을 다 누리기 전에 있던 숨이 다 되어 몸이 묻히고, 어떤 사람은 겪은 분함과 당한 서

글픔이 다 가시기 전에 없던 숨을 얻고 몸이 태어나 태를 묻게 하니, 묻히는 것이나 묻게 하는 것이나, 다 같이 업보도 아니고 윤회도 아니고, 그저 그냥 그런 것일 뿐이요, 그것이 곧 실상인 것이었다.

그런데 그 실상 가운데 뜻있음과 덧없음의 차이란 얼마며, 보람 있고 부질없고의 거리는 또 얼마인 것인가.

살림에는 있는 가운데에도 없는 것이 있고, 없는 가운데에서도 있는 것이 있으며, 살면서도 죽은 뒤와 같은 삶이 있고, 죽은 뒤에도 사는 것과 같은 죽음이 있으니, 그 차이와 거리는 얼마인 것인가.

화는 위태한 곳에만 있는 것이 아니라 편안한 가운데에도 있고, 복은 경사스러운 가운데에만 있는 것이 아니라 근심하는 곳에도 있지 아니하던가.

충이란 것은 또 어떤 것인가.

충신은 어려운 시대를 맞으면 오직 살신성인으로 대처하고 의로움을 실천하는 것으로써 맡은 바 책임을 삼을 따름인 것이니, 《시경》에 '그대여 목숨을 내놓아도 변함이 없구나(彼其之子 舍命不渝)' 하고, 또 '겨울이 되어야 굳센 풀을 알게 되고, 세상이 어지러워야 충신을 알아본다(歲寒知勁草 亂世識忠臣)'고 한 것이 그 요체인 것이다. 어떤 이는 충忠이란 글자를 '몸과 마음을 극진히 함'으로 풀이한 바 있거니와, 몸과 마음을 극진히 한다는 것은 삶과 죽음, 위태함과 어려움에도 신하의 도리를 극진히 하여 힘을 다하고 몸을 다할 따름인 것이지, 반드시 용기로써 참고 죽음에 나아가거나, 구차스럽게 피하기만 할 것도 아닌 것이며, 다만 그 때그때의 형세를 보아서 운신을 하는 것이 마땅한 것이다.

그렇지만 그 일의 이룸과 꺾임, 그 뜻의 펴짐과 접힘은 운명에 달린 것이라고 해도, 자기 힘으로 할 수 있는 것이라면 모름지기 그 힘이 다하도록 힘써야 옳은 것이며, 그 뜻이 실천할 수 있는 것이라면 모름지기 그 뜻을 굽히지 않도록 애씀이 옳은 것이었다. 그러므로 충신이 되는 도리는 반드시 괴롭게 신하가 되어서 자기 힘으로 할 수 없는 일을 하는 것이 아니라, 신하가 되었기에 신하로서 할 수 있는 일에만 직분을 다함이 있어야 하는 것이었다.

상왕의 퇴관들이 저마다 그 이름을 저버리지 않고 자정(自靖, 스스로 충성을 다하고자 나섬)하기에 분발하여 갈건야복을 고수하며 나름껏 복상을 하고 있음은 곧 옛 신하로서 할 수 있는 일을 다하고 있는 셈이며 그것이 그들의 직분이요, 또한 최선인 것이었다.

그러나 그것이 매월당에게도 최선인 것은 아니었다.

그네들과 달리 퇴관이 아닌 까닭이 아니었다. 사냇들의 관란정에서 토로했던 그대로, 영릉의 장학과 후일의 기약에 감동하여 학문의 성취에 힘쓰고, 그 원손의 용비(龍飛, 등극)와 때를 맞추어 청운(靑雲, 벼슬)에 가깝기를 실험하여 백패(소과 입격증)를 쥐어

매월당 김시습

보기도 하였지만, 무엇보다도 장차 자리를 얻으면 어린 임금을 섬기는 것으로 보국輔國의 도리를 이루고자 스스로 다짐을 했던 까닭에 야대(也帶, 대과 급제자가 증서를 받을 때 매던 띠)를 띠고 아니 띠고를 따진다는 것은 그 따진다는 자체부터가 애당초 부질없는 일인 거였다.

그러므로 상왕에 대한 복상은 매월당에게도 유일한 예와 도와 분수일 터이며, 살면 사는 날까지 생활의 내용이 될 수밖에 없는 운명인 것이었다. 그렇지만 한결같이 전형성에 구애받는 퇴관들의 복상 형식을 그대로 따르기는 거북한 일이었다. 머리를 깎고 검정 옷을 걸치고도 도가의 단약丹藥과 단전으로 하는 호흡에 솔깃하여, 왼발은 불가에 젖고 오른발은 도가에 물든 채 유가의 몸통을 가누려고 한 것도, 형식은 여유이며 육식자(肉食者, 벼슬아치)들의 사무에 불과하다는 생각에서 비롯된 것이니만큼, 꼭 퇴관들과 한 굴레를 쓰고 명분을 나누는 것만이 최선이라고 할 법은 없는 것이었다.

그렇다면 전형을 버리고 천성을 따르는 것이 차라리 떳떳하지 않을 것인가.

매월당은 퇴관들의 전형에 매인 복상이 엉킨 실타래처럼 답답하였다. 세상의 생리가 용납되지 않아 절간에 의지해왔지만 절간에 괴어 있는 공기도 답답하기는 매일반이었다. 비유하면 퇴관들의 행실은 마치 암석 가운데의 화석을 바라보는 것과 같고, 절간의 의식은 마치 쇠북과 함께 매단 목어木魚를 두드리는 소리와 비슷하였으니, 화석은 만 년이 넘고 목어는 천 년이 넘은 물건이라 이제는 보기만 해도 권태로움을 자아내어 견딜 수가 없을 것 같은 느낌이었다.

그것이 자신의 천성이며 성기자연인 것이었다.

매월당은 놓여나고 싶었다. 그리하여 사방팔방 시방十方으로 밑도 끝도 없이 놓여난 길에다 몸을 풀어 주고 싶은 것이었다. 뜨락의 한 뼘 거리도 길이 아닌 것이 없다고는 하지만, 말로는 같은 길이라고 해도 울안에 갇혀 있는 길보다 들판에 풀려 있는 길에다 몸을 맡겨 보고 싶은 것이었다. 중원에서 동국으로 건너오기 전부터 낡아 버린 형식을 버리고 길에다 몸을 숨기되, 기氣는 기대로, 질質은 질대로, 자유自由하고 싶고, 자재自在하고 싶고, 자적自適하고 싶은 것이었다.

매월당은 자신도 모르게 벌써 다섯 해나 지나간 임신년의 여름으로 되돌아가 있었다.

임신년은 처음으로 긴 노정에 긴 산거山居를 해본 해였기에 못내 잊지 못하고 있었던 것이다.

도성에서 나고, 난 자리에서 자라고 배운 것이 자양의 전부였으니 자유하고 자재하고 자적하는 자연에 대한 그리움은 마치 웅덩이의 물고기가 천류 장강을 그리워하는 본능의 소치와도 견줄

매월당 김시습

만한 것이었다.

일찍이 모친의 장례를 모시러 강릉으로 내려가고, 여묘에서 상복을 벗고 귀가한 것까지 치면 원로의 행려가 아주 없었던 것은 아니지만, 그때의 행보는 어디까지나 상제로서의 행례였을 뿐 길에 몸을 맡긴 길손 노릇은 아니었으니, 그 임신년의 행각은 행려로나 유람으로나 실로 처음이었던 것이다.

매월당이 가는 길마다 송화가 날려 바람꽃이 핀 듯하던 남도 팔백리 조계산曹溪山으로 행로를 잡았던 것은, 호남의 고승인 설준雪峻대사의 준덕峻德에 매월당 자신이 쏠려 들었던 까닭이었다.

설준대사는 매월당이 송광사松廣寺에 딸린 한 암자에서 하안거를 마칠 때까지 머무는 동안 '준대사에게(贈峻上人)'로 제하여 스무 수를 읊는 가운데 귀글로 표현한 그대로, 마음이 흐르는 물처럼 저절로 깨끗하여(心同流水自淸淨), 성품이 물 위의 달처럼 늘 밝았고(嬋娟水月性常明), 천 산 만 강이 담긴 듯이(萬水千山得意回), 그 몸이 모든 시비를 초월한 한 조각의 구름(身與片雲無是非)이었던 큰스님이었다.

매월당은 설준대사를 들은귀로만 알다가 대사가 발섭 만리의 운수간에서 나와 서울에 그 모습을 잠깐 보였던 기회에 찾아보고 예를 갖추었고, 사대문 안팎에서 몰려온 사람들이 둔屯을 친 와중에서 구면의 한 거사로 다리를 놓게 하여, 대사가 주석하는 곳까지 동행으로 받아 주기를 요청했던 것이다.

대사는 미소를 지으며 맞아 주었으나 생각할 수도 없었던 뜻밖의 청탁에 선뜻 대답이 나오지 않는 기색이었다. 남이 다 촉망하는 김오세의 청탁인 데다, 비록 신동이 숙성했다고 하더라도 아직은 입격入格조차 하지 않아 과공科工에 딴전 볼 틈이 없어야 마땅할 터에, 스스로 와서 한눈팔이를 할 계획부터 말하고 있으니 어이가 없기도 할 일이었다.

"글쎄올시다. 당부당當不當은 다음이고 우선 하도 무망중無妄中이라서 원……."

대사는 미소만으로는 대답이 부실할 성싶은지 이렇게 물었다.

"빈도는 산내山內의 일개 야납野衲에 불과할 뿐만 아니라, 특히 유술儒術에서는 불상당(不相當, 서로 맞지 않음)인 터이거늘, 황차 선비께서는 남은 일(과거 응시)이 있을지니 오직 거경궁리(居敬窮理, 주자가 말한 공부 방법)에만 전념해도 장히 긴장하실 즈음에 하필이면 때아닌 유산遊山을 꾀하심인지?"

매월당은 나중에 귀글이 되어 나올 말로 서슴없이 대답하였다.

"대사의 말씀에는 감동합니다만 저는 공거문자公擧文字 보기를 늘 제지이흑(題之以黑, 검은색 정도로만 여김)해온 터이니 긴장할 일이 아니올시다. 또 설사 과장科場에 입문하게 될 때는 하더라도 등록(謄錄, 답을 씀)은 어차피 중서군(붓)이 수고로움을 맡을 터이니 제가 할 일은 다만 그 밖의 것을 알고자 함이 있을 따름이외다."

"만일 선비가 이 야납의 동행이 된다고 한들 대체 무슨 얻음이 있을는지?"

"대사를 따르면서 생생이 없다고 한 이치를 묻잡고자 함이올시다(從師我欲問無生)."

"밤은 달밤이 더 짧은 것을 알고 있으시오?"

"노송의 그림자가 긴 탓인가 합니다."

"이 몸이야 선비랑 길동무하는 것도 야무방(也無妨, 해롭지 않음)이리다."

"그럼 바로 치행등절(治行等節, 행장을 꾸림)에 소루함이 없도록 용심하오리다."

매월당은 조계산에 있으면서 여러 가지를 새로 보고 새로 느꼈다.

대사는 고답한 호남의 산장山長이면서도 매월당을 스스럼없이 망년지우로서 대하였다.

매월당은 더위잡을 수 없는 대사의 준덕을 스무 수의 시에 줄여 담았다.

대사가 법신에 도달한 모습은 '남은 것이란 이렇듯 짚신 한 켤레, 평생토록 걸은 것이 여윈 지팡이라(萬古乾坤雙草屬 百年身世短瘦筇)' 하였고, 대사가 반야선에 도달한 모습은 '황금도차 한 잔만 못하겠더라, 뜸집 한 채가 관가를 내려다보네(鼎中甘茗黃金賤 松下茅齋紫綬輕)' 하였고, 대사가 해탈의 경지에 도달한 모습은 '손이 드물어 쑥대 평상 치우고, 뜰에 드리운 솔가지엔 갈건을 걸었더라(客稀竹架懸蓬榻 菴靜松梢掛葛巾)'고 하였다.

또 대사에게 물은 것은 '청산은 다가오며 어리석다 웃지만, 저 달은 누가 나누어 웅달샘에 던졌나(靑山强對癡然笑 明月誰分落小泉)' 하였고, 대사의 일갈에 대해서는 '어이 알았으랴 세상살이 한평생 시름인 줄을, 늘그막에 하나 안 것이 공이더라네(平生豈解愁塵事 到老惟知樂大空)' 하고 읊었다.

그리고 대사와의 문답을 합쳐서 이렇게 읊었다.

공과 색 보아하니 색이 바로 공이라	空色觀來色卽空
한쪽이 없으면 서로 아니 되더라	更無一物可相容
소나무는 뜻이 있어 추녀 끝에 푸르지 않고	松非有意當軒翠
꽃도 무심한 채로 해를 보며 붉어 있네	花自無心向日紅
같고 다르고 다르고 같고 같으면서 다르고 다르니	同異異同同異異
다르고 같고 같고 다르고 다르면서 같고 같네	異同同異異同同
같고 다름의 참모습 보고 싶으면	欲尋同異眞消息
높고 높은 최상봉에서 알아볼진저	看取高高最上峯

남녘의 풍물도 매월당에게는 새로운 것이 많았다. 장마를 보내기 전부터도 자연 속의 자연 현상은 서울에서 보던 것들과 차이가 있었다. 구름장이나 빗발도 높은 산이나 깊은 골이나 너른 들

판의 것은 신비로운 데가 있었다. 구름과 비는 본래 외롭거나 쓸쓸한 사람의 것이라서가 아니라, 성기자연 그대로 자유하고 자재하고 자적하는 것들은, 역시 잠시라도 세속을 잊고 그것들의 자유와 자재와 자적하는 성질을 닮고 싶어 하는 마음으로 대하는 것이 제격이 아닌가 하는 느낌이었던 것이다.

뜬구름과 같이 멀리 대하는 현상들만 그런 것도 아니었다. 가까이 접할 수 있는 초목들 역시 마찬가지였다.

매월당은 겨울에도 제 빛깔을 지키는 초목이 적지 않다는 것이 새삼스러웠다. 겨울에 푸른 것이 송백과 대라는 것은 실물보다도 글을 읽어서 알았던 것이지만, 소인묵객들이 즐겨 읊조려 온 소나무, 잣나무, 대나무 사이에 또 다른 초목이 있다는 것이 새롭고 신기한 것이었다. 그중에서도 송광사와 선암사仙巖寺 등 여러 절집의 집터서리마다 자라고 있는 차나무는 더욱 그러하였다. 포목을 주고도 사기 어려운 당재唐材나 되는 것처럼 아껴 먹었던 차가 지천으로 널려 있는 것도 신기하지만, 차나무라는 것이 찻잎을 딸 때 발은 뻗정다리 도랑 건너듯 벋디디고 팔은 뻗팔이 기지개 켜듯 벋지르지 않아도 되게끔 키가 홀쭉하지도 않고, 다다귀진 찻잎을 앞에 두고 이리저리 손을 훔척거리지 않아도 좋게끔 사방으로 훨씬 되바라지지도 않은 데다, 멱을 젖혀 고갯심을 뺄 만큼 위로 퍼지지도 않고, 허리띠가 흐를 만큼 굽실거리도록 앉은뱅이도 아니고 보니, 오직 인간에게 차를 베풀기 위해 생긴 나무인가 싶어 여간 반가운 것이 아니었다.

　비자나무도 반갑게 만난 나무였다. 비자나무는 한다 하는 재목이었다. 선재船材로서도 훌륭할 뿐 아니라 지붕 밑에서는 기둥이 되고, 기둥 옆에서는 가구가 되고, 가구 앞에서는 바둑판이 된다는 것이요, 그 열매도 먹으면 약이 되어 횟배와 거위침을 다스리고, 볶아서 짜면 기름이 되어 민가와 절간에서 등잔을 채워 주니, 늙으면 관재가 되어 인간의 마지막 길에 동행이 되는 송백에 견주어서 처지는 데가 없는 나무였던 것이다.

　산음에서 풀밭을 이루고 산양에서도 소나무 그늘을 찾아 무드럭지게 우거진 난초 역시 반갑게 만났다.

　뿌리가 심황이란 이름을 얻어서 사람들의 흥분과 우울을 다독이고, 또 창이요 칼이요 촉이요 하는 날붙이에 베이고 찔린 금창金瘡을 아물려 준다는 울금鬱金도 반갑게 만났다.

　아아, 유자나무는 또 어떻다고 하겠는가.

　유자는 항간에서도 구경도 하기 어려운 남녘의 토산이었다. 그래서 유자나무와 처음 마주치자 필경 탱자나무와 촌수를 꼽을 듯한 생김새에 적이 실망하지 않을 수가 없었다. 백년을 기하고 가꾸어도 영 미끈할 수가 없는 수종일뿐더러, 회남의 귤나무를 회북으로 옮겨 심으면 기어이 탱자나무가 된다던 말과 함께, 엄나무보다도 곱절이나 엄하게 생긴 가시로 벼르고 서 있는 탱자나무의 선입관이 한발 앞선 탓인지도 몰랐다.

그러나 유자나무가 탱자나무보다 제주도의 토산인 귤나무를 더 많이 타겼다는 말을 듣고부터는 가시만 아니라면 얼른 어루만 졌을 것처럼 덧정이 우러나는 것이었다. 성균관에서 공부하던 때를 추억하게 해준 까닭이었다.

매월당이 성균관에 들어갔던 것은 존양재(이계전)에게 그의 아들(우)과 함께 공부하다가 송정(김반)과 별동(윤상)에게 공부를 더 보태고 난 뒤의 일이었다.

성균관의 동재와 서재는 명륜당明倫堂의 한성시漢城試와 팔도의 선화당宣化堂에서 향시鄕試를 치르고 조흘첩(照訖帖, 소과 예비 시험 합격증)을 받은 뒤에 소과에 입격하여 진사가 되고 생원이 된 태학생들로 가득하였으나, 하재下齋에는 면학을 충동하는 뜻으로 사학(사부학당)에서 뽑힌 학생을 약간씩 받아 주고 있었다.

매월당이 나이 어린 소년의 몸으로 학당도 거치지 않고 곧장 하재에 들어갈 수 있었던 것은 별동이 마침 반장(泮長, 대사성)으로 있어서였고, 또 사량(私粮, 자기가 쓰는 것을 집에서 댐)으로 양현고養賢庫의 지출을 더하지 않게 한다는 조건이 따랐기 때문이었다.

별동은 매월당의 생지지질을 익히 알았기에 그 같은 파격적인 특혜를 베풀었지만, 그 대신에 성균관에서 보이는 과거에는 무가내고 과필科筆을 쥐지 못하게 하였다. 위(세종)에서 학문이 이루어지기 전에는 재주를 덮어 두고 드러내지 않게 하라는 특지가 있었기 때문이었다.

매월당은 다 그만두더라도 초동에 베풀던 황감제黃柑製만은 꼭 한번 과필을 겨루어 보고 싶었다.

황감제는 제주도에서 진상한 감귤을 반궁과 사학에 내리고, 그 감귤을 과제로 하여 보이던 과거였다.

그렇지만 별동의 승낙은 끝내 받아 낼 재간이 없었다.

매월당은 그것이 두고두고 걸리고 섭섭하였다.

회고하면 감귤의 벗기기 아깝던 껍질의 그 빛깔, 쪼개기 아깝던 앙증한 그 태깔, 삼키기 아깝던 과육의 그 맛깔, 날리기 아깝던 그 향긋한 향기에 속절없이 반했던 숫진 동심의 소치였을 거였다.

매월당의 그 동심은 수염이 늘어진 뒤에도 사윌 줄을 몰랐다. 그래서 '붉은 귤(丹橘)', '노란 귤(黃橙)', '귤을 얻고 장난함(得橘戲題)' 등으로 제하여 귤을 놓고 읊었으니, 예하여 〈노란 귤〉은 이런 것이었다.

귤은 서릿발에 향기롭게 익어	酷愛霜橙香且團
늘어진 가지마다 눈부시구나	壓枝秋實光爛斑
잘 드는 칼로 그 금빛 쪼개면	幷刀劈破黃金顆
이 빛깔에 이 맛깔 다시 있으랴	色味絶勝柑橘間
동동주 한 잔 따로 없으니	泛泛新浮綠蟻觴

매월당 김시습

과즙 한 모금에 오장이 짜릿	一吸瓊漿爽腸胃
미인의 체취 여기 다 있고	已聞吳娃袖裏香
촌사람네 술단지도 이 맛이렷다	更堪傖父樽前味
남녘에 부는 가을바람	南國秋深霜風吹
이 향기 속에 살아 있어서	細細淸香來擁鼻
한 해 동안 펼친 경치 한눈에 들게	一年好景着眼看
수없이 주렁주렁 영글었느니	千箇萬箇垂纍纍

매월당이 새로 사귄 초목은 그 밖에도 많았다. 이를테면 치자나무·감탕나무·동백나무·호랑가시나무·괭나무·녹나무 같은 상록수만이 아니라, 시에서 '연지 한 점 찍어 사람을 죽이는데, 수줍은 듯 반쯤 가렸으니 정신은 있구나(一點臙脂惱殺人 含羞半掩自精神)' 하고 읊은 사계화를 사귀고, '초록 비단에 늘어놓은 편지 한 통으로, 속에 쌓인 원망 다 써 보냈네(一封奏章題綠羅 寫盡千古長唧寃)' 하고 읊은 파초를 사귀고, '내게는 별난 벗이 천 그루나 되는데, 무엇하러 불러 대며 멀리 찾으랴(我有殊友千株在 何用招呼苦遠尋)' 하고 읊은 서향나무도 사귀었고, '아이가 깨워서 자다 일어나니, 맛난 나물 다 익었다 아뢰는구나(山僧報我起 美茹已爛熟)' 하고 읊은 사탕무[甛菜]도 사귀었다.

그리고 보면 자유 자재 자적하는 자연생의 자연미에 이끌리기 시작하고, 그로 인하여 걸핏하면 서경시를 읊조리곤 해온 것은,

그 임신년에 설준대사와 함께 송광사 경내에 머물며 여름을 났던 데에서 비롯된 것인지도 몰랐다.

매월당은 그 송광사 길에서부터 야인이 되어 길에 몸을 숨기고 한갓 자연의 하나로서만 살아갔으면 싶었다. 또 기회도 알맞으니 이참에 아예 야승夜僧이 되어서 생애를 몽땅 운수雲水 사이에 맡겨 버리고도 싶었다. 그리고 그것이 자신의 천성이 아닌가 싶었다. 천성이 아니고서야 아직 약관에도 못 미친 나이에 어떻게 그런 마음이 우러날 수가 있으며, 어떻게 그런 생각에 흔들릴 수가 있을 터인가.

그러나 그럴 수가 없었다.

가없는 땅덩이에 이 한 몸 부쳤더니	大塊無垠有一身
어느덧 바야흐로 성대의 백성 되었것다	此身今是葛天民
가슴 가득히 예악이 쌓이고	胸中禮樂三千字
세상은 만판 봄이로구나	眼底乾坤萬八春
학문에 매진하여 성인을 배우고	入室升堂窮聖域
좋은 시절 놓지 않고 즐길 것 즐기되	傍花隨柳樂吾眞
후생이 가외라 하니 어이 중단하리	後生可畏焉知繼
대도는 그전부터 사람을 기다렸다네	大道從來必待人

매월당은 '자연음自然吟'으로 제한 시 네 수를 이렇게 마무리

매월당 김시습

하면서 귀가할 수밖에 없었다.

자연이 아무리 유혹을 하더라도 그냥 자연미에 빠져들기에는 아직 때가 아닐 뿐더러, 모름지기 스스로 채찍을 가하면서 반드시 하지 않으면 아니 될 일이 한 가지 남아 있었던 것이다.

그것은 지켜야 할 과업課業이었다.

그 과업은 과업科業이었다.

무슨 일이 있어도 다섯 살에 임금하고 맺은 약속 하나만은 지키지 않으면 아니 될 일이었다. 그 임금은 이미 어천을 하였지만, 그 약속은 대를 물려 가면서 그가 지키는 날이 있기를 기다리고 있었던 것이다.

매월당이 송광사에 있으면서 신왕(문종)이 춘추 서른아홉에 승하하고 열두 살 난 세자가 등극하였다는 말을 들은 것은 오월 중순께였다.

매월당은 그날부터 자연에 대한 상심賞心은 그대로인 채, 어정뜨게 유상遊賞이나 하면서 날을 보낼 한가한 때가 아니라는 자각에 마음이 부대꼈다. 해가 바뀌면 식년과式年科를 여는 계유년이었던 것이다. 더구나 식년시에 대비하여 그 전해의 가을에는 소과를 보여 온 것이 관례였으니 얼마 후에는 소과가 열릴 것도 정해진 일이었다. 계유년에는 또 식년시만 있는 것도 아닐 듯하였다. 임금이 새로 섰으니 전례에 따라 등극을 축하하는 증광시增廣試를 베풀 것도 분명한 일이었다.

매월당은 입격을 하고, 급제를 하고, 출사를 하기로 굳게 결심하고 그해 가을부터 과필을 들었다.

어린 임금이 영릉의 약속을 빛내기 위하여 어서 나오기를 기다리고 있으리라 생각하니 감연히 분발하지 않을 수가 없었던 것이다.

그것은 수양·안평·임영·광평·금성·평원·영응 등 막상막하의 일곱 대군에게 에워싸인 가운데 외롭고 불안한 자리를 견디지 않을 수 없는 어린 임금의 처지를 생각하면 더욱 그러하였다.

그런데 그것이 이제는 다 옛말이 되고 만 것이었다. 급제며 출사며 보국은 고사하고 하릴없는 야승이 되었고, 그전부터 사람을 기다린다고 읊었던 대도가 잡초에 뒤덮인 지도 햇수로는 벌써 삼년이나 지나가고 있었던 것이다.

매월당은 이제야말로 길을 떠날 때라고 믿었다.

각자가 자정하여 갈건야복으로 제 곳에서 복상을 하고 있는 퇴관의 경우 뜨락의 한 걸음 사이가 대도라고 한다면, 그 자신은 대지팡이를 따라서 짚세기를 끄는 것이 곧 대도에 나서는 것이며, 자신의 몸을 숨길 수 있는 길이 바로 그전부터 사람을 기다린다고 읊었던 그 대도라고 생각하는 것이었다.

그렇지만 길을 떠나는 일은 간결할 수가 없었다.

일이 있었다.

심심산천 영월의 어리중천에 외로이 떠도는 상왕의 영현을 해가 가기 전에, 그리고 하늘이 얼어붙기 전에 상왕의 신하들이 임의로이 들고 나며 눈물을 지을 수 있는 동학사의 제단에 모시는 일이었다.

매월당은 택일이 되자 계룡산에 드나드는 객승들로 사환을 삼아 연통을 하였다.

율정 권절이 안동에서 오고, 관란 원호는 원주에서 오고, 정재 조상치 사 부자는 영천에서 왔다. 망월암 이축은 고양에서, 서재 송간은 여산에서, 경은 이맹전은 선산에서, 설곡 정보는 연일에서, 어계 조여는 함안에서 오고, 관내에 옮겨 와서 살고 있던 포옹 정지산과 인재 성희 부자는 날을 앞당겨서 왔다.

세한을 피하여 날을 잡았음에도 퇴관들의 참례는 생각보다 적었다. 염탐과 기찰을 꺼릴 위인들은 아니었다. 비록 상왕의 영혼을 초혼하는 의례라고 하더라도 이단(불교)이 서식하는 산중의 행사에 섞이어 유습儒習의 훼손을 모험할 만한 인사는 그만큼 드물었던 모양이었다. 닷말 밥을 짓고도 모자랐던 것은 생각했던 퇴관들보다 생각지 않았던 포의가 훨씬 더 많이 참례한 탓이었다. 다음부터는 진설할 찬품보다도 그들을 먹여 보낼 밥쌀을 비축하는 일에 더 골몰하지 않을 수 없게 구석구석에서 모여든 이름 없는 선비가 수십 명에 달하였으니, 그들의 참례는 귀양살이 신세를 무릅쓰고 배소에서 빠져나와 천 리 길을 숨어서 찾아온 정보의 발걸음에 견주어서 못한 데가 없다 할 것이었다.

제물은 엄흥도가 발기를 정하고, 다니면서 장만하는 일은 여러 납자衲子들이 나누어서 하되 다만 냇물에서 고기를 잡는 일만은 영월에서 솜씨를 익혔던 엄흥도의 아들 호현이 도맡아서 하는 수 밖에 없었다.

제기는 삼은각의 것을 빌려서 쓰되 희생을 올리지 않고 해물도 마련할 형편이 못 되어 오직 산과실과 냇물 고기로만 꼼새를 꾸미 게 되니, 조(俎, 날고기를 담음)와 같은 제기는 애당초에 빌릴 생 각도 하지 않았다. 보簠와 궤簋에는 기장쌀과 피쌀을 담고, 변籩 과 두豆에는 잣과 미나리김치를 올리고, 제주와 명수는 준尊과 이彜에 담고, 능금이며 개암이며 아그배며 마름이며 그 밖에 산 에서 나는 과실과 나물과 냇물 고기는 제기 접시에 썼다.

매월당은 원호·권절·이맹전·이축·조상치·조여·성희·정지산· 성담수·정보·송간·엄흥도 등과 나란히 북녘 하늘을 우러르며, 엄흥도가 챙겨 왔던 곤룡포를 받들고 고복皐復을 마친 다음, 몸 소 지은 초혼사를 울면서 읽었다.

'물은 곱고 산은 깊고 달은 밝사오니, 하늘에 납신 임금의 영현 이시여 내림하사이다.

가엾으신 성은이 망극하옵기에 우철右徹을 본받아 임금의 의 관과 궤장을 갖추어 단을 모아 제사 지내오니, 회계산會稽山 위 에 대우사大禹祠의 제사 의식을 인용함이로소이다.

산과와 천어를 차리어 추부秋賦를 곡하며 눈물로 혼을 부르옵

나니, 비록 예는 미흡하오나 의리는 여기에 있사옵기에 감히 청하나이다.

흠향하옵소서.'

매월당은 이듬해 봄부터 마침내 대도행大道行에 나섰다.

길은 무한정하고 걸었다.

시도 무한정하고 읊었다. 교하의 낙하나루를 건너면서 〈낙하渡洛河〉를 읊고, 장단 지경의 호곶을 지나면서 〈호관壺串〉을 읊은 것으로 시작하여, 지나는 곳마다 시취를 주체할 길이 없어 솟는 대로 나뭇잎에 적어서 날리거나 돌멩이에 써서 던지는 것으로써 천성을 따랐다.

시는 나뭇잎이나 돌에 써서 버린 것만도 아니었다. 서 있는 나무둥치의 껍질을 벗기고 쓴 시나, 벼랑의 바윗덩이에다 베껴 놓은 시들도 버리기 위하여 쓴 것들이었다. 눈물로 쓰고, 웃음으로 쓰고, 탄식으로도 쓰고, 흥에 겨워서도 쓰되, 쓰면 곧 버리고 버리면 곧 다시 썼다. 또 그렇게 버리고 버리다가 미처 못다 버린 것들은 가을이 깊어 감을 보고 돌아설 때 바랑 속에 넣어 왔다. 그리고 시권詩卷을 맨 뒤에 '탕유관서록후지宕遊關西錄後志'를 덧붙이면서 결론하기를, '만약 내가 벼슬살이를 하면서 이런 구경을 하려고 했더라면 어림도 없었을 것이며, 마음껏 놀아 보지도 못하였을 것이다. 아, 사람이 천지간에 태어나서 명리와 생업을 좇아 갈피 없이 내달아서, 그 몸의 고달픔이 뱁새가 능소풀을 찾아서 헤맴과 같고, 박덩이가 나뭇가지에 매달림과 같이 아득바득하고 산다면 그 아니 괴롭지 않을 것이랴' 운운하였다.

시고를 추려서 시권을 매는데 다 해서 백일흔 수 남짓한 것을 보고,

"선생님께서는 평소에도 위시(爲詩, 시 짓기)에 종사하시던 터인데, 증별贈別하고 증시贈詩하신 걸 제하면 모두 이것뿐이니, 수습은 처음부터 생각이 없으셨던 것입니까?"

월봉은 불만스러워하였다.

"내가 토우목마土牛木馬나 다름없이 됐는데 시고는 모았다가 어느 소지燒紙에 쓴단 말이."

매월당은 코웃음을 쳤다.

"그렇지 않소이다. 비록 화광혼속(和光混俗, 빛을 감추고 티끌에 섞임)을 낙으로 여기신다 해도 성명聲名이 남의 앞에 있어 온 지 오랜지라 이렇게 무심하실 일이 아니올시다요."

매월당은 월봉의 말을 나무랐다.

"숭헌, 당치 않은 소리. 무릇 이름이 남의 앞에 있던 이는 이미 함소입지含笑入地하신 의사들뿐이거든, 말을 함부로 주워 댐이 어찌 그리도 심하던고."

"이름을 스스로 낮추려 하심도 병통이 아닐깝쇼?"

"그건 또 무슨 이름의 병이런고?"

"감히 여쭙기는 자학하시는 병입지요."

"사람은 이름이 나는 것을 삼가고, 병은 이름이 없는 것을 두려워한다고 했는데, 내 병은 제법 이름을 얻은 듯하니 그만하면 무던하이."

"열에 일고여덟을 버리셨다면 무던하기엔 과했습지요."

매월당은 숨결을 고르고 나서 말했다.

"그대는 여겨들으시게. 소릉(少陵, 두보)의 시에 시사에 느꺼워 꽃이 눈물짓는다(感時花濺淚)고 했네. 시사는 그대도 알고 있거니와, 내 아무리 호천함지(呼天喊地, 하늘을 우러르고 땅을 치며 울부짖음)를 한들, 하늘에 귀가 있던가, 땅에 입이 있던가. 또 내 아무리 호이갈이(呼二喝二, 마구 고함침)를 하며 몸부림을 친들, 오던 구름이 멈출 텐가, 가던 바람이 돌아설 텐가…… 다 부질없는 일일러니."

"가이의 간을 먹던 자는 쇠의 간을 먹어도 모른다고 했습지요."

"그대는 여겨들으시게. 뭐니 뭐니 해도 시詩는 시時일세. 때에 읊조리더라도 읊조린 자의 감정이 메아리치지 않는다면 가차 없이 내버릴 것이 바로 시라는 물건이라, 백 수거나 천 수거나 한번 버리고 한번 망각하는 데에 대체 무슨 수고로움이 있을 텐가."

"대개 알 만합니다요."

"그 알 만한 것을 내 또한 알 만했을 따름이라."

강에는 가을 물 푸를 대로 푸르고	一江秋水碧於藍
단풍은 물결 타고 바닥까지 들었구나	楓落波澄徹底涵
여뀌꽃 붉은 언덕에 하늘이 아득한데	紅蓼岸頭天正遠
이 몸은 기러기 따라 남녘으로 돌아서네	此身將與雁隨南

매월당은 회천 고을의 산천을 들러 오다가 영변의 어천에서 이 〈어천을 되건너며重渡魚川〉를 읊고 나서 남녘으로 발길을 돌렸다. 관서에서 노니는 동안 김수온·김연지·원효연·이몽가·송처검·채양명·임원준·김수령·김관·박철손 등 그곳에서 고을살이를 하고 있거나, 사신이 되어 명나라에 오가는 여러 구면과 만나 어지러이 놀면서 증시와 증별을 거듭하기도 하였다. 그들은 그들대로 그렇게 헤어지는 것을 아쉬워하며 소매를 붙들었지만, 매월당은 두 임금을 섬기는 그들의 생활이 싫었다기보다도, 상왕의 대상인 시월 스무나흘이 되기 전에 동학사까지 대어 갈 노정이 빠듯하여 귀로를 서두르지 않을 수가 없었다.

매월당은 걷고 걸었다. 옛 친구에게 잡히거나 풍광에 반하여 부득이 걸음을 늦춘 다음에는 반드시 밤길을 걸어서라도 늦은 것을 채웠다.

밤길은 흔히 달과 동행이었다.

달은 늘 둘이었다. 하늘에는 떠오른 달이 떠 있고 물에는 떨어진 달이 떠 있었다.

하늘에는 두 해가 없는데, 달은 누가 나누었기에 밤마다 두 달이 뜨더란 말인가.

밤길을 울어 가는 것은 기러기만이 아니었다.

기러기는 떠오른 달을 보며 울고, 사람은 떨어진 달을 보며 울었던 것이다.

혼이여, 돌아가자

달이 있었다.

하현달이었다.

낮인 듯한 밤이었다.

달이 둘이 떴으니 그럴 만도 한 일이었다.

초혼제에 모였던 사람들이 다시 모여 봉문蓬門의 법도와 산문의 절차를 갖추어서 제사를 모셨다.

강릉에서 왔다던 한 유생은 진설하는 것을 여겨보다가 말고, 혼자 앉는 자리와 여럿이 엎드리는 자리의 높낮이가 어떠한데 임금과 신하를 나란히 배식配食할 수 있느냐고 의견을 내었으나,

"오늘 우리가 오롯이 기리는 군신대의君臣大義는 고금의 죽백(竹帛, 역사)을 두루 열람하더라도 고증할 데가 바이없는지라 지금 곡직을 가름코자 함은 이미 부질없는 짓이…… 이 몸이 알기로 일체군신제사동(一體君臣祭祠同, 군신을 일체로 함께 제사

지냄)은 벌써 옛적에 소릉이 노래했던 바이니 뒷날인들 무슨 다른 말이 있겠소. 더욱이 아버지는 충으로써 기꺼이 죽고, 자식은 효로써 따라 죽기를 보람으로 여긴 혼령이 자못 허다할새, 모두 불러서 고루 잡숫게 하지 못하는 여한이 앞으로 남은 빚이거늘, 하물며 여섯 분으로 자리를 줄인 터이니 그 고불(古佛, 노인)께서는 과히 허물치 마시기 바라겠소이다."

매월당은 남의 의견에 흔들리지 않고 당초의 마음을 좇아서 거행하였다.

낙양성의 백씨(백낙천)는 '한 잔 술에 얼굴이 피이고, 두 잔 술에 시름이 풀린다(一酌發好容 再酌開愁眉)'고 노래하고, 한씨(한퇴지) 역시 '술보다 나은 것이 없다'고 읊조렸지만, 그처럼 사람을 살리는 술은 어디까지나 백씨의 술, 한씨의 술이었고 매월당의 차례는 아니었다.

매월당은 제상을 철상한 뒤에 망년지우의 선배들과 전내기 제주를 잔이 날 틈도 없이 행배行杯하며 마시고 마셨으나, 그렇게 권커니 잣거니 음복을 해서는 앉은자리에서 일출을 보더라도 좀처럼 취할 것 같지가 않았다.

매월당은 술 한 병을 챙겨 들고 슬며시 빠져나와 절 아래의 개울가로 옮겨 앉았다.

땅도 개울도 아직 얼어붙기는 이른 때였으나, 소설이 지나면서 두어 축이나 눈을 본 데다 야기도 그새 사경 마디에 접어든 터라

철로 보나 시로 보나 누비만 걸치고 나앉기에는 무리한 일일 수밖에 없었다.

매월당은 그러나 추운 줄을 몰랐다. 백씨나 한씨의 것처럼 사람을 살리는 술은 아니지만 한동안 추위를 물리치는 힘 하나는 갸륵한 데가 있는 술이었던 것이다.

달이 있었다.

하늘을 빼앗기고 개울에 뜬 달은 하늘의 반쪽짜리 달보다 한결 밝게 켠 얼굴에다 물옥처럼 맑았다.

매월당은 미끈거리는 바위너설을 건너서 여울목으로 다가가 앉았다. 그리고 여울 속의 물옥덩이 같은 달에게 호소하였다.

"아아, 소식(消息, 천지의 시운)이 무상하여 용과 배암이 자리를 바꾸더니 일식日蝕이 자못 길었나이다. 낮이 밤이 되어 하늘이 무너지니 한 달이 두 달로 나뉘었나이다. 한 달은 거짓이라 바람기를 타고 높이곰 돋우이고, 한 달은 진지라 그 무게가 장하매 이 뉘누리(소용돌이)에 들어 깊이곰 잠겼나이다. 어둠을 얻은 새앙쥐와 시궁쥐가 큰집(궁궐)의 처마 밑에 들끓을새, 바퀴와 좀은 춘추관春秋館에 득시글하여 죽백을 쏠았나이다. 아아, 음양의 이치는 천지에 가득하나이다. 달하, 천도는 무릇 영원할지라, 다시금 태양으로 돋우사 이 누리 밝아지사이다."

매월당은 여울 속의 달에 술을 한 차례 따르고 자신도 한 모금 목을 축였다.

가슴에서 시詩가 울었다.

눈물이 흘렀다.

가슴에서 울던 시가 눈물로 솟고 있는지도 모를 일이었다.

매월당은 달에게 한 번 더 따르고 자신에게도 한 모금 더 따랐다.

세 번째로 술을 따르고 난 참이었다. 여울 속의 달 옆에 눈결마다 어릿거리며 비쳐 보이는 것이 있었다. 그 또한 물옥같이 맑디맑은 영상이었다.

아아, 육신의 그리메가 결하시었음이라.

매월당은 아까 임금과 함께 배향한 여섯 선배의 얼굴이 함께 있음을 느꼈다.

술을 부었다. 여섯 번으로 나누어서 부었다. 아니, 있는 대로 다 부었다.

붓고 나서 말했다.

"님하, 비록 구천의 넓이 그앙없이 멀기로서니, 이 술이 흐름에 실려 몇몇 덧을 흘러예인 뒤 마침내 구천에 전하여 흠향을 하실새, 이 몸이 한갓 산처의 뭉구리(중)로 굴러다닐망정 어찌 이 한 병 술로 마음을 보인다 하리까. 하물며 지난해 유월 노돌나루[鷺梁渡]로 모실 적의 그 망극함이 상기도 곧 새롭거니, 님하, 차라리 이 못난 것을 어여삐 여기소서."

매월당은 눈앞의 개울이 그날 밤의 한강으로 보이기 시작하자 소리 내어 울었다. 노돌나루께의 수풀 속에서 소리 죽여 우느라고 못다 운 울음을 이제서야 다하려는 듯이.

그날 밤은, 그 유월 열이튿날 첫새벽에는 달도 없었다. 하기는 그날 밤에만 달이 없었던 것도 아니었다. 전날도, 그 전전날도, 날이 저물었다 하면 곧 암흑 칠야일 뿐이었다.

어둡기는 낮에도 나을 것이 없었다. 몇 날 며칠째인지도 모르게 갠 날이라고는 없었으니까.

온다 하면 집터서리에 물마가 지고 쏟아진다 하면 물너미로 논밭이 떠내려가도 줄창 그을 줄을 모르던 장마 속에, 바람마저 으레 회오리를 일으켜 지붕이 기둥째로 뽑혀 올라가고, 매어 놓은 배가 산 중턱에 얹히는 북새에, 어디선가는 우박에 장독이 안 남아나고, 어디선가는 흙비가 내렸는데 빗물이 핏물처럼 붉어 삼동네가 우물을 못 먹고, 어디선가는 또 천년 묵은 노송이 꺾이면서 사람의 곡성을 내더니 타락(駝酪, 우유) 같은 수액을 여섯 동이나 흘렸다는 말이 들리는가 하면, 어느 고을에서는 소가 새끼를 낳았는데 대가리는 송아지에 네 굽은 말굽이어서 송아지라고도 망아지라고도 할 수가 없어 소마지라고 부르고 있다느니, 어느 고을에서는 크기가 가마뚜껑만 한 털 난 거북과 뿔 난 자라가 하루 한나절을 두고 다투는데 남생이 수천 마리가 모여들어 구경을 했다는 등, 말 같지 않은 말을 말이라고 길만 나서면 쑥덕거린다는 판이었다. 뜬소리가 돌림병처럼 돌아다녀도 예사로 여기는 것이

매월당 김시습

어지러운 세상의 인심인 모양이었다.

　매월당은 김화읍에서 반나절 남짓하게 대성산 줄기를 더듬어 들어가다가 스무 길 낭떠러지에 은하수 한 자락이 곤두선 듯한 폭포와 더불어 길이 다하고 마는 모래실 골짜기(현 철원군 근남면 잠곡리 매월동)에서 여름을 나고 있었다.

　아침 안개로 저녁 구름을 가늠할 수 없는 궂은 날씨가 들지 않아 길마다 물에 끊기고, 물마다 배가 끊기어 갈 데가 있어도 허술한 길채비로는 발행할 형편이 아니기도 했지만, 열리면 닫히고 닫히면 트이는 산굽이와, 한 번 건너면 두 번 끊기고 두 번 건너면 세 번 끊기는 물굽이에 의지하여 서너 채의 초막을 짓고 세상을 등진 은사들과 어울려, 술과 글과 말로써 세상을 웃고 울며 지내는 맛이 또한 조촐하여 자리를 잡은 것이었다.

　그 모래실의 안골은 나중에 영천의 창수촌으로 돌아간 정재 조상치와 매월당만이 각성바지로 온통 박씨 일문의 초막촌이었다.

　산장山長은 나중에 전 사복시정 돈수 박도朴渡와, 전 부사직 박제朴濟와 함께 삼부자가 운림산雲林山으로 들어간 전 형조판서 포신逋臣 박계손朴季孫이었으며, 뒷날 금강산의 간계艮溪에서 벼랑의 바위에 매월당의 화상을 새겨 놓았던 운와雲窩 박효손朴孝孫이나, 광림산廣林山으로 옮긴 뒤로 다시는 나오지 않은 전 사직 천손千孫과 전 정랑 인손璘孫도, 전 부사과 탁영재濯纓齋 규손奎孫과 함께 모래실에서 여름을 나고 있었다. 임금이 용상을 내놓던 날 이들 일곱 명의 부자 형제 숙질은 일제히 관복을 벗어 던지고 모래실에 들어와 몸을 숨겼던 것이다. 그러므로 매월당이 초막 한 채를 보태기 전까지는 정재가 유일한 객이었다.

정재는 대궐에서 집현전 부제학을 무르며,

"나아갈 줄만 알고 물러갈 줄을 모르는 것은 모름지기 군자가 경계할 요목이올시다."

하고 자기가 더는 있을 곳이 아님을 분명히 하였다. 당저는 예조 참판 자리를 주면서 붙잡으려 했으나, 한사코 각기병을 핑계하며 절도하지 않고 자리를 뜨니 어쩔 수 없이 송별연을 열어 주게 하였다. 정재가 동대문을 나설 즈음 취금헌(박팽년)은 '행차하시는 티끌을 바라보자니 높아서 따르기가 어렵습니다(瞻望行塵卓乎難)' 하는 절구를 보내어 송별하고, 매죽헌(성삼문)은 '영천의 맑음이 나라의 기산영수가 되니, 저희는 어르신네의 죄인이로소이다(永川淸風便作東方之箕穎 吾輩乃曹丈之罪人)' 운운한 글을 별봉別封하여 전인했거니와, 정재는 살곶이 다리를 건너지 않고 그길로 노원역蘆原驛을 거쳐서 모래실로 들어온 것이었다. 일찍이 고려 사람(길재) 밑에서 학문을 하고, 매월당이 태어나기 십육 년 전에 장원을 했던 정재는 포신과 나란히 앉아서 서로 대감 영감 하고 지내는 백발이었으나, 나이를 잊고 대하기는 박씨 일문과 매한가지여서, 매월당은 있으면 있을수록 허물이 없는 곳이 모래실이기도 하였다.

매월당 김시습

만년의 계획을 계곡에 늘어 심은 여러 그루의 은행나무로써 엿볼 수 있었던 포신은, 몸소 터까지 잡아 주며 더불어 오래 있어 주기를 간절히 바라는 눈치였다. 매월당은 언질을 주지 않았다. 박씨네의 하인을 부리지 않으려고 외가에서 가동으로 내어 준 천석千石이를 불러 숙수로 붙들어 두는 것으로써 포신에 대한 예를 표했을 뿐이었다.

"보아하니 저 아이가 동자(부엌일) 하나는 익수인 듯하더이."

포신은 가끔 천석이를 추었다. 숙수며 빨래며 진일에만 무던한 것이 아니라, 생때같은 몸에 감발을 한번 매었다 하면 길을 죄는 걸음새가 나는 듯하여, 서울의 일을 알아 들이는 사환꾼으로도 나무랄 데가 없음을 말하는 품이지만, 말속의 말인즉슨 천석이가 진드근히 붙어 있으면서 수발을 들어주고 있으니, 이제부터는 박씨네와 한가지로 모래실에서 묵은 등걸이 되는 것도 해롭지 않으리라는 뜻이었다.

"제가 대감께 지이고 기대고 하는 것이 어찌 그 아이 덕이리까마는, 저나 그 아이나 같은 을묘생인데도 저하고 달리 꼭한 소가지가 있는 데다, 말수가 적은 것이 또한 뜬쇠라서 곁에 두고 부리기엔 기중 만만한 놈입지요."

매월당은 말귀가 북창문인 양 이야기를 천석이로 한정함으로써 언질을 피하곤 하였다.

"대개 집에 있는 지팡이는 부러져서 갈고, 객중에 있는 지팡이는 닳아져서 같게 마련인데, 열경의 지팡이는 아직도 덜 닳은 모양일레."

정재도 언젠가는 영천의 향제로 돌아갈 날이 있을 처지라, 포신으로 하여금 더 바라는 것이 부질없는 짓임을 느끼도록 그렇게 귀띔하고는 하였다.

"허어, 늙은 소 밤길 가듯이 넘겨짚기는…… 이 노골의 말은 조장원曹壯元의 갈공막대나 열경의 대막대기 닳는 걱정이 아니니 너무 조심하지 마시게. 고시古詩에도 산속의 늙은이 자면서 깨어 있다(老子山中睡却醒)고 했듯이, 설니홍조(雪泥鴻爪, 눈 위의 기러기 발자국은 눈이 녹은 뒤에 찾을 길이 없음)야 동파옹東坡翁이 아니라도 알 만한 일이로되, 이 노골의 이야긴즉 그 아이의 냅뜰성이 제법 볼품이더라는 말이."

포신은 새겨듣고도 겉으로는 천석이를 마음 하고 있다는 말만 되풀이하고 있었다.

매월당은 듣고만 있기가 점직하여 천석이를 말하였다.

"제가 저 아이를 손대기 삼아서 가직이 두고 종구라기 부려먹듯 한 지도 벌써 십여 성상이온데, 여린뼈가 함께 굳었으니 어련하겠소이까. 저 아이가 지금 여기 있는 것도 실상은 제가 비끄러매기 전에 제놈이 먼저 차꼬를 찬 푼수올시다."

천석이는 본래 울진에 있는 외조부의 본가, 즉 장씨네 아이였다. 외증조가 낚싯배를 따라 바다에 나간 뒤로 그만인 한 어부의 홀어미를 보기 전부터 천석이는 그 홀어미의 몸에 어부의 씨로 들어 있었으나, 홀어미가 외증조의 천첩으로 들어와서 덤받이로 낳는 바람에 저절로 외가에 매이게 된 것이었다.

천석이가 반궁동의 외가로 올라온 것은 매월당이 외숙모의 바라지에 의지하여 책에 파묻히기 시작한 지 얼마 아니 되어서였다. 어머니를 여의고부터 부쩍 청승궂어진 것을 보기 걸리어 하던 외숙모가, 지체는 달라도 같은 또래인 것을 낫게 여기어 업저지도 아니고 동무도 아니고, 유축幼畜 비슷한 노리갯감으로 붙여 주면 혹 덜할까 싶어서 불러올렸던 것이다.

"쯧쯧, 새끼는 어쩌고 태胎를 길렀을꼬. 하는 꼴이 무녀리가 앞이더냐 열중이가 앞이더냐 하게 생겼으니, 지푸라기 잡는다고 검불 잡은 짝이 되고 말았구나."

외숙모는 처음부터 천석이를 눈 밖에 하였다. 삼밭에서 자란 모시풀 모양 마파람만 닿아도 자빠지게 생긴 약질인 데다 붙임성이 없는 것은 둘째요, 어린것이 어린것답지 않게 늘 무슨 시름을 사리는 낮으로 뚱하고 있는 것이 밉보인 것이었다.

은연중에 후회스러워했던 외숙모의 생각은 공연한 기우에 불과한 것이었다. 천석이는 차츰 커나면서 딴판이 되어 우선 틀거지부터가 우람하였다. 꼭한 성미에 입이 자물쇠인 것은 커서도 그대로였으나, 통이 크고 담이 크고 근력이 좋기는 한다하는 활량패와 부딪쳐도 능히 수작할 만하였고, 공자 왈 맹자 왈은 몰라도 사람을 보는 눈과 일의 갈피를 헤아리는 셈속은 책으로 베개를 하며 자란 육식자肉食者들을 내려다보기에 부족함이 없었으니, 변성명에 의관을 차리고 나가서 문필만 잘 피해 다닌다면, 주야로 광화문을 밝히는 대졸隊卒들도 윗대부터 조상을 팔아 온 가문의 한골인 줄로 알기가 십상일 정도였다.

그러나 말림갓에 옹이 없는 참나무 없듯이, 어려서부터 거슬리던 탈 한 가지는 장성을 한 뒤에도 가실 줄을 모르던 것이 흠이었으니, 매양 시름없이 뚱하고 있는 그 심란스러운 얼굴이 그것이었다.

천석이는 서울 나들이가 잦았다. 매월당이 노상 달고 살다시피 하는 약이며, 철 따라 입는 옷이며는 여전히 외가에서 대어 왔기 때문이었다.

천석이가 제 여름살이를 가지러 갔다가 말미 받은 날보다 이틀이나 당겨서 되짚어 온 것은 유월 초이렛날 밤이었다.

천석이가 가져온 것은 하늘이 두 번째로 무너지는 소리였다.

천석이는 그렇잖아도 시름없던 얼굴이 이번에는 아예 넋이 나가 거탈만 남은 화상을 그린 채, 아주 물초가 된 주제꼴을 하고 돌아와서 들이댓바람에 눈물부터 흘리는 것이었다. 빗물인가 했던 얼굴의 물범벅이 모래실에 들어서면서부터 마음 놓고 흘린 눈물이었던 것이다.

포신과 정재를 비롯하여 박촌 사람들이 탈망 바람으로 매월당의 초막에 모여들었다. 천석이의 넋 나간 몰골에 좋지 않은 전갈을 느끼고 한달음에 건너들 온 것이었다.

천석이는 벗어서 틀어 짠 수건으로 낯을 거둔 다음 이야기의 가닥을 잡아 말미도 못다 채우고 돌아오게 된 사연을 주섬주섬 늘어놓았다.

육신들이 실패한 내용이었다.

육신들의 실패를 듣고부터는 밤이 되어도 눈을 붙일 수가 없고, 때가 되어도 목에 넘길 수가 없고, 더러운 것들만 신명이 난 벽제 소리에 사지가 떨려서 나다닐 수도 없고, 그렇게 살았어도 산 것 같지 않게 텅 빈 마음자리에 견딜 수가 없어서 지레 돌아왔다는 거였다.

"서방님, 문안이 아주 더러웠사와요. 오부 사십구방이 죄다 빗물에 채어 길인지 시궁창인지 통 알 수가 없굽쇼. 집집마다 뒷간이 넘구, 잿간이 뜨구, 외양이 차구, 두엄이 흘러 숭악한 냄새가 성저(성 밖 십 리 지경)까지 진동해 코를 돌릴 데가 없굽쇼……."

천석이는 그렇게 의뭉스레 너스레를 떨다 말고 저도 모르게 진저리를 치더니 다시 동을 달았다.

일이 난 것은 지난 초이튿날이라고 하였다. 김질이 제 장인인 정창손에게 고자질을 한 것이 시작이었다. 정창손은 그 자리에서 김질을 데리고 사정전思政殿에 나아가 고변을 하고, 대궐(세조)은 즉시 승지들을 불러들이고, 매죽헌을 선두로 도승지 박원형, 우부승지 조석문, 동부승지 윤자운이 들어오니 내금위 당상 조방림 趙邦霖으로 매죽헌을 끌어내게 하여 물었으며, 매죽헌은 먼저 김질과 대질을 청하여 김질의 입으로 물거품이 된 것을 알자 어차피 죽음을 함께할 수밖에 없는 취금헌(박팽년)·백옥헌(이개)·단계(하위지)·낭간(유성원)·벽량(유응부)·별운검(박쟁)을 대기에 이르렀다. 이어서 공조참의 이휘가 한석당(박중림)과 상왕의 외숙(권자신)을 대고, 취금헌의 입에서 백촌(김문기)과 적곡(성승)과, 상왕의 이모부(윤영손) 및 처남(송석동)의 이름이 나왔으며, 그러고 있는 사이에 낭간은 집에 돌아와 부인을 위로하고 사당에 고한 뒤에 조용히 자처했다는 것이었다.

대궐의 고문은 삼경이 지나도록 그치지 않았다. 좌우에 정인지·정창손·강맹경·윤사로·황수신·권남·신숙주·홍윤성·홍달손·김하·박중손·이인손·어효첨·박원형·구치관·한명회·윤암 등을 둘러 세우고 함께 보면서 갖은 악형을 가하였고, 의금부의 옥은 밤새도록 잡아들인 의사와 그 가족들로 하여 미어터지고 있었다.

악형은 밤낮 사흘 동안이나 쉬지 않더니, 초닷샛날 아침에는 의금부의 윤암과 김명중金明重이 '대명률'의 모반 대역조와 모반조에 모반과 대역은 수범과 종범을 가릴 것 없이 공모자는 모두 능지처사할 것, 그 아버지와 아들 가운데 열여섯 살이 넘은 이는 모두 목 졸라 죽이며, 아들 가운데 열다섯 살이 안 된 이와 그

매월당 김시습

어머니·딸·아내·첩·할아버지·손자·자매, 그리고 아들의 아내와 딸은 모두 공신의 집에 주어서 종으로 삼게 할 것, 재산은 있는 대로 몰수할 것, 여든 살이 넘은 노인과 앓아서 곧 죽게 된 이와 여자로서 예순이 넘은 노파와 앓아서 사람 구실을 못하게 된 이는 연좌죄를 면제할 것, 또 백부 숙부와 형제의 아들들은 삼 천리 밖으로 귀양 보내어 안치시킬 것, 연좌된 이로서 동거하지 않은 이의 재산은 그대로 둘 것, 딸 가운데 이미 혼처가 정해졌거나, 자식이 없는 겨레붙이에 양자로 들어갔거나, 남의 집 딸로서 시집을 오기로 되어 있으나 아직 성례를 하지 않은 이는 덤으로 연좌시키지 말 것 따위를 대궐에게 말하였다.

초엿샛날은 백옥헌의 매부인 집현전 부수찬 발천 허조가 스스로 목을 찔러 자처하였다. 대궐은 집현전을 없애기로 하였다. 그리고 팔도의 관찰사·절제사·처치사에게 '근일에 이개·성삼문·박팽년·하위지·유성원·박중림·권자신·김문기·성승·유응부·박쟁·송석동·최득지·최치지·윤영손·박기년·박대년 등이 몰래 반역을 꾀하였으나 다행히 천지신명과 종묘사직의 신령에 힘입어 흉포한 역모가 드러나 그 죄상을 다 알게 되었다. 다만 상사람들이 두려워할까 염려하니 너희는 이 뜻을 널리 알리되 놀라서 수선 떨지 않게 하라'는 글을 역마에 띄워 보냈다.

천석이가 아는 것은 거기까지였다.

"서방님, 아무리 그릇 같지 않은 질그릇이 먼저 깨지구, 나물 같지 않은 녹두나물이 먼저 쉬어 터지기루서니, 이런 법두 있사오니까. 서방님, 쇤네는 어쩌다가 천것으루 태여서 이런 때 충신들을 따라 죽지두 못하는 숨을 얻었을깝쇼? 이왕에 천것으루 태일 양이면 이런 때 가까이 있다가 더러운 놈들의 모가지나 도릴 수 있게 각사各司의 관노나 군뢰루두 태이지 못하구서, 하필 천리 바깥 시골구석의 사가에 태여서 이다지두 섧게 할깝쇼?"

천석이는 무꾸리 집에 개구멍받이로 들어와 자란 화랑이처럼 넋두리를 곁들여 가며 소리를 죽이고 울었다.

박촌 사람들이 저마다 비분강개하여 눈물을 뿌리며 처소로 돌아간 뒤에도 매월당은 밀초를 끄지 못하고 하염없이 앉아 있었다. 분이 복받치니 눈물도 나오지 않았다.

천석이가 살강 밑에서 보릿짚으로 자리를 보고 자는 부엌에도 불이 있었다. 온종일 비를 맞으며 걸었으니 어지간히 고단도 할 텐데, 아궁이 앞에 화톳불을 놓고 뒤스럭거리는 것이 잠이 오지 않는 모양이었다.

매월당은 한참이나 그러고 있다가 마음을 정한 다음에 천석이를 불러들였다.

"네 어찌 입때껏 자빠지지 않고 있었더냐?"

"예, 예. 잉걸을 피워 적삼이랑 잠방이를 말리고 있었습죠."

천석이가 새로 입은 베등거리도 희치희치하게 낡은 것이 새삼 눈에 띄었다.

매월당 김시습

"너도 잘난 쥔 만나 고생이 자심하니라."

"서방님두, 웬 않던 말씀을 다 하십니까요. 이렇게 서방님을 뫼시는 것만두 과만합니다요."

"아서라, 근력은 노새처럼 견디고 성질은 나귀처럼 고르거든, 어찌 타고난 것이 고작 이까짓 것뿐일까보냐. 다 때가 있을 것이."

"서방님께서 밤중 같은 나린 줄이야 쇤네두 알구 있사오나, 지금과 같은 말씀은 듣느니 처음인뎁쇼."

"내 이따가 말하리라."

"예, 예. 하오나 이따가 알 것은 이따가 알더래두, 쇤네를 노새니 나귀니 하구 짐승에게다 빗대 보심은 서럽소이다."

"이상타, 네야말로 내동 생내 나다 말고 쇤내 나는구나. 피를 처먹고 사는 두발가지 짐승보다 풀을 먹는 네발가지 짐승이 더 미끈하다는 걸 네 아직 몰랐더란 말이것다?"

"모를 리야 있을라굽쇼. 하오나 그런 두발가지 짐승을 뭣이라구 이르는지, 그 이름을 쇤네가 모르는 고로……"

"글쎄로다. 그것들이 일찍이 동방에는 있지 않던 종자들이라 아직은 상형象形도 없으렷다. 모를레라, 제 소견껏 부를 일이."

매월당이 대강 해두고 바야흐로 자신의 속을 비치었다.

"네 아까 듣자 하니 서울이 더럽다 못해 성저까지 사뭇 악취더라 했것다?"

"예, 예. 그렇구말굽쇼. 생각만 해두 끔찍스럽굽쇼."

천석이는 부르르 진저리를 쳤다.

"그러나 내일 한 번 더 들어가지 않을 수 없으리라."

"내일입쇼?"

"그리되리라."

"쇤네야 가랍신다면 가얍지요."

천석이는 그러고 나서 뒷동을 달았다.

"대체 무슨 일이 계신지 측량할 순 없사오나, 백 번 생각해두게는 사람 사는 데가 아니더군입쇼. 금부의 집장사령 놈이 되잖은 놈이면 첫대바기에 곤장이 부러지구 주릿대가 꺾인단 말을 쇤네도 더러 들은 듯은 하오나, 충신 아까운 줄 모르구 머리 풀어벗겨 놓구서 곤장두 주리두 가벼워 불이 시뻘겋게 단 부젓가락으루 다리를 뚫어 꿰구, 벌건 쇳조각을 배꼽에 놓아 단근질을 하구, 바른말하는 입을 칼루 찢구, 팔을 자르구, 생으루 살가죽을 벗기구, 생살을 저미구, 으으…… 그 모질구두 모진 흉가가 첩첩이 들어찬 문안을 한 번 더 다녀오랍시와요?"

"애야, 갔다가 다시 올 일은 없을 것이."

매월당은 지레 질린 듯이 실색을 하는 천석에게 몸을 기울이고 말했다.

"애야, 내 서울에 가 일을 보자면 곁꾼이 하나 소용이거니와, 어려서부터 내 너를 손꼽이쳐 온 바는 너도 알 일이 아니더냐."

"그야 아다뿐일깝쇼. 쇤네야말루 서방님 덕분에 대갓집 송아지

매월당 김시습

관쇠 무서운 줄 모르는 짝으루다 매양 벋놓았습죠. 무슨 일이 계신지 장히 궁금하오나, 대개 서방님께서 생수이신 것은 쇤네가 익수이온데 어쩌자고 모르쇠를 대겠습니까요. 산을 넘으랍신즉 산을 넘구, 강을 건너랍신즉 강을 건너얍습지요."

"강을 건너고 말고는 가 봐야 알 일이로되, 네 강놈도 아닌 터에 과연 물에도 익수일까보냐."

"서방님께서는 쇤네가 강원도 땅 선사(仙槎, 울진)의 갯가에서 올라온 놈인 걸 그새 가뭇하셨군입쇼. 위아래 벗구 살 적부터 배질두 해보구 떼두 타본 놈이라, 물길이라면 뱃놈 강놈 부러워할 이놈이 아니올시다요. 여짭기는 무엄하오나 놓인 몸만 같으면 지금이래두 우산돈지 울릉돈지, 그 가다가 못 간 섬인들 못 가겠습니까요."

"울릉도라…… 네 입에서 그 섬이 나오기는 지금이 처음이렷다?"

"그러니깝쇼?"

"게는 어찌하여 가다가 못 갔던고?"

매월당은 울릉도란 말에 생각할 것이 한 가지 더 늘자 다그쳐서 물었다.

"예, 예. 사뢰옵자면 말씀이 약간 길습지요. 그게 무오년(세종 20년)이라구 하니 언제 적 무오년인진 알 수 없사오나, 방내 늙은이들 애긴즉슨 무오년에 울진포영의 남씨 성을 한 만호가 수군 여러 백을 이끌구 섬에 쳐들어가서, 섬에 도망가 살던 백성 일흔

명을 잡아 온 뒤로는 섬이 빈 줄루 안다구들 하나 실상은 그게 아
닌 고로 늘 쉬쉬해왔습지요."

"그거야 남의 일이 아니더냐."

천석이는 겸연쩍어하는 빛이 스치는 듯했으나 곧 믿거라 하고
속내를 털어놓았다.

"서방님께서두 짐작하시다시피 받자[租稅] 쫓기구, 수자리에
쫓기구, 부역에 쫓기는 무리가 적겠습니까. 그런고로 생사람 잡
는 구의[官家]가 안 보이구, 생사람 잡는 율령律令이 안 뻗치구,
생사람 잡는 상전이 없구…… 또 울릉도에서 잡혀 온 이들이 하
는 말을 들으면, 땅이 임자 없는 땅인데두 곡식을 갈면 먹을 만큼
나온다구 하구, 임자 없는 산에서 약초를 캐면 둔이 될 만큼 캔다
구 하구, 임자 없는 갯물에 낚시를 던지면 절이구 말려서 갈무리
할 만큼 건진다구 하구…… 이러니 어찌 가만히들 있을깝쇼. 해
서 쇤네두 남의 말에 빠져 에멜무지루 한번 가고 지고 별러 대다
가 중동무이하고 말았더니다."

"그뿐이더냐? 네 눈에 고인 말이 내 눈에 보이고 있으니 마저
일러서 궁겁지 않게끔 하거라. 지금 여기 누가 있다고 서슴대는
고. 두 번 재촉하지 않게 하거라."

매월당이 틈을 두지 않고 성화를 하자 천석이는 할 수 없이 시
르죽은 목소리로 감추었던 말을 꺼내었다.

"쇤네가 아직 선사에 있을 적에 수자리 살던 늙은이 하나가 갯

가에서 살았습죠. 나이가 차서 놓여나자 갯물을 달여 소금을 거르는 소금장이가 됐사온데, 꼭지(谷之)라구 하는 어린 딸 하나가 있는 걸 쇤네가 눈에 두게 됐습지요. 굶네 먹네 하면서도 제 곳으루 돌아가지 않은 걸 보면 지은 죄가 상기두 고향에 남아 있는 눈치였굽쇼."

"그럼 꼭지도 너와 좋아지냈더란 말이것다?"

"예, 예. 참외밭의 오이 꼬부리두 쇠면 씨가 생기듯이, 꼭지두 차츰 속이 들어서 서루 생각하는 사이루 지냈사온데…… 따져 보면 이놈이 곧 죽일 놈입지요. 그 나이에 좋아지냈으면 됐지, 망둥이 빈 낚시 무는 짝으루 느닷없이 넘난 마음(욕정)을 못 가누구서 섣불리 얼리려구 덤볐다가 겁만 잔뜩 주구 만 셈입지요. 그런데 그것이 그 애비하구 문득 종적을 감추구 말았군입쇼."

"네 그동안 그래서 그랬던 게로구나."

"쇤네가 가만가만 자취를 밟아 보니 종내 갯가에서 그치더군입쇼. 더 볼 것 없이 울릉도로 건너간 자국이었사와요."

"네 그동안 그래 그랬던 게야. 울릉도에 숨은 계집아이가 그려서 장 그 어금니 너리 먹은 낯을 해가지고……."

매월당은 천석이가 시름없어해온 내력을 비로소 대중할 수가 있었다.

천석이는 말을 이었다.

"그것이 제법 생긴 데가 있는 것이 탈이었사와요. 그 애비가 본

래 막된 것이라 사슬돈(날돈) 몇 닢에 뒤집혀서 노릇바치(광대)한
테 밑짝으루 내주기가 십상이니…… 이놈이 놓인 몸만 같으면 지
금 당장이라두 건너가서 계집하여(장가들어) 한번 살아 봄 직두 하
건만…… 서방님 안전에서 계집 소리 지껄여서 죄만스럽군입쇼."

천석이는 촛불이 흔들릴 만큼 긴 숨을 내쉬었다.

"장차 그리되리라."

매월당은 그렇게 말빚을 썼다.

"서방님은 지금 어인 말씀을?"

천석이는 더 켤 수가 있어도 생기기를 그렇게 생겨서 더 켜지
못하는 눈으로 매월당을 올려다보고 있었다. 매월당은 말뺌을 하
지 않았다.

"네가 나를 알기로 말하면 실로 몸알리[知己]라고 해도 부족지
않은 터수가 아니겠느냐. 그렇다면 내 무슨 마음으로 네게 빈 입
씹는 소리를 할까보냐. 내 반드시 놓아주리니, 네 부디 울릉도로
건너가서 한번 사노라 하고 살아 보거라."

"서방님, 이 말씀이 진당일깝쇼?"

"두말하지 않으마. 다만 서울에 일이 있은즉 먼저 그 일부터 보
고 나서 너와 갈리리라."

"일이랍시면……."

"시국이 장히 어지러운지라 첫고등에 마무려 놓아야 한갓지겠
기로 너를 아니 쓸 수가 없구나. 네 매사에 생동이가 아닌 것이

매월당 김시습

이런 다행일 수 없으니, 서울에서 나를 거든 연후에 가더라도 늦지 않으리라."

천석이는 그만만 해도 낌새를 채고 대번에 생기가 돌면서 눈을 반짝이기 시작했다.

"금(법)을 밟는 일이겠습죠?"

"송장하는 일이니라."

"이놈이 서방님을 따르는데 무엇을 저어하리까. 분부대로 거행하리다."

천석이는 무릎을 반쯤 일으켰다가 다시 꿇으면서 감격한 어조로 말을 보태었다.

"서방님은 너무 걱정하지 마십시오. 이놈이 어느 별의 장난인지, 태여두 하필이면 사람 아랫것루 태여서 오매에두 사람 한 번 해보기가 원입더니, 불행 중 다행으루 주인을 잘 만나 아직 성한 고깃덩이루 있다가 오늘은 사람 노릇까지 허락합시니, 이놈은 이제 오늘만 날이라구 한대두 원이 없습니다."

천석이는 부삽만 한 손등으로 눈물을 훔치면서 말끝을 잇지 못하였다.

"네 소견이 그만하니 걱정은 던다마는, 자칫 삐끗하면 탈이 제법 클 터이니 이는 오직 내랑 네랑 둘만 아는 짬짜미(밀약)라. 또 이제부터는 말공부(군소리)가 비각이니 부디 입에 하무를 문 줄 알 것이."

"이놈두 맹문이는 아닌 줄 압시오."

"겨를이 넉넉지 않다. 날이야 개거나 말거나 새는 대로 나설 테니 머흐는 날씨에 맞게 채비를 하되, 예는 다시 올 일이 없은즉 뒤에 찾으러 올 것이 없도록 매조져라."

책이며 곡식이며 짐이 되는 것은 그대로 두고, 옷과 종이만을 여러 번 접첨거려 부피를 없앤 뒤에 유지로 싸서 바랑에 꾸리게 하였다. 전대를 끌러 보니 베 한 필을 끊고도 두 입이 대엿새 동안 볼가심을 할 것은 되는 성불러 적이 마음이 놓였다.

천석이도 말리다가 싼 옷 보퉁이와 짚신 서너 켤레를 허리에 찬 것이 전부였다.

"하마터면 잊을 뻔했구나. 괭이 어디 있더냐. 자루는 버리고 날만 넣어야겠다."

매월당은 자루 없는 괭이를 담아 옷 보퉁이에 넣도록 해낭(奚囊, 시의 초고를 넣어 다니는 주머니)을 내주었다.

매월당은 삿갓을 썼다. 천석이는 도롱이를 끼고 나섰다.

초막마다 불을 켜고 밤을 밝히던 박촌 사람들은 모두 어이가 없어하였으나, 매월당은 포신이나 정재에게도 출행하는 이유를 뒷날로 미루고 다시 보자는 말만을 되풀이했을 뿐이었다.

하늘이 많이 내려앉아 별발 하나 보이지 않았으나, 천둥 따라 번개가 잦은 것이 길을 더듬는 데에는 오히려 한 부조가 되었다.

매월당 김시습

매월당은 날이 밝고 오정 무렵하여 또 한 차례 몸서리나는 흉음을 들었다. 포신의 서울 집에서 부리는 아이를 길에서 만났던 것이다. 아이는 서울의 일을 들은 대로 모아서 모래실에 전하러 가는 길이었다.

취금헌이 의금부에서 이렛날 옥사를 했다는 거였다. 치고 꺾고 틀고 찢고 지져 대어 숨을 지탱하지 못한 거였다. 당저는 죽이기 전에 죽은 것을 분히 여겨 집에서 자처한 낭간과 발천, 그리고 취금헌의 몸을 먼저 군기감 앞에 내다가 거열車裂한 다음, 머리는 장대에 매달아 사흘 동안 사람들에게 보인 뒤에 버리게 하고, 여러 갈래가 난 몸은 소금에 절여서 시골 사람들 몫으로 팔도에 나누어 내려보냈는데, 그것은 천석이가 모래실로 떠난 뒤에 일어났던 일이었다.

매월당은 징검다리마다 잠기고, 뗏목다리마다 떠내려가고, 배다리마다 배를 끌어올려 놓아, 길도 아닌 진구렁을 짚신발로 반죽하여 저물도록 에워 돌다가 이경이 넘어서야 겨우 영평 고을에 이르러 땀으로 짠짓국이 된 몸을 쉴 수가 있었다.

그러는 동안에도 권위자의 권위 집행은 그치지 않았다.

매월당이 김화 고을을 채 벗어나기도 전부터 당저는 나리 소리를 그만큼 듣고도 양에 덜 찼는지, 의금부에 모집해놓은 상왕의 신하들을 사정전 앞뜰에 늘어놓고 모진 악형을 시험하였으니, 상왕의 유모이기 전에 부왕의 꾐을 받아서 한남군과 영풍군 등 두

배다른 아우를 낳은 양빈楊嬪마저 곤장마다 부러져서 못 쓸 때까지 눈 감고 치게 하여 반죽음을 시켜 놓은 터였다.

그러는 옆에서는 윤사로와 윤암이 당저의 눈에 서로 먼저 들기를 다투어, 아직 숨이 붙어 있는 이들을 한시바삐 거리에 내다가 찢기를 재촉하고 독촉하였다.

그리하여 앉지도 서지도 못하게 된 매죽헌·백옥헌·단계·벽량·한석당·적곡·백촌을 비롯하여 권자신·윤영손·박쟁·송석동·이휘 등이 수레에 실려 군기감 앞에 이르렀다.

군기감 앞에는 의금부의 수레가 이르기 전부터 둔을 치고 기다리는 무리로 하여 문안이 온통 인내에 싸인 듯하였다. 그 무리는 두 패로 갈리어 있었다. 한 패는 모반 대역이 처형되는 경사를 참관하기 위해 늘어앉은 자들로, 정인지·신숙주·권남·한명회·강맹경·정창손·이사철·황수신·윤사로·박중손·홍윤성·홍달손·윤사운·윤암·이예장·어효첨·양성지·김하·박원형·성봉조·봉석주·윤자운·김질 따위의 무리였고, 그 맞은편에서 거리를 메우고 서 있는 이름도 의관도 없는 패는, 말로만 들어 온 살신성인의 실상을 보아 두고자 모여든 여느 백성의 무리였다. 잡상스럽게 생긴 낯을 거만스레 쳐들고 앉아서 소리 내어 웃고 떠드는 패는, 이제 세상에 저희들 말고 누가 또 있느냐는 투로 저마다 곤댓짓을 하기에 바쁘고, 그 나머지는 목을 잔뜩 움츠렸으나 죄스럽고 한스러워하는 낯을 숨기지 못하고 서서, 훗날 증언으로 남길 이야기를

매월당 김시습

서로가 소리 죽여 나누고들 있었다. 그들은 매죽헌이 부릅뜬 눈으로 쏘아보며,

"나리는 평소에 주공周公의 태도를 잘도 인용했는데, 그 주공도 과연 이런 짓을 했더란 게요?"

하고 대들어 대궐로 하여금 할 말을 잃게 하고, 벽량이 대궐을 노려보며 호통치되, 나리 호칭도 과하여 끝까지 자네[足下]라고 부른 것을 매우 통쾌하게 여기고들 있었다. 그들은 이번에 화가 닥친 집을 역적이 난 집이라고 집집에 다니며 대문에 먹칠을 하는 것이 일이던 사헌부의 먹자들이, 남몰래 눈물을 흘리며 그리고 다니더란 말에 고개를 끄덕이다가도, 나이가 예순이 넘어 잡아들이기를 늦춘 바람에 아직 나들이가 되는 벽량의 부인이, 수레에 실려 가는 벽량의 마지막 모습을 보내며,

"살아서는 한 끼 먹고 두 끼 굶는 가난으로 고생만 시키더니, 이제는 막가면서까지 이런 재앙을 남기는구려."

하고 통곡하니, 수레를 호송하던 나장과 뒤따르던 휘겡이[劊子手]들이 부인의 앞으로 몰리며, 단박에 숨이 끊겨 고통이 덜하게 해주려면 입은 옷이라도 벗어서 저희에게 인정(뇌물)을 쓰라고 했다는 말에 이를 갈기도 하였다.

그들 가운데에는 저도 모르는 눈물에 옷깃이 척척하도록 젖는 축도 많았다. 법이 살아 있는 세상 같으면 의사들의 식구로 열다섯 살이 안 된 아들과 손자는 공신의 집에 상으로 주어 종살이를

시키더라도 목숨 하나는 살려 두겠지만, 도둑이 제 발이 저린 격으로 이제껏 훔친 권위를 휘둘러 법에 없는 악행을 저질러 왔을진대, 아들이나 손자라면 미처 이름도 짓지 않아 문서에 올릴 때는 으레 일년생一年生이라고 적기 마련인 젖먹이 아기들에게까지도 모조리 악행을 보여서, 곧 자리개미로 목을 졸라 죽이거나, 입에 소금이나 마른 흙을 퍼붓고 눌러 숨통을 막아 죽이거나, 자루에 담아 가지고 떡돌에 태질을 쳐서 으깨어 죽이거나 하게 될 터이기에, 그것이 느꺼워서 목이 메어 우는 사람들이었다.

매월당은 양주 지경에 접어들며부터 더위를 먹고 주저앉았다. 모래실에서 술로 살다가 몸을 축낸 탓인지도 몰랐다. 간신히 불암산 기슭의 낯선 절에 얹혀서 이틀 밤을 누워 지낸 뒤에야 몸을 추스를 수가 있었다.

매월당은 열하룻날 아침에 불암산을 떠나 동대문에 들어선 길로 포전布廛부터 들르기로 하고 무분전無分廛이 어지러이 널려 있는 운종가雲從街로 향했다. 세력에 붙어서 여봐란듯이 시끌벅적하게 구종배를 거느리고 거드름 떠는 것들이 싫어서 육의전의 행랑채가 열 지어 있는 한길을 버리고, 장마철이 아니더라도 수채마다 넘쳐 질척거리는 위 피마길[上避馬路]을 택하여 걸었다. 그러다 보니 종루鍾樓가 건너다보이는 이문里門 앞에 이르러 의금부와 마주치는 것은 비킬 수가 없었다.

매월당은 앞으로 불쑥 튀어나온 채 제 위로는 없다는 듯이 여러 층이 월대月臺를 딛고 서서 한껏 치켜든 호두각虎頭閣 용마루의 이마빼기를 보는 순간 부르르 하고 사지가 떨리면서 어금니가 악물렸다.

매월당은 알아보는 이가 없도록 삿갓을 숙여 쓰면서 의금부의 호두각을 한참이나 바라보았다. 나랏일에 얽힌 사람들로만 골라서 읊아 들이되, 한번 끌려왔다 하면 제 발로 걸어 나간 자가 하나도 없었던 집, 죽이고 살리고를 가름하기에 앞서 우선 초다듬질부터가 사람을 잡는다던 기중 고약한 흉가가 바로 그곳이었다.

전날에도 도진무 이유기, 이조정랑 심신, 별시위 이의영·이정상, 중추원 녹사 이지영을 새로 엮어 들였다고 하니, 그 고문을 다 하려면 아직도 멀었을 것이었다.

매월당은 옥방 쪽으로 눈을 돌린 뒤에도 움직일 줄을 몰랐다. 오른쪽으로 늘여 지은 열세 칸짜리와 왼쪽으로 벌여 지은 열다섯 칸짜리 옥방에, 살신성인한 의열과 연좌된 이들이 하루 앞을 모르는 채로 피에 젖어 갇혀 있을 것을 생각하니 발이 떨어지지 않는 것이었다.

포전은 실로 땋거나 엮은 것만 파는 진사전眞絲廛과 삼으로 삼은 신을 파는 승혜전繩鞋廛이 다 붙어 있어서 전방보다 달개집이 더 시원해보이는 그 옆의 저포전苧布廛과 나란히 의금부 곁에 있었다.

전방들은 죽은 사람은 그렇게 죽고 산 사람은 이렇게 산다는

듯이, 기웃거리고 흥정하는 살 임자들보다 각다귀판을 벌인 여리
꾼들이 더 북새였다.

　매월당은 이문 옆에 서서, 내어물전內魚物廛의 생물 비린내,
자반 찌든 내, 얼간하여 상한 내에다 여리꾼들의 땀내와 땟국내
를 더하고 행인들의 인내를 보태어 코를 들 데가 없었으나, 낮익
은 팔 임자도 없는 데다 호두각이 더 흉물스럽고 끔찍하여, 포전
께로 건너가는 대신에 전대를 천석에게 건네주었다.

　매월당은 포전의 흥정바치와 수작이 길어진 천석이를 눈으로
재촉하다가 한길 쪽으로 시선을 돌렸다.

　두껍게 부푼 구름장에도 굵은 구석이 있었는지 햇발이 얼핏 반
짝하자, 저만치 황토마루 못 미처의 혜정교惠政橋께서도 번쩍하
고 햇발을 되쏘는 것이 문득 눈에 띄었다. 보나마나 아무라도 시
간을 알게 구리를 부어 만들어 놓은 일영대日影臺일 것이었다.

　매월당은 시선을 거두었다. 혜정교 건너편으로 서린방 초입에
있는 전옥서典獄署의 핏빛 홍살문이 한눈에 들어왔기 때문이었다.
전옥서를 끼고 모전다리[隅廛橋]를 겨누어 돌면 몇 걸음 안
가서 살신성인한 의사들의 두상을 사흘째 본보이고 있는 황화방
초입의 군기감 앞에 이르게 될 것이었다.

　매월당이 마치 군기감 앞에 서 있기라도 한 듯이 시야가 흐려
지고 있을 즈음하여 천석이가 돌아왔다.

　"서방님, 긴히 여짜올 말씀이 있사와요."

천석이는 매월당에 앞서 이문을 지나 행인들이 뜸한 곳으로, 가죽이니 육초(肉燭)니 하는 잡살뱅이를 상에 늘어놓고 파는 어느 상자리전 앞에 이르러 걸음걸이가 자박걸음으로 바뀌면서, 포전에서 홍정바치에게 들으니 오늘 유시쯤에는 군기감 앞에 달아맨 살신성인한 이들의 두상을 거두어서, 청파역靑坡驛을 지나 새남터 근처에다 내다 버린다고 한다는 것이었다.

"새남터라면 모새랑 억새랑 갈대밖에 없는 노돌나루께의 진퍼리가 아니더냐."

"그렇습죠. 그러니 남은 일이 만만치가 않게 됐습죠."

천석이는 지고 있던 바랑을 벗어 끊어 온 베를 간수하며 귀엣말하듯이 속삭였다.

"네 두부모 같던 얼굴이 금방 묵모같이 변한 걸 보니 네 속을 알겠다. 그러나 밤을 기어 군기감 앞에 매단 두상을 훔치려고 했던 당초의 계획에다 견줄까보냐. 일을 추는 데는 문안보다 성저가 한결 나을지니 이따 보거라."

매월당은 피마길을 되짚어 철물다리께로 옮기면서 천석이를 다독거렸다.

"글쎄올시다. 야반에 부담을 지고 성을 넘는 당초 계획도 수월치야 않습죠만……."

천석이는 한번 빙 둘러 살피고 나서 잰 입으로 말했다.

"이놈이야 어차피 윗도리 손장단에 아랫도리 발장단이니, 비록 세불리한들 거리송장이 되면 어떻구 거적송장이 되면 어떠리까만…… 만일 새남터가 맞는다구 할작시면 모새랑 억새랑 갈대만이 있는 데가 아니기에 그 더욱 탈입지요. 새남터가 바루 둔지산屯之山 기슭인 고로 노돌나루에 금위영의 배가 여남은 척이나 되구. 그래서 도승渡丞 밑에 수십 명의 둔병이 둔지산에 둔을 치구 있굽쇼. 또 전생서典牲署가 있어서 소장所掌이 쓰인 목자牧子가 여럿 될 테굽쇼. 서빙고엔 지금 한창 얼음이 귀물인 때라 얼음지기가 여럿일 게굽쇼. 진펄에 바투 붙어 있는 와서瓦署의 별서別署 역시 장마철엔 기왓장두 귀물이라 기와지기가 여럿일 게굽쇼. 소장이나 당직 말구 그 아랫것들만 해두 밤마다 뜬눈이 삼개뱃맡[麻浦埠頭]에 말뚝 박히듯이 박혀 있을 게니…… 이놈이 남의 방자 된 몸으루 왜 아니 걱정이겠습니까요."

"그도 그럴 것이나, 강만 건너면 과천 땅이니 만뢰구적萬籟俱寂의 야삼에 거칠 것이 뭣이겠느냐."

"하오면 도강을 꾀하심이니깝쇼?"

"네가 배질에는 익수라고 했으니 어느 물녘에 대거나 게가 곧 장지가 되리라."

"아섭시오. 노돌에두 빈 배는 있을 게니 물녘에 대기는 수월할지나, 흑석진黑石津께만 해두 언덕 밑에 노량원鷺梁院이 있굽쇼. 원집 말구두 길가에 송방이며 점방이며 마방이며 어막이며 주막이며 농막이며가 다붓다붓하게 모여 있어서 강놈 뱃놈이며,

바리꾼 여리꾼이며, 농투성이 같은 잡인네가 끓어서 거의 도회에
버금갈 터인데, 대체 어느 놈이 어디 숨어서 사찰伺察을 할 줄
알구 무탈하기를 바랄깝쇼. 아서시와요."

"그도 그럴 것이나, 무릇 생탈과 무탈은 반반일 것이."

"별 탈두 있던뎁쇼."

"네 딴소리 말고 여겨듣거라. 장례를 마치면 나는 그길로 산수
간에 구름과 더불 터이라 길이 무상할 것이요, 너는 그길로 바다
밖에 숨을 터이라 섬으로 세상을 삼을 것이니, 이제 누구로 하여
성묘인들 기약할 수가 있을 것인고. 차라리 큰길가에 모셔야 보
는 자가 있을 것이요, 보는 자가 있어야 아는 자가 있을 것이니,
이야말로 백세토록 무덤을 잃지 않을 묘수가 아니겠느냐. 이 까
닭에 이제 이목을 겁내는 것만이 득이 아닌 줄도 알았으려니와,
득실과 장단은 어차피 새옹지마일레라."

"작정이 그러시면 해 있어서 청파 아래뜸의 길눈을 미리 익히
심이 나중에 일을 덜 듯한뎁쇼."

"금부의 시행을 엿보기도 문안보다는 게가 낫겠구나."

매월당과 천석이는 철물다리 옆의 병문屛門께에 이르기 전에
이야기를 마쳤다.

온종일 나뭇잎 하나 까딱 않고 삶기만 하던 날이 초경 어름으
로 접어들고부터 구름이 풀어져서 자우룩이 는개가 내리기 시작
했다. 하늘이 반만 벗어졌어도 열하룻달이 바늘귀를 쌈으로 꿰고

도 남게 덩두렷할 시간에 는개까지 덧게비를 치니,

"지금처럼 이스랭이나 내리구 바람만 안 일면, 야거리 아니라 마상이를 띄워두 화를 치지 않아 강을 째는 것쯤은 짠지에 물 만 밥일 텐뎁쇼."

천석이는 오히려 한 부조인 양 여기면서 흘게를 늦추기도 하였다.

그러나 이경에 들고부터는 마파람을 앞세우고 삿갓을 벗기는 말바람으로 바뀌면서, 가끔 돌개바람까지 곁들이며 그악을 떨어 대는 것이었다. 만초천蔓草川의 배다리 옆에 있는 되먹이 소금 장수네 집에서 이른 저녁을 부쳐 먹고 밤이 이울기를 기다리며 뭉그적대던 매월당은, 거친 바람결에 우의雨意가 머지않았음을 느끼자,

"풍세대작風勢大作인즉 어망홍리魚網鴻離라. 이 바람이 큰비를 장만하는 조짐이니, 칠패에서 쥔을 정하고 내일 마지쇠[摩旨鐘] 치기 전에 암자에 대려면, 들마(점방을 닫는 시간)까지 청처짐하 게 앉아 있을 게 아니라 이만 털고 일어남이 상수리."

소금 장수 들으라고 연기를 피우고 나오는 길로 새남터를 향했 다. 예정을 다그었으나 막상 밖으로 나오니 바로 한 발짝 앞이 오 밤중이었다.

새남터는 두어 마장도 못다 가서 억새와 갈대에 묻힌 채 둔지 산 기슭으로 바짝 치붙은 모새밭이었다. 강물이 벌창하여 진펄을 삼킨 탓이었다. 물 위를 달려온 말바람이 숨도 못 돌리게 휘몰아

매월당 김시습

치고 있었다. 억새와 갈대가 불이 붙은 소리를 지르면서 부대끼고 있었다. 불이 붙은 소리로 울부짖다가 까무러치고, 모질음을 쓰다가 자지러지고 하며 죽살이를 치는 것은 억새나 갈대만도 아니었다. 계선 말뚝[繫船柱]에 붙잡힌 채 덤비는 물살에 시달리는 상여 뚜껑만 한 조각배들이, 여기저기서 저부터 봐달라는 듯이 찌그덕거리고 있었다. 게 구멍마다 꿀꺼덕거리며 물을 켜는 소리와, 푸서리에 깃들이했던 물새며 들새가 덫에 치여 용을 쓰듯 풍기고 날아가는 소리도 숨이 멱에 차는 다급한 비명처럼 들리고 있었다. 바람에 뒤집힌 물결이 물녘을 먹어 드는 소리도 갯가의 작벼리가 풍파에 결딴나는 소리보다 덜하지 않고, 움버들가지가 가리가리 휘둘리며 몸태질하는 소리도 금방 무슨 일이 일어나는 양으로 요란하였다.

그런데 그렇게 있으면 있는 대로 바람에 휘둘리고 물결에 뒤집히는 난리 속에서도 없는 것이 있었다.

없는 것은 인기척이었다. 개 짖는 소리도 들리지 않았다. 불빛마저도 보이지 않았다. 그럴 일이었다. 매일같이 흉보로 하루가 가는 말세에 누구라고 그전같이 마을을 다닐 것이며, 가는 사람 훑어보고 오는 사람 톺아보는 흉흉한 인심에 누구라고 이슥도록 말소리를 울 너머로 흘릴 터인가. 황차 만인의 비탄과 울분을 자아내며 살신성인한 의사들의 머리를 까마귀밥으로 던진 풀밭인 것을.

"선생들, 여기 계셨소이다그려."

매월당은 가슴이 복받쳐서 말을 잇지 못하고 엎드려서 울었다.

육신의 머리는 섬에 담아다가 무덕지게 쏟아 부리고 간 그대로 한 군데에 쌓여 있었다. 바람결에 맡은 시취로 하여 곧장 찾아낼 수가 있었던 것이다. 효수경중梟首警衆을 한다고 머리끄덩이에 명색을 적어 매어 놓은 종이 오리가 마른 풀잎처럼 바람에 나부끼고, 저만치 떨어져서 희읍스름하게 보이는 것은, 속을 비우고 내버린 섬이 바람에 뒹굴다가 움버들의 밑동에 걸려 있는 것이었다.

제 나름으로 재배를 하고 꿇어앉아 흐느끼던 천석이가 문득 제 옷 보퉁이를 끄르더니, 언제 채비를 했는지 기름종이에 싸 두었던 황랍 한 토막과 부시를 뒤져내었다.

"다니다 보면 얻어먹거나 얻어 자는 인심은 있어두 등잔불 인심은 드물기에 에멜무지루 넣어 왔더니. 제기랄, 이런 소용이 다 있군입쇼."

천석이는 그러고 중얼거리면서 부시를 쳤다. 암흑 칠야에 인적 부도인 데에 힘입어 마음 놓고 하는 짓이었다.

바람이 거센데도 부시가 붙었다. 황랍 토막에 불을 댕겨 비춰 보니 황지단필黃紙丹筆의 예에 따라 누런 종이 오라기에 붉은 글씨로 '모반 대역 삼문 능지처참'이니, '모반 대역 팽년 능지처참'이니 하고 끼적거린 것이 한눈에 들어왔다.

매월당은 매죽헌 부자와 벽량, 취금헌, 백옥헌의 두상을 한 번씩 받쳐 들면서 곡을 그치지 않았다. 어느새 한두 낱씩 듣기 시작한 빗낱에 촛불이 꺼진 뒤에도, 천석이가 움버들에 걸려 있던 섬을 도로 주워다가 두상을 담고 아물린 뒤에도 매월당의 흐느낌은 그치지 않았다.

"서방님, 이러시다간 여기서 닭 울리겠사와요."

천석이가 마상이보다 나을 것 없는 삼판선에 섬을 실으면서 한 말이었다.

배를 띄웠다. 물너울이 뱃전을 떠밀어도 배가 화를 치지 않고, 마치 후풍을 지고 밤물잡이 가는 낚싯배처럼 강심을 가로 긋고 있었다.

"네 과연 뱃사공인 줄 미처 몰랐었구나."

섬이 젖지 않도록 삿갓을 벗어 눌러 덮고 앉아서 생각보다 수나롭게 배를 부리는 요령을 추어주었다.

"곁공이 하나 있으면 한결 놓아가련만…… 강중에서 억수만 안 맞아두 다행인 줄 압시오."

천석이는 연해 얼굴의 땀을 훔치면서 이력이 있는 뱃놈처럼 꺽진 소리로 주워대었다.

"내나 네나 벌써 땀에 물말이를 한 물초인데, 억수 좀 맞기로서니 대술까보냐. 과천 땅에 댈 것을 양천 땅에만 대지 않아도 제법이리라."

"물살이 되게 쌉니다만 한번 해봅지요."

천석이는 흑석진을 겨냥하여 노를 저었으나, 배는 밀리고 밀리다가 반은 물에 잠긴 강턱의 바위를 들이받으면서 가마솥이 밑 빠지는 소리를 내는 것이었다.

"이끼나, 뱃장이 두 쪽이 나는가보다."

배가 깨어지면 놓칠세라 매월당은 두 팔로 섬을 부여안았다.

"서방님, 이 밤에 이만한 섬을 만나기두 수월찮은데, 이만 여기서 헐박歇泊 할깝쇼?"

어느 결에 봤는지 천석이가 뱃줄을 허리에 감고 날렵하게 건너뛰어 휘늘어진 버들가지를 한 모숨 감아쥐고 한 말이었다.

언덕은 썩 가팔랐으나 마루까지 기어오르는 데는 그리 버거울 것이 없었다.

매월당은 천석이와 나란히 앉아 숨을 고르면서 바람 소리로 숲정이를 어림하고 말했다.

"저 아래가 바로 노량원이 있는 동네렷다."

"그렇습죠."

"그렇다면 바로 왔느니라."

"글쎄올시다. 원집두 원집이지만 좌우에 손을 치는 민가가 느런하구, 강으루 사는 물편이며, 거룻배에 숯섬을 시태질하는 마바리꾼이며…… 밝아서 볼작시면 길이 사뭇 번거하니 좀 더 깊직이 들어갈깝쇼?"

천석이는 말만 떨어지면 섬을 업고 한달음에 내달을 듯이 물었다.

매월당은 고개를 저었다.

"무덤이 외져 놓으면 알기보다 잃기가 쉽다고 이르지 않았더냐. 빗발 하는 싹을 보니 오늘 하루도 비로 채울 조짐이거니와, 예야말로 외롭지 않은 곳이니 이제부터 급하기는 갈 일이 아니라 굿일인 것이."

매월당은 먼저 적곡이 쉴 자리부터 짚어 주었고, 천석이는 보퉁이 속의 해낭에서 자루 없는 괭이를 꺼내어 차례로 구덩이를 파 나갔다.

매월당은 다섯 분의 염습을 맡았다. 먼저 베를 송곳니로 물고 다섯 폭으로 쨌다. 머리끄덩이에 달아맨 황지단필의 종이 오라기를 떼어 버렸다. 머리끄덩이를 손으로 빗기고 상투를 쨌다. 기름종이에 싸 온 종이로 두상을 쌌다. 그리고 쨰 놓았던 베로 감싸 매었다. 행여 능라주의綾羅紬衣로 휘갑을 하고 전칠관을 자시게 한들 원통함이 감해질까마는, 아직은 비보다 바람이라 젖지 않은 종이와 베를 쓰게 된 것이 그나마 손을 가볍게 해주었다.

매월당은 흙이 조금이라도 덜 씻기도록 다섯 무덤을 차례로 다독거리면서 변명하듯이 중얼거렸다.

"황황망극하여 미안 천만이로소이다. 다만 풍한서습風寒暑濕은 겨우 그느르게 되었으니, 성분사초成墳莎草는 장차의 일이올시다."

"평토제 한 잔두 없이……."

천석이는 얼른 입을 다물었다. 느닷없이 인기척을 느끼기는 매월당도 마찬가지였다.

기척이 났던 쪽에 움직이는 것이 있었다. 테두리가 깍짓동 비슷한 것이, 접사리나 떰치를 써서 몸피가 부해 보이는 모양이었다. 그쪽에서 먼저 헛기침을 하였다. 기침 소리가 연장한 사내의 것이었다.

말도 그쪽에서 먼저 건네었다.

"이거, 어둑새벽에 화두 없이 큰일을 치시는데, 공연히 객꾼이 들어서 인사가 아니외다그려."

"그 시주施主는 뉘시기에 이 산비[山雨]에 밤소일이시오?"

매월당은 승관행속僧冠行俗을 일러두는 것이 뒷갈망에도 나을 것 같아서 사내를 짐짓 시주라고 불렀다.

"상제가 스님이셨수?"

사내가 다가와서 물었다. 비로소 검정 옷이 보인 모양이었다.

"보다시피 뭉구리올시다."

매월당은 삿갓을 제껴 썼다.

"스님은 때두 모르시우? 사경추(일찍 우는 닭) 운 지가 한 식경이 넘는데두 밤소일이라시우그려. 날이 지짐거리구 머흐러서 그렇지 시간대루 했으면 어둑발이 걷혀두 벌써 걷혔으리다."

사내는 엉너리를 치면서도 분수는 밝히려고 하지 않았다.

"그럼 인말(寅末, 새벽 끝 무렵)은 좋이 됐겠소그려. 그런데 그 시주는 새벽 댓바람에 어인 일이시오?"

매월당은 마침 빗발이 서기도 했지만, 아주 밝기 전에 뜰 채비로 일어서면서 맞소리로 물었다. 그렇게 허텅지거리 비슷한 말로 드레질을 하여 무게가 나갈 듯한 사람 같으면, 이 일이 육신의 치상治喪임을 대놓고 밝히고 싶었던 것이다. 그런데 가는 마음에 오는 마음인지 사내도 어떤 비기祕機를 느낀 듯이 은근한 목소리로 바꾸어서 말비침을 하는 것이었다.

"이 몸은 저기 오개 넘어서 서울 양반네 도지賭地를 부치는 상해 사람[常人]이니 스님은 떨떠름해하지 마시우. 비록 마소와 동무해 사는 여름지기(농부)라두 얼굴에 일곱 구멍은 있으니깐두루 미쁘게 여기시구, 혹 비를 그어 가신다면 누추해두 내 집으루 뫼시리다. 이 몸 역시 여러 날째 시름겨운 일루 사경추 우는 소리에 일어나군 했더니, 그것두 다리품이 들었는지 오금탱이에 쥐가 나우그려."

매월당은 사양을 할 수가 없었다. 듣던 빗발이 작달비로 바뀌면서 어깨에 무게가 실리기 시작하니, 그대로 길에 나섰다가는 기운이 휘져서 몸이 성할 리가 없기도 하거니와, 무덤을 놓고 차분히 일러둘 틈을 얻기 위해서도 사내의 호의를 따를 수밖에 없었다.

"그 시주 고맙소. 본디 산비는 입히고 들비는 벗기는지라 그리 않을 수가 없겠소이다그려."

매월당은 삿갓을 바로 썼다.

"서방님, 이 비에 나섰으면 낮결두 안 돼서 온몸에 비늘이 돋을 뻔했는뎁쇼."

밭길인지 논길인지 곁눈질할 겨를도 없이 뒤따라온 천석이가 솔가지 차양에 이마를 받으며 처마에 들어서서 엄살을 하였다.

사내는 서방님이란 말에 거니를 챈 듯했으나, 내처 모른 척하고 방에 들게 하는 일변 아낙을 깨워서 새벽동자를 짓도록 일렀다.

날은 이미 새었으나 어디가 벽이고 천장인지 방 안은 천연 굴 속이었다.

매월당은 사내가 토방에 서서 아낙과 수작하는 사이에 귀엣말을 하였다.

"보아하니 궐자가 분수는 비록 전정佃丁일망정 치덕齒德은 있음 직하기로 다행이구나."

얼굴을 보니 판무식 같지 않게 풍후한 데가 있는 데다, 하는 짓둥이가 둘된 듯하게 굼뜬 것이 또한 드레져 보여서 마음을 바잡지 않았던 것이다.

삿갓으로 문지방 밑을 가린 뒤에 비로 물말이한 장삼과 등거리를 벗어서 짜 입고 나니, 사내가 불땀이 있는 풋장을 때서 담은 질화로를 들고 들어왔다. 불어 터진 살에 젖은 것을 걸친 터라 화로가 술 한 병보다도 나은 것 같았다.

사내는 붉덩물이 덜 빠진 바짓가랑이를 보더니,

"스님은 어느 산으루 행차시우?"

여전히 떠보는 소리를 하였다.

매월당은 벼르고 있던 말을 꺼내었다.

"일만 산이 한산이고 일천 강이 한강이니 어디랄 게 있겠소. 다만 일개 야승이라 뒷일을 측량할 수가 바이없기로 짐짓 수인사를 거르는 것이니, 시주께서도 작량酌量해주시기 바라겠소."

매월당은 양해부터 바란 다음에 본말을 추려서 말했다.

"그 시주도 아까 산달에서 보신바 그대로 경황 중에 행사(行事, 제사 지냄)조차 미루고 이리 달려왔거니와, 속연俗緣곧 불연佛緣의 비롯인 고로 이렇듯 시주를 만난 터수이니 이제 무엇을 더 기겠소. 야래(夜來, 밤사이)에 산달에다가 지하地下를 꾸민 혼령은, 끓을 사람이 서는(즉위하는) 변고로 인하여 엊그제 살신성인하신 승지 성 선생 부자분과 참판 박 선생, 직제학 이 선생, 도총관 유 대감께서 신화神化합신 자취올시다. 그 시주는 일후에 저 자취를 잃지 않도록 매양 여겨보신다면 이에서 더한 다행이 없겠소이다."

사내가 머리를 조아렸다. 혼령에 대한 예인 듯하였다.

사내가 대답했다.

"죽을 보면 밥부터 생각하는 것이 여름지기 소견머리니깐 두루 짐작이 멀 까닭 없습지요. 좌우간 아까운 어른들이 거룩하게 돌아가셨다구는 해두 스님곧 아니신들 뉘라서 불연히 발 벗구 나섰겠소. 또 스님 두어 계신(지니신) 뜻이 아름다운데 사람 된 자

어떤 것이 그 뜻을 감히 범하겠소. 이 몸이야 상해 사람이니깐두루 무슨 그늘이 있을까마는, 여기 살면서 그 모이를 돌보지 않는 다면 마소와 다를 것 없으니깐두루…… 알아두 되는 이는 알게끔 시국을 봐 가면서 말전주를 해서, 천하 없어두 모이를 잃는 일만 은 없이 하리다."

"고마운 일이오. 처음에 인기척이 났을 때는 이끼나 하고 마음 을 움쳤더니, 불성佛性은 일체一切라, 그 시주께서 본을 보이심 인 게요. 그러나 범과 배암과 강아지란 본래가 마을에 기대어서 서식하는 무리라, 혹은 구전口傳하고, 혹은 길잡이하고 할 적에 는 객살스러움을 줄이고 실살스러움을 취하도록 각별히 용심할 일이니 마음에 새기시오. 그 시주께서 지금의 마음을 한평생 좇아 한다면 송추(松楸, 묘 둘레에 심은 나무)와 상재(常梓, 조상의 묘 가 있는 마을에 심은 나무)가 달리 있다고 말하지 못하리다."

매월당이 잼처 다질러 말하니,

"이 몸두 송곳 하나는 속에 품구 있으니깐두루, 골수에 넣어 두 리다."

사내는 또 그렇게 다짐을 두었다.

사내는 아낙이 부지깽이로 이맛돌 두드리는 소리에 나가더니 이윽고 목판에 차린 더운밥을 들여왔다. 반찬이라곤 짜디짠 오이 지와 건지 없는 토장찌개뿐인 매나니였지만, 매월당은 더운 맛에 숭늉에 말아서 뜨고, 천석이는 매월당이 남긴 대궁까지 긁어 넣고 토장찌개에 비벼서 삼성들린 듯이 걸터듬었다.

　사내는 눕기를 권했다. 비가 뜨막해진 뒤에 나서라는 거였다.

　매월당은 물거리나무로 술밥 한 시루를 찌고 남을 동안이나 일
어나지 못하고 있었다.

　비를 그어 가려는 것이 아니었다.

　천석이하고 길을 나누기 전에 사내가 늘어놓은 이야기도 들어
주지 않을 수가 없었던 것이다.

　사내는 사내대로 달구리[鷄鳴時]부터 물녘에 나와서 바장거리
게 된 사연이 있었다.

　사내는 중추부 녹사 최영달崔榮達의 밭을 부치고 있었다. 최
가 무엇으로 금성대군의 눈에 들어 녹사에 천거됐는지는 몰라도,
최는 대군의 전지가 충청도 당진에 있어서 하찮은 소채까지 이루
올려다가 먹자니 태가도 많이 들고 번거롭다면서, 사내가 대군의
집에 소채를 대는 것으로써 도조賭租를 대신하게 하였다.

　사내는 정월에 여러 묵나물을 비롯하여 움파와 무순과 햇미나
리를 대었고, 마늘이며 새앙이며 겨자며 김장감까지도 도맡아서
대다시피 하였다.

　사내는 그러는 동안에 계수장桂壽長·김철동金鐵同·일이日伊·
소원小元 등 여남은이나 되는 대군의 종들과 벗을 하게 됐는데,
그중에서도 사내의 벗바리가 되어 준 것은 나이가 동갑인 어질동
於叱同이었다.

어질동은 가끔가다 제 깜냥대로 한칼씩 여투어 두었던 말고기
며 돼지고기 같은 귀한 것들을 사내에게 슬며시 건네주곤 하였다.

손자를 볼 나이가 되도록 육징肉癥이 나도 집에서 길러 잡은
개고기밖에 육미를 못 해봤던 사내와 그 아낙에게는, 말고기 한
칼 돼지고기 한칼이야말로 천지가 개벽을 하기 전에는 터무니가
원체 없어서, 아예 그리워할 생심조차 못 해봤던 호강이 아닐 수
가 없었다. 먹고 싶어서 원이 됐던 것을 먹어 본다는 것은, 먹고
싶은 것이나 실컷 먹어 보고 죽었으면 좋겠다는 사람이 적지 않
았던 것으로써 알 수 있듯이, 사내와 그 아낙에게는 몸이 살아 있
는 보람 가운데서도 가장 알짜가 바로 그것이었던 것이다.

잇몸이 너리 먹어 고생하는 어질동의 아낙을 위하여 사흘이나
헤맨 끝에 잡은 두더지 다섯 마리로 두더지소금을 구워다가 주
고, 어질동의 어린것이 종아리에 종기가 앉아 걷지도 못한다는
말에, 북관의 육진六鎭에서나 난다는 이깔나무 기름을 북평사의
구종배로 따라갔다 온 처남에게 기르던 닭 열 마리와 바꾸어다
주고, 또 어질동이가 치통으로 밥을 못 먹는다는 말에, 자칫하면
못 일어나는 위험까지 상관 않고 말벌집을 떼어 들고 강을 건너
기도 했었으니, 그 모든 것은 어질동이에게 늘 고마워해온 마음
을 그대로 따른 것이었다.

사내는 햇마늘 열 접과 만물로 딴 오이 한 접을 상납하려고 나
루에 나갔다가, 칠패까지 가서 숯섬을 넘기고 오던 사람들에게서

그 흉보를 들었다. 충신들이 되잡혀서 난신으로 몰리고 난 지 이틀째 되던 날의 일이었다.

사내는 상납을 지고 집으로 되돌아왔다. 땅을 밟고 왔는지 허공을 밟고 왔는지, 오고 나서 생각해도 알 수가 없었다. 겁이 나서만이 아니었다. 겁도 겁이지만 억울하고 분해서 아무것도 아니 보인 것이었다. 대군이 광주목으로 귀양을 갔는데, 언제 약사발이 내려갈지 아무도 알 수가 없다는 것이었다. 대군의 종들도 그냥 두는 법이 없다고들 하였다. 종이야말로 한 재산인 만큼 재산이 적몰되면 종들도 몰수되어 주인이 바뀌기 마련이지만, 대군이 이번에 겪는 일은 사안이 중대하므로, 대군의 종들도 아마 극변極邊에 있는 잔읍殘邑의 관노나 잔역의 역노로 삼아서 삼천리 밖에 내다가 묶어 두리라는 것이 나루께 사람들의 공론이었다.

사내는 그로부터 물녘에서 살았다. 서울에서 나오는 사람들이 흘리는 풍문으로 어질동의 사정을 알아볼 참이었다. 사내의 아낙은 미숫가루를 장만하고 보리쌀도 찧어 놓았다. 사내는 마늘 석 접을 주고 달걀도 한 줄 구해 놓았다. 어질동이가 귀양길에 나섰다고 하면, 사리진(沙里津, 한강나루)을 건넜거나 중랑포中浪浦를 건넜거나, 한달음에 쫓아가서 보리쌀과 미숫가루와 삶은 달걀을 건네줄 작정이었다.

사내는 또 말했다.

"녹사 어른이 어느 궁宮에 붙었는지는 몰라두, 대군의 당으루

싸잡혀서 이 전지가 적몰되면 화리(花利, 경작권)두 필경 딴사람의 것이 되구 말려니와, 그리돼두 갈밭을 뒤져 방게를 잡아 살망정 이 몸이 예는 아니 떠나려우.”

매월당은 삿갓만 한 옴팡간엔 사람이 있는데, 솟을대문 관가에는 사람이 없고, 움 속 같은 방은 사람이 있어 밝되, 대청 너른 관가는 사람이 없어 어둡다는 것을 다시금 느꼈다.

“그 시주께서 의리 알기를 이같이 아시니, 어질동이야 만 리 밖으로 내쫓긴들 무슨 외로움을 타겠소. 참으로 아름다운 일이외다.”

매월당은 거듭 추어주었다.

“아무렴입죠. 않던 고생이 생고생이라지만, 어차피 남의 마음에 몸을 잡히고 태어난 신세라 그다지 못 견딜 일만두 아닐 게굽쇼.”

천석이도 가라앉히는 말로 거들었다.

매월당은 남은 일에 손을 대었다. 바랑부터 뒤적거렸다. 유지로 싼 옷보를 끌러 보니 누이지 않고 짠 생모시 고의와 적삼 한 벌이 푸쟁을 해보낸 그대로 구김살 하나 안 간 채 온전하였다. 그것을 내놓았다. 먹은 일곱 정이었다. 다섯 정을 내놓았다. 또 청낭을 끄르고 유지에 싼 청심원淸心元 여섯 알을 세 알씩 나누었다. 한 알에 쌀이 서 말이나 하는 비싼 약이었다. 마지막으로 전대를 털었다. 베를 끊고 남은 조선통보를 두 돈 서 푼씩 나누었다.

나누어 줄 것이라고는 그것이 전부였다.

천석이에게 말했다.

매월당 김시습

"네가 전부터 섬에 숨은 아이를 생각하여 그 섬을 늘 그려했으니 네 몸도 네 마음을 따라가게 할밖에 없거니와, 오늘인즉 그리 가는 날이니 더 머뭇거릴 것이 없느니라. 네 고향 이름 선사는 신선[仙]의 떼[槎]란 뜻이니, 거기는 예전부터 떼를 타고 그 섬에 건너가서 신선처럼 살고 싶어 한 이들이 모이던 곳 아니겠느냐."

"서방님……."

매월당은 천석이가 잇지 못하는 말을 대신 이었다.

"나도 책을 구하는 대로 신선 공부에 한번 깊어 볼 셈이거니와, 대저 신선 공부란 게 뭣이겠느냐. 네 말마따나 생사람 잡는 관가 없고, 생사람 잡는 법률 없고, 생사람 잡는 상전 없고…… 그렇게만 살아도 신선이 사는 모습이리라. 가거라. 그 섬인즉 곧 해 뜨는 곳이 아니더냐. 가서 부디 그 아이와 한살이(혼인)하여, 유자생녀하고, 네 세상 살거라."

"서방님……."

"이로부터 내 생각일랑은 끊어라. 나는 세상을 버리고 피해 사는 몸이거니, 말세를 뒤집어 성세를 도모할 만한 인재는 아까 우리가 산달에 모시지 않았더냐. 말세에 매달리는 자는 말종일 뿐이라. 네 또한 알려니와 거미도 한번 친 줄이 구겨지면 고칠 마음을 않고, 들새도 한번 망가진 둥지는 다시 깃들이를 꺼려하는데, 나는 산이 있어서 족하고, 너는 섬이 있어서 족하니, 오늘 여기서 이리 헤어진들 무슨 아쉬움이 있겠느냐. 너는 입때껏 남의 식구

로만 살았기로 가는 길에 길카리(먼 친척) 하나 없이 오직 망문투식
(望門投食, 비럭질)으로 길을 마치겠거니와, 선사까지는 구백 리
라, 망문투식도 정도가 있을 터인즉, 이런 보잘것없는 것들이 무
슨 보탬이 되랴마는, 어쩌랴, 나눈다고 나눠 보니 고작 이뿐인 것
을. 그럭저럭 넣어 가다가 바꾸어 쓰되, 혹 문식이 있는 쥔을 만
날 적에는 나를 대거라. 나를 대고 내 사환이라고 하면 혹 괄시는
않을 듯하니, 그리 알고 이만 일어서거라. 지금부터 너는 남의 사
람이 아니고 네 사람이다."

"서방님, 황감무지로소이다."

천석이는 눈물을 흘리며 절을 하였다.

매월당은 그 사내의 집 앞에서 천석이와 헤어졌다. 사내가 옆
에서 시종 들고 있어서 산이고 섬이고 이름을 말하지는 않았지
만, 천석이는 흑석진을 지나 광나루까지 거슬렀다가 경상도 평해
쪽으로 빠지는 길을 찾아들 터이고, 매월당은 계룡산을 겨냥하여
빗길을 재촉했던 것이다.

아아, 그로부터 세월은 또 얼마를 더해 왔던가.

세월은 가는 것이 아니었다. 세월은 오는 것이었다. 병이 깊어
지고, 꿈이 얕아지고, 몸이 무거워지고, 생각이 가벼워진 것으로
써, 그동안 세월을 흘려보낸 것이 아니라 오히려 세월에 매달려
서 온 것을 느끼는 것이었다. 그렇다. 매월당 자신이 오고 와서

이만큼 늙어 버린 것이었고, 세월이 스스로 오고 와서 이만큼 낡아 버린 것이었다.

하늘에는 북녘으로 돌아가는 새들이 며칠째나 무리를 지어서 날아가고 있었다.

덧없이 그새 이월로 접어들어 벌써 초엿새라나 초이레라고 하니, 그리고 보면 새들이 가고 싶어 할 때가 되기도 한 것이었다.

매월당은 하늘의 새소리가 아녀자들이 먼 데서 앙살거리는 소리처럼 들리거나, 새들의 그림자가 눈앞을 한 꺼풀 걷어 가듯이 후딱 가로질러 갈 때마다 얼른 고개를 들어 새 떼를 좇아가곤 했다. 하지만 그것이 고니인지 물오리인지 기러기인지 두루미인지는 번번이 넋을 놓고 바라보면서도 알 수가 없었다.

그렇지만 한 가지 알 수 있는 것이 있었다. 새들이 줄을 지어서 날아가는 모습이었다. 그 모습은 약간 비슷하기는 해도 매월당이 언뜻 떠올렸던 것처럼 정그레나 쳇다리나 가새나 곱자 따위와 같이 굽거나 가지를 친 어떤 물건의 모양이 아니었다. 새들은 사람들이 살림살이에 만들어서 쓰는 그런 도구의 형상을 시늉하면서 가는 것이 아니었다. 새들은 산의 능선을 그리거나, 굽이도는 들길을 그리거나, 휘어 나가는 내를 그리거나 두 갈래 세 갈래 강을 그리거나, 그렇게 대자연의 모습을 그리면서 날아가는 것이었다.

매월당은 오늘도 가벼운 생각에 잠기어 있었다.

들앉으나 나앉으나 그렇게 묵은 일들을 되새기고 곱새기고 하는 것이 요즈음의 소일이었다.

생각하면 그동안 걸어온 길은 아득하도록 길었다.

어찌 그렇지 않으랴. 내일모레가 이순耳順인 것을.

매월당은 이제 몇 달만 더하면 나이가 육순이라는 것을 하루에도 몇 번씩 느끼는 것이 이 봄에 들면서 새로 붙은 습관이었다.

오늘은 느닷없이 울릉도를 생각하였다. 그러자 자연히 삼십여년 전에 떠나간 천석이의 모습이 떠올랐다. 그리고 그에 곁들여서 시도 한 수 떠올랐다.

삼신산 이야기 들을 만큼 들은 터라	玄洲蓬島飽曾聞
신선놀음이나 하면서 한세상 잊자 하니	思欲仙遊謝世氛
마침 울릉도가 알맞다는 말 있어	人說羽陵堪避隱
높이 올라 바라보니 아득하기 구름일레	登高試望渺如雲

금오산에 살면서 한동안 동해로 나와 노닐 적에, 선사의 성류굴聖留窟을 거쳐서 평해의 월송정越松亭과 망양정望洋亭을 노래하던 끝에 '우릉도를 바라보며(望羽陵島)'로 제하여 천석이의 일을 잠깐 생각해봤던 시였다. 천석이는 그 후로 아무 소리가 없었다. 뜻을 이루었기에 다른 말이 없으려니 하는 것이 옳을 터였다.

그러나 심기가 마냥 흐뭇하기만 한 것은 아니었다. 천석이의 일만 보더라도 신선이 정녕 따로 없지 않은가 싶을 때마다, 유문

儒門을 열지 않았으니 유가儒家도 아닌 듯하고, 불문을 열지 않았으니 불가도 아닌 듯하고, 도문을 열지 않았으니 도가도 아닌 듯하고, 그 셋이 뒤범벅이 되어 두루뭉술한 무엇인가 하면 그도 아닌 듯하고, 아닌 듯하면서도 아닌 것이 아닌 듯하고, 아닌 것이 아닌 듯하다가도 아닌 것이 아닌 것도 아닌 듯하고, 그렇게 듯하고 듯해서 듯하고 듯한 몰골로 그럭저럭 나이 육십의 턱밑에 다다른 현실을 느낄 때마다 허망하고, 허무하고, 허전하기 이를 데 없는 심사가 되는 것이었다.

무릇 육십 줄에 바짝 다가선 나이란 대자로 재거나 줄자로 재거나 곱자로 재거나 간에 앞날은 더 이상 재기가 어려울 뿐더러, 마땅히 계한界限은 있을지언정 기약이란 없는 나이인 것이었다. 그 아무 무엇도 아닌 몰골로 그렇게 이르렀다고 한다면, 앞으로 그 무엇이 기어이 되리라거나, 그 무엇에 영 못 미치리라거나, 그 무엇에서 오히려 지나치리라거나 하는 따위의 앞날에 대한 어떤 기약도 막연해지는 나이인 것이었다.

그렇다면 지금 이것은 대체 무엇이더란 말인가.

매월당은 그에 대한 답도 생각하고 있었다.

다 된 미완성.

아직까지는 그것이 답이었다.

그러나 매월당은 또 물었다. 그리고 또 답을 하였다.

그러면 다 된 미완성일 수밖에 없다고 해서, 이냥 이대로 있기만 하는 수밖에 없다는 것인가. 이냥 이대로 있기만 한다고 한들 이냥 이대로 있기만 할 수 있는 날은 또 얼마나 된다는 것인가.

이날토록 걷는다고 걸어왔지만, 그 걷다가 미끄러졌던 길이 바로 이 길이 아니었던가.

걷는 사람들이 이른바 산행야숙山行野宿을 꺼렸던 것은, 산길을 가던 이가 날이 저물었다고 하여 산에서 가까운 곳에다 잠자리를 정할 경우, 네발가진 짐승들에게 사냥감이 되어 주기가 십상인 까닭이었다.

매월당 자신도 그것을 경계해왔다. 가다가 때로 자리를 잡고 쉬더라도 반드시 도회에서 쉴 자리를 찾지 않았으니, 머리 검은 짐승들의 사냥감이 되는 것을 예방하기 위해서였다. 그리하여 머리 검은 짐승들의 먹잇감이 되는 꼴 그 한 가지만은 마침내 면한 셈이 된 모양이었다.

그렇지만 그런 다음은 또 무엇이었더란 말인가. 그리고 지금은 무엇이 있으며, 앞으로는 무엇이 더 있을 것이란 말인가.

없었다. 아무것도 없었다. 이냥 이대로 있기만 할 수 있는 날마저 얼마 안 되리라는 것이, 그것도 짐작만으로 겨우 하나 있다면 있는 것이었다.

이것이 일찍이 웃으면서 지하로 돌아갔던 사람들과, 울면서도 굳이 늦도록 지상에 남아 있는 사람과의 차이였더란 말인가.

'혼이여 돌아가자 어디인들 있을 데 없으랴(魂兮歸來無四方).'

매월당 김시습

매월당은 그 귀글을 자주 되뇌었다. 소쩍새는 으레 돌아감만 못하다고 이르고, 그 자신은 으레 돌아가려고 해도 돌아갈 곳이 없다고 읊었다.

그러나 돌아갈 곳이 없는 것은 언제나 옛 임금의 혼이었지 매월당 자신의 혼은 아니었다.

어이하여 돌아갈 곳이 없겠는가. 산이 있지 않은가. 강이 있지 않은가. 구렁텅이가 있지 않은가. 바다 밖이 있지 않은가. 어이하여 이내 한 몸 버려둘 곳이 없을 것인가. 소쩍새는 또 으레 서쪽을 부르면서 울부짖었지만, 옛 임금의 혼이 아닌 바에야 구태여 서쪽만을 찾을 것도 없는 일인 것 같았다.

혼이여 돌아가자.

매월당은 어느덧 설악산에서 내려가고 싶은 생각을 혼자서 키우고 있었다. 겨우내 몸져누워 자리보전을 하는 동안에 슬며시 움텄던 생각이었다.

다시는 못 일어나게 할 줄 알았던 병이 설을 쇠면서부터 누꿈해지더니, 이제는 뜰에 나와서 볕을 쪼이며 돌아가는 새 떼를 여겨볼 만한 여유까지도 주고 있었던 것이다.

매월당은 그 여유를 전에 없이 귀하게 여겼다. 그리하여 틈만 나면 설악산에서 떠나 보고 싶은 마음을 더욱 도스르게 된 거였고, 들앉으나 나앉으나 묵은 일들을 되새기며 가벼운 생각으로 소일을 하는 것도, 그렇게 마음으로 하고 있는 떠날 채비 가운데의 하나인 것이었다.

그 묵은 일들이란 거의가 이 설악산에서 있었던 일들이었다.

고을의 원 유자한이 배려했던 관기의 코머리 소동라의 일은 지금 와서 생각해봐도 하릴없는 웃음거리일 뿐이었다. 그녀의 일은 유자한이 매월당의 청을 받아들여서 그녀를 다스리기보다 일소에 부침으로써 없었던 일이 되고 말았다. 그러나 매월당의 스산한 심기는 얼마 동안 시일의 지체를 본 뒤에야 말끔해질 수가 있었다.

유자한의 당부와 제 나름의 분발심으로 배우겠다고 올라왔다가 문도들과 함께 자갈밭으로 내몰리고, 씨를 심는지 땀을 심는지 모르게 팔자에 없는 농부가 되어 기장을 심고 메밀을 거두고, 콩을 베고 들깨를 떨고, 시키면 시키는 대로 죽은 듯이 일만 하다가 도망치듯이 내려갔던 유자한의 조카 회회(薈)에게 '산에 사는 따분함을 유회에게 보임(山中悶甚示柳公薈)'으로 제하여 읊었던 시가 바로 그녀의 일을 수습한 것이었다.

객관에 올라가 거나하게 취하는데	客館無聊酒半醺
볼만한 꽃 한 송이 향기도 그윽할사	好花一朶吐奇芬
대장부 가는 데마다 으레 풍류판	男兒到處風流在
날마다 기생들하고 오색구름 봤느니	日日高唐夢綵雲

| 장안 쪽 바라보니 갈 길은 멀었지만 | 長安西望道途遙 |

양양 고을 기생들 특히나 어여뻐라	花語襄陽特地嬌
쌔고도 쌘 날에 무엇이 급했겠나	明日漸多心不迫
버들가지 바야흐로 긴 가지에 얽힐 것을	柳枝從此縮長條
양양은 예로부터 풍류가 세었는데	襄陽自古甚風流
숙부님의 다스림이 가장 나았다네	叔父于今政最優
보따리 싸면서 웃지 마시게	且莫俶裝西笑去
국화 필 무렵엔 한잔해야 하느니	淸樽相對菊花秋

유자한과의 교환도 그가 임기를 채우고 고을을 떠나기 전에
〈유양양께 드리는 진정서上柳襄陽陳情書〉를 통하여, 어려서부
터 늙바탕에 이르기까지의 자신의 모습을 편지에 옮김으로써 매
듭을 지은 터였다.

매월당은 그 편지에서 '실상을 솔직하게 진술하건대 이제까지
자긍自矜과 자손自損으로써 남들의 칭찬을 바란 적이 없었다.
스스로 자긍하지 않더라도 온 나라가 그것이 모두 허명虛名임을
알게 될 터요, 스스로 자손을 하지 않더라도 온 나라가 그것이 어
리석고 못난 탓인 것을 다 알게 될 터인데, 이제 와서 무엇을 바
라고 유양양 앞에 자긍과 자손을 하겠는가' 하고, 누가 뭐라고 해
도 자기는 어디까지나 자기 나름으로 살아온 것을 서두에서 말하
였다. 그리고 어려서의 일들을 말하였다. 기억하는 것은 기억하

는 대로, 기억하기 이전의 일들은 나중에 들어서 알게 된 것들을 늘어놓았다. 그것은 '태어난 지 여덟 달 만에 저절로 글을 알 수 있었다'는 이야기로 시작하였다.

그 무렵에 할아버지뻘이 되는 조은釣隱 최치운崔致雲이 이웃에 살면서 여덟 달짜리 어린것답지 않은 재능에 크게 기대한 나머지, 배우면 곧 익힌다고 하여 '배우고 때로 익히면 또한 기쁘지 아니하랴(學而時習之 不亦說乎)'고 한《논어》의 〈학이〉장 첫머리에서 시습을 뽑아 이름으로 주고, 또 그에 대한 설說도 지어서 외조부에게 주었다.

말도 못하면서 글자부터 알아보는 것을 신통히 여긴 외조부는 먼저 말을 가르치는 것이 아니라《천자문》부터 가르치려고 하였다.

그런데 겨우 옹알이나 하던 때였는데도 글자의 뜻은 알아듣지 못하는 자가 없었다. 또 말은 되지 않아도 글은 되어서, 손에다 붓만 쥐여 주면 써 내지 못하는 글이 없었다. 다시 말하면 세 살 때부터 문장을 엮을 수가 있었던 것이다. 그러므로 다섯 살에 글을 지었다고 하는 말은 이미 문리를 터득한 뒤의 일을 두고 하는 말이었다.

외조부는 두 살이 되던 해 봄부터 유명한 시에서 좋은 시구만을 추린 이른바 초구抄句를 가르쳤는데, 맨 처음에 짚어 보인 것이 '꽃이 난간 앞에서 웃는데 그 소리는 들리지 않는다(花笑檻前 聲未聽)'는 것이었다. 그래서 돌아앉아 병풍의 꽃을 가리키면서

매월당 김시습

옹알이를 하였다.

외조부가 다음으로 짚은 것은 '새가 숲에서 우는데 그 눈물은 보이지 않는다(鳥啼林下淚難看)'는 것이었다.

다시 병풍의 새를 가리키면서 옹알이를 하였다. 이에 외조부는 한번 가르쳐 볼 만하다고 여겼는지 초구 수백 수와 당송唐宋의 시초를 모두 읽게 하였다.

세 살이 되던 해 봄부터는 더듬거리기는 해도 남이 알아들을 정도는 말을 하게 되었다.

하루는 외조부에게 시는 어떻게 짓는 것인지를 물었다.

"일곱 글자가 나란히 어우르는 가운데, 소리의 울림에 높낮이가 있고, 뜻은 달라도 같은 모양으로 둘씩 짝이 되어야 하고, 또 일정한 곳에다 운을 달아야 하느니라."

그 말을 듣고 자신 있게 말했다.

"그런 것쯤은 저도 할 만합니다. 할아버지께서 한번 첫 자를 불러 보세요."

외조부는 의심치 않고 봄 춘春 자를 불렀다.

외가는 초가였다. 안마당에는 가랑비가 소리 없이 내리고 있고, 마당가의 복숭아나무에는 복사꽃이 보기 좋게 피어 있었다.

쉬지 않고 세 구를 내리 지었다.

봄비가 새 장막을 드리워 기운이 열린다　春雨新幕氣運開

복사꽃 붉고 버들 푸르러 봄이 다 가네	桃紅柳綠三春暮
바늘에 꿴 구슬은 솔잎의 이슬	珠貫靑針松葉露

"허어, 이놈, 허어……."

그로부터 언제 어디서나 눈에 보이는 것은 모두 시로 나타내었다. 외조부의 칭찬에 신명이 나서가 아니라, 시를 짓는 데에 재미가 들린 거였다.

유모가 맷돌에 밀을 갈고 있었다. 마룻장을 울리며 돌아가는 맷돌 소리에 따라 누르스름한 밀기울이 맷방석으로 떨어지는 것을 보니 보고만 있을 수가 없었다.

천둥은 비도 없이 어디서 우나	無雨雷聲何處動
누런 구름 조각조각 사방에 흩어지니	黃雲片片四方分

한 노파가 두부를 맛있게 먹고 있기에 그것도 시로 나타내었다.

천성이 맷돌에서 타고났기에	稟質由來兩石中
둥글고 눈부시기 돋는 해일세	圓光政似日生東
삶은 용이나 봉황구이는 아니더라도	烹龍炮鳳雖莫及
머리 빠지고 이 없는 이 먹기 좋겠네	最合頭童齒豁翁

매월당 김시습

"이놈 낳던 날 밤에 태학(성균관)의 거재유생居齋儒生들 꿈에 문선왕(공자)께서 이놈 집에 듭시는 걸 봤다더니, 문선왕이 아니라 아마 이두(이백과 두보)를 잘못 봤던가보다."

외조부가 혼자 두런거리던 말이었다.

아무렇든 그런 식으로 지은 시가 수두룩했으나 그것들이 언제 어떻게 해서 없어졌는지는 하도 어려서의 일이라 기억이 나지 않았다.

그 무렵에 배운 것은 《정속正俗》이니 《유학자설幼學字說》이니 하는, 누구나 어려서 한번은 거치게 되는 과정이었고, 《소학》에 이르러 그 대의를 꿰뚫게 됨에 따라 글도 저절로 이루어져서 틈만 있으면 글을 지으니 쌓아 놓은 작문만도 수천 편을 헤아리게 되었다.

다섯 살이 되자 나중에 대제학을 지낸 존양재 이계전의 집에 다니면서 존양재의 맏이이자 소꿉동무 파坡와 봉封의 형인 우坳와 함께 《중용》과 《대학》을 떼었는데, 존양재와 나란히 이웃에 살았던 성균관 사예 송월당松月堂 조수趙須가 《논어》의 〈학이〉 장에서 열說 자를 빌려 열경이란 자를 짓고 설을 지어 준 것도 그 무렵의 일이었다.

또 그와 함께 장안에 이름이 넘치기 시작했는데, 정작 떠들썩했던 것은 시습이나 열경이 아니라 오세니, 김오세니, 오세 신동이니 하는 별명이었다. 두말할 나위 없이 동네에서 지켜보고 가르치고 귀여워해주었던 최 참판, 이수찬, 조사예 등이 가는 데마다 말을 꺼낸 까닭이었다. 신동 운운하는 말을 들을 때마다 어린 마음에도 쑥스럽고 민망하여 수줍어하고 주눅이 들기도 했으나, 어른들의 말이라 어쩔 수 없는 일이었다.

하루는 칠십 노정승인 경암敬菴 허조許稠가 다 행차를 했는데, 풍문이 믿기지 않았는지 시험까지 보이는 것이었다.

"이놈, 시습아. 네 보다시피 내 이렇게 늙었으니, 네 늙을 로 자를 가지고 어디 시 한 수 지어 보겠느냐?"

정승의 말이 채 끝나기도 전에 '늙은 나무에 꽃이 피었으니 마음은 늙지 않았소(老木開花心不老)' 하였다.

정승은 무릎을 탁 치면서 더 볼 것 없다는 듯이,

"허어, 세상에 이런 일이…… 허, 그놈 참, 허, 그놈…….''

놀랍다 못해 말을 잇지 못하면서 한동안 찬탄만 거듭하더니, 이윽고 번쩍 들어 안고는,

"이놈이 이른바 그 신동이로다."

머리를 쓰다듬고 볼기를 토닥이고 하면서 그럴 수 없이 신통해 하는 것이었다.

허 정승의 행차는 허다한 명사들의 행차를 유발하여 허구한 날 대문 앞에 장이 서게 하였고, 종당에는 대궐에서까지 들라 하여 풍문과 맞춰 보려고 하기에 이르렀다.

대언사(승정원)에 업혀 가니 지신사(도승지) 박이창朴以昌이 여러 어인御人들이 보는 앞에서 무릎에 앉히고는,

"아가, 시습아, 네가 과연 시를 지었더냐?"

설마 하는 기색으로 은근히 묻는 것이었다.

"올 때는 처네에 싸인 김시습이었다오(來時襁褓金時習)."

지신사는 그렇게 응수하기 바쁘게 벽에 걸린 산수화를 가리키면서 물었다.

"얘, 아가, 저 그림으로 어디 한 번 더 지어 보겠느냐?"

어려울 것이 없었다.

"저 정자와 배에는 누가 사나요(小亭舟宅何人在)."

이윽고 바위산이며 골안개며, 물너울과 갈매기며, 그림 속의 그림들을 짚어 보이는 족족 시로 바꾸어 대기를 서슴없이 하자, 지신사는 시험을 멈추고 임금께 나아가 실상을 아뢰었다.

아아, 그렇기로서니 임금께서 친히 시험까지 할 줄이야 어느 누군들 감히 상상이나 해봤을 것인가.

지신사가 돌아와서 보여 준 것은 밑에서 주서注書가 받아쓴 어제御製였다.

'아기의 공부는 하얀 학이 하늘에서 춤을 추는 듯하도다(童子之學 白鶴舞靑空之末).'

무엇을 주저할 것이랴. 곧장 답을 썼다.

'임금님의 덕은 눈부신 용이 바다에서 노니는 듯합니다(聖主之德 黃龍翻碧海之中).'

어전에 나아가 다시 아뢰고 나온 지신사는 새삼스럽게 한 번 더

안았다가 내려놓더니 위엄이 가득 어린 얼굴로 준절하게 일렀다.

"아가, 시습아, 부디 여겨듣거라. 임금님께서 네 재주를 알아주심은 지극합신 일인지라, 이제 집에 가거든 모름지기 읽고 쓰기에 더욱 힘쓸지니라. 아가, 알아듣겠느냐?"

알아듣는다고 고개를 끄덕여 주고 있는데, 곁에서 지켜보고 있던 관원 하나가 우스갯소리를 하고 있었다.

"네 이놈, 오늘 일이 특대 응제應製인 줄이나 알고 가느냐?"

"쉬잇, 전지傳旨가 곕신즉 엄히 함묵들 하시오."

지신사는 손사래를 치면서 딴말을 막았다.

하사품 비단을 남의 손 빌리지 않고 요량대로 가져가 보라고 하여, 궁리할 것도 없이 비단 쉰 필을 모두 풀고 끄트머리끼리 서로 이어서 하나로 만든 다음, 그 한 끝을 허리에 매어 죽 끌고 나오자, 어쩌나 보려고 숨을 죽였던 사람들이 이구동성으로 말하는 것이었다.

"저 녀석, 먹은 나이는 다섯인데 든 나이는 다섯 질(쉰 살)이네 그려."

임금의 전지는 나중에 알았다.

'내 특히 앞에 부르려 하였으나 사람들이 알 것을 저어하여 그만두는 것이니, 제 아비에게 이르되, 부지런히 가르치고 도회(韜晦, 재주와 학문을 감싸 두고 드러내지 않음)하게 하라. 나이가 되고 배움이 이루어지기를 기다려서 크게 쓰리라.'

매월당 김시습

매월당은 뒤에 유자한의 사돈이 된 안신安信 등과 함께 공부했던 이야기를 끝으로 어려서의 일을 아퀴 지으면서, 그 후로 대궐의 주인이 두 차례나 바뀌자 마음속 한 편짝에 생각이 없지 않았던 벼슬을 끝내 저만치서 쳐다만 보고 말 수밖에 없었던 것까지도 주저하지 않고 비쳤다.

솔직히 말하면 벼슬길에 나가 보고도 싶었다. 혹시 자리를 얻는다면 그동안 갈고닦은 것들을 한번 마음껏 펴 봤으면 했던 것이었다. 뿐만 아니라 그로 인하여 한 번 더 머리를 기르고 육물과 해물로 제사상의 예를 갖추어 오랫동안 주리게 해온 조상의 신주를 다시금 모시게 될 터이라, 취직은 곧 보본의 지름길이기도 했던 것이다.

그러나 차마 하지 못할 일이 그 취직이었다. 그릇에 담을 수 없는 대의大義와 섬에 담긴 녹祿의 무게를 같은 저울로 단다면 옷고름에 조롱을 차고 죽마를 타는 철부지 조무래기들도 웃지 않을 수 없을 터이니, 한 주전자의 물이 얼음으로 얼린다고 하여 그 무게가 더 나가고, 그 얼음을 녹인다고 하여 그 무게가 덜 나가는 법이 아닐진대, 본래가 둘이 아닌 것을 의니 효니 하고 둘로 나누어서 천칭天秤에 올린다면 그것은 대체 어떤 사람의 장난이 되는 것인가.

나가서 꿇고 엎드리는 것으로써 들어와서 허리를 펴는 벼슬아치의 삶이야말로, 남들이 소라고 부르면 소인 양 대꾸하고, 남들이 말이라고 부르면 말인 양 응수하며, 혹은 미친 줄 알고 대하면 얼른 성한 체하고, 혹은 성한 줄 알고 대하면 얼른 미친 체하며 사는 것만 같지 못한 것이었다.

매월당은 몇 뙈기 안 되는 화전이나마 다행히 토질이 걸어서 가을에 밭걷이를 하면 좁쌀만 해도 몇 섬은 먹으려니 했으나, 며칠 돌아다니다가 올라와 보니 그사이에 산쥐 떼로 밭에 세워 놓은 채 결딴이 나서 겨우살이가 빠듯해진 형편을 적었다. 조를 바심하여 당초에 가량했던 대로 겨우살이 걱정을 끄는 소출만 봤더라도, 추위가 덜한 읍내 가까이로 거처를 옮기고 유자한의 자제들이나 가르치면서 소일하기로 했던 전날의 약조를 지킬 수 없게 된 내용이었다. 또 뒤주가 바닥나더라도 만만한 집에 얹혀 사발농사를 짓거나, 동헌에서 어깨를 허물어 관곡을 꿔다 먹는 것이 선비의 도리가 아니라는 것도 곁들였다. 동헌에서 절간을 걱정한 나머지 관속들에게 곡식섬이나 지워 보내어 눈산에서 죽살이를 치게 하는 것도 바라는 바가 아니었기 때문이었다.

매월당은 편지의 말미에 자신이 민간에서 보통으로 살 수 없는 이유 다섯 가지를 사족으로 달기도 하였다.

첫째는 세상 사람들이 차려입은 입성만으로 그 사람의 마음자리나 참뜻을 보는 것은 아니라고 해도, 벗은 것은 빨고 헌것은 깁는 바느질이 없을 수 없으니 그것을 할 사람이 없다는 것.

둘째는 안에 사람을 들여앉히면 새채비로 살림살이를 벌이지 않

매월당 김시습

을 수가 없고, 살림을 벌이면 곳간이 차고 비는 것을 셈하는 색리色吏 노릇에서 놓여날 날이 있을 수 없으니, 그럴 자신이 없다는 것.

셋째는 한나라 사람 적공翟公이나 후한의 맹광孟光과 같은 아낙을 얻지 않으면 안 되는데 그것이 수월할 리가 없다는 것을 들었다. 적공은 벼슬이 있는 동안에는 찾아오는 손이 그치지 않더니 벼슬을 내놓자 사랑에 인기척이 그치고, 얼마 있다가 복직되면서 다시 찾는 손이 줄을 짓는 데에 분개하여 '한 번 죽고 한 번 사는 데서 교정交情을 알고, 한 번 넉넉하고 한 번 쪼들리는 데서 교태交態를 알고, 한 번 귀하고 한 번 천함으로써 교정을 보았다'는 글을 문짝에다 써 붙였다는 사내였고, 맹광은 시집와서 얼마간은 단장과 몸가축이나 할 줄밖에 몰랐으나, 남편이 싫어하자 물 긷고 밭 갈고 길쌈만 하는 것이 아니라 삯방아까지 찧어서 남편을 이바지했다는 아낙이었다.

전날 소동라를 치어 보지만 않았어도 남우세스러운 하소가 분명하였으나, 받아 볼 사람이 유자한이고 보면 구태여 요강 옆의 타구처럼 덮어만 두어서 좋을 것도 아닌 것이었다.

넷째는 알 만한 사람이 행여 자리를 다리 놓아 주더라도 자리가 보잘것없으면 힘이 부쳐서 펴 보고 싶었던 것도 묵힐 수밖에 없으며, 게다가 두름성 없고 고지식하게 타고나서 녹록한 무리들과 뒤섞이어 짜니 싱거우니 하며 어울리지 못하리라는 것.

다섯째는 이제껏 물외한산物外閒散으로 살아서 경외經外의

정조情調를 자아내는 풍광만을 재산으로 알고 밭 갈고 김매는 산업에는 소경에 진배없으며, 올처럼 조밭을 산쥐 떼에 맡겨 실농했다 하여 산을 버리고 동구 밖에 이르러 손을 벌린다면 필경 남의 비웃적거리는 소리나 듣게 될 뿐이라는 것이었다.

매월당은 유자한이 고을살이를 하던 때로 거슬러 올라갈 적마다 번번이 뒤따라 나오는 아이 하나로 하여 으레 한 번은 무르춤하기 마련이었다. 세상을 일찍 놓은 유자빈의 넷째이자 회의 아우인 우藕가 자꾸만 눈에 밟히는 것이었다.

우가 찾아온 것은 회가 가을걷이를 하다가 지쳐서 달아나듯이 귀가한 지 며칠 안 되어 첫눈이 내리던 날이었다.

우가 저 먹을 것을 지고 온 것이 갸륵하여 쉽게 받아 준 것은 아니었다. 우는 열다섯 살에 불과한 소년이었으나 유자한의 푸네기 중에서는 기중 속이 차서 보매에도 형과 아우가 바뀌어 된 것이 아닌가 싶게 듬쑥하고 의젓한 데가 있었기 때문이었다.

우는 공부를 맡기러 왔다고 인사를 하였다.

"네 어디까지 했더냐?"

육경六經의 진도를 물은 거였다.

"보이지 않는 열매를 따려는데 장대의 길고 짧음이 무슨 소용이겠습니까."

"네 이놈, 그게 어디 글 읽는 놈의 말버릇이더란 말이냐."

매월당은 가볍게 꾸중을 하였다. 다른 사람 같았으면 나이가 있고 없고 간에 벌써 목침이 날아갔거나, 저 먼저 얼겁이 들어서 달아나는 바람에 문짝이 부서졌거나 했으련만, 우는 첫눈에 괴었던 터라 말만 듣고 말게 된 거였다.

우는 일어났다가 꿇으면서 발명을 하였다.

"저는 젖니 때부터 늦되기로 일러 온 둔물인 고로 경서는 어차피 읽는 것이 한정이오나, 다만 의술만큼은 급하기가 촉각장중(燭刻場中, 불을 켠 초에 금을 그어 시간을 정하고 글을 짓게 하는 과거장)에 진배없는지라 선후를 정하지 않을 수가 없사옵니다."

경학보다 먼저 익힐 것이 의술이라는 말이었다.

"어인 까닭이더냐?"

"예, 제 어머님께서 천생이 약질이신 고로 이날토록 불초의 근심이 늘 거미줄 같사온데, 아버님을 여의시고부터 종래 출면 못하시는 지가 오랜 터라, 이것이 공부가 뒷전이 된 이유입니다. 게다가 내력이 모을 줄을 모르는 집이라 약시시마저 잇고 끊기를 남의 집 인심에 의지하는 형세이고 보니, 이 노릇이 어찌 남의 자식이 되어서 사는 도리이겠습니까. 이런 불효는 전고에 없을 터입니다."

우는 눈물을 훔쳤다.

매월당은 싹이 보여서 흐뭇하면서도 전해줄 의술이 없으매 허전함을 느끼지 않을 수가 없었다.

"네 말인즉 네가 잘못 찾아온 실상을 이르는구나. 필경 네 손은 쥠이 없고 내 손은 줌이 없을지니, 이른바 도로徒勞라 함이 이 아니겠느냐."

"선생님께서는 저를 가련히 여기사 내치지 마옵소서. 듣잡건대 말씀은 가까워도 실상은 머시니 분부가 아닌 듯합니다."

"아님이 아니니라. 네 아다시피 내 이날토록 약사여래藥師如來 와 한집살이를 해오지 않았겠느냐. 그러나 고황膏肓이 삭아 내 리기는 고사하고 오히려 주렵을 보태는 형국이니, 네 과연 무슨 얻음이 있겠느냐."

"제 비록 어린 소견이오나 의견(이의)이 있사옵니다."

"들어 보마."

"선생님께서는 수십 년 소금밥에도 위생(衛生, 삶의 보호)을 지 탱하심은 도리어 육식자들을 눌러 계시옵니다. 산곡과 산채는 악식 惡食이라 고량진미의 종류와 다르건만 보건保健은 남의 모범이 시니, 새는 기낭氣囊으로 뜨고, 물고기는 부레로 뜨듯이, 어찌 두어 계신(지니신) 것이 없다고 하시겠습니까. 그동안 선생님께 서 해오신 위생 가운데 항상 위주爲主해오신 것을 약간 베푸신 다면 더한 다행이 없겠사옵니다."

우는 일어나서 절을 하고 다시 곡좌하였다.

매월당은 위생의 비결을 가르쳐 달라고 떼를 쓰는 데에 어이가 없으면서도 그 곡진한 태도에 흔들려서 전에 기록해뒀던 것을 말

매월당 김시습

하지 않을 수가 없었다.

"네 여겨들어라. 내 진작부터 내 몸에 더부살이하는 고질에다 비춰 보건대, 무릇 병이라 이름한 것들은 본래가 마음으로 말미암은 것이니, 마음이 생기면 병도 생기는 이치가 있느니라. 네 생각해보아라. 그런 것을 그렇다고 하고 아닌 것을 아니라고 하는 분별이 어디 무심無心의 짓이겠느냐. 그런 까닭에 병은 미리 병을 걱정스러워하는 마음에서 비롯되는 것이고, 죽음은 조섭을 하는 정도에 따라서 이르고 늦고가 갈리는 것을 이제 알았으리라. 내게 이런 얘기가 있으니 한번 들어 보거라."

매월당은 알아듣게 하느라고 예를 들어 말했다.

"가다가 날이 저물어서 어떤 절에 찾아가 하룻밤 얻어 자는데 늙숙한 선승 하나가 있더구나. 이 중이 밤에 뒷간에 가는데 퇴를 내려서다가 어떤 생물 하나를 밟아 죽였구나. 그런데 그놈이 밟힐 적에 찍 하고 비명을 질렀것다. 중은 낮에 웬 두꺼비 한 마리가 댓돌 옆에 움츠리고 있던 걸 봤던지라, 아뿔싸 필경 낮에 본 그 두꺼비를 밟아 죽였구나 했느니라. 자, 비록 부지불식간의 실수일망정 딴 데도 아닌 절간에서 감히 살생을 했으니 잠인들 오겠느냐. 그래 이리 뒤척 저리 뒤척 고뿔 없는 몸살을 하다가 어슴새벽에야 어리마리하게 잠이 덧들었는데 시작이 바로 꿈이었구나. 꿈에 그 두꺼비가 나타나 염라국의 법에 발고發告를 하니, 사람 형상에 소 대가리를 한 옥졸이 두말없이 자기를 잡아다가

시왕전十王殿에 매 놓고 바야흐로 단근질을 해서 아비지옥에다 던질 참이라, 이에 깜짝 놀라는 바람에 눈을 뜨니 꿈이었것다. 중은 깨고 나서도 긴가민가하여 마음을 볶고 졸이다가 날이 새기가 무섭게 나가서 댓돌께를 살펴보니, 두꺼비는커녕 저녁 반찬으로 따오다가 흘렸던지 오이 하나가 밟혀서 으깨져 있더란다.”

매월당은 접어놓았던 이야기로 되돌아갔다.

“이것이 마음을 붙들어 다스리기에 스스로 늦춤이 있을 수 없는 이유의 첫째인 것이니, 다시 이르거니와 인류도 상고上古 적에는 새·짐승의 한 무리로 둥지나 굴에서 살았던 까닭에 집과 구들이 없던 병을 만든 것이요, 상고 적에는 가죽을 걸치고 풀로 보금자리 하여 노루나 고라니와 한 무리로 살았던 까닭에 베것·목것·깁것을 입으면서 옷이 병을 부른 것이요, 상고 적에는 범이나 승냥이의 무리로 짐승을 뜯고 피를 마시다가 곡식을 심어 고량의 맛, 태번(胎膰, 최상의 진미라는 곰의 발바닥과 표범의 태)의 맛을 알게 되면서 병으로 하여금 범과 승냥이의 기세로 덤비게 해놓은 이치를 깨달아야 할지니라.”

매월당은 도가道家의 말로 말허리를 삼았다.

“어떤 위생서에 사람의 목숨을 늘이는 방법으로 다섯 가지를 꼽았는데, 왈 말을 삼가고, 왈 먹성을 삼가고, 왈 욕심을 덜고, 왈 잠을 덜 자고, 왈 기쁨과 노여움을 삼가라 운운했으니 한번 새겨볼 만한 것이니라. 대개 말에 정도를 잃으면 허물과 근심이 생기고, 음식에 때를 잃으면 탈과 피로가 생기고, 욕심이 많으면 위험과 변고가 생기고, 잠이 많으면 게으름이 생기고, 기쁨과 노여움에 절도를 잃으면 성명性命을 보전할 수가 없으니, 네 어떠냐? 이 다섯 가지가 진원(眞元, 사람의 원기)일진대, 진원을 잃고 나면 그다음에 비록 얻는 것이 있다고 해도 그 얻는다는 것이 죽음말고 뭣이 있겠느냐?"

"선생님 말씀은 추상의 설說이옵고, 제가 묻잡는 것은 술術이올시다."

"더 들어라. 또 이르기를 '그 마음을 다하면 성性을 알고, 그 성을 알면 하늘을 안다'고 했느니라. 네 어떠냐, 선도仙道를 그리워하는 자가 술術을 배워서 납이랑 수은을 단련하고, 솔씨와 잣을 먹고, 사람의 태를 처방하여 먹고, 부적을 차고 다니고 한다면, 곧 천지의 운행에 대들고 신비神祕를 훔치자는 것인데 그 구차스러움인즉 어떻다고 하겠느냐?"

"하오면 선생님께서는 선도를 멀리하시고자 산인으로 머물러 계신 것이옵니까. 산인山人은 곧 선仙이온데 그것은 어떻다고 하십니까?"

우는 서슴거리지 않고 바르집어 물었다.

매월당은 당돌함을 나무라지 않고 가볍게 응수하였다.

"몸이란 것이 본래 마음의 부림을 받는 것이라 산인이 됐을 뿐이니라."

"그렇다면 그 마음은 또 누구의 부림을 받는 것입니까?"

"마음은 부림을 받는 것이 아니라 오히려 부림을 물리침으로써 제 있음을 스스로 다지는 몸의 주인인 것이니, 누구의 부림을 받는다면 그건 이미 마음이 아니니라. 오히려 제 아닌 것을 부리고 싶어 하는 것이 마음의 본바탕인즉, 그런 까닭에 마음곧 부릴 것이 아니라 다스려야 할 것이니라."

"그 마음이 난 곳은 어디라고 하십니까?"

"성기자연性起自然인 것을."

"하오면 마음을 다스리는 것도 자연이며, 그 역시 무위이화無爲而化라는 것입니까?"

"마음은 저마다 제 마음을 다스림으로써 저마다 제 마음이 유지되는 것이니, 태상노군(太上老君, 노자)의 무위이화보다는 인위이화人爲而化에 가깝겠구나."

"하오면 선생님께서는 대개 인위로써 작위作爲하시고, 작위로써 무위하시고, 무위로써 유위하시는 셈이온데, 그렇다면 선생님, 선생님의 실상은 대체 뉘시오니까?"

"네 이놈, 그런 말버릇이 어디 있더냐. 이놈."

"선생님께서 이놈을 파격破格하여 가르치시는 고로 이놈이 한번 파격하여 묻잡고자 했을 뿐이올시다."

"네 이놈, 너는 대체 숫기가 좋은 놈이더냐, 비위가 좋은 놈이더냐?"

매월당 김시습

"깊은 산을 만나면 소매를 걷고 싶고, 맑은 물을 만나면 바지를 걷고 싶은 것이 아이들 마음입니다."

"네가 장차 당나라 사람 이하李賀를 만나거드면 그 사람더러 물어보거라."

"이하란 사람도 병에는 무위였습니까?"

"그것도 그 사람더러 물어보거라."

"제가 구하는 의술은 자연이 아니올시다."

"의생이 묻고 의술이 답하는 것도 다 자연에 의지하지 않음이 없느니라."

"하오면 저의 친환은 장차 어떡하며 제 거미줄 같은 근심은 장차 어떡하리까?"

"네가 이르지 않았더냐. 새는 기낭으로 뜨고 물고기는 부레로 뜨는 것을 알았다면, 또한 네 속에 지닌 것으로써 처방할밖에 달리 무슨 신통이 있겠느냐?"

"저는 설보다 술이 먼저입니다. 술인즉 실實이 아니올지요."

"그러게 너는 쥘 것이 없고 나는 줄 것이 없노라고 이르지 않았더냐. 괴이타, 나는 약사여래 밑에서 약을 얻지 못하고, 너는 설을 듣고도 실을 얻지 못하니 실이야말로 여항의 부뚜막이나 굴뚝 같은 곳에서 사는 놈인지도 모르겠구나. 그러나 너는 모름지기 저상하지 마라. 이것이 책공부의 단서요, 글공부의 종장이란 것을 네 또한 알 날이 있으리라."

매월당은 우가 바로 하산하려니 하였다. 또 한 번 하산하면 다시는 찾아오지 않으려니 하였다. 그 짐작은 맞았다. 우가 한훤당寒暄堂 김굉필金宏弼에게 다닌다는 말을 풍문에 들은 것은 그러구러 서너너덧 해가 지난 뒤의 일이었다. 모친의 병에 차도가 없고 살림의 가난도 셈평이 펴일 마련이 없어, 우가 약주릅처럼 구럭을 메고 산야를 뒤져서 모친의 약시시에 게으르지 않다는 것도 함께 들은 말이었다.

능히 그럴 녀석일러니. 매월당은 우의 얼굴이 떠오를 적마다 자기도 모르게 미소를 짓곤 하였다.

우는 불일내로 귀가하려니 했던 짐작과 달리 산에서 옹근 겨울을 났다. 오던 날부터 내린 눈이 겨우내 치쌓여 산지를 평지처럼 알던 산인들조차 옴나위를 할 수가 없었던 것이다.

우는 중들과 한방을 쓰면서도 중 냄새가 몸에 배지 않도록 나름껏 견디었다. 이를테면 중들의 지청구가 그치지 않는데도 툭하면 옷을 벗어서 솔기에 실린 서캐를 씹거나, 불이 벌건 화로에다 훑어 낸 이를 털어 대던 일이 그러하였다. 중이 염불을 할 때마다 목청을 돋우어서 글을 읽던 것도 그것이었다. 절은 중에게는 법당이지만 매월당에게는 초당이요, 저에게는 서당일 뿐이라고 우기던 것도 그다운 당돌함이었다.

우는 읽다가 막히는 데가 있으면 밤이고 새벽이고 가리지 않고 무람없이 건너오기를 예사로 하였다.

매월당 김시습

우는 묻기가 급하여 건너왔으면서도 슬며시 윗목의 한 귀퉁이에 구기질러 앉아서 넋을 놓고 있기가 보통이었다. 매월당이 하고 있는 일이 당치 않아 보인다는 표정을 감추지 못할 때도 없었던 것은 아니지만, 대개는 치미는 의문을 꺼내기가 조심스러워서 멀거니 쳐다보다가 매월당의 손끝에 빨려 들거나, 틉틉한 방 안 공기에 젖어 들어, 나중에는 제가 무엇을 물으러 건너왔던지조차 가뭇할 때가 더 많았다.

매월당은 눈 더미에 발이 묶이고부터 나뭇간의 장작 누리에서 패지 않은 동강나무를 골라 들여 조각장이의 조각방처럼 모탕으로 쓰는 도마를 비롯하여 거도, 푼끌, 장도칼, 호비칼, 칼첨자, 쇠꼬챙이뿐 아니라, 나무때기에 상어 껍질을 입혀서 만든 환까지 갖추어 어지러이 늘어놓고, 사람 형상을 새기는 것으로써 소일을 했던 것이다.

매월당은 나무토막을 대패로 밀고 그 위에 음각이나 양각으로 판각을 하였다. 나무토막의 생김새에 따라서는 새기는 것만으로 그치지 않고 끝동부리부터 깎고 파고 저미고 호비고 하여, 세워 놓으면 제대로 서는 갖은 형용의 목우木偶를 만들기도 했다. 특히 목우는 일일이 도련칼로 도스리고 환으로 쓿어 가며 마무리에 공을 들여서 물물이 거친 구석 하나가 없는 것이, 누가 보더라도 여간 아닌 솜씨가 역연하였다.

매월당은 겨우내 책도 붓도 멀리하고 오직 조각에만 몰두하여 하루에 하나도 새기고 이틀에 하나도 깎고 하면서 그것들로 윗목을 채워 나갔다. 그리하여 양달에서 눈석임을 시작할 즈음에는 무려 백을 헤아리고도 남는 판각과 목우들로 하여, 혼자서 남게 쓰던 방이 좁아서 옹색할 지경이 되었다.

수량이 많은 만큼 형상도 가지가지였다. 그 형상은 대개 괭이로 돌밭을 일구는 자, 따비로 화전을 가는 자, 씨오쟁이를 메고 씨앗을 뿌리는 자, 빗속에서 김을 매는 자, 낫으로 수수목을 찌거나 기장과 조를 베는 자, 개상질이나 도리깨질로 바심을 하는 자, 매통이나 절구로 방아를 찧는 자 등을 새김질한 것이었고, 목우는 남의 집 담을 넘으려는지 어깨에 도끼나 몽둥이를 멘 자, 도둑이 끓는지 손에 칼이나 죽창을 든 자, 부역에 나왔는지 등에 돌덩이나 섬을 진 자, 세금을 못 냈는지 오랏줄을 받은 자, 관곡을 못 갚았는지 목에 칼을 쓴 자, 주릿대가 안겼었는지 다리가 부러진 자, 곤장을 잘못 맞았는지 허리가 부러진 자, 자식이 잘못됐는지 무릎이 꿇린 늙은이, 아비가 어떻게 됐는지 울고 있는 아이, 어미가 어떻게 됐는지 뱃가죽이 등에 붙은 아이 등속을 깎음질한 것들이었다.

매월당은 그것들을 갉작이고 호비작거리는 동안 문득 한숨을 쉬거나 눈시울을 적시곤 하였고, 우도 그러는 것을 한두 번 본 것이 아니었다.

우는 매월당이 방에 그들먹하던 그 판각과 목우들을 몸소 말끔히 들어내어 아궁이에다 한꺼번에 쓸어 넣던 날에야 겨우내 목까

매월당 김시습

지 차 있었던 의문을 비로소 털어 내었다.

"선생님께 꼭히 묻자올 말씀이 있습니다."

"그러려무나."

매월당은 아궁이를 들여다보며 불씨를 살리다 말고 우를 돌아다보았다.

"그 물건들은 선생님께서 안거하실새 심심파적합신 소산이온데, 지금 이렇게 모개로 아궁이에 던지시니 어인 까닭이온지 궁겁습니다."

"그럴 것 없느니라."

매월당은 들고 있던 부지깽이로 구름장을 가리키고 나서,

"우수雨水가 지나면 조석으로 하늘에 놀이 끼기 시작하는데, 이는 바야흐로 초목이 움틀 채비를 하는 조짐이라. 농부들로 말하면 일은 고되고 먹잘 것은 없고 하여, 일판이 아니라 다시금 죽을 판으로 들어설 차례에 이른 것이니, 내 장님이 아닌 다음에야 참혹하고 측은하여 그 어찌 보겠느냐. 내가 장난한 농부상만이라도 방에 두고 보는 것이 아궁이밥으로 던지는 것만 같지 못한 까닭이니라."

"농부란 본디 그런 것이오니까?"

"네 다니다가 길에서 보고 들에서 보는 그 굽고, 휘고, 타고, 숙고, 절고, 찌든 몰골들이란 대체 어떤 자들이더냐?"

"하오나 애초에 농부네 살림이 그렇듯이 애옥살이일진대 그 명

색부터가 장사치나 장인바치나 놋갓장이나처럼 업시름이 붙어 마땅하온데, 저는 아직 농사치나, 농사바치나, 농사장이란 말을 듣지 못한 듯합니다. 농사일이란 대개 벼나 보리나 기장이나 조와 같아서 이삭이 여물고 익음에 따라 농부도 굽고, 휘고, 타고, 숙고하지 않으면 실농을 하고 마는 까닭이니, 그 농부의 굽고, 휘고, 타고, 숙고, 절고, 찌든 몰골인즉 자연의 몰골이요, 또한 순리를 따른 바가 아니겠습니까."

매월당은 자기도 모르게 벌떡 일어나서 열을 내며 말했다.

"그는 네가 아지 못한 탓이니라. 무릇 유우씨(有虞氏, 舜)가 하후씨(夏后氏, 禹)에게 제위帝位를 물린 것은 농사가 신농유업神農遺業이라서가 아니라 문화文化가 있고부터 백성의 삶이 곧 농사인 까닭이었느니라. 그러므로 백성의 농토를 더욱 기름지게 하고자 제위를 거래한 시대는 사대(四代, 우·하·은·주나라)의 기틀과 백성의 터전을 굳건히 하게 된 것이요, 백성의 농토를 법으로 훔쳐서 저희들의 자손만대를 더욱 기름지게 하고자 저희들끼리 공신의 작호를 거래한 시대는 사민(四民, 사·농·공·상인)이 근근이 삼순구식을 이어 온 터전마저 뒤엎고 빼앗게 되는 것이니, 나라에 농토라고 생긴 것이면 지금 어떤 지경에 이르러 있더냐? 농토곧 궁가의 것이요, 관가의 것이요, 세가의 것이니, 천지간에 국둔전國屯田이 아니면 공신전이 아니더냐. 그래서 백성은 산속에 숨어들어서 버섯처럼 살거나, 물가에 숨어들어서 게처

럼 살거나, 바다 밖으로 크고 작은 섬에 숨어들어서 세상에 만경
萬頃의 들판이 있고, 천 갈래의 내와 강이 있음을 잊었거나 모르
고 사는 자만도 그 수를 측량할 수 없는 지경에 이르렀는데도, 그
래, 뭐라더냐? 그놈들은 입만 열면 이를 서정庶政이라고 지껄이
지 않더냐? 네 어쩌랴. 내 비록 이 손으로 공작한 농부상일망정
이러고도 디딜 만한 땅이 있고, 먹을 만한 땅이 있다고 두어 두겠
느냐? 두어 봤자 궁궐에 대가리를 조아리고 무릎을 꿇고 빌어서
자리를 얻고, 녹을 얻고, 종을 얻고, 땅을 얻고, 장래를 얻어 가진
자들의 집이 되어 주고, 밥이 되어 주고, 옷이 되어 주고, 장래가
되어 줄 뿐이거늘…… 그리되고 말 바에는 차라리 한 줌의 재가
되어 노루가 뜯고 고라니가 뜯는 초목의 거름이 되어 줌만 같지
못하리라."

매월당은 부지깽이로 목각한 것들을 아궁이 깊이 밀어 넣으며
드디어 소리 내어 울었다.

우는 매월당이 아궁이 앞에 웅크리고 앉아서 통곡을 하는 사품
에 지은 죄 없이 점직하고 민망하여 배돌았으나, 매월당이 억한
감정을 대강 풀고 방에 들어와 좌정하자, 다시금 앞에 와서 아까
중동무이했던 궁금증을 잼처 물었다.

"제가 듣자 하니 전에 언젠가는 산벼가 거의 익어 가는 밭에서
낫을 휘두르시며 호곡하신 일도 있으시다는데, 그 일도 또한 아
까 목우를 땔감 하신 심기와 비김 직한 것이오니까?"

매월당은 우의 나이에 맞추어서 음성을 고르잡아가지고 말했다.

"네 또한 물으니 어찌 말을 아끼겠느냐. 모름지기 여겨듣거라. 무릇 농부 된 자는 낫자루, 삽자루, 괭이자루, 호미자루 할 것 없이 자루 달린 연장은 있는 대로 내다가 휘두르며 일을 하거니와, 그 정상인즉 어떻더냐? 먹는 것은 외양간의 여물이요 어릿간의 모이이니, 몸은 피골이 상접해서 갈빗대가 가싯대가 되어 대추나무마냥 연이 걸릴 지경이요, 등거리며 잠방이에 밴 간국을 긁으면 소금이 한 홉은 넘을 것이니, 네 어떠냐. 비유컨대 범을 피하다가 범에 잡아먹히는 게 농부 신세가 아닐러냐? 대개 농부란 그토록이 죽살이를 치건만 소출은 오히려 앉아서 한 뼘짜리 붓자루 하나 휘두르는 놈이 볏짚 보릿짚이 채 마르기도 전에, 소바리 마바리로 바리바리 실어다가 창고가 좁다 하고 처쌓아 놓고 문내가 나고 탕내가 나도록 저희만 처먹으니, 네 어떠냐. 산벼고 논벼고 영글면 뭘 하며 익으면 뭘 하겠느냐. 놓고 보나 두고 보나 맛도 못 보고 도둑맞을 물건일 바에야 내라도 미리 낫을 대어 농부들의 가욋일 뒤치다꺼리나 덜어 주는 것이 헐수할수없을 때 하나 있는 수가 아니겠느냐?"

"선생님께서 그토록 미워하시는 것이 벼슬이온데, 벼슬이란 대체 어떻다고 하십니까?"

"제놈들끼리 서로 못 먹어 하며 부리로 찍고 발톱으로 찢고 하여 피가 마를 새가 없는 게 벼슬 아니더냐."

"제가 묻잡기는 닭이의 볏이 아니라 사람 위에 있는 벼슬이올 시다."

"허어, 네 이놈, 닭이의 대가리에 얹힌 것이나 사람의 대가리에 얹힌 것이나, 각각 제 고기에다 제값을 놓는 명색이기는 일반이거늘, 황차 두 발 가진 것들끼리 구태여 분간할 까닭이 뭣이더란 말이냐."

우는 대답을 하지 못하였다. 마주 농을 할 수가 없어서 입을 다문 거였다.

"네 물었으니 말하리라. 대저 벼슬이란 남 못하는 일을 맡아서 남 못할 짓을 잘하는 자일수록 얻기를 더하고, 높기를 더하고, 길기를 더하고자 주둥이와 손모가지를 잠시도 쉬지 않으며, 그런 까닭에 얻은즉 얻을수록 탐하고, 높은즉 높을수록 탐하고, 긴즉 길고 오래기를 탐하는 흉물인가보더라."

"하오면 사내대장부로 태어나서 한번 해볼 만한 일이란 무엇이라고 하십니까?"

"배울 만큼 배운 연후에 그 배운 것을 남 주는 일이니라."

"반드시 그렇다고 하십니까?"

"반드시 그러리라."

"제가 감히 선생님의 꾸중을 무릅쓰고 여짜오면, 선생님께서는 대개 남 주시기에는 꼭 인색하시고 그냥 내버리시는 데는 썩 후하신 바가 있으시온데, 이는 어떻다고 하십니까?"

"그게 무엇이더란 말이냐. 에둘러서 비치지 말고 바로 대어라."

"여쭙기 미안하오나 이를테면 사장詞章을 처리하심이 대개 그러신 듯합니다. 시를 지으실 때와 버리실 때는 심기가 몹시 엇갈리시는 현상이옵니까?"

"이놈이 보자 보자 하니 이젠 삼가는 말이란 없구나. 이놈아, 남들은 내 노래와 똑같을 필요가 없기로써 같지 않은 것인데, 그 남들의 노래에다 또 다른 남의 노래를 섞는다면, 대체 그 노래는 어떤 노래가 된단 말이냐. 하물며 내 노래는 웃음도 울음인 것을……."

"예."

"세상에 같은 마음으로 웃을 수 있는 사람은 많아도 같은 마음으로 울 수 있는 사람은 드문지라, 짐짓 주고 싶기 전에 버리고, 버리고 싶기 전에 잊고 마느니라."

우는 말없이 일어나서 절을 하고 나갔다.

우는 골짜기의 눈석임물이 절간에까지 들리기 시작하자 길채비를 갖추면서 하직을 고하였다.

"내 약사여래와 수십 년을 한집살이하고도 얻지 못한 약을 네 어디서 구하려고 벌써 가려느냐?"

매월당은 우스갯말로써 우의 귀가를 허락하였다.

"여러 의서를 더욱 파서 불초함을 만에 하나라도 줄여 볼까 합니다."

매월당 김시습

"네 친환에는 효가 약인 것을 알겠도다."

매월당은 도의로 길잡이를 삼게 하였다.

동구까지 우를 바래다주고 저물어서 돌아온 도의가 저녁을 마치고 건너와서 우에 대한 이야기를 늘어놓았다.

매월당은 우가 비우고 간 자리를 지우려고 좁쌀로 담가서 내린 소주를 서너 구기나 떠다가 한 종발에 비운 터라 베개를 돋우고 누워서 얼근한 기분으로 들었다.

"오늘 내려간 유 도령은 어떻다고 하십니까요?"

도의는 우에게서 들은 말이 있는 기미로 그렇게 운을 떼었다.

매월당은 우의 말을 들어 보려고 묻는 말에 토를 달지 않고 대답했다.

"그놈이 여기 와서 있은 것은 그놈이 있을 만해서 있은 것이요, 그놈이 오늘을 기하여 내려간 것은 그놈이 내려갈 만해서 내려간 것이라. 그로 보면 알 것은 약간 아는 속인 듯하니, 그놈이 나이가 아이라서 아이지 실상은 나이보다 여러 해 일찍 팬 놈일러라."

"제가 치러 보니 깊기가 녹록잖아서 제 얇은 소견에도 터럭이 세기 전에 학문을 이룰 성싶사온데, 다행히 벼슬을 하게 되면 학문을 중동무이하기 십상이라 과공科工은 아예 아랑곳없다더군입쇼."

"그놈이 그리 여긴다면 작히나 좋겠느냐."

"그래서 제가 묻기를, 공부만을 팔작시면 가업을 놓치기 쉬운데, 그렇다면 장차 우리 신사(神師, 매월당)를 닮겠느냐 했더니 도리어 고개를 절레절레하더군입쇼."

"네 그건 또 무슨 소리더냐?"

"그래서 제가 또 묻기를, 남들은 밥과 옷과 집이 모두 공부에서 나오는데 유 도령의 공부는 우리 신사의 학문이니 장차 밥과 옷과 집이 어디서 나오느냐 했습지요. 그랬더니 유 도령의 답인즉 밥과 옷과 집은 괭이자루나 가랫자루같이 한 길짜리 자루 쥔 사람들의 것을 한 뼘짜리 붓자루 하나 쥔 사람들이 훔친 장물인지라 쳐다볼 것이 아니라고 하굽쇼. 또 자신의 공부는 다만 마음을 다스리고자 하는 채비에 불과한 것이며, 마음이란 몸을 부리는 장본인인 까닭에 되우 다잡아서 다스리지 않으면 절도를 강도로 키우는 버릇이 있는바, 이를 깨친 것이 여기 와서 신사를 모신 보람이라고 하더이다."

"그놈이 내게 대들던 소위로 보면 정녕 제 오장에서 우러난 소리렷다."

도의는 문득 마른침을 삼켰다. 보아하니 입에 고인 말을 자칫 흘릴세라 단속하는 태도였다.

"남은 말이 있거드면 마저 이르고 어서 건너가 쉬어라. 겨우내 옹송그리고 있다가 두 나절에 다 폈으니 삭신인들 오죽 되겠느냐."

도의는 매월당의 다그침에 마지못한 듯이 입을 열었다.

"실인즉 사뢰옵기 미안하여 덮어 둘까 했사온데, 분부 또한 중한지라 사뢰지 않을 수가 없습니다. 저는 도령더러 우리 신사를

매월당 김시습

닭겠느냐고 떠봤다가 도령이 마치 무슨 못 들을 말이라도 들은 양으로 고개를 젓던 것이 못내 삭지 않고 걸렸댔습지요. 그래서 작별할 임시에 한 번 더 묻기를, 우리 신사는 대현大賢이시냐 했더니……."

도의는 저야말로 무슨 못 들을 말이라도 듣고 온 듯이 쭈뼛거리면서 말씨까지 어눌하였다.

매월당은 도의가 그러는 것이 더 재미져서 넘겨짚어 말했다.

"그야 익히 듣던 소리 아니더냐. 그놈 역시 양광(佯狂, 거짓 미친 체함)이라고 했으리라."

"아니올시다. 도령의 말을 들은 대로 전주하오면, 현인이란 누항陋巷에서 밥 한 그릇에 물 한 바가지로 즐기는 법인데, 신사께서는 호매豪邁하시고 쾌활은 하시되, 다만 주어진 대로 즐기시기보다는 문득 어디랄 것 없이 으르대시고 부르대시는 터이시라 대현에는 미급하시다 운운했사옵니다."

"허허헛……."

매월당은 오래간만에 유쾌하게 웃었다.

매월당이 우의 일을 기억할 때마다 자기도 모르게 미소를 짓는 것도 그날 그렇게 크게 한번 웃어 봤던 여운이 아닌지 모를 일이었다.

그러나 그런 미소도 잠깐일 뿐이었다. 우의 뒤를 이어서 나타나는 이는 언제나 추강 남효온이었기 때문이었다.

매월당은 추강의 부음을 듣자 처음에는 그게 무슨 소리인지 분명치가 않았다.

"남 진사가 졸하다니…… 애, 대체 그게 어디서 난 소리냐?"

매월당은 다 가는귀먹은 탓이거니 하고 되짚어 물어 놓고도 물은 사람 같지 않게 그러고 앉아 있었다.

그런데 거듭 물어봐도 그렇다는 거였고, 그것도 다른 사람 아닌 최연崔演의 전언이었다.

최연은 강릉에서 대를 이어 온 먼 겨레붙이 가운데의 하나였고, 무리 지어 찾아와서 밑에 두어지라고 조르던 여럿 중에서 하나 받아 준 문생으로, 매사에 틀림없는 데가 있었으니 믿지 않을 건지도 없는 터수였다.

최연이 오색역에 가니 역리는 접때 일러둔 소금과 미역꼭지보다 생각지도 않은 추강의 부음을 전하면서, 원통에서 오던 늦깎이 하나가 낙산사로 가는 길에 들러 두고 간 말이라고 덤까지 하더라는 거였다. 만약 추강을 핏줄과 같이 따랐던 운산雲山의 전인이었으면 오색역까지 왔다가 산이 험하다 하여 되돌아가지는 않았을 터이니, 그 늦깎이는 아마 낙산사의 주지 지생智生이나 그 아래 계천繼千의 곁갈래로, 밖에 나가 사환하다가 객중에서 얻어들은 것을 역리에게 나눠 주고 간 모양이었다.

어이할거나, 어이할거나…… 매월당은 안가슴이 잔등하고 맞창이 나서 샛바람이 앞뒤로 드나드는 것 같은 허망감에 몸을 고르잡을 기력이 없었다.

학매와 도의가 부축하여 자리에 눕히고, 계담이 뛰어와서 베개를 낮추는 일변 최연에게 숯불을 피우게 하여 약두구리를 안쳤다.

아지 못게라, 아지 못게라…… 매월당은 자리에 누워서도 잠꼬대 같은 소리만 되풀이하고 있었다.

문도들은 퇴며 뜰이며 섬돌에서 한결같이 색 먹은 낯으로 방문에다 귀를 세우면서 안절부절못하고 있었다. 스승이 받은 충격과 그 여파가 장차 어디까지 미칠는지 가량할 수가 없어서 그러고들 있는 모양이었다.

그러나 매월당은 마음이 흐린 것이지 문도들의 의심처럼 정신이 흐린 것은 아니었다.

아들이라고 하나 있다는 것이 아직도 부고조차 못 낼 지경으로 정신이 온전치 못하다면, 그렇다면 아무것도 없는 살림에 장사는 어떻게 지냈다는 것이며, 그 허다한 교우 중에 몇 사람이나 알고 가서 부의를 했더라는 것인가.

죄가 있으면 머리를 나란히 하고 받기를 하냥다짐하며 죽림우사의 결의를 하고, 그리하여 추강을 따라 소요건逍遙巾이라고 이름 붙인 절각건折角巾을 눌러쓴 채 혹은 차를 달이고 혹은 술판을 벌이되, 시사時事에 대해 이른바 '큰일 날 소리'들을 거침없이 이야기해온 광진자狂眞子 홍유손洪裕孫이며, 구로주인鷗鷺主人 이총李摠, 월호月湖 이정은李貞恩, 풍애楓崖 우선언

禹善言, 향설당香雪堂 한경기韓景琦, 성지性之 조자지趙自知 같은 청담파들마저도 모르고 지나쳤던 것이 아니던가. 그렇지 않다면 이것이 누구의 부음이기에 지나가는 객승이 흘린 것을 역리가 주워 주어서야 겨우 접할 수가 있더란 말인가.

추강의 글벗과 말벗과 술벗이라면 어디 청담파뿐이었던가. 이를테면 밀양에서 함양으로, 함양에서 선산으로, 선산에서 서울로 점필재(김종직)가 머물던 곳마다 드나들며 추강과 벗했던 한훤당(김굉필)이며, 탁영(김일손)이며, 일두一蠹 정여창鄭汝昌, 허암虛庵 정희량鄭希良, 적암適菴 조신曹伸, 치헌痴軒 권경유權景裕, 임계林溪 유호인兪好仁, 성광자醒狂子 이심원李深源, 중화재中和齋 강응정姜應貞 등도 때맞추어 알기만 했으면, 가던 길을 구부려서라도 찾아보고 만장挽章을 읊었을 벗들이 아닐 터인가.

아지 못게라, 나이 스물일고여덟에 벌써 〈지주부止酒賦〉를 짓고 장근 다섯 해 동안이나 술을 끊어 가며 위생에 힘썼던 이가, 나이 겨우 마흔 고개 문턱에서 한번 쓰러지고 다시는 일어나지 못했음이여.

'……무릇 술의 덕은 《오경》과 《자사子史》에 자세히 나타나 있거니와, 적당히만 사용하면 쥔과 손이 어울리게 해주고, 노인네를 모시게 해주고, 무리 가운데에 문채가 나게 해주고, 세상의 윤기에 어긋나지 않을 뿐 아니라, 술을 만나면 수심이 풀리고, 답답증이 환히 열려 세상과도 화해와 조화를 이루며, 그를 통하여 옛

매월당 김시습

성현을 스승과 법으로 삼으면 백 년이고 천 년이고 한갓지게 보낼 수도 있는 것입니다. 그러나 정도를 잃으면 상투 바람에 머리칼을 흩뜨리며 어지러운 노래와 춤으로 점잖은 자리에서까지 수작하다가 자빠지고 넘어져서 예의를 잃고 몸가짐에 절도가 없으며, 심지어는 생트집을 잡아 눈을 부라리고 다투기까지 하니, 작으면 제 몸을 망치고 나아가 제집을 망치며, 크게는 나라를 망치는 일도 있었습니다. 술의 화가 이러함에도 주공이나 공자가 마시면 아무 일이 없고, 진준陳遵이나 주의周顗가 마시면 제 몸을 잡고 마니, 그 득과 실이 비록 터럭 끝만 한 차이라 한들 어찌 조심하지 않을 수 있겠습니까…….

저는 젊어서 술을 즐겨 중년에는 구설 속에서 살다시피 하고, 주정을 함부로 하여 영영 버린 사람으로 자처했음은 물론, 몸은 물物의 부림을 받고, 마음은 형形의 부림을 당해 정신이 흐려지고 도덕성을 잃었으며, 집에서까지 그 버릇이 나와 어머님께서 부끄러워하실 지경에 이르기도 하였습니다.

그리하여 천지신명께 다짐하고 스스로 맹세한 다음 어머님께 나아가 앞으로는 어명이 아니면 절대 입에도 대지 않겠다고 말씀드리게 되었습니다. 그 취하는 것이 싫어서 그랬던 것입니다. 제 사상의 음복이나 수연 잔칫상의 술처럼 창자에 감동만 주고 취하지 않는다면 저라고 해서 어찌 거절할 수가 있겠습니까. 제 마음이 대략 이러하니 선생께서 아무리 권하시더라도 저의 맹세를 거

짓이 되게 할 수 없는 이유가 이것입니다.'

수락산에 있을 때 받았던 이 편지 속의 맹세는 또 어떻게 하고 술로 눈을 감았더란 말인가.

추강은 또 〈지극한 낙을 얻는 부득지락부不得至樂賦〉를 누구보다도 먼저 지은 이가 아니었던가.

'……근심과 즐거움은 일정함이 없어 가는 곳마다 있는 것이다. 마음속에서도 하늘처럼 넓고 크게 놀기가 어려운 것이 아니다. 무엇 때문에 몸 밖에서 구하여 이리 닫고 저리 닫다가 늙어지는 가. 이 말을 듣고 문득 깨달음이여, 잔뜩 취했다가 깨어난 것 같 네. 수레바퀴를 별똥별처럼 빨리 돌림이여, 드디어 고향에 돌아 왔다네. 묻혀 살았던 언덕 그대로 있음이여, 전원이 황폐하지 않 았음이네. 어린것들의 모습 엊그제와 같음이여, 어버이의 백발도 더 늘지 않았네. 아내가 살아왔다고 기뻐함이여, 친척들도 반색 하며 즐거워하네. 정든 벗이 술병 들고 위로함이여, 만사가 그전 하고 다르지 않네. (……) 지락을 얻어 지락에서 높이여, 이 위에 뭣을 생각하며 뭣을 더 구하리. 자연이 소리가 되고 색이 됨이여, 그 까닭 모르는 벗들이 무극無極이라 이름하네.'

추강은 그 지락 속의 지락을 어디에 두고 그렇듯 쓸쓸히 홀로 떠날 수가 있었더란 말인가. 하기야 살아 있는 사람은 숱해도 구 차한 삶에 대한 추상같은 재단인즉 추강이 아니고는 있을 수도 없었던 것을.

매월당 김시습

추강은 중국의 대춘大椿이란 나무가 봄가을 한 철을 팔천 년씩, 아침저녁을 팔백마흔두 달씩 하여, 인간의 일 년을 삼만이천 년으로 쳐서 누렸다는 전설에 〈대춘부〉를 지어 '하늘은 땅에게 거만스럽지 못하고, 해는 달에게 거만스럽지 못하네. 나는 것(새)들이 잠긴 것(물고기)들을 웃지 못하고, 동물이 식물을 보고 난 체하지 않더라. 어느 것을 그르다고 지목하며, 어느 것을 옳다고 지목할 것이랴. 요 임금, 걸 임금도 흙이 되었고, 공자도 도척도 모두 죽었네' 하였고, 또 '봉황은 날개 치며 높이 뜨는데, 썩은 쥐 문 올빼미 뺏길까봐 쳐다보네. 붕새는 구만 리 남해로 나는데, 종다리는 쑥대 틈에서 자유롭다네. 저마다 제 본성 지켜 감이여, 그 뜻은 모두가 한가지라네. 하늘이 만물을 낳을 적에, 성질에 따라서 이뤄 주었네. 망친다고 하여 원수 갚음이 아니며, 북돋워 준다고 하여 은혜 베풂이 아니네. 처음에는 이치 따라 함께 가고, 마침내는 변화 따라 없어졌느니. 버섯의 하루살이가 무슨 손해며, 대춘의 오래살이가 무슨 덕이랴. 작은 것도 사랑할 만하고, 크고 높은 것들 멸시할 만하네. 살다가 죽는 것도 가벼이 할 수 있고, 오래오래 살라 해도 마다할 수 있으리' 하고 노래하여 자신이 초월하여 살아가고 있음을 세상에 고해둔 터이기도 했다.

　추강은 〈약두구리부藥壺賦〉를 지으면서 거듭 일러두었다.

　'처음에는 몸 밖에서 구하여 얻지 못했으나 이제는 몸으로 돌이키어 바야흐로 알겠노라.'

추강은 대문장이라 얼마인지 알 수 없는 많은 글을 지었는데 '기가 모여서 사람이 되고, 기가 흩어져서 귀신이 된다'고 한 〈귀신론鬼神論〉이란 긴 글도 그중의 하나였다.

귀신은 '모양도 없고 소리도 없고 마음도 없는 것'이며, 그런 까닭에 귀신은 사람을 봐 가면서 화를 주고 복을 주고 하는 것이 아니라 '마치 농부가 농사를 지을 때 조금 심으면 조금 거두고, 많이 심으면 많이 거두는 것과 같이, 화복은 사람이 스스로 취하는 것'이라고 하였다.

그러므로 돌림병이나 옮는 병은 '천행天行의 기운으로써 돌고 사람의 작위作爲로써 옮는 것이므로, 병이야말로 곧 땅이 주는 것이다. 풍기風氣라는 것만 해도 풍기 자체는 무심한 것이로되, 몸에 맞지 않는 수질이나 토질을 만나면 자연스럽게 장독(瘴毒, 덥고 습한 지역에서 생기는 독기)이 되듯이, 사람이 제 마음으로 제 몸을 건사하지 못하면 병이 나기도 하고 숨을 잃기도 하는 것이다. 예컨대 평안도와 황해도에 해수병이 많고, 충청도·전라도에는 각기병이 흔한데, 어찌 땅이 마음이 있어서 사람을 해하려고 하겠는가. 그런즉 인기人氣가 아래에서 화평하면 천기天氣가 위에서 화평하고, 인기가 아래에서 뒤틀리면 천기도 아울러서 뒤틀리기 마련이니, 큰 가물로 흉년이 든 뒤나, 군사를 일으키고 토목 공사를 크게 벌이는 동안에 인민이 신음하고 고통스러워하면 그 소리가 천도天道의 화기를 상하게 한 결과라, 천도가 어찌 마

매월당 김시습

음이 있어서 사람에게 우환을 내릴 것이랴' 운운하였다.

탁견이었다.

추강은 그러나 자신의 탁견을 스스로 저버린 사람이었다.

매월당은 추강을 추억할 때마다 그의 목소리보다 먼저 떠오르는 것이 추강이 준 시였다.

세상은 어둡기가 지옥 같은데	人世沈沈地獄深
무슨 일로 무릎 꿇어 관음을 외우는가	跏趺何事念觀音
벼슬을 하자니 세상이 시끄럽고	求名宦海風波惡
가을의 강 낚시는 스산도 할레	把釣秋江瘴濕侵
마음을 잡으면 세상이 웃겠고	欲理性情違世教
살림을 하자니 마음이 짐스러워	謀營生産累初心
에라 신선 얘기책이나 뒤적거리며	不如手執參同契
단풍 속에 들어가 누워나 보자	入臥蕭蕭楓桂林

추강의 것에 어느 것 하나 감정을 북돋우지 않는 것이 없지만, 그 시는 특히 눈물겨운 가락이 숨어 있는 거였다. 사람들은 무릎 꿇어 염불한다는 구절로 하여 흔히 매월당의 화상을 친 줄로 알고들 있지만, 실상은 추강이 짐짓 매월당을 빙자하여 스스로 자화상을 친 것이었다.

추강의 자화상이라면 물론 '자영 열한 수(自詠十一首)'로 제하여 읊은 칠언절구가 훨씬 적나라한 셈이었다.

불꽃에 등잔 밑 어른거리고	燈花結焰影幢幢
눈발은 문짝에 들이치는데	亂雪紛紛斜打囱
이내 괴로움 병이 되고도	身上五勞仍病易
집 없는 설움에 눈물이 흥건	一歌萇楚淚如江

시름이 몰려와 울화병은 더한데	愁來謁病倍平昔
서울 물값은 오를 줄만 아는지	其奈長安水價增
병든 동자아치 말라붙은 우물가에	病婢持甁枯井上
지은 눈물 흘러 고드름이 열리고	日看雙淚自成氷

신임년에 굶주리고 을사년을 만나	辛壬强飢逢乙巳
다들 흩어지고 우리 집만 남았구나	萬家散盡我家存
어이할거나 그 붐비던 삼남 가는 길	傷心紫陌東南路
가는 데마다 버려져서 울던 아이들	看見村村棄子孫

추강은 살림이 그렇듯이 찢어지는데도 평생을 물질物質 밖에서만 놀면서 과거에 나아가 취직할 도리를 꾀하지 않았다.

"이 사람은 영릉께서 재위하실 제 알아줌이 겹시어 이미 배(拜, 벼슬을 내림)한 바와 다름이 없는 고로 이리 될 도리밖에 없거니와, 남 진사는 이 사람과 세상을 달리 받았으니 모름지기 가업을 이으심이 어떻겠소?"

매월당은 편한 길로 가도록 권하지 않을 수가 없었다. 모친이 하도 성화 바치는 바람에 그것도 효행의 하나라 소과에 응하여 진사가 된 정황을 알기에 대과도 마저 거치도록 권해본 것이었다.

추강은 말했다.

"소릉이 복원되면 의義도 복원될 조짐이니 시생侍生이라고 굳이 포의로 일관하기를 고집할 까닭이 있겠소이까."

소릉의 복원을 주장한 추강의 상소는 받아들여지지 않았다. 점필재가 어전에서,

"성삼문 등은 충신입니다."

하니 임금의 낯빛이 단박에 변하여 점필재가 얼른,

"만에 하나라도 좋지 않은 일이 생긴다면 그때는 신이 성삼문이 되겠습니다."

하고 임기응변하여 겨우 귀신의 명부에 오르는 것을 면할 수가 있었다고 하거니와, 그런 임금인 줄 알면서도 소릉의 복원을 거리낌 없이 청했던 것은, 의를 행함에 있어서는 귀신의 명부에 오르는 위험까지도 마다하지 않았던 추강의 지절志節과 기개의 한 모습이었던 것이다.

추강은 행주에서 물려받은 농사치로 여러 식구가 근근이 풀칠을 한다면서, 적암 조신이 보러 왔을 때 집에 대접할 것이 없어

서, 그를 데리고 압도鴨島로 건너가 갈대밭의 게를 잡아 화톳불에 구워 가며 밤새껏 마신 일을 들려주기도 했다. 그러나 추강은 그것을 놀음놀이의 하나로 말한 것이었고, 가난이 어디까지 이르렀던가를 말하고자 한 것은 아니었다. 추강은 매양 자신의 사사로운 시름에 대해서는 아예 입에도 올리지 않았다. 하나 있는 아들 충세忠世가 불초하기만 한 것이 아니라, 정신이 온전하지 못해 사람 구실을 하기가 어렵겠더라는 이야기도 어디선가 주워들은 것이며, 추강의 입에서 나온 말은 아니었다.

추강은 어려서 남대문 밖에 방을 얻어 남학南學에 다닐 적에나, 약관에 태학생이 되어 성균관의 동재에 있을 적에나, 글을 읽다가 감개感慨가 치밀면 남몰래 모악산에 올라가서 한바탕 통곡을 하여 시사에 대한 사무친 감정을 가라앉히곤 하였다.

성균관을 나온 뒤에는 김수온에게 드나들며 시를 배우기도 하였으나, 곧 조랑말 한 필에, 남을 주면 걸레나 할 옷과 별도 못 가리는 갓으로 여행에 나서서 처음에는 매월당의 발자국을 밟아 다녔고, 매월당의 노정을 졸업한 뒤에는 더욱 자유하여 팔도에 모르는 곳이 없을 만큼 두루 돌아다녔다. 행색이 예사롭지 않은 데다 타고 다니는 조랑말이 또한 바쁘지 않은 이들의 눈을 끌어 아녀자들은 가던 길을 돌아다보며 시시덕거리고, 조무래기들은 사금파리나 기와 조각을 던지면서 쫓아다녔으나 그 또한 개의치 아니하였다.

　　　　　　　　　　　　매월당 김시습

하고 다니는 것이 그 같은 까닭에 말이 많은 축들은 일쑤 매월당의 짝이라고들 하면서 웃었다.

그러나 매월당이 보기에는 넓은 교우, 모나지 않은 덕성, 스승을 끔찍이 섬기는 태도부터가 딴판이었다.

추강은 조신과 함께 점필재를 찾아보고 제자가 되었는데, 점필재는 어떤 사람이냐고 묻자 추강은 긴말하지 않고,

"점필 선생의 〈독사讀史〉란 시에, 민생은 죽는 돼지의 근심임을 알겠다(民生肯要死猪愁)고 한 구절이 있습니다. 어르신께서는 어떻다고 하십니까?"

매월당에게 되물었다.

"어전에서 성 선생은 충신이라고 했던 사람의 물건이구려."

"지리산의 한 중에게 준 절구에서는, 세간의 티끌과 흙은 너를 배불리지 못한다(世間塵土不饒君)고 하고, 또 두자미를 차운한 절구에서는, 해마다 해마다 사람은 다른데, 해마다 해마다 꽃은 서로 같더라(歲歲年年人不同 年年歲歲花相似)고 했습니다. 어떻습니까?"

"그이가 약을 상납하러 온 제주도 관원을 만나서 제주도 얘기를 듣고 〈탐라가〉라 하여 읊은 것을 얻어 본 적이 있었소. 내 꼭 한번 가 보리라 했던 섬인데, 그이가 가 보지도 않은 섬을 게서 살다 온 사람처럼 읊는 바람에 가 보리라 했던 생각을 버리고 말았소. 눈으로 봤으면 족하지 꼭히 발로 봐야만 맛이겠소."

"시생은 지리산이 그렇습니다. 점필 선생께서 신묘년(성종 2년) 봄부터 함양에 계실새 극기(克己, 유호인의 자)와 태허(太虛, 조위의 자)로 길동무하여 지리산을 둘러보셨을 적에는 시생도 꼭 가 보리라고 했습지요. 그런데 미처 실천도 하기 전에 이번엔 계운(季雲, 김일손의 자)이 또 진주의 학관으로 있으면서 백욱(白勖, 정여창의 자)을 데리고 다녀와서 바로 기행을 쓰지 않았소이까. 계운의 것을 읽으니 시생도 다녀온 바나 다름없기로 그만두고 말았습지요."

"어떻다고 썼습디까?"

"나무꾼의 나뭇길 한 가닥이 함양과 진주를 가운데로 나눴더라 했는데, 시생이 뒤따라 오른들 그 밖에 뭘 더 보겠습니까."

"계운이야말로 보면 보는 대로 붓끝에 거두는 재사라 천의무봉이었으리."

"글의 서두에, 선비가 나서 박이나 오이처럼 한 고장에만 매여 있는 것도 운명이다 운운했으니, 그 나머지야 이를 나위 있겠습니까. 천왕봉 일대의 나무가 모지라진 걸 보고, 백욱은 특히 높고 외로워서 바람을 더 탄 것이라고 하고, 계운은 높은즉 바람에 부대끼고 낮은즉 도끼에 시달린다고 했으니, 그 두 친구는 가위 엄지와 검지 사이라 할 만합니다. 좌우간 계운의 기행으로 하여 김효정 金孝貞이란 선비가 금강산에 가다가 김화에서 자면서, '나무는 높거나 낮거나 가만있기를 바라고, 구름은 가거나 있거나 한가하

매월당 김시습

길 좋아한다(樹愛高底靜 雲憐去住閑)'고 읊조린 시도 함께 입에 오르내리게 됐습지요."

"내 남 진사로 하여 계운은 익히 아는 바려니와, 태허는 어떤 사람이오?"

"태허야말로 소인騷人입니다. 순부(淳夫, 정희량의 자)하고 왼손과 오른손 사이라 서로 차운하고 화답한 것이 자못 여러 수인데 그중의 한 절구에, 세상에 천리마가 남아 있는데, 사람들은 그린 용을 더 좋아한다, 굶주린 소리개 새벽에 울고, 건강한 산비둘기 가을 바람에 내린다(世固遺神驥 人多好畫龍 飢鳶鳴曉日 健鶻下秋風)고 하고, 다시 풍설을 보고 화답한 절구에는, 거리 위에 노는 말 없고, 처마 밑에 어는 새 있다, 굶어도 절개를 아끼고, 버들개지 떠올리며 나이를 잊는다(陌上無遊驥 檐間有凍禽 嚙氈懷苦節 詠絮想芳心)고 한 것이 있습지요. 제 못난 소견에도 언젠가는 큰일을 한번 할 친구가 아닌가 싶습니다마는……."

"그럼 대유(大猷, 김굉필의 자)는 어떻소?"

"대유는 시생하고 동갑이요, 소과에 동년同年인 고로 약간 안다고 할 만한 친구인데, 본래 시문보다는 실천 쪽이고 그 바탕은 《소학》 한 권입니다. 한번은 성광자하고 함께 찾아봤더니 《소학》에 절구를 붙였는데, 글을 읽어도 조홧속을 모르겠더니, 《소학》 한 권으로 지난 잘못을 깨달았다(業文猶未識天機 小學書中悟昨非)고 했더군입쇼. 저희들이 세상에서 손가락질하는 그대로 소위 청담파라면 대유는 오직 소학파라고 할 만합니다. 누가 나랏일을 물으면 언필칭 '소학이나 읽은 아이가 대의를 어찌 안단 말이오' 하고 한번 입을 다물면 그만이지요. 그런데 신영희에게 들으니 하루는 대유가 신더러 이르기를, 너희들(청담파)하고 교분을 끊고 싶어도 정리로 보아서 차마 그러지 못한다고 하더랍니다. 그래서 신이 그 까닭을 물은즉, 추강의 무리는 진晉나라 선비들의 풍도다, 진나라는 청담으로 난리를 만났다, 지금의 공기가 진나라의 말기와 흡사하여 언제 무슨 일이 닥칠는지 모르는데, 너희들은 만나기만 하면 고담준론으로 안주를 삼지 않느냐, 이러면서 고개를 흔들더라는 것입니다. 대유가 비범한 친구임엔 틀림없습니다만, 어르신께서는 어떻다고 하십니까?"

"그래서 절교를 실천했더란 게요?"

"글쎄올시다. 그 친구가 도롱이는 큰비가 와도 겉만 젖고 속은 멀쩡하다 하여 사옹蓑翁이라고 자호하더니, 차츰 이름이 알려지자 한훤당으로 갔습지요. 이 역시 실천은 실천 아니겠습니까."

추강은 그러면서 너털웃음을 웃었다.

추강은 무슨 일에나 거리낌이 없는 기질이기에 웃었겠지만, 매월당은 한 가지 걸리는 것이 있어서 웃을 수가 없었다.

매월당이 수락산에서 청평산으로 옮기던 해 여름에 폐비 윤씨에게 약사발을 내리고, 그로부터 한 일 년쯤 뜸을 들였다가 그 윤씨의 아들(뒤의 연산군)로 세자를 세운 일은, 실로 묻어 둔 불씨

매월당 김시습

는 부채질 한 번에도 불티가 날던 것을 참작하지 않은 것이었다. 창업 이래 제 다리가 제 머리를 탐내어 제 손으로 제 목을 조르고, 제 손으로 제 다리를 자른 일이 무릇 얼마였으며, 그때마다 편이 갈리어서 몸뚱이가 회가 되고, 포가 되고, 산적이 된 선비는 또 무릇 얼마였던가.

매월당은 그것을 말하지 않을 수가 없었다.

"남 진사는 들어 두시오. 대저 사화士禍로 이를진대 병자년에 육신의 당이 입은 화보다 더한 일이야 다시 있을까마는, 그 비슷한 일을 꾸미는 자가 뒤에 나오더라도 우리 벗님네들의 청담으로 그 빌미를 삼지는 않을 것이오. 남 진사가 아시다시피 몸의 병은 병에 대한 염려를 먹고 자라서 몸을 자빠뜨리듯이, 화도 화에 대한 염려를 먹고 자라서 뜻을 꺾어 버리는 것이니, 김 생원(김굉필) 같은 실천가들은 모름지기 솔이나 잣나무를 심으면서 으름덩굴이나 칡덩굴의 뿌리가 함께 휩쓸려서 심기지 않도록 각별히 용심할 일이외다."

"글쎄올시다. 그 사람인즉 소학으로 마음을 다스려서 소학으로 몸을 부리는 위인이온데, 과연 빌미 잡힐 단서가 근처인들 있게 하겠소이까."

"모르긴 해도 만약에 여차하면, 어른 없이 《대학》 읽은 자가 어른 앞에서 《소학》 읽은 이를 먹자고 들지나 않을는지……."

"어르신께오서는 장차 그런 자가 나오리라는 말씀이십니까?"

"장차까지 갈 것도 없으리다. 이미 저축해놓은 지가 오랠러이."

"그 작자가 뉘오니까?"

추강은 재우쳐 물으면서도 대수로워하는 기미가 없었다. 하기야 언제는 무엇을 꺼리고 누구를 경계하던 사람이었던가. 그래서 매월당도 그리 힘주어 말하지 않았다.

"내 들으니 유가 성을 한 우복(于復, 유자광의 자)이라는 자가 함양에 이르러 노닐 적에, 그곳의 전관前官더러 제가 읊조린 것을 현판에 새겨서 걸라 하여 전관이 그렇게 했더니, 이윽고 점필재가 신관이 되어 도임하던 날로, 자광이가 어떤 작자길래 감히 현판을 더럽혔느냐 하고 즉시 떼어서 불사르게 했습디다그려."

그러자 추강은 다시 너털거리고 웃었다. 추강은 그 웃음기를 머금은 채로 말했다.

"어르신께서는 괘념치 맙시오. 점필 선생께서 함양태수로 배하신 것이 선생의 춘추 불혹이셨소이다. 유란 자가 어떤 뼈인지 몰라서 합신 일이겠습니까. 유란 자가 겨우 원숭이의 재주 하나로 무과를 하던 해에 미처 궁궐 문지기의 때도 못 벗은 주제로, 원임 수상(전 영의정 康純) 한 분과 시임 대사마(현직 병조판서 南怡) 한 분을 잡아먹었다고는 하지만, 점필 선생께서 더러운 현판을 떼어 불태우게 한 것이 언제였습니까. 유가가 쥔 회칼에 피도 마르기 전인 불과 사 년 뒤의 일이었습니다. 제 시판이 재가 되어 밟히는 것을 번연히 알면서도 쥐소리 한마디가 없지 않았습니까. 유는

매월당 김시습

하찮은 잡배에 불과한데 그 천한 원숭이의 재주로 감히 오동나무 (봉황이 앉는다는)를 기어오른단 말씀입니까? 시생은 유의 맏자식 (柳房)과도 면식이 있습니다만 그 자식으로 그 아비를 보건대, 비록 원숭이의 재주가 나무 타는 데에 있다고 해도 오동나무에 앉은 새(점필재)에는 미치지 못할 터입니다."

"남 선비!"

매월당은 추강에게 처음으로 언성을 높였다. 유자광이가 궐문 지기 갑사甲士에서 발신發身한 것이 나무에 잘 오르는 재주 하나만으로 된 것이 아님을 알면서도 짐짓 딴소리를 늘어놓는 그 오활성이 보기에 딱했기 때문이었다.

"남 진사, 그렇다면 잡배가 대인의 그늘에 눌려 어깨를 접었으니 지금이야말로 성세로구려? 남 진사, 지금이 성세라서 남 진사는 갯가에 살며 농사를 지어도 늘 소금밥이 부족하고, 나는 산중에서 백결(百結, 중의 누더기 옷)을 입고 풀뿌리를 캐도 나물밥이 부족하며, 백성들은 집과 마을을 버리고 오소리굴이나 너구리굴을 빼앗아서 가랑잎으로 이부자리를 하고, 공신들은 백성들의 집으로 창고를 늘려 백대 후손의 잔치 비용과 제사 비용까지 경제 經濟를 하고 있더란 말씀이시오?"

추강이 주춤하였다.

매월당은 언성을 누그리지 않았다.

"남 공, 남 공이 비록 늦게 태어나 저 병자년(세조 2년)의 사화를 미처 보지 못했기로서니, 대체 매란 놈은 꿩보다 크면 얼마나 커서 꿩을 잡아먹어 살이 찌고, 지네란 놈은 또 독사보다 짧으면 얼마나 짧아서 그 독액을 독사하고 겨루더란 말이오? 도대체 살강에서 밥풀을 훔치는 집쥐는 익은 밥을 가로채니 해롭고, 밭에서 열매의 뿌리를 자르는 두더지는 익은 열매 두고 땅속에서 뿌리나 가로채는 놈이니 덜 해롭더란 말씀이시오?"

매월당이 자식 또래의 후진을 대하는 자세로 돌아가서 나무라니, 추강도 의리라면 남의 앞에 서는 사람이라 선배를 지켜보는 후배의 자세로 돌아가서 따지듯이 물었다.

"듣자옵기 미안한 데가 있어서 한 말씀 묻잡겠습니다. 동봉 선생은 지금 점필 선생을 폄하시는 말씀입니까?"

매월당은 참았다. 추강의 태도를 허물할 수도 없거니와 추강이야말로 오랫동안 나이를 잊고 지내 온 친구가 아니었던가.

"남 진사는 무슨 말씀이 그리 쉬우시오? 공이 아시다시피 나는 공의 스승을 대해본 적이 없는지라 그이라면 깎을 것도 없고 바를 것도 없는 터수외다. 다만 그이가 함양의 학사루學士樓에 노닐면서 육백여 년 전에 흙보탬을 마친 신라 사람(최치원)은 만나봤는지 몰라도, 같은 이씨네 창고에서 벼와 콩을 타다 먹는 유자광이는 미처 못 봤던 게 아닌가 하는 것뿐이오."

"어르신네 말씀도 새겨듣겠습니다. 대개 깜부기란 놈은 곡식의 이삭을 못 먹게 하는 병균이온데, 만일 이놈이 바람을 얻어 날린다면 보리이삭은 혹 굵기로써 덜하고, 조이삭은 혹 잘기로써 더하겠습니까. 깜부기가 바람을 얻는다면, 인자요산인즉 억새풀의 덮어 줌이 있고, 현자요수인즉 갈대풀의 가려 줌이 있을 것이라, 대체로 동봉은 높았으니 천으로 늘고, 추강은 깊었으니 백으로 늘 터입니다."

"허어, 남 진사의 산술은 오직 늘어남만 있고 줄어듦은 없으니 참으로 이상한 산술이외다그려. 남 공, 먼저 죽은 수에 뒤에 죽은 수를 더함은 늘어남이 아니라 줄어듦이오."

"시생이 본래 잔술에 밝았던 탓인지 산술에는 어둡습니다. 그러나저러나 근자에는 자주 술이 당기는데, 신축년(성종 12년)에 초한 〈지주부〉를 이젠〈속주부續酒賦〉로 바꿔 볼까도 합니다마는……."

"젊어서 좋다는 말인즉 바로 그 아니겠소. 그러나 남 공, 내가 무시로 차를 달이고 약을 달이는 것은 가는 것을 늦추려고 억지를 하자는 게 아니라, 가는 날까지는 있는 것이 덜 괴롭도록 하자는 것뿐이외다. 내 석씨釋氏의 법을 약간 닦는 척했다지만 좌화(坐化, 앉아서 죽음)할 구실은 짓지 못한지라 어차피 누워서 가게 된 터에, 가기 전부터 미리 눕고 보면 그 신세 오죽이나 처량하고 성가시겠소."

"시생인들 어찌 가기 전에 미리 눕는 것을 바라겠소이까. 더군다나 시생이 늘 하려고 마음을 도스르는 일이 하나 있사온데, 그 일을 하기 전에는 가서도 안 될 뿐더러 누워서도 안 되고 마셔서도 아니 됩니다."

"어떤 일이관데 그리도 굳더란 말이시오?"

"여짜오면, 어르신께서는 지나온 생애에 몸이 미치지 못한 일들을 대강 거두시어, 그중의 약간은 소위 이생이니, 홍생이니, 양생이니 하는 환상에 부쳐 엮으셨으니 곧 《금오신화》이옵고, 그 나머지 대부분은 종이 오라기나 나뭇잎이나 돌에다 적어서 혹은 바람에 맡기시고 혹은 강물에 맡기셨습니다. 하오나 시생은 제 몸이 미치지 못한 일들을 낱낱이 조사하여 반드시 《육신전六臣傳》을 엮음으로써 환상에 부치지 않고 실상으로 남기고자 함이올시다. 이 일을 하기 전에는 결코 눕는 일이 없을 터이니 어르신께서는 가만히 두고 보십시오."

"그 일이야말로 남 진사곧 아니면 누가 있어서 손을 대겠소. 하물며 남 진사가 술까지 끊은 사업이거늘 어이 기대가 적으리. 내 기다리리다."

"부디 그리하십시오."

추강이 술을 끊은 것은 종남산(남산)에 올라가서 종일토록 마신 뒤에 졸도하여 남의 신세를 지게 된 것이 발단이었다.

매월당은 술로 끼니를 삼던 사람이 어느 날 갑자기 뚝 끊어 버리면 오히려 없던 병을 사는 예마저 없지 않았기에, 다만 폭음이나 삼갈 일이요, 적당량의 음주는 몸에도 이롭다는 것을 말하지 않을 수가 없었다. 그리하여 단주를 말리는 편지를 했던 것도 한 두 번이 아니었다.

 '……제사엔 남은 음식이 있고, 집을 지으면 낙성이 있고, 손에게는 대접이 있고, 오고 감에는 송영送迎이 있고, 활을 쏘면 향사례鄕射禮가 있고, 시골에는 향음鄕飮의 예가 있고, 집에서는 어버이께 축수祝壽의 예가 있고, 제사에는 먼저 맛보는 예가 있고, 헌작獻酌에는 음복의 예가 있어 왔으니, 그 모두는 사람의 마음과 사람의 일을 극진하게 하는 데에 뜻이 있었던 것이요, 뒤 엣사람들로 하여금 옷고름을 풀어헤쳐 가며 시끌덤벙하게 마시고 개구멍으로 드나들게 하려고 했던 것은 아닌 것입니다. 그러함에도 술이 화근이라 하여 아예 끊을 작정을 하시니, 과음도 안 되지만 술을 원수 대어 아주 끊어 버리는 것도 예에 크게 어두운 것이니, 그야말로 중용을 잃음이 너무 지나쳐서 군자가 행할 바는 아닌 것입니다.'

 그러나 추강은 다섯 해 동안이나 술 한 방울을 입에 대지 않았다. 그러면서 그사이에 《육신전》을 쓰고, 쓰기를 마치던 날부터 다시 술을 마시기 시작했던 것이다.

 그렇다면 마음 바쳐 행한 일을 드디어 이루어 낸 대견스러움과 홀가분함에서 술을 찾게 됐더란 말인가. 아니면 마음껏 썼으나 아직은 때가 아닌 비본祕本이기에 판각을 할 수가 없고, 인출印出을 할 수가 없고, 따라서 부끄럽고 슬픈 역사를 널리 읽힐

혼이여, 돌아가자

수가 없는 울분 탓에 술을 부르게 됐더란 말인가.

허무할사, 마음이 몸을 다스리지 못했음이여. 몸이 마음의 부림을 물리치고 누워 버림이여. 슬프다. 마음이 몸을 다스리지 못하고 몸이 마음을 물리침이 주어진 분수라면, 비록 백 년을 산다고 한들 이 몸이 어찌 내 몸일 수가 있을 것이랴.

매월당의 충격은 말할 수 없이 컸다.

매월당은 추강의 부음에 놀라 누운 뒤로 눈에 띄게 달라진 것을 누구보다도 자신이 먼저 잘 알고 있었다.

우선 근력이 나날이 쇠락하고 있었다. 수락산에 있을 때부터 이십 년 동안 뜻을 함께해온 지기지우가 하루아침에 없는 사람이 되었다는 것은, 무엇보다도 매월당 자신이 아직 세상에 있는 사람이라는 현실감을 크게 흐려 놓은 일이었다.

그리하여 말을 잃어 가고 있었다. 문도들의 조석 문안에 대꾸조차 귀찮았다.

식욕을 잃어 가고 있었다. 정황을 듣고 권금성의 말범이가 졸개들에게 지워 보낸 해물과 육물도 냄새부터가 싫었다. 당기는 것은 애오라지 술이었으나 술도 몸이 들어주지 않으니 마음뿐이었다.

붓도 찾지 않았다. 시취도 가라앉았지만 붓을 들기가 싫었다. 기운이 달려서만이 아니었다. 울음과 탄식을 글로 번역하는 일도 지겹고 역겨운 느낌이 앞서는 것이었다. 지친 것이었다. 지칠 만도 하고 지칠 때도 됐다는 생각이 오히려 위자가 될 지경이었다.

생각하는 것도 싫었다. 눈 뜨고 자는 것처럼 아무 느낌도 없이 그냥 누워 있을 뿐이었다. 그것이 자유함이고 자적함이며 자재함인지도 모를 일이었다.

"남 진사 어른은 선생님께서 염려하신 사화가 아니라, 선생님께서 안심하시던 주화酒禍로 몸을 마치셨고, 오직 처사處士로서 처신하신 것이 전부인 듯하오나, 제 어리석은 소견으로는 처사거니 우사羽士거니 하느니보다 큰 시인 한 분을 잃은 것이 분명한 듯싶사온데, 선생님께서는 어떻다고 하십니까?"

하루는 약수발을 들던 도의가 지나가는 말처럼 물었다.

매월당은 자기도 모르는 기운으로 역정을 버럭 내었다.

"네 이놈, 이런 고얀 놈 같으니…… 네 지금 내게서 무슨 말이 듣고 싶어서 여탐하는 게냐? 늙으면 아무짝에도 쓸모없는 게 시인이란 이름이거늘, 네 이놈, 이 말이 굳이 내 입에서 나와야 되겠더냐?"

"아니올습니다, 아니올습니다."

도의는 엉겁결에 합장하고 무릎을 꿇으면서 어쩔 줄을 몰라했다. 그리고 눈물을 글썽거렸다. 매월당의 역정이 섭섭해서가 아니었다. 매월당의 눈에 눈물이 비치는 것을 보고 매월당의 슬픔과 아픔을 새삼스럽게 느꼈기 때문이었다.

도의는 사죄하듯, 그러나 위로하여 말했다.

"선생님, 과히 노여워 마십시오. 선생님께서 이제껏 견디신 것은 그래도 그 시인이란 이름으로 견디신 것이올시다.”

“네 이놈, 시끄러우니라.”

매월당은 무엇이 그리 분한지 여전히 분김이 덜하지 않은 채로 윽박질렀으나, 숨을 한번 돌린 뒤에는 다소 거품이 꺼진 듯한 어조로 사정하듯이 일렀다.

“네 묻지 않은 말은 닥치거라. 남 선비가 가면서 내 몸을 절반은 가져갔나보구나. 내 지금 무슨 정신에, 무슨 기운으로 말수작을 하겠느냐.”

매월당은 그러나 대접에 떠다 놓은 맹물처럼 마냥 맹탕으로 자리 차지만 하고 있었던 것은 아니었다. 가끔씩은 기억을 더듬어서 추강하고 오고 갔던 절구들을 떠올리고 되새기는 것으로 지루함을 덜기도 했던 것이다.

건성으로 한세월 보내노라니	堪笑消[磨]子
중들이 나더러 스승이라 하네	呼余髡者師
소싯적엔 선비 노릇도 할 만하더니	少年儒甚好
늘그막엔 묵자가 더 마음에 들어	晚節墨偏宜
가을엔 달빛에 술타령이고	秋月三杯酒
봄에는 봄바람에 시타령인데	春風一首詩
쓸 만한 사람 부를 수 없으니	可人招不得
누가 있어야 흥도 나지	誰與步施施

매월당 김시습

부들이 자라는 못에 봄이 오니	春意滿蒲池
떠도는 미물에게 배우는구나	蝡蝡活卽師
처마 끝이 짧은 게 다행이라	茅檐短更喜
다사로운 볕도 서로 좋은데	風日暖相宜
시냇가에 나가 매화도 찾고	溪畔探梅興
술 한 잔 앞에 놓고 풍월도 하네	樽前問月詩
그대와 마주 앉아 얘기 나누면	逢君聯席語
나는 또 어느새 내 멋대로라	吾欲效東施

추강이 수락산으로 찾아왔을 때 '추강에 화답함(和秋江)'으로 제하여 읊은 네 수 가운데의 두 수였다.

추강이 설악산으로 찾아왔을 때도 추강을 보내면서 읊은 시가 있었다.

추강과 헤어지며(別秋江)

옛사람은 요새 사람과 비슷하고	昔人似今人
요새 사람은 뒤엣사람과 같을 터라	今人猶後人
세상사 흐르는 물과 같아서	世間若流水
흐르고 흘러 가을이 가면 봄	悠悠秋復春
오늘은 소나무 밑에서 한잔 나누고	今日松下飮

내일은 아침부터 험한 산길일세   明朝向嶙峋

산 넘어 산 그 넘어가는   嶙峋碧峰裏

그대 생각하면 더욱 정겨워   思爾情輪困

매월당의 문도들은 도의가 혼이 난 것을 예사로 여기지 않았다. 이상하다는 느낌이 들면 이미 이상해진 상태라는 것이 그들로 하여금 자주 자리를 모으게 하는 이유였다.

"신사께서 받으신 충격을 짐작하면서도 우리가 이러고 있다는 건 예가 아닐세."

계담은 상좌 몫으로 같은 말을 이미 여러 차례나 되풀이해온 터였다.

"주야로 궁리를 해보지만 달리 수가 있어얍지요."

학매의 말이 아니더라도 그것이 결론이었다.

"그렇다고 낮에는 뒷짐 지고 밤에는 팔짱 끼고 속수무책이라니, 이건 있을 수 없는 일입지요."

그렇게 말하는 도의라고 해서 별수가 있을 리 없었다.

"이러시다가는 이 겨울을 넘기시기가 쉽지 않소이다. 제가 집안이 다소 번다한 고로 일을 여러 번 치러 본 까닭에 조금 짐작을 합니다마는, 선생님의 환후는 처음부터 예감이 달랐소이다."

최연의 주장이었다. 약으로 돌릴 수 있는 병이 아니라는 거였다.

"이런 때는 선행화상善行和尙이라도 계셨더라면……."

선행은 금오산으로 신병을 다스리러 간 뒤로 풍문조차 없었다.

"문필을 놓으신 지가 벌써 달포나 되시는 걸 보면 역시 예삿일은 아닌데, 어떨꼬, 옆에 시인이라도 있으면 혹 의욕을 되찾으시지는 않을지……."

"시인이라면 누굴 지목하시는 말씀이시오?"

최연이 도의에게 물었다.

"우리 신사님 취향으로야 광진자(홍유손)라면 최상이고, 탁영재(김일손)라면 그다음으로 반기실 텐데……."

"탁영공은 벼슬에 매인 몸이니 성사가 어렵고, 광진자 어른은 매인 데가 없어 하늘을 지붕으로 떠도는 몸이니 찾는 데만도 여러 달포 잡히리."

"꼭히 유자만이겠소. 양주 봉선사의 계인화상契仁和尙이나 설옹화상雪翁和尙도 신사께서 쳐주시던 시승 아니었소."

학매가 의견을 내었으나 이미 한 길이 넘게 쌓인 눈으로 하여 받아들여지지 않았다.

"우리야 이렇게 이승에서 모심도 광영이요, 혹 열반하시어 저승에 모심도 광영이건만……."

"열반이라니요. 이날토록 산수간에서 다지신 몸이시고, 불전에서 닦으신 혼이신데, 그리 쉽게야 허물어지시겠소?"

"하기는 지금도 이미 장수하신 바이."

"어인 말씀을……."

"생각해봅쇼. 신사께서 이날토록 흘리신 눈물이 얼마며, 토하신 탄식과 한숨은 또 얼마신가를…… 흘리신 눈물로 말하면 살점 하나 없이 뼈만 삭정이같이 남아 계셔야 하고, 토하신 탄식으로 말하면 뼈마디마다 대나무 마디 속처럼 속이 텅 비어 움직이실 적마다 퉁소 소리가 나도 시원찮으리."

"그도 그렇군입쇼."

계담의 말에 도의가 목멘 소리로 동의하였다.

"아, 가는 역사에 이런 사람 처음인데, 오는 역사에 이런 사람 다시 있을는지……."

학매의 감개 어린 말에,

"아마 동국의 역사 안에서는 우리 선생님으로 처음이고 마지막이시리."

최연도 비장한 어조로 말했다. 계담이 매듭을 지었다.

"우리 신사님이신즉 인간으로 말하면 승속간僧俗間에 지인至人이시고 진인眞人이시매, 기린을 쏘고 용을 낚아서라도 받들어 지당함이야 여기 있는 우리 네 사람의 입으로는 다 말 못할 일이거니와, 이런 엄동설한에 산궁수진山窮水盡에서 아쉬운 대로 할 수 있는 일은 단 두 가지뿐이니 이제 우리 다 같이 다시금 목욕재계하고, 도령께서는 있는 약초라도 더욱 정히 달이시고, 도반들은 불전에 기도를 올리되 더욱 지극하게 올리는 것이니, 지금은 대개 이것이 최선이리."

부처의 가피였는지, 약초의 효험이었는지, 산수간에서 단련한 덕이었는지, 혹은 다른 어떤 것의 조화였는지는 모를 일이되, 매월당은 겨우내 시난고난하면서도 시나브로 몸이 깨어나서 그럭저럭 겨울을 넘겼던 것이다.

바뀐 해는 계축년(성종 24년)이었다.

매월당은 정초 어름부터 하루에도 몇 번씩 나이를 깨닫게 되었다. 생각도 가볍게 하였다. 기약이 없는 앞날보다는 그리됐거나 저리됐거나 이미 결과를 한 지난날들이나 되새기는 것이 편할 뿐 아니라, 앞날에 대한 막연함도 슬며시 미봉할 수가 있기 때문이었다. 자리보전을 하는 동안에 그만큼 몸이 축나거나 얼이 나가서가 아니라, 남효온의 황천길에서 느낀 정도가 그만큼 크고 깊었던 것이다.

지난날들을 되새기는 기분도 앞날에 대한 막연함보다 결이 다소 눅다는 것일 뿐, 머리맡에 놓인 술방구리를 보듯이 속이 노상 거늑하던 것만은 아니었다. 회고의 뒷장에 이르면 가만히 뒤따라오던 그림자가 앞으로 드티면서 으레 소리 없이 묻는 것이었다.

'나는 누구냐' 하는 것이었다.

매월당은 더듬었다. 이도 아니고 저도 아니고, 이것저것 합뜨린 다른 무엇도 아니고, 그렇게 아니고 아니고 아닌가 하면 그도 아닌 것 같고, 아닌 게 아니라 그도 아닌가 하면 도로 아닌 것도 같고 하여, 통 갈피가 없는 켯속이 되어 버리고 마는 것이었다.

그러나 애초에 어떤 대답이 있을 수 있는 일이었던가. 그리고 누구는 또 어떤 대답을 했더란 말인가.

'미친 듯이 소리쳐 옛사람아 물어보자. 옛사람도 이랬더냐 이게 아니더냐(狂呼問古人 古人如此無)' 하고 울부짖어 물었기로 무슨 대답을 들었으며, '산아, 네 말 물어보자. 나는 대체 누구더란 말이냐(問山我是何爲者)' 하고 흐느끼며 물었지만 무슨 대답을 들었던가.

그리고 일찍이 읊어 두지 않았던가.

'그림자는 돌아다봤자 외로울 따름(顧影大伶俜)'이라고. '갈림길에서 눈물 흘렸던 것은 길이 막혔던 탓(臨岐泣路窮)'이었다고, '삶이란 그날그날 주어지는 것(生涯隨日給)'이었으며, '살아생전의 희비애락은 물 위의 물결 같은 것(百歲悲歡事 還同水上波)'이었노라고.

그리하여 말하지 않았던가.

이룩한 미완성 하나가 여기 있노라고.

매월당은 회한에 젖어 들거나 탄식에 잦아들거나 하지 않았다. 병이 깊어지고, 꿈이 얕아지고, 몸이 무거워지고, 생각이 가벼워진 것도 자연의 한 현상으로 인식하게 되었다.

매월당은 자신의 이력을 일매지게 거두어 담은 〈동봉의 노래 여섯東峯六歌〉을 읊어 지난날을 매듭지었고, 특히 다섯 번째 노래의 마지막 구절을 자주 되뇌어 들앉으나 나앉으나 설악산에서

매월당 김시습

떠나려는 생각을 도스르곤 하였다.

혼이여 돌아가자 어디인들 있을 데 없으랴.

매월당은 문도들을 둘러앉히고, 이냥 이대로 있기만 할 수는 없다는 말을 내놓았다.

"아니 될 말씀입니다. 그러잖아도 오는 동학사 춘향春享에는 쉬십사고 여쭈려던 참이었습니다."

상좌인 계담은 펄쩍 뛰었다. 나잇값인 모양이었다.

"금년 춘추가 얼마시온데 이 겨울에 원행을 작정하십니까. 조섭하시려면 아직 멀었사옵니다."

최연도 놀라기는 마찬가지였다.

그러나 학매와 도의는 고개만 숙일 뿐이었다. 한번 이것이다 하면 절대로 고치거나 바꾸는 일이 없었던 일생이었음을 누구보다도 잘 알고 있기 때문이었다.

"언제부터 가꿔 오신 계획이오니까?"

한참 만에 학매가 물었다.

"돌아가는 새들을 보면서 내 또한 이냥 이대로 있기만 할 게 아니란 걸 알았느니라. 기러긴지 물오린지 고닌지야 알겠던가마는, 새들이 대오를 지어 날아가는 모양새가 산이기도 하고, 물이기도 하고, 길이기도 한 것이 예사롭지가 않을레. 나도 새를 따르는 것이 옳겠구나 한 것이니 그리들 아시게."

"새를 따른답시면, 그럼 이 겨울에 북행을 하신단 말씀입니까?"

최연이 더욱 놀라면서 물었다.

"웬 북행이더냐. 터를 한번 옮겨 보자는 것뿐이니라."

"옮기시더라도 양춘을 기다리실 일이올시다."

계담의 말이었다.

"만리에 집을 지어 반백 년이나 걷고 나서 하필이면 이제야 무리일꼬. 늘잡아도 대엿새 노정이니 말리지 마시게."

"예서 동학사가 어디오니까. 환후 미쾌하신지라 모험이십니다. 이번만은 저희들에게 져보십시오."

동학사의 초혼각 제향에 해거리 한 번 없이, 이월의 춘향과 시월의 추향에 참례 행차의 뒷시중으로 여러 차례나 동행을 했던 도의가 동학사로 넘겨짚고 한 말이었다. 해를 더할수록 힘겨워하더니 이번 참례길에는 아예 짐도 함께 옮겨서 만년은 동학사에다 맡길 계획임을 대번에 짐작한 것이었다.

매월당은 고개를 저었다.

"계룡산은 잡인의 교통이 성가시어서 쉴 데가 없느니라."

"하오면 달리 마음 두신 절이라도 있삽더이까?"

최연이 물었다.

"너는 딴말할 것 없이 네 집에 가거라. 그동안 수고가 적지 않았느니라. 내 가끔 너를 닦달하고 다그친 것은 특히 너를 옥성(玉成, 고생을 시켜서 다듬어 줌)코자 한 것이니, 네 또한 응당 알리라."

"굳이 주장하신다면 제가 모시고 가겠습니다."

계담의 말이었다.

"자네는 예 있어야 옳으이. 자네곧 아니면 설악이 비어 버리고 말 것을."

매월당은 계담을 주저앉힌 뒤에 다독거리는 것을 잊지 않았다.

"아침에 모자라고 저녁에 바닥나는 사정에도 한결같이 지극하던 것을 내 어이 모르리. 옻나무가 물감으로 쪼개지듯 자네는 내 시중으로 이리 늙었느니."

"늘 몸 둘 바를 몰랐습니다. 용서하소서."

계담은 머리를 조아렸다.

매월당은 미리 유별사留別辭를 하듯이 말했다.

"이 반벽강산에 얻을 것이라고는 사시의 경치뿐이지만, 자네 또한 시업을 겸한 탓에 쥐를 채는 소리개는 늘 배가 부르고, 하늘을 나는 두루미는 늘 굶주리는 바를 알았으니, 자네 비록 마음이 시키는 바가 있더라도 어이 뜰 수 있겠는가, 이 산을."

"분부대로 하오리다."

계담의 대답이 끝나기를 기다려서 도의가 다시 물었다.

"동학사가 아니랍시면 그럼⋯⋯."

매월당은 대답 대신에 일을 맡겼다.

"너는 아무쪼록 밝는 대로 부에 다녀오너라. 부의 서리 김경산이, 배현명이, 또 여기 다니던 산개, 천개, 그리고 이름이 무엇이던가 그 상노 아이⋯⋯ 유양양께서 주인 할 적에 근 오륙 년간 수고

롭힌 관속이 여럿인데, 가서 불러 보고 이루 치하를 해도 부족할
섶에 간다는 말도 없이 간대서야 걸음이 가볍겠느냐. 네가 아는
대로 두루 찾아보고 오너라."

"염려 마사이다."

도의는 설악산에 남지 않게 된 것만도 횡재인 양하여 벌써 신
명이 어리는 어조였다.

매월당은 도의의 표정을 보고 계담에게 말했다.

"자네가 좀 적적하리네만 며칠을 넘지 않으리니 그리 아시게.
무량사는 평지나 다름없는 기슭에 터한지라 둘 중의 하나는 바로
돌려주리니."

"아니올시다. 환후 비록 소강인 듯하오나, 조리가 부실하와 쾌
차까지는 시일을 잡으실 터라, 둘 다 좌우에 두어 두심이 제가 바
라는 바올시다."

계담은 곡진히 사양하였다.

"무량사랍시니, 게는 대개 어떤 절이오니까?"

최연이 물었다.

"내 동학사에 머물 적에 한번 돌아봤느니라. 계룡 갑사며, 마곡
사며, 신원사며, 성주사며…… 다들 군색한 고찰일러니, 다만 무
량사는 외산外山에 터한 고로 길이 심히 장구목져서 아마 백 년
이 가도 관행官行 하나는 없을지니라. 그만하면 동학사 나들이
도 무던한 편인즉 이번 춘향을 잡숫고 나면 바로 그리 옮겨서, 얼

마 남지 않은 앞날일랑은 게서 저무리라."

"하오면 오늘이 초이렌지 초여드렌지…… 대개 어느 날 발행합신다고 일러야 하올지……."

도의가 물었다.

"춘향을 잡숫는 일보다 더 큰일이 어디 있더냐. 눈비만 아니라면 모레나 글피 아침으로 하리라."

"그럼 그리 알고 치행등절治行等節에 만전토록 하오리다."

계담은 목이 메어 말끝을 흐렸다. 계담은 이번의 송별이 어쩌면 영별永別을 짓게 될지도 모른다는 불측한 예감으로 속이 떨렸으나 애써 마음을 사려 먹고 눈물을 감추었다.

매월당은 두 밤을 더 자고 계담과 최연의 전별주와 절을 받았다.

매월당이 계담에게 잔을 주고 최연에게도 한 잔 주려고 주전자를 들 때였다. 뜰에서 난데없이 말발굽 소리가 나는 것이었다.

"이 무슨 소리……."

도의가 냉큼 일어나서 문을 밀치니 뜰에 밤색깔이 흐르는 안장마 한 필이 와 있고, 그 옆에 고삐를 잡고 서 있는 것은 권금성에 서식하는 산적 떼의 우두머리 말범이었다.

도의는 문을 닫고 짐작대로 말했다.

"어제 부에 다녀오는 길에 노루목의 주막에 들러 잠깐 어한을 했사온데, 주모에게 오늘 일을 말했더니 아마 소굴에 알아들인 자가 있었던가 합니다. 필경은 작자가 문안을 여쭈러 온 듯하온데 분부 계십시오."

매월당은 문을 열게 하고 문께로 몸을 기울여서 말범이를 내다
보며 말했다.

"수령이신가. 이렇게 와서 보니 고마우이. 내 오늘로 하산을 정
한지라 자네에게도 유별주 한 잔이 없을 수 없네. 게 섰지만 말고
이리 가까이 오시게."

그러자 말범이는 땅에 엎드리며 하정배의 예를 갖추었다. 웬
보퉁이를 안고 저만치에 떨어져 있던 텁석부리 졸개 하나도 제
우두머리에 맞추어서 절을 하는 것이 눈결에 보였다.

말범이는 토방에 올라와서 무릎을 꿇고 잔을 받더니,

"제 비록 비천한 것이오나 오늘을 당해 대인께 송별주 한 잔 아
니 올릴 수 없사오니 뿌리치지 맙시오."

졸개의 보퉁이에 들어 있던 술병으로 잔을 가득 채워서 매월당
에게 두 손으로 받쳐 드는 것이었다.

"고마우이."

매월당은 술을 받아 마셨다. 도소주였다. 말범이는 술병을 막
아 문지방 너머로 들여놓고는,

"응달엔 눈이 그저 있어서 미끄러운뎁쇼. 원통리까지라도 쓰십
사고 가져왔습죠."

졸개가 고삐를 맡고 있는 말을 가리켰다.

"내 이날토록 미끄러진 길만 걸어왔거늘, 이제 와서 길이 미끄

러운 것을 꺼려하리."

매월당은 웃는 얼굴로 도리질을 하였다.

"대인께서는 그리 맙시고 쓰십시오."

말범이는 한풀 꺾인 어조로 다시 권했다.

"수령은 그리 마시게. 내 지팡이 아직 덜 닳았느니."

"그러시면 이거라도 넣어 갑시오."

말범이는 토방에 놓았던 보퉁이를 문지방 너머로 들이밀었다. 도의가 받아서 끌러 보니 바짝 말린 웅담 하나와, 사슴고기 말린 녹포 몇 장에 마른미역 한 다발이었다.

"몸에 늙은 게걸이 들어앉은 지가 하마 오래거늘 어이 아니 받으리. 다만 이런 수륙水陸진미를 매양 받기만 하고 마니 내 마음이 섭섭하이."

"그런 말씀 맙시오. 혹 노자에 보탬이 된다면 다행이겠소이다."

"그래서 이 산의 경치는 가랑잎 하나 안 가져가고 자네에게 물려주는 것이니 모두 가지시게."

매월당은 모처럼 소리 내어 웃었다.

말범이가 따라 웃고 나서 말했다.

"고생이라고 생긴 건 이 산에서 다 하셨으니, 내려가시면 오직 좋은 일만 있어지이다."

"동산에 구름 일고, 서산에 비 오고, 북산에 해 지고, 남산에 바람 일고 하는 산이야 하필 이 산뿐일 텐가. 일찍이 활줄 같은 사람은 귀신 명부에 들고, 갈고리 같은 자들은 공신 명부에 들었으니, 변덕스러운 하늘이 하필 산중의 하늘만이리."

"저희같이 쓸데없는 것들이야 산으로 집을 삼다가 성해서 호랑이밥이 되고, 썩어서 여우밥이 된들 무슨 관계리까마는, 대인께서는 부디 만수무강합시오."

"굴레를 쓰고 사는 자와 벗고 사는 자의 차이는 산과 들의 차이일레. 내 일찍이 국법을 다시 세워서 나라의 모든 도장을 쪼개고, 나라의 모든 저울대를 꺾어야 백성들의 숨소리가 골라지리라고 노래하고 떠든 지도 어언간 수십 년이거늘……."

매월당은 말을 맺지 못하고 술 한 잔씩을 더 주고받은 후에 말머리를 바꾸었다.

"자네들도 산을 전부로 알지 말고 먼저 마음을 다스리고, 그 마음으로 몸을 부려 버릇한다면 집에 돌아갈 날이 그리 멀지만도 않으리."

"저희 같은 것들이야 살아도 쓸데없고 죽어도 쓸데없는 것들이니 아무런들 어떨깝쇼. 대인께서는 염려 맙시오."

말범이는 허리를 굽실하며 벌쭉거리고 웃었다.

매월당은 말범이로 하여 해가 두 장대나 오른 뒤에야 지팡이를 집어 들 수가 있었다.

뜰에 나와서 하늘을 쳐다보니 우주의 모든 것이 다 저러려니 싶을 정도로 맑게 개어 있었다. 그러나 뜰아래를 굽어보니 그 두

매월당 김시습

께가 몇 길인지 알 수 없는 흰 구름이 가득 채워져 있었다.

"구름과 눈이 한 가지 빛깔이니 길이 보일깝쇼?"

말범이가 저만치까지 바래다줄 채비로 따라나서면서 말했다.

"구름이고 눈이고 본래가 이 몸과는 남남이 아니었으니……."

매월당은 구름뿐인 시야를 한 바퀴 둘러보고 나서 천천히 걸음을 옮기기 시작했다.

"가시는 데는 어느 쪽이니깝쇼?"

말범이가 물었다.

"서쪽일세."

매월당의 뒷모습이 멀어져 갔다.

구름처럼.

작가의 말
영원한 자유인의 초상肖像

　매월당梅月堂 김시습金時習(1435~1493년·세종 17년~성종 24년)의 생애는 보는 이의 역사적인 시각과 시대적인 관점에 따라서 그 평론이 고르지 않은 것은 물론이요, 그가 지닌 바 여러 모습 가운데에서 어느 면을 더욱 중시하는가 하는 선택적 부위에 의해서도 그 면모는 다시금 달라지게 마련일 것이다.

　매월당이 지녔던 여러 모습은 유년 시절에 그의 이웃에 살았던 석학들이 《논어》의 〈학이편〉에서 글자를 따서 지어 준 이름 시습과 자字인 열경(悅卿—悅은 說), 그리고 매월당·동봉東峰·청한자淸寒子·벽산청은碧山淸隱·췌세옹贅世翁·설잠雪岑 같은 아호에서도 엿볼 수 있거니와, 그가 혹은 관심을 갖고 혹은 섭렵하고 혹은 성취했던 분야 또한 한두 가지가 아니었으니만큼 그의 마음, 그의 생각, 그의 실천, 그의 그릇, 그의 무게 등에 대한 주관적인 재단은 차라리 모험이라고 함이 나을지도 모른다.

　　　　　　　　　　　　　　　　　　매월당 김시습

매월당의 면면을 나름대로 나눠 보면 대개 다음과 같지 않을까 한다.

① 이른바 오세 신동五世神童이란 별명이 시사하듯이 남다른 생지지자生知之資의 천재적인 면모를 간과할 수가 없다. 이는 그의 육십 평생을 좌우한 잠재의식 가운데에서도 척당불기倜儻不羈했던 풍모의 바탕으로 짐작되기 때문이다.

② 유가儒家·불가佛家·도가道家를 졸업하고 나아가 오거서五車書를 섭렵하여 백가百家에 무불통지했던 큰 학자의 면모가 있다. 이는 그의 한평생이 자존자대自尊自大의 위신을 유지할 수 있었던 근본이기도 했을 것이다.

③ 생육신의 한 사람으로, 그리고 죽림우객竹林羽客을 자처하며 당대 지성인의 표상이었던 청담파淸談派의 정신적 기둥으로, 불퇴전의 기개와 고절의 모범이었던 선비로서의 면모가 있다. 이는 후대의 산림학파山林學派를 비롯하여 조선조의 사림士林에 처사적處士的인 흐름의 전통이 있게 한 시작으로 볼 수도 있을 것이다.

④ 수만 수의 시를 짓고 2천 2백여 수의 작품을 전하는 대시인의 면모가 있다. 그를 대시인으로 이르는 것은 보고, 듣고, 읽고, 느끼고, 생각하고, 행한 것을 읊지 않음이 없었던 파격적인 제재나 자유분방한 시격詩格보다도, 역사를 비웃고 시대를 꾸짖는 비판시, 혹은 참여시, 또는 저항시의 효시이자 재야 문학의 선구자라

는 사실을 뜻하는 것이다.

⑤ 처음으로 소설을 창작한 작가로서의 면모가 있다. 그의 소설집《금오신화》는 우리나라 최초의 소설이라는 어문학사적 위상보다, 소설 미학적 형상화의 성취라는 문예사적인 면에서 더욱 의의가 있는 것이다.

⑥ 젊어서 한 폭, 늙마에 한 폭씩 스스로 자사진自寫眞을 친 미술가의 면모가 있다. 그의 미술사적인 자질은 자화상을 쳤던 그림 솜씨에서 그치지 않고 조각에서도 발휘됐던 모양이었다. 산야가 눈에 뒤덮인 겨울에는 겨우내 산방에 들어앉아 나무토막과 널쪽에 여러 가지 농부상을 새기거나 목우木偶를 깎으면서 눈물과 한숨을 지었고, 그러다가 어느 날 느닷없이 통곡을 하며 방 안에 쌓아 두었던 그것들을 모두 아궁이에 던지고 소각했다는 것이다.

이는 그의 시와 소설이 보여 주는 문예 창작상의 천부적인 예술성 외에 지음知音, 즉 음율에도 일가견이 있었다는 기록과 아울러, 그의 예술가적인 면모야말로 위에 든 지적인 면모와 함께 그 불세출不世出의 생애에 있어서 시종 안팎을 이루었음을 뜻하는 것이라고 아니할 수 없는 것이다.

⑦ 도가의 한 과정에서 단전 호흡을 시험하고 황정黃精과 단약丹藥을 지어 복용하는 한편, 산야에서 채약을 하고 절간의 주변에 약초를 재배하여 스스로 신병을 다스렸던 의술인의 면모가 있다.

이는 소년기에 모친을 여의고 여막에서 시묘살이를 하는 사이에 얻은 풍습風濕이 고질화하여 끝까지 괴롭히고, 그 자신의 자학적인 음주와 의도적인 양광佯狂, 단사표음簞食瓢飲의 조악한 음식과 구황 식물에 의존한 궁핍한 조섭에도 불구하고, 당시로서는 장수에 가까운 수를 했다는 사실도 간과할 수 없는 사안인 것이다.

⑧ 고을의 수령에게 도지賭地로 묵는 땅을 빌려 몸소 일구어 갈고 김매며, 밭벼를 비롯하여 보리와 밀과 기장과 조와 콩을 심고 거두었을 뿐 아니라, 각종 채소를 가꾸어 반찬을 대는 등 자신의 농사로 생활의 자급자족을 도모했던 생산자의 면모가 있다. 이는 당唐의 선승 백장회해百丈懷海의 하루 놀면 하루 굶는(一日不作 一日不食) 불가의 근로주의의 수용이라기보다 신분적 기득권을 버린 다음의 민생의식民生意識, 예컨대 양주의 수락산 시대에 자신의 농사를 시로 읊은 바 "어느 누가 먹고 놀면서/잘 먹고 잘살길 바란다더냐/손톱 하나 까딱 않는 것들이/세상 물정을 통 모르네/네 성동에 빌린 밭 몇 뙈기/국록 대신 힘써 지었거니(孰云惰四肢 居食求飽安 嗟嗟游手輩 世務專不觀 我乞城東 畝 作力代學干)"에서와 같이 취직에 뜻이 없는 귀거래사적인 의미의 소치로 이해할 부분인 것이다.

⑨ 천성이 물외한산物外閒散과 무위자연을 사랑한 방랑자의 면모가 있었음도 그에 대한 이해의 전제 조건으로 하지 않을 수 없다.

통설에 의하면 삼각산의 중흥사에서 과거 준비를 하던 중 문득 수양대군의 사업 성공에 대한 전갈을 받자 사흘 동안 식음을 전폐하고 두문불출하더니, 마침내 통곡을 하며 서책을 불사른 뒤 근역 삼천 리의 산수간에 운수행각雲水行脚을 일삼게 되었다는 것이다. 그러나 그는 그 사건이 일어나기 4년 전에 이미 서울에서 호남의 고승인 설준雪俊대사를 만나 보고 곧 그를 따라 송광사에 이르며, 그 절에 머무는 동안 불교를 토론하고 산천경개를 유상하기에 과거 공부가 뒷전이 된 적조차 있었던 것이다.

학자에 따라서는 그의 그 같은 이력을 사춘기의 문턱인 13세에 잃은 모정母情과, 모정에 버금가는 정성으로 뒷바라지를 해주었던 외숙모의 타계에서 온 고독, 그리고 거상 중에 맞은 계모의 몰인정 등 집안의 어두운 환경이 자아낸 애조 띤 정서와 감상적인 충동 반응으로 이해하기도 한다.

그러나 그러한 견해에 전적으로 동의할 수는 없는 측면도 있다. 인간의 평균 수명이 지금과 비교할 수 없이 낮았던 시대에는 나름의 과업을 이룩했던 인물 가운데에 조실부모의 불우한 환경을 극복한 예가 오히려 구존俱存의 경우에 못지않으며, 설혹 결손의 경우라 하더라도 조혼이라는 보완 장치로 인하여 좌절의 예가 도리어 드물었던 것이다.

그러므로 그의 경우는 일쑤 천재성에 곁들여지게 마련인 삶의 공동체적 보통 양식으로부터 소외 의식과 병약한 신체 조건, 그리고 지적 수준의 상대적인 우위에서 비롯된 독존적 고독감의 굴절 현상 외에, 시·소설·도화·조각·음률 등으로 알 수 있는 타고난 예술가의 기질까지 아울러서 보는 것이 더욱 타당하다. 전자는 그의 허다한 시 작품 가운데서도 특히 독사시讀史詩·회고시懷古詩·기행시紀行詩에서, 후자는 〈향렴체香奩體〉를 비롯하여 〈농부의 말記農夫語〉, 〈대동강가의 상부의 넋두리大同江岸紀商婦語〉 등의 사물시事物詩와 《금오신화》에서 한결 두드러지는 것이다.

위와 같은 다각적인 분류는 매월당의 경우 어느 한 분야에 치우치지 않고 내적인 평균성이 외적인 특출성 못지않게 각각 구경의 경지에 이르렀다는 점에서 의미가 있을 것이다.

매월당에게도 과연 실패가 있었는가. 있었다고 하면 그것은 무엇이며 그 이유는 무엇인가.

매월당 같은 천재에게도 실패는 있었다.

첫째는 과거의 실패였다. 물론 이에 대한 기록은 전하지 않으므로 한갓 유추에 불과하지만, 이미 사마시에 입격하여 과기科期를 앞두고 절간에서 칩거하며 과공科工에 몰두했던 그가 단종의 즉위를 경축하는 증광시增廣試에 불응할 이유가 없는 데다, 단종 1년(癸酉)은 3년 주기로 과거를 보는 식년式年이기도 했던 것이다. 결국 매월당은 과장에 나가 실패한 것으로 볼 수밖에 없으며, 그 충격은 태어난 지 8개월에 글자를 알아보고, 겨우 말을 배우기 시작한 3세 때부터 시를 짓고, 5세에 이르러 임금의 부름을 받고 응제應製하여 오세 신동이란 명성이 나라에 가득했던 천재에게는 실로 뼈아픈 상처가 아닐 수 없었을 것이다.

그러나 과장을 출입하는 사람의 한 번 실패는 그야말로 병가상사일 뿐이다. 더욱이 당대의 석학 강석덕姜碩德과, 전날의 육세 신동으로 매월당과 망년지교의 우의를 나눴던 관각문장의 제일인자 서거정徐居正, 그리고 떨어진 과시科詩가 유생 사이에서 교재처럼 읽히고 있었던 김종직金宗直 같은 유수한 선배들도 진작에 첫 응시에서 낙방을 기록하고 있지 않았던가.

그러나 낙방에 의한 자존심의 상처는 다음의 보다 큰 상처, 즉 왕위 찬탈이라는 정변과 더불어 마음에서 떠나게 되었다. 그러므로 매월당적인 실패의 진면목은 과거의 한 번 실패가 결국 단종의 녹을 얻는 데에 실패하게 되고, 그로 인하여 사육신과 운명을 함께하는 데에 실패하여 생육신으로 남게 된 것이라고 할 수 있을지도 모른다.

그렇지만 생육신의 절의가 사육신의 절의보다 덜 아름다운 것이 아니며, 생육신의 삶이 사육신의 죽음보다 덜 뜨거운 것이 아니라고 한다면, 매월당의 그 실패는 결코 실패가 아닌 것이며, 오직 하늘의 배려에 의하여 천재로서의 소임을 반열에서 구하지 않고 자신의 문행文行으로써 다하게 된 것이었다.

매월당의 사상과 궤적에 대하여 민중성 내지 변혁 운동성(혁명

매월당 김시습

활동성)의 결여를 지적하는 호사가도 더러 있다. 역사에 대한 가정을 전제로 한 견해일 것이다. 역사에 대한 가설은 현실 기피적인 형식 논리 이상으로 사실에 대한 평가 절하와 왜곡을 위한 기도일 뿐이다.

실패의 둘째는 자식을 두어 가통을 잇고 선조의 영전에 향불이 그치지 않게 하는 일의 미수였다. 매월당은 약관 이전에 훈련원 도정 남효례南孝禮의 무남독녀와 혼일을 했으나 슬하에 혈육이 없었다. 남씨에 대한 매월당의 설명이 없는 것에서 남씨의 조세早世를 유추하게 한다.

매월당은 수락산 시대에 다시 안소사安召史를 후취로 맞았으나 안씨 역시 생산이 없던 1년 남짓하여 사별하며, 설악산 시대에도 어려서 이웃해 살았던 선배이자 관장인 양양부사 유자한柳子漢의 강권으로 관기의 몸을 빌려 후사를 잇고자 하였으나, 관기가 원하지 않음을 알고 곧 되돌려 보냄으로써 끝내 기회를 놓치고 말았던 것이다.

실패의 셋째는 산문을 떠나 취직을 하여 가업(벼슬)을 되살리고 싶었던 마음의 단념이었다. 경주의 금오산에서 도성 가까운 수락산으로 거처를 옮긴 것은, 예종을 거쳐 성종으로 왕이 두 번이나 바뀐 뒤였으므로 조야의 공기를 직접 살핀 다음 자리를 얻어, 그날토록 갈고닦은 포부를 한번 실험해보고 싶었기 때문이었다. 매월당은 최소한 세조의 존재를 기정사실로 추인했을 것으로 추측된다. 효령대군의 간청으로 궁성의 내불당에 얼마 동안 머물면서 불경의 번역과 교정을 거들었던 전력이 그러한 추측을 가능케 한다.

세조 또한 3대(세종·문종·단종)를 사모한 매월당의 의리와 절조를 인정하고 부왕이 후일을 기약까지 했던 그 천재성을 사랑했을 것이다. 찬위와 더불어 수많은 사람을 난언죄亂言罪로 엄벌했음에도 매월당에 대해서는 일절 말이 없었던 사실이 그것을 증명하는 것이다.

따라서 왕위가 갈린 성종 연산 간의 왕업에 대한 감정은 세조에 대한 것과 같을 수가 없을 터이며, 머리를 기르고 제사를 지내고 재취를 했던 것도, 세상이 바뀐 것을 근거로 관가에 출입하여 본업(儒術)을 찾으려는 수순이었을 것이다.

매월당은 그러나 취직을 하지 않았다. 오히려 자리를 얻으려는 노력도 하지 않았다. 오히려 세조의 고굉인 정창손鄭昌孫·신숙주申叔舟·김수온金守溫 등에게 모욕을 주고, 남효온南孝溫을 비롯한 청담파와 술로 어울리며 양광의 모습만을 더욱 충실히 했을 뿐이다. 왕권은 두 차례나 바뀌었지만 백사百司에서 요로를 도맡아 요리하고 있는 것은, 예나 이제나 여전히 세조의 해묵은 공신들이었기 때문이었다. 그 틈바구니에 자리를 얻어 들어가서 그들과 위아래가 되어 나랏일을 본다는 것은, 천지개벽이 있기 전에는 상상조차 할 수 없는 일이었다.

매월당 김시습

그리하여 매월당은 서슴없이 수락산을 버리고 청평산으로 옮겼으며, 왕성과의 거리를 더욱 멀리하기 위하여 마침내 설악산에 이르러 터를 다졌던 것이다.

매월당이 오늘날까지 우리에게 있게 된 것은, 그 자신의 존양存養과 도덕으로 취직을 불허하고, 다시금 물외로 돌아가서 자재自在하고 자적自適하고 자유自由할 수 있었던 까닭이니, 이 결과 역시 실패랄 수는 없는 일이었던 것이다.

매월당은 운명적인 자유인이었다. 그는 스스로 비색한 운수를 한탄하였으나, 불후의 예술혼이 어찌 세속적인 삶과 타협을 할 수 있을 터인가. 무엇으로부터 자유로울 수 있는 자유의 정체야말로 예술혼이었던 것을.

소설집《금오신화》에 편집된 다섯 편의 소설에는 다섯 명의 젊은 사내가 등장하거니와 〈만복사저포기萬福寺樗蒲記〉에서 죽은 처녀의 혼령과 연정을 나눈 남원의 양생, 〈이생규장전李生窺牆傳〉에서 죽은 아내의 혼령과 다시 혼인한 개성의 이생, 〈취유부벽정기醉遊浮碧亭記〉에서 옛날 기자의 딸과 연정을 나눈 서울의 홍생, 〈남염부주지南炎浮洲志〉에서 꿈에 저승에 가서 염라대왕과 이야기하였던 경주의 박생, 〈용궁부연록龍宮赴宴錄〉에서 용왕의 부름을 받고 용궁에 가서 논 개성의 한생 등이 그들이다.

이《금오신화》에는 늘 두 가지의 의문이 따랐다. 하나는 소설의 주인공인 양·이·홍·박·한이 과연 누구냐 하는 것이었고, 하나는 남녀가 만나 연정을 나누되 상대가 하필이면 혼령이며, 가서 놀다가 오는 곳도 하필이면 이승이 아닌 저승이요, 용궁인가 하는 것이었다.

나는 소설《매월당 김시습》에서, 남효온의 입을 빌려 매월당에게 말했다.

"어르신께서는 지나 온 생애에 몸이 미치지 못한 일들을 대강 거두시어, 그중의 약간은 소위 이생이니, 홍생이니, 양생이니 하는 환상에 부쳐 엮으셨으니 곧《금오신화》이옵고……."

다시 말하면 소설 속의 남자 주인공은 모두 매월당 자신의 분신이며, 그들의 비현실적인 애정 행각은 매월당 자신이 현실적으로 불가능하여 상상만으로 그칠 수밖에 없었던 자유분방한 애정 행각의 대리 체험이라는 뜻이었다. 저승과 용궁도 세속에 구애받지 않는 세계에서 무소불능의 성취를 원했던 자신의 예술혼을 위한 구도라는 것이다.

예술가로서의 매월당의 초상은 유가의 갓을 쓰고, 불가의 옷을 입고, 도가의 음식을 먹으며, 세속적인 명리를 비웃고 천재론의 굴레에서 스스로 해방된 창조적인 자유의 화신이었던 것이다.

예술가로서의 매월당은 실패한 것이 없다. 그리하여 5백년이 지난 지금도 우리 앞에 있다.

매월당 김시습

매월당
김시습

1판 1쇄 인쇄   2025년 2월 19일
1판 1쇄 발행   2025년 2월 26일

지은이   이문구
펴낸이   이재종
펴낸곳   도서출판 아로파
주소   서울시 강남구 도곡로 63길 23, 302호
전화   02-501-1681
팩스   02-569-0660
홈페이지 www.rainbownonsul.net
이메일   rainbownonsul@daum.net
ISBN   ISBN 979-11-87252-21-4(03810)